Franz Isidor Proschko

Historische Erzhählungen und Sagen aus der Steiermark

Franz Isidor Proschko

Historische Erzhählungen und Sagen aus der Steiermark

ISBN/EAN: 9783741107153

Hergestellt in Europa, USA, Kanada, Australien, Japan

Cover: Foto ©Andreas Hilbeck / pixelio.de

Franz Isidor Proschko

Historische Erzhählungen und Sagen aus der Steiermark

Erzählungen und Sagen

aus der

Steiermark

von

Dr. Isidor Proschko.

Graz 1869.

Druck und Verlag von Josef Pock.

Andreas Baumkirchner.

Historische Erzählung aus dem 15. Jahrhundert.

I.

Das Käuzchen im Walde.

Wie ein schlafender Riese an der Pforte des Paradieses liegt der gewaltige „Schöckel" seit Jahrtausenden vor dem von sanften Bergrücken umzüngelten herrlichen Murthale. Eine uralte Sage erzählt: daß einst Bauern auf seiner bewaldeten Höhe ein Fest feierten, bei welchem sich, wie zufällig, ein grüngekleideter Gemsjäger mit einer rothen Feder auf dem runden Hute einfand, welcher erzählte, daß er von den Hochgebirgen der Schweiz herabkomme und den gewaltigen Rigiberg rühmte, gegen welchen der steirische Schöckel nichts weiter als ein Häuflein Erde wäre. „Aber," meinte der grüne Jäger, welcher niemand Anderer als der leibhaftige Satan war, „er wolle dem alten Schöckel einen Regel aufsetzen, daß er gar bald die Spitze des gewaltigen Rigi überragen solle; nur bedinge er sich für dieses Meisterwerk seiner überirdischen Baukunst die Seele jenes ersten Menschen als Eigenthum, welcher sodann den Gipfel des Schöckel ersteigen würde."

Gesagt, gethan — der Vertrag wurde geschlossen; Satan raste im Sturme von dannen, flog über das weite Meer nach dem fernen Afrika und holte dort ein paar gewaltige Felsstücke, die er von den sogenannten Säulen des Hercules an den äußersten Spitzen jenes Erdtheiles losbrach, und braus'te damit in die schöne Steiermark zurück. Aber als er sich hier mit seiner Last zu Boden senkte, da zog eben eine Schaar frommer Beter nach Wildon hinab; durch diesen Zug in seinem höllischen Werke gehindert, schleuderte Meister Urian seine Felsmassen mit solcher Gewalt auf die Erde, daß sie sogleich in zwei Theile zerbarsten und abgesondert an das Murufer hinabrollten. Eines dieser beiden Felsenstücke bildet nun seither den alten Schloßberg, das andere den Calvarienberg bei Graz; der Teufel aber fuhr, wüthend über das Mißlingen seines Werkes auf die Spitze des Schöckels nieder und bohrte dort ein bodenloses Loch in den Berg, fortan das „Wetterloch" genannt. In dieser Tiefe haus't der Höllenfürst noch immer, setzt, wie die alte Sage weiter berichtet, dem

1*

Berge gar oft eine Nebelhaube in Form eines Kegels auf, weil er auch jetzt noch sein mißlungenes Werk vollführen möchte, und schießt, wenn man Steine in das Wetterloch hinabwirft, Blitz und böses Wetter heraus; und neben ihm wohnt in diesem Loche auch seine Großmutter, die furchtbare, zuweilen aber auch gutmüthige Wetterhexe, welche verirrten Landleuten zuweilen im Gewälde erscheint und jene bösen Wetter erzeugt, die nicht selten von der Nebelkappe des Schöckels in das schöne Murthal herabziehen. —

Ein solch' böses Wetter mit tausend leuchtenden Blitzen und in Strömen herabschießenden Regenwolken raste in einer Frühlingsnacht des Jahres 1468 über den dichten Nadelwäldern jener lieblichen Hügelgegend, in welcher gegenwärtig das freundliche Kirchlein Maria in der Grüne oder Maria Grün zwischen grünem Laubgehölze hervorblickt und schon im Jahre 1385 die ehemalige Herrengilt „Kroisbachhof am Schnabel" lag. Dorthin hatten sich schon vor Alters fromme Waldbrüder gezogen, um in ihren kleinen Zellen Werke der Buße und Wohlthätigkeit zu üben.

In diesem Gewälde bahnten sich eben in der erwähnten Nacht zwei baumhohe Männer mit ihren kurzen Streitarten einen Weg durch das Dickicht. Ein schier riesenmäßiger Mann im Waffenkleide der damaligen Ritterschaft war es, dessen dunkles, dichtes Haar unter einem schweren Eisenhelme herabwallte; seinen muskulösen Körper umschloß ein breites, gelbes Koller von Elenhaut: ein kurzes, breites Schwert stak in seinem Ledergürtel; Eisenschienen deckten seine sehnigen Füße; wie ein paar Feuerkohlen leuchteten seine großen Augen, mit denen er nach einem Auswege aus diesem Waldesdickicht spähte, während sein fast gleich gekleideter kleinerer Begleiter, dessen ganzes Aussehen jedoch nicht jene Kraftfülle, wie die des Ersteren verrieth, hinter ihm nachtrat, indem gleichfalls seine hellen Augen nach einem gangbaren Wege in dieser Wildniß lugten.

Beide nächtliche Wanderer schienen bereits hochermattet; der strömende kalte Regen und der in weißen Streifen niederrasselnde Hagel verglas'te ihre dunklen Vollbärte und hemmte ihnen schier den Athem — jetzt hielten sie an einem Waldeshügel wieder an und lauschten nach der westlichen Seite; der Hagel fiel jetzt minder dicht nieder, der Sturm jagte bereits in einiger Entfernung die letzten Wolkenfetzen vor sich her — die beiden ermüdeten Wanderer schienen schon aus seinem Bereiche zu kommen — jetzt lauschten sie wieder mit zurückgehaltenem Athem — die sanften Töne eines Glöckleins wimmerten durch die Lüfte und zwischen dem vom Hagel bereisten Tannengestrüppe schimmerte ein Flämmchen — das liebliche Zeichen, daß eine Menschenwohnung in der Nähe sei.

So war es auch. Die beiden Ritter bahnten sich neuerdings, mit ihren Streitärten das Geäste des Forstes zertheilend, einen Weg zu jenem Lichte und bald standen sie vor einer kleinen grünbemoos'ten Hütte, an deren Seite ein niedliches Glockenthürmchen emporragte, dessen Metallglocke eben den Ruf zum Nachtgebete in die Finsterniß hinausgesungen hatte.

Nach einigem Klopfen an den buntbemalten Fensterscheiben des Häuschens öffnete sich dessen Thüre und ein eisgraues Männlein mit todtenbleichem Antlitze im härenen Kleide eines Waldbruders oder Eremiten von der Regel des heiligen

Paul *) trat heraus. „Gott zum Gruße, ehrwürdiger Mann," sagte der größere der beiden Ritter, „gewährt uns in Eurer Klause da kurzen Schutz vor dem wahrhaft infernalischen Unwetter."

Der kleine Waldbruder hob sogleich seine Rechte und machte das Zeichen des Kreuzes. „Wenn Ihr euch in der kleinen Behausung des Käuzchens im Walde behelfen wollt", sagte er, indem er die Balkenthüre hinter den Eintretenden verschloß, so seid willkommen" — die Ritter standen nun in einem engen Hüttenraume, der kaum für sie Platz zur Bewegung bot — aber in weniger als fünf Minuten saßen sie, froh diese trockene Stätte gefunden zu haben, auf der Laubschütte, dem einzigen Ruhebette der Hütte, und schlürften die warme Milch, welche ihnen der Waldbruder in irdenen Schalen gutmüthig darreichte.

Jetzt betrachtete der größere der beiden Ritter den Waldbruder näher; „Wie nanntet Ihr euch, ehrwürdiger Mann?" fragte er, „das Käuzchen vom Walde?" —

„Ich bin eigentlich der Bruder Angelus der Eremiten im Walde", entgegnete der Kleine; „aber, da mein Amt wesentlich in der Besorgung des Geläutes in diesem Thürmchen und der fromme Gebrauch in unserer Gegend besteht, daß die Angehörigen eines Verscheidenden oder bereits Hinübergegangenen zu unseren Waldklausen heraufkommen und das Läuten meines so benannten Zügenglöckleins und die Verrichtung frommer Gebete hiebei begehren, so nennt man mich im Volksmunde schon lange das Todtenvöglein oder das Käuzchen im Walde; denn ich habe wohl schon vielen Hunderten in die Ewigkeit hinübergegangenen Erdenpilgern mit meinem Glöcklein nachgeweint und ihnen in meinem Herzen nachgebetet; es wird ihnen wohl gefrommt haben in der anderen Welt." —

Der bleiche Waldbruder sprach diese Worte mit so hohem Ernste und einer so tiefen Trauer in allen seinen Zügen, daß sein ganzes Wesen einen schier unheimlichen Eindruck auf die beiden Ritter machte.

„Nun," nahm jetzt der kleinere von ihnen das Wort, „ist auch euer Amt als Todtenglöckner dieser Gegend sonst ein gar trauriges, so ist doch in dieser Nacht in uns beiden Verirrten ein gar frisches und stürmisches Leben in Eure Zelle eingekehrt; laßt uns hier einige Stunden der Ruhe pflegen, bis wir mit dem erwachenden Morgen im Thale unten unsere Reisigen mit den Rossen wieder aufsuchen und zu unseren Burgen weiter traben können." —

„Ja, ehrwürdiger Mann," fiel der größere der beiden Ritter ein, „Ihr läutet den Scheidenden, wie Ihr sagt, zur ewigen Ruhe, das ist ein schönes Amt; vielleicht brauchen auch wir Euch einmal, daß Ihr uns zur rechten Zeit zur Ruhe läutet, denn unser Leben ist ein gar stürmisches und es thut uns wahrlich wohl, einmal an der Seite eines frommen Mannes eine ruhige Nacht

---

*) Sie trugen braune Kutten, lange Bärte und weiße Pilgerstäbe, ihr Oberhaupt war der Klausner zu Maria Grün, der Schloßhauptmann zu Graz hatte sie zu überwachen; der letzte dieser Eremiten hieß Macarius, seine Zelle stand, wie Pfarrherr Gartner erzählt, am nördlichen Abhange des Schloßberges in der jetzigen Wickenburggasse, wo nun das Haus Nr. 1354 steht. Er hielt, als im Jahre 1783 der Eremitenorden aufgelöst wurde, an der Stelle seiner Zelle einen kleinen Krammladen.

zu verträumen und an der Stätte auszuruhen, bis zu welcher die Stürme unserer Tage nicht dringen." —

„Da irrt Ihr sehr, lieber Herr", entgegnete der Waldbruder; „wir sind hier in unserem Gewälde keineswegs fremd den Bewegungen, welche unser schönes Vaterland gegenwärtig spalten; ach, eben jene Leute, welche so häufig zu uns heraufsteigen, um hier fromme Gebete und Rathschläge in ihren Nöthen zu erbitten, erzählen uns gar Vieles von den Wirnissen unserer traurigen Zeit, aber auch von den großen Thaten echter Vaterlandshelden, welche für Kaiser und Recht einstehen und für welche, obgleich wir sie nie zu Gesicht bekamen, dennoch unsere heißen Gebete täglich zum Himmel steigen." —

„Ja wahrlich", fiel der größere der beiden Ritter ein, und sein dunkles Auge leuchtete; „es gibt noch wahre Vaterlandsfreunde und echte Söhne der Steiermark, denen das Wohl ihres Volkes am Herzen liegt."

„O glaubt mir", fuhr der Waldbruder fort, „auch wir in unserem düsteren Gewälde hier nennen mit Stolz und Dankbarkeit die Namen solcher Vaterlandshelden, und seht, ehe Ihr an meiner armen Hütte pochtet, habe ich mein Glöcklein erschallen lassen, nicht als Zügenglöcklein für einen Sterbenden, sondern diesmal zum segnenden Gebete für einen Edlen des Landes, von dessen schönen und großen Thaten alle Landleute erzählen, welche zu uns heraufsteigen und von dessen Lobe Alles überströmt, was steirisch heißt im Lande". —

„Ei wie heißt dieser Held?" fragte der Kleinere der beiden Ritter sich emporrichtend.

„Ich will Euch zuerst sagen, was seine Thaten sind", entgegnete der Waldbruder; „dann werdet Ihr von selbst seinen Namen ausrufen, so Ihr nicht ganz fremd seid den Dingen, die in unserem Vaterlande vorgehen. — Nun, Ihr wißt wohl lange, daß unser erlauchter Kaiser und Herr, Fridericus der Vierte, den jungen nachgebornen Ladislaus, den Sohn Weiland Kaiser Albrecht II., da er ihm von der Wittib des Letzteren, Ihrer Majestät der erlauchten Kaiserin Elisabetha, sammt der königlichen Krone Ungarns in Verwahrung gegeben worden war, den ungarischen Ständen, die den Knaben zum Könige auslesen, von Rechtswegen nicht herausgeben wollte, und daß sich deßhalb gewaltige Feinde gegen den Monarchen erhoben, an deren Spitze Ritter Ulrich Eizinger aus Baiern und der mächtige Graf Ulrich von Cilli standen, die den Kaiser am 27. des Erntemonats im Jahre 1445 in Wiener Neustadt belagerten."

„O dieser heiße Tag ist mir gar wohl in Erinnerung", fiel der größere der beiden Ritter ein.

„Nun, so werdet Ihr auch wissen", fuhr der Waldbruder fort, „wie in dieser belagerten Stadt immer schwächer und schwächer der Widerstand der Kaiserlichen wurde; wie die Feinde schon vor dem Thore brüllten, wie nur noch wenige Augenblicke fehlten und bald die geheiligte Person des Kaisers vielleicht in ihren Händen war — wie noch ein kleines letztes Häuflein den Eindringenden entgegenstand — wie jetzt nur noch hundert — jetzt nur noch zehn mit letzter Kraft die Partisanen schwangen — wie jetzt nur noch ein Mann, ein edler Held aus Steiermark es war, welcher sich, eisenbeschirmt an allen Gliedern, ein

Goliath von Kraft und Gestalt, ein David an Muth und Entschlossenheit, unter dem Wiener Thore der Neustadt mit seiner Streitart auf hohem Rosse dem Feinde entgegenwarf und sein gutes steierisches Eisen hoch schwingend, mit Riesenkraft in die Feinde hieb und stach, daß sie zerstäubten wie die Mücken, und wie dieser steierische Held endlich, selbst mit Blut und Wunden bedeckt, zurücksprengte und kaum noch mit einem letzten kräftigen Satze seines Streitrosses das Schutzgitter des Stadtthores erreichte, welches nun hinter ihm zufiel, während sein Heldenblut in dreizehn Ehrenwunden über sein von feindlichen Schwertern zerfetztes Koller herabrieselte, ohne daß übrigens, Gott sei gedankt, eine einzige dieser Wunden sein edles Leben gefährdete!"

„Wie Ihr das Alles so umständlich zu erzählen wißt", fiel der Ritter ein.

„O das ist noch nicht Alles", eiferte der gute Waldbruder weiter, indem sich nun sein todtbleiches Antlitz allmälig zu röthen begann, „als der Kaiser im Jahre 1456 nach Ulrichs von Cilli Tode auf Grund des Erbvertrages Ansprüche auf die Grafschaft Cilli und sein Recht als Lehensherr geltend machte, aber die Grafen von Görz gegen ihn aufstanden, da war es wieder jener steiermärkische Held, der sie zu Paaren trieb — und als der Kaiser von dem Verräther Wittowitz, welchen er für seine früheren Verdienste mit der Herrschaft Sternberg und dem Freiherrndiplom belohnt hatte, nachdem sich dieser vom ungarischen Könige Ladislaus durch Verrath erkaufen ließ, am 29. April 1457 in Cilli überfallen wurde, da bereits der Bischof und kaiserliche Kanzler Ulrich von Gurk sammt allen Schätzen, Waffen und dem Siegel des Kaisers in die Hände des Verräthers gefallen waren — da erschien wieder jene tapfere steirische Held und rettete den Kaiser zum zweiten Male vor der Gefangenschaft!" —

Der kleine Waldbruder hielt hier eine Weile inne, sein Auge flammte jetzt, sein Antlitz glühte; die Herzählung der großen Thaten seines steiermärkischen Landsmannes begeisterte ihn mit jeder Minute mehr — „und so hört," fuhr er fort, „als vor sechs Jahren Erzherzog Albrecht den Kaiser zur Abtretung des Landes unter der Enns zwingen wollte und durch viertausend Ungarn verstärkt in Wien eindrang, da schlug ihn unser steiermärkischer Held nach dreistündigem Kampfe mit aller Macht zurück — und so könnte ich Euch noch eine Menge Heldenthaten herzählen, welche nur dieser Eine echte Heldensohn der Steiermark ausführte, auf daß Ihr sehet, daß auch wir in unseren einsamen Zellen hören und preisen die Thaten der Edlen unseres Landes." —

Die Ritter hatten mit unverkennbarer Bewegung den preisenden Reden des kleinen Waldbruders zugehört. „Es muß die Helden des Landes in der That sehr erheben," sagte der Größere, „wenn sie hören, wie ihre Thaten im Munde des Volkes leben; Ihr habt wohl Euerem Helden, dessen erfolgreiche Kämpfe für Kaiser und Vaterland Ihr mit so getreuen Farben zu beschreiben wißt, auch persönlich schon einmal Eure Verehrung bezeigt, — und seht," — setzte er lächelnd hinzu, „da prahlt Ihr mit den Heldenthaten eines Mannes, dessen Namen Ihr nicht einmal noch nanntet; — nun, der Kaiser wird ihn wohl kennen, diesen Namen —"

„Ob er ihn kennt," rief der kleine Glöckner; „besser als wir, die wir ihn in unserer Einöde da im Walde nie von Angesicht sahen; — ob er ihn kennt! Hat ihm ja der edle Monarch gleich nach der herrlichen That bei Wiener-Neustadt, von der ich Euch eben erzählte, den ritterlichen Helm seines Wappens mit der deutschen Kaiserkrone geziert!" . . . .

Der Waldbruder rief diese Worte mit wahrhafter Begeisterung — und jetzt fiel sein Auge auf den kleinen Schild, welchen der größere der beiden Ritter bei seinem Eintritte in das Thürmchen in die Ecke gelehnt hatte. „Herr! Gott! in deinen Höhen!" rief er, schier zu Boden taumelnd, „das ist ja der Wappenhelm mit der deutschen Kaiserkrone! — Heil, Heil ist dieser Stätte geworden; Ihr seid der steirische Held, Ihr seid der Ritter Andreas Baumkirchner!"

„Bin's," entgegnete der Ritter — „bin der Andreas Baumkirchner, den es herzlich freut, auch auf dieser friedlichen Stätte zu hören, daß sein Name im Vaterlande mit Stolz und Freude genannt wird — hier mein Begleiter ist mein edler Freund und Waffengenosse, der tapfere Andreas Greißenecker, dessen Name nicht minder mit Stolz und Freude im Vaterlande genannt wird!"

„Ja, mit Stolz und Freude," entgegnete der Waldbruder, „denn," setzte er hinzu, „einen treueren Diener und Freund hat der Kaiser nimmer, als Ihr ihm seid, und so wie ich heute, ohne Euch jemals von Angesicht gesehen zu haben, beim Klange meines Glöckleins für Euch gebetet habe, ebenso wird Euer Kaiser und Herr, der, wie es heißt, demnächst eine Wallfahrt nach Rom unternehmen wird, am Grabe des Apostelfürsten für Euch beten und Euch noch reichlich lohnen alle Eure großen Dienste nach Recht und Gerechtigkeit!"

„Ja, nach Recht und Gerechtigkeit!" rief Andreas Baumkirchner, während ein Zug des bittersten Mißmuthes auf sein benarbtes Antlitz trat. „Mehr als Recht und Gerechtigkeit, ehrwürdiger Bruder, verlangt Andreas Baumkirchner vom Kaiser nicht. Er fordert nur seine gewaltigen Soldrückstände für sich und seine Kriegsgenossen, für welche er sich mit seiner ganzen Habe nach echt ritterlicher Weise verbürgt hat —"

„Nun, die werden Euch leicht bezahlt werden," meinte der Waldbruder.

„Mit nichten!" rief der Ritter; „fruchtlos habe ich seit Jahren darum gebeten — der Kaiser erkennt mein Recht, aber sein Kanzler tritt es mit Füßen!"

„So müßt Ihr bei dem Herrn Schutz gegen den Diener suchen," fiel der Waldbruder ein.

Andreas Baumkirchner lächelte bitter. „Ihr redet, ehrwürdiger Bruder," sagte er, „wie Ihr es eben versteht — ich aber sage Euch: wenn Andreas Baumkirchner, der gerade und ehrliche Sohn der Steiermark, fortan den Weg zu dem Gewissen seines Herrn finden will, so muß er sich denselben durch die Reihen der Diener gewaltsam bahnen, das heißt mit dem Schwerte!"

„Ja, mit dem Schwerte!" fiel der Greißenecker ein, indem auf sein Antlitz ein Zug des höchsten Unmuthes trat und seine Faust das Metallkreuz seines kurzen Schwertes krampfhaft umfaßte.

Baumkirchner hatte seine Worte mit aller Kraft seines verwundeten Gemüthes ausgestoßen — aber tiefe Todtenbläße deckte jetzt wieder das Antlitz des kleinen Glöckners; seine ganze Gestalt schien größer zu werden, seine Glieder zitterten, seine bloßen Lippen bebten; jetzt hob er seine dünne Rechte, welche früher den Strang seines kleinen Glöckleins gehalten hatte, wie drohend empor. Rasch ergriff er jetzt das auf einem kleinen Holztische vor dem einfachen Crucifixe liegende Buch und hielt es aufgeschlagen dem Ritter entgegen: „Wißt Ihr, edler Herr," sagte er mit feierlicher Stimme, „wißt Ihr, was hier im Buche der Bücher geschrieben steht? — Kennt Ihr die Worte, die der Herr einst zu seinem ersten Apostel sprach, als dieser unberufen das Schwert aus der Scheide gerissen hatte? — Hört! Wer mit dem Schwerte tödtet — so lautet das Wort des Herrn — der wird durch das Schwert umkommen!" —

Unnennbarer Schmerz malte sich bei diesen Worten auf dem Antlitze des Waldbruders. Baumkirchner blickte düster und nachdenkend vor sich nieder; aber der Eremit fuhr fort: „Andreas Baumkirchner! Ihr seid der gefürchtetste und mächtigste Ritter im Lande; Euer Name lebt auf allen Zungen, ist in alle Herzen Eurer Zeitgenossen im Vaterlande geschrieben; Eure Thaten sichern Euch unsterblichen Ruhm — aber merkt wohl: nur so lange, als Euer Schild, dessen Helmzierde die Krone der deutschen Kaiser bildet, rein und unbefleckt bleiben wird! — nimmer und nimmer — merkt es wohl, darf Verrath und Treubruch Euer Banner besudeln!"

„Ein Ehrloser, der sich sein Recht unter die Füße treten läßt und es nicht mit seinem guten Schwerte vertheidigt!" fuhr der Greißenecker auf; aber der bleiche Waldbruder streckte seine Rechte empor:

„Dort oben," rief er, „thront Einer, der jedes Recht und Unrecht abwägt und ausgleicht. Auch Fürsten sind Menschen, und Menschen können gar häufig, durch ihre Rathgeber verleitet, irren; nie aber darf dem Gesalbten des Herrn von seinem Untergebenen Gewalt angedroht oder entgegengesetzt werden!" —

Jetzt nahm der kleine Waldbruder eine bittende Stellung an: „Herr," rief er, und sein Auge flammte, „hört die warnende Stimme Eures guten Geistes, in dessen Nähe Euch Gottes Vorsehung heute geführt; so wahr auf die dunkle Nacht, die uns nun hier umfängt, der Tag wieder folgen wird, so wahr werdet Ihr wieder zu Eurem Rechte gelangen: denn das Auge des Monarchen, welches durch die Vorspiegelungen seiner Diener nur umflort ist, wird wieder hell sehen und den alten Freund wiedererkennen, dessen gutes Recht nur mißachtet wird. Seht, an dieser stillen Stätte ist, ehe ich Euch sah und erkannte, beim Tone meines Glöckleins mein Gebet für Euch zum Himmel gestiegen; aber so Ihr gegen Euren kaiserlichen Herrn jemals Gewalt gebrauchen und ertrotzen würdet, was man Euch vorenthält, so würde sich mein heißes Segensgebet in Worte des Fluches verwandeln und dasselbe Glöcklein, welches mit seinen hellen Klängen meine Segenswünsche für Euer Wohl begleitete, würde Euch schrillend die Stunde des Todes verkünden, der Jeden treffen muß, der sich an dem Gesalbten des Herrn vergreift." —

Nach diesen Worten verließ der Waldbruder die Hütte und betrat den kleinen Glockenthurm, aus welchem bald sein Mitternachtsgeläute zu den Lüften emporschallte, während die beiden Ritter schweigend und in tiefem Sinnen auf der Laubschütte in seiner Zelle saßen und, von ihrer Müdigkeit bezwungen, endlich in tiefen Schlummer sanken, aus welchem sie erst der Morgengruß des Eremitenglöckleins weckte.

II.

Das Haus Baumkirchner.

Der schönste Frühlingsmorgen streute seine weißen Blüthen auf die Gärten des Schlosses bei Vippach im Herzogthum Krain.

Zwischen frischen Blumenbeeten, auf denen die ersten Kinder des Lenzes ihre bunten Kelche in den lauen Frühlingslüften wiegten, in einer mit dem ersten frischen Blattgeflechte überzogenen Gartenlaube, vor welchem ein großes Becken aus rothem Salzburger Marmor mit dem riesigen Neptun und seinen Meerrossen lag, und von welcher sich eine größere Fernsicht in's Land hinaus bot, saß eine ältliche Frau in der dunkeln, eng anschließenden Tracht der damaligen Ritterfrauen, mit dem Gürtel von Schafwolle um den Leib und dem daranhängenden Schlüsselbunde, dann kleinen, aneinandergereihten Metallstückchen; ihr Kleid war, nach der damaligen Sitte, ganz eng um die Ellbogen, von denen ein breiter Lappen tief herabhing; von der Kopfbedeckung reichte nach hinten eine lange, spitze Kapuze; ihre feine Hand hielt die Spindel, das Zeichen der fleißigen Hausfrau; ihre Züge hatten unendlich Gutmüthiges, aber auch stille Trauer malte sich auf ihrem ebenmäßigen, bleichen Angesichte.

Ihr großes freundliches Auge ruhte auf der Gestalt eines schönen, etwa achtzehnjährigen Mädchens, welches, gleichfalls mit der Spindel beschäftigt, zu ihren Füßen saß, während ein anderes jüngeres Mädchen, welches etwa sechszehn Sommer zählen mochte, nach Veilchen im Gartengrase zu suchen schien. Beide Mädchen hatten nach damaliger Gepflogenheit kostbare Seidenschleier, die an den Enden viele Häckchen und ausgezackte Schnörkel trugen, über das rückwärtige Kopfhaar geworfen, während über den Rücken der Mutter ein bis auf die Schuhe herabreichender Mantel mit zahlreichen Fransen hing.

Die ernste Frau glich einer reifen Rose, deren liebliche Knospen, die beiden Mädchen, sie umgaben; denn wahrhaft jugendlicher Reiz überstrahlte die Gestalten Beider. Hohe Anmuth in allen ihren Bewegungen entfaltete insbesondere die liebliche achtzehnjährige Jungfrau an der Seite der ernsten Frau. Die Natur hatte alle Gaben des jugendlichen Reizes über dieses liebliche Kind ausgegossen; feines schwarzes Haar wallte in zierlichen Flechten über den weißen

Nacken des Mädchens, ein paar dunkle Augen blickten wie zwei Sterne aus dem feingeformten Antlitze; die reizende Fülle des jugendlichen Körpers trat bei jeder Bewegung des Mädchens mehr hervor; die liebliche Jungfrau stand an der Grenze jenes ersten Lebensalters, in welchem das Kind seine Schuhe in die Wiege zurückwirft und mit pochendem Herzen die erste Stufe des ihm nun bewußten Lebens betritt, auf welcher das schuldlose kindliche Herz zuerst nach Liebe sucht, noch nicht ahnend, daß ihm auf seinem späteren Lebensgange auch der Verrath in tausend Gestalten entgegentreten werde. —

Weniger entwickelt waren noch die jugendlichen Reize des blondköpfigen Mädchens, welches in den süßen Frühlingsträumen seiner Jugend befangen, im bunten Grase nach den ersten Veilchen suchte und die ersten Falter des Frühlings zu haschen trachtete.

Die ernste, stille Frau, deren sanfter Blick den Bewegungen ihrer beiden Töchter folgte, war Margarethe, die edle und allgemein verehrte Gemalin des Helden Andreas Baumkirchner; die liebliche schwarzlockige Jungfrau an ihrer Seite war ihre älteste Tochter Martha, das liebliche Blondköpfchen im Grase aber ihre jüngere Tochter Katharina.*)

Durch ihre stille Häuslichkeit, ihren Edelsinn und ihre Wohlthätigkeit in weiten Kreisen bekannt und verehrt, galt Frau Margaretha als der gute Engel ihres Gemals, dessen rauher Sitte und eiserner Unbeugsamkeit sie ihre Sanftmuth und Güte entgegenstellte; denn, in der That, rauh war die Sitte der Ritterschaft jenes noch wenig cultivirten Zeitalters, in welchem der Burgherr auf seinem Felsen sich selbst das Gesetz schrieb, und da, wo er sein Recht verletzt glaubte, sich sogleich selbst Genugthuung mit bewaffneter Hand verschaffte, und sollte er auch diese gegen seinen eigenen Landesfürsten erheben.

Ein solch' unumschränkter Gebieter war Herr Andreas Baumkirchner auf seinen Schlössern, wo er selbst den Blutbann übte. Seine Macht wuchs noch mehr durch die Erwerbung mächtiger Freunde. Einer dieser gewaltigen Freunde war nun auch der mächtige König Mathias von Ungarn, dessen Einigung mit dem Kaiser durch Baumkirchner's geschickte Unterhandlung im Jahre 1462 gelang und wofür dieser mit dem Eigenthume der Herrschaft Kaisersberg und der Erhebung in den ungarischen Freiherrustand belohnt wurde. Aber nun hatte er gleichsam zweien Herren gedient; Eid und Pflicht banden ihn an Friedrich, seinen Kaiser, Dankbarkeit an Mathias, den König von Ungarn.

Aber nur ein Ziel kann der echte Mann verfolgen. Einheit im Gedanken, Einheit im Wollen, Einheit im Handeln — das ist die Kraft des Mannes. —

In Baumkirchner's Gemüthe lebte diese einige Kraft von nun an nicht mehr. —

Ehrlich und offen, nur des geraden Weges gewohnt, den er sich mit dem guten steierischen Eisen bahnte, fühlte er nun gar bald den Zwiespalt in seinem ritterlichen Herzen. Hiezu kam die Zögerung in der Bezahlung der großen Soldrückstände, welche er sowohl für sich, als seine Kriegsgenossen vom Kaiser

---

*) Historische Namen.

anzusprechen und für welche er sich mit seiner ganzen Habe verbürgt hatte. —

Ernst und finster schritt daher der edle Held von Wiener-Neustadt in seinen Kreisen einher und tiefe Falten bedeckten auch seine Stirne, als er im Geleite zweier lieblicher Knaben, seiner beiden Söhne Wilhelm und Georg, eben in jenen Garten trat, in welchem seine treue Gemalin, Frau Margaretha, mit ihren Töchtern seiner Ankunft harrte.

Frau Margaretha trat ihrem Gemahl mit freundlichem Gruße entgegen und ihre beiden Töchter flogen an seinen Hals —

Aber schon nach den ersten Begrüßungen las Frau Margaretha die Spuren der Unzufriedenheit und inneren Gemüthsaufregung auf dem benarbten Antlitze ihres Gatten; doch gewohnt, seine Stirnfalten mit der Hand der Liebe hinwegzustreichen, faßte sie, während sich die beiden Söhne sogleich den lieblichen Schwestern zugesellten und gar bald in den Räumen des schönen Schloßgartens aerloren, mit ihren weichen Händen seine ritterliche Rechte. — „Willkommen im häuslichen Kreise," sagte sie lächelnd, „was bringt mein Herr und Gemal seinem Hause von seiner Reise?"

„Zwiespalt und Fehde!" entgegnete Andreas Baumkirchner, „Zwiespalt im Herzen und Fehde gegen die falschen Freunde, welche die Kluft zwischen mir und meinem Herrn täglich mehr erweitern."

„So habt Ihr, mein Herr und Gemal," fragte Frau Margarethe, „auch diesmal auf dem Schloßberge in Grätz nichts weiter erlangt —"

„Als leere Versprechungen," fiel der Ritter ein; „der Kaiser," fuhr er mit steigender Erregung fort, „der Kaiser bereitet seine Wallfahrt nach Rom vor und war abwesend; sein künftiger Stellvertreter, der Landeshauptmann Wilhelm Graf von Thrnstein verwies mich mit der Begleichung meiner Forderungen auf den Zeitpunkt, wann der Kaiser von seiner Reise wieder zurückgekehrt sein werde; für jetzt lasse sich in der Sache kein Endziel erreichen — aber," fuhr der Ritter jetzt in höchster Aufregung empor, „der Baumkirchner wird ihnen dieses Endziel vor den Mauern von Grätz mit seinem steierischen Eisen dictiren, darauf können sich die hohen Herren auf dem Schloßberge verlassen!" —

„Nicht so, mein theurer Freund," entgegnete Frau Margaretha begütigend, „Euer Wappenschild stand bisher rein und makellos in allen Turnierschranken; befleckt ihn nicht durch Gewaltthat, wo noch der Weg der Verständigung möglich ist —"

„Der Weg der Verständigung?!" brauste Baumkirchner empor; „ich meine, der sei abgeschnitten; wo man nicht hören will den Klang des Wortes, da muß man hören den Klang des Eisens; so spricht der Baumkirchner —" Jetzt fiel sein Blick wieder auf die trauervollen, sanften Züge des Antlitzes seiner treuen Gemalin — „Und wo wäre," setzte er sanfter hinzu, „der Weg der Verständigung noch zu finden, wenn Feinde ihn überall versperren, wo wir ihn betreten wollen?"

„Nicht unsere Feinde allein," entgegnete Frau Margaretha ruhig, „stehen im Hoflager des Kaisers; auch Freunde, wahre, treuergebene Freunde zählt Andreas Baumkirchner, der Held von Wiener-Neustadt, auf dem Schloßberge zu Grätz —"

„Ei, laß sie kommen, diese Freunde," rief der Ritter, jetzt ruhiger und ein paar Falten von seiner Stirne wischend; denn siehe, die ruhige, freundliche Zusprache seines treuen Weibes hatte ihm schon ein heiteres Lächeln abgewonnen. „Ei, laß' sie kommen, diese seltenen, treuergebenen Freunde am Hofe des Kaisers!" wiederholte er noch einmal.

„Sie sind schon in Eurem Schloße," entgegnete Frau Margaretha heiter —

„Wie!" rief der Ritter, „hier — hier in meinem Schloße?"

„Um ehrlich und freundlich um Eure Gunst zu werben, mein Gemal," fuhr Frau Margaretha fort; „ja, sie wollen mit Euch in die innigste, heiligste Verbindung treten, auf daß Ihr sehet, wie ernstlich ihre Freundschaft und Ergebenheit gemeint ist — darum eben erwarten sie Euch hier seit drei Tagen . . . ."

„Was soll dies seltsame Wortgeflecht?!" brauste der Ritter wieder empor; „redet gut steierisch mit Eurem Gemal, Frau Margaretha! Ihr wißt, daß Andreas Baumkirchner jede Floskel und krumme Rede haßt wie den Tod!"

Frau Margaretha blickte ihrem zürnenden Gemal forschend in's dunkle Auge; sie mußte nicht, durfte sie sogleich unumwunden reden, oder sollte sie das Gemüth des rauhen, nicht den geringsten Widerspruch duldenden Mannes vorbereiten für das Hochwichtige, was sie eben zu sagen hatte. —

Aber sein glühendes Auge lag auf ihren Lippen; sie mußte reden — jetzt wandte sie sich ein wenig zur Seite —

„Ihr habt, mein theurer Gemal," sagte sie mit unendlicher Sanftheit, „unsern Töchtern, seit Ihr in den Garten tratet, noch erst wenige Blicke des väterlichen Grußes zugeworfen — seht nur, seht, wie unsere liebliche Martha dort mit dem frischen Veilchenstrauße in der weißen Hand nur des Augenblickes harrt, wo es ihr vergönnt sein wird, die ersten Blüthen des Frühlings dem geliebten Vater zu überreichen; nicht wahr, mein theurer Gemal, das Mädchen ist noch schöner geworden, seit Ihr vom Hause abwesend war't?"

„Bei Gott! Ja!" rief Baumkirchner, seine Arme weit ausbreitend, in welche er nun die herbeistürzende liebliche Jungfrau, sie gleichsam mit seiner ganzen väterlichen Liebe umfassend, einschloß. „Bei Gott! Ja! Ein wahrer Engel!"

„Ein Engel der Versöhnung und Liebe," sagte Frau Margaretha sanft, indem sie ihr heißes Antlitz an die bepanzerte Brust des Ritters schmiegte; „siehe," fuhr sie, ihre dunklen Augen zu dem Gemale erhebend, fort, „siehe, Vater, dieses liebste Kind wird Dir den Weg wieder bahnen zum Frieden und zur ehrenvollen Gewinnung Deines guten Rechtes; denn, wenn Andreas Baumkirchner seine väterliche Zustimmung gibt, so wird Martha, seine schöne Tochter, bald unter den ersten Zierden des kaiserlichen Hofes am Schloßberge zu Gräz einherschreiten."

Andreas Baumkirchner trat einen Schritt zurück: „Hör' ich recht?" rief er, „ein Bewerber um meine Martha, und vom Hofe?!"

„Nicht ein, sondern zwei Bewerber haben auf Eurem Schloße eingesprochen," berichtete Frau Margaretha, „Beide ehrenhafte Männer; der Eine ein Adeliger, der Andere aus dem steiermärkischen Bürgerstande; nun, ich meine, da wird die Wahl nicht schwer sein, zumal unsere Martha selbst schon für den Ersteren gewählt hat —"

„Gewählt hat!?" brauste Baumkirchner empor; „also eine Action hinter dem Rücken des Vaters — wer ist der Freche, der in meine Familienrechte eingreifen will und meine Abwesenheit benützt, um mir mein Kind zu entfremden?"

„Vater!" rief Martha, ihr glühendes Antlitz am Herzen ihrer Mutter bergend —

„Nicht Eure Abwesenheit hat er benützt, um Euch euer Kind zu entfremden," begütigte Frau Margaretha; „entsinnt Euch, mein Gemal, daß Ihr im vorigen Herbste unsere Martha selbst zu dem großen Feste der Weinlese mitnahmt, welches Ihr, ausruhend von den Mühen des Krieges, im Hause Eures alten Freundes, des Stadtrichters Christoph Hammer in Leibnitz, mit Euren Kriegsgenossen feiertet. Damals war es ein junger Edelmann vom kaiserlichen Hofe in Gräz, welcher Martha sah — sah und liebte" . . . .

„Ein Höfling!" fuhr der Ritter empor —

„Ein edler, ehrenhafter Krieger," fuhr Frau Margaretha ruhig fort; — „dieser junge Edelmann ist seither kaiserlicher Feldhauptmann geworden, ist begütert im Lande und wirbt um die Hand Eurer Martha; Ihr kennt ihn wohl, mein Gemal, er nennt sich Georg von Rainach."

„Georg von Rainach!" rief Baumkirchner überrascht und sein glühendes Antlitz verlor urplötzlich den Ausdruck des finstern Grolles, welcher sich bei der Rede der Freifrau auf demselben gelagert hatte; — „Georg von Rainach!" wiederholte er noch einmal langsam und sinnend, als ob das Bild dieses jungen Mannes an seinem inneren Auge vorübergleite. „Ja, Margaretha," sagte er, seine Hand auf die Schulter des treuen Weibes legend, „dieser junge Krieger ist, den Herrn ausgenommen, wahrlich die einzige ehrliche Seele am kaiserlichen Hofe!"

Ein zitternder Schrei der Freude flog aus der jungen Brust der lieben Jungfrau, Martha, empor, und ihre in sanften Thränen schwimmenden Augen hafteten fest auf den allmälig heiter werdenden Zügen des Vaters.

„O, ich wußte es gleich, mein theurer Gemal," sagte Frau Margaretha, „daß Ihr, selbst edel und gerecht, dem Edlen und rechtlichen Manne, sobald ich nur seinen Namen nennen werde, Gerechtigkeit widerfahren lassen werdet — Georg von Rainach, der jedes Haar auf Eurem Haupte verehrt, dessen ritterliches Vorbild und Abgott Ihr seid, mein Gemal, kennt, wie er sagt, kein größeres Glück, als in Eure Familie zu treten und der Erbe Eurer Tugenden, wie

Eurer Liebe zu werden; denn, wie Ihr denkt, so denkt er, was Ihr liebt, das liebt er, und was Ihr haßt — das Unrecht — das haßt er. —

Andreas Baumkirchner erwiederte auf diese Rede seiner Gemalin kein Wort; in tiefem Sinnen stand er da, ernst und ruhig; aber in seinem Innern schien ein Gedankenmeer aufzusteigen und was er nun in seinem Kopfe verarbeitete — Frau Margaretha konnte es ahnen und ahnte es — aber die kluge Frau schwieg; denn sie kannte ihren Gemal und berechnete stets die rechte Zeit zum Reden und zum Schweigen. —

„... Und wer ist der Zweite, der um die Hand meiner Martha werben will?" fragte der Ritter jetzt, wie aus einem Traume erwachend.

„Ein Bürgerlicher, wie ich sagte," entgegnete Frau Margaretha; „ein bürgerlicher, aber ein reicher Mann, der eben seinen Reichthum und seine hohe Geltung bei Hofe in die Wagschale legen will; der glaubt, der kaiserliche Gnadenbrief seines künftigen Adelsdiplomes, den er übrigens anderweitig bereits vom Ungarkönige erhalten haben soll — werde nicht ausbleiben, wenn er nur erst seine goldgefüllte Hand mit jener der Tochter des mächtigsten Helden im Lande verbunden habe; er ist übrigens, da er Euch, mein Gemal, seiner Geschäfte wegen nicht mehr erwarten konnte, seit gestern wieder auf den Schloßberg nach Grätz zurückgereist und hat nur die angelegentliche Bitte zurückgelassen: Euch sein Anliegen vorzutragen; so Ihr geneigt seid, auf seine Bewerbung einzugehen, will er sich in kurzer Frist auf unserm Schloße wieder einfinden."

„So nennt denn einmal den Crösus, der uns seine Goldbarren in die Familienkästen legen will," fiel Baumkirchner lachend ein, „es ist in der That zum ersten Male, daß ein bürgerlicher Crösus sich mit dem reichsten Dynasten im Lande messen will; wer ist denn der kecke Goldmacher?"

„Balthasar Eggenberger, der kaiserliche Münzmeister," entgegnete Frau Margaretha lächelnd.

„O, nun verstehe ich," rief Baumkirchner heiter; „der Mann hat freilich das Kostbarste in seinen Händen, was mir vorenthalten wird, mein gutes Recht; darum will er mein Kostbarstes, mein Kind, von mir einhandeln; denn, wenn er die kaiserliche Münze nicht aufthut, so können auch meine Soldforderungen nicht befriedigt werden — nun, ich will dem kaiserlichen Münzmeister zeigen, daß ich noch einen anderen Schlüssel besitze, mit die kaiserliche Schatzkammer zu öffnen, mein gutes Schwert ..."

In diesem Augenblicke flog die Gitterthüre des Gartens auf und hereintrat ein junger, noch nicht dreißig Jahre zählender Krieger, angethan mit dem kaiserlichen Waffenrocke und dem Koller und der Feldbinde eines kaiserlichen Feldhauptmannes. Sein schönes, ebenmäßiges, etwas gebräuntes Antlitz deckte der blinkende Eisenhelm mit den wallenden Straußfedern, seine dunklen Augen flogen zunächst der lieblichen Rosenknospe entgegen, welche an der Brust Frau Margarethens lag, nämlich der schönen Martha, deren Lippen der leise Ruf „Georg!" entschwebte, während ihr Herz in hörbaren Schlägen pochte.

Andreas Baumkirchner erkannte sogleich den Eintretenden. Schier angenehm überrascht trat er dem jungen Manne freundlich entgegen: „Seid uns willkommen, Herr von Kainach, auf unserem Schloße," sagte er, „die Hand des jungen Kriegers schüttelnd; „uns freut es, erfahren zu haben, daß Ihr in unsere Fußstapfen tretet und schon in so früher Zeit die Würde eines kaiserlichen Feldhauptmannes erlangt habt. O, ich weiß es noch gar wohl, wie Ihr vor sechs Jahren im Wintermonate, als wir den Kaiser in der Burg zu Wien gegen seinen Bruder Albrecht vertheidigten, als nur zweihundert Streiter mehr in der befestigten Burg um die Steyermärker: den edlen Wilhelm von Saurau, Johann von Puchheim, Georg von Teufenbach und Johann von Poesing herumstanden, als ich da mit dem Herberstein, Stubenberg, Schärfenberg und Wittowetz dem Kaiser zu Hilfe zog, Euch uns anschlosset und mitkämpftet, wie ein junger Löwe — nun, Ihr sollt auch fürder an meiner Seite bleiben, wackerer Feldhauptmann, so Ihr das Banner schützen wollt, das ich entfalte . . . . ."

„Wer möchte dem edelsten Helden der Steiermark nicht folgen, wohin sein unbeflecktes Banner leuchtet!" rief Georg von Kainach begeistert; „aber darf ich Eure Rede, mein angebeteter Vaterlandsheld im heißen Kampfe, zu meinen Gunsten auslegen, so hat das Fürwort Eurer hochverehrten Gemalin mir auch bereits den Weg zum Herzen des Vaters gebahnt, dessen schönstes Kleinod in diesem Schloße zu erbitten ich gekommen bin." —

„Der junge Feldhauptmann hielt hier inne. Sein dunkles Auge hing an den Lippen Baumkirchners. Martha senkte ihre schönen Augen zu Boden und hing bleich und schweigend, am ganzen Leibe zitternd, in den Armen ihrer Mutter. Aber ernst und ruhig stand dieser ihm gegenüber.

„Es ist Sitte unter der Ritterschaft des Landes, junger Mann," sagte er nach einer Weile, „daß jede ernste Angelegenheit auch ihre ernste Erwägung finde; Ihr versichert mir, daß ich Euer Vorbild sei und daß Ihr nichts Höheres kennt, als in die Fußstapfen des Ritters Andreas Baumkirchner zu treten. — Wohlan, überlegt diese Rede wohl — wer den Fußstapfen des Löwen folgen will, der darf den Wüstensand nicht scheuen und käme dieser auch von oben geflogen, wo Wind und Sturm für die, welche unten wandern, bereitet werden — — — Also, Ritter von Kainach," setzte er mit starker Stimme hinzu, — „am nächsten Tage Sanct Georgs sehen wir uns im Wappensaale meines Freundes, des Stadtrichters Christoph Hammer in Leibnitz nächst Gräz, dort werde ich erfahren: ob es Euch wahrhaft Ernst ist, in die Fußstapfen des Löwen zu treten — und wenn der Muth Euch hiezu auch dann nicht mangelt, so sollt Ihr als ein willkommenes Glied der alten Löwenfamilie mein Wappen theilen und — nöthigenfalls auch dem Panther im grünen Felde, so recht nach Löwenart, das Weiße im Auge zeigen!" —

Nach diesen bedeutungsvollen Worten verließ Andreas Baumkirchner langsam den Garten und Georg von Kainach sank liebeselig vor seiner geliebten Martha nieder, um den ersten Segen der Liebe von ihrer Mutter zu empfangen. —

III.

Die Waldherberge „zum Knödel".

Hanns Schultermann, der kaiserliche Kanzler.

An der Ostseite der schönen Stadt Graz oder dem Edelsitze Sanct Josef, nicht ferne von einem mit zahlreichen Klüften durchfurchten Tannenwalde, liegt ein durch seine hoch oben angebrachten schmalen Fenster auffallendes Gebäude, das sogenannte Ritterhaus, an dessen Außenwänden ein gekreuzigter Heiland und das Wappen der nunmehr ausgestorbenen Familie „Adler" mit der Inschrift: „Christoph Adler von Gurnicz dem Cltern 1543" angebracht sind. Weiter hinab verengt sich das Thal am Fuße des Berges und bis zur Straße hinab strecken sich grüne Wälder und versperren die weitere Aussicht.

Wie ein Bild der alten längstvergangenen Zeit des Ritterthums gegenüber der neuen Zeit des jetzt lebenden Geschlechtes liegt in jener Gegend einem schönen, im neuen Style erbauten Landhause gegenüber ein uraltes, einen Stock hohes, schon sehr verwittertes Haus mit geschwärzten Wänden und einer schon sehr schadhaften Bedachung; selbst die geschlossenen Fensterläden hat der Zahn der Zeit bereits angefochten und Moder und Schimmel wuchern auf den zerbröckelten Gesimsen des verfallenden Gebäudes, welches mit seinen gelbgrauen verfallenden Wänden wie ein unheimliches Wahrzeichen der Zeit des Faustrechtes zwischen dem Gesträppe hervorblickt; eine hohe, uralte Fichte steht, gleichsam wie ein gespenstiger Wächter, einzeln vor dem Thore — könnte der alte Baum reden, er würde manch' traurige Begebenheit erzählen, die er mit angesehen haben mochte, als er, noch ein schwacher Baumzweig, vor dieser Spelunke zwischen blutgestreiftem Grase emporwucherte.

Diese unheimliche Spelunke war in alten Zeiten, und noch vor hundert und fünfzig Jahren die vielbesuchte Waldherberge „zum Knödel", das älteste Haus in der Gemeinde Kroisbach, von müden Pilgern häufig besucht. In jenen alten Tagen lief ein schmaler Saumweg durch den fast undurchdringlichen Föhrenwald am Ufer des Kroisbaches hin, mit tiefen Einschnitten, Schluchten und vom Bergwasser ausgehöhlten Klüften. Manche müde Pilger suchten in diesem finstern Waldhause Ruhe und Labung, aber nicht selten zu ihrem Verderben; denn schon lange ging im Volksmunde die Kunde, daß die Herberge „zum Knödel" — eine Mördergrube sei, worin fremde Reisende, deren Verschwinden somit in Grätz und der Umgegend nicht auffallen konnte, wenn sie sich in diese Waldschenke verirrten, ein Opfer der Habgier Meister Barrabas Rothhahns, des Spelunken-

2

wirthes und jener Raubschützen und Wegelagerer würden, denen Meister Barrabas hier Unterstand bot, um mit ihnen den Gewinn ihres finstern Handwerks
zu theilen.

„Wirklich," erzählt Wilhelm Freiherr von Kalchberg, „wurden in diesem
Hause (in neuerer Zeit) bei Grabung eines Kellers viele Menschengebeine gefunden, wodurch die Sage noch mehr bekräftigt wurde" — doch mag nach
seiner weiteren Ansicht diese Spelunke vielleicht auch eine jener Kammern gewesen sein, in welchen man in früheren Zeiten, als man noch die Zergliederung
menschlicher Leichen zu ärztlichen Zwecken für unchristlich hielt und dieselbe nur
heimlich außerhalb der Stadtmauern vorzunehmen wagte, solche ärztliche Unter-
suchungen vornahm, wodurch sich das Vorfinden so vieler vermorschten Gebeine
erklären würde.

In der That saßen aber am Tage Allerseelen des Jahres 1468 in dieser
Spelunke vor dem kleinen Holztische zwei Männer, deren Gestalten ganz zu den
Beschreibungen paßten, welche im Munde des Volkes von der Unheimlichkeit
und Unsicherheit der Herberge „zum Knöbel" herumliefen.

Die eine dieser Gestalten war ein kleiner, kaum vier Schuh hoher Mann
mit kurzem Halse, einem auffallend hoch emporstehenden Genicke, auf welchem
ein unverhältnißmäßig kleiner, ganz kahler Kopf saß; ein paar röthliche, mit Blut
unterlaufene Sperberaugen rollten in demselben wie Feuerräder, eine kleine aufge-
stülpte Nase und hervorstehende Backenknochen, dann eine breite, von einem
Schneidewerkzeuge gerissene Schramme über dem Kinn gaben dem Gesichte dieses
Menschen ein äußerst widerliches Ansehen. Seine unverhältnißmäßig langen
Hände mit ebenso langen Knochenfingern spielten mit dem großen zweischneidigen
Schlachtmesser, welches in einem breiten Ledergurt über seinem mit Fett- und
Blutflecken besprenkelten Lederrocke hing.

Diese kirpsartige, widrige Gestalt war Meister Barrabas Rothhahn,
der Besitzer der Waldschenke „zum Knöbel", seines Gewerbes eigentlich ein
Fleischer.

Der ihm gegenüber sitzende Zecher war ein schier riesenhafter Geselle,
schwarzbehaart vom Scheitel bis auf die breiten Schultern, kreidebleich im Gesichte, dessen markirte Züge den verwegenen, kalten und an das Kriegshandwerk
gewohnten Waffenknecht kennzeichneten; an seiner Lende hing über dem braunen
Lederkoller eine kurze Streitaxt, zu seinen Füßen lag neben seiner ellenlangen
Armbrust ein großer Fanghund mit stachlichtem Halsbande.

Dieser bärtige Geselle war Wolfgang Grätzel, insgemein „der Greif" genannt, ein tüchtiger Waidmann und bis vor Kurzem Forstwart im Schloße des
gewaltigen Baumkirchner bei Vippach.

„Also verjagt hat er Dich, der Gewaltige?" höhnte Meister Rothhahn,
indem er, seinen kleinen Kopf zwischen die Fäuste stützend, dem Waidmanne in's
braune Antlitz lachte, und begierig der Erzählung desselben von dessen Mißgeschicke auf der Burg Baumkirchner's zuhörte.

— „Der Teufel lohn's ihm!" grollte Wolfgang — „o, die Stunde vergeß
ich dem Baumkirchner nicht — heute sind's sechs Wochen. Wir legten die

Garne aus in den Wäldern bei Bippach und zäunten den Forst, wo die große Treibjagd stattfinden sollte, zu welchem die Herzensfreunde des Herrn, der Andreas Greißenecker, der Johann von Poessing, der Niclas von Lichtenstein und die beiden Streithähne, der Johann und der Friedrich von Stubenberg, geladen waren. — Wir hatten den strengsten Auftrag, kein Füchslein aus dem gezäunten Gewölbe ausschießen zu lassen, bis nicht die große Jagd vorüber wäre; — da sprach der Eggenberger, der kaiserliche Münzmeister, der dem Baumkirchner auch alleweile um den Bart geht, weil er gerne eine seiner Töchter mit dem reichen Heiratsgute erschnappen möchte, im Schloße ein, probirte die Armbrüste in unserer Rüstkammer und bot mir zehn Goldgulden, wenn ich ihm nur ein Häschen im Parke wegzuschießen erlaube; nun, Du weißt, Meister Barrabas, mein Beutel war von jeher meine schwache Seite — ich rechnete darauf, daß der Baumkirchner erst nach drei Tagen wiederkehre, führte den Münzmeister auf eine weniger besuchte Stelle im umzäunten Forste und schon streckte sein Bolzen einen tüchtigen Rammler zu Boden — aber in diesem Augenblicke hatte der Teufel sein Spiel; als ich den Hasen aufhob und dem Münzmeister in's Schloß nachtragen wollte, stand, wie der leibhaftige Satan, mit rollenden Augen und glühendem Gesichte der Baumkirchner hinter mir.'' —

„Wer hat den Bolzen auf dieses Wild abgeschossen?'' donnerte er. —

„Mich verließ auf einen Augenblick die Fassung; denn ich kannte die Wuth und Strenge des Ritters, wenn seinem Verbote entgegengehandelt wurde. „Der kaiserliche Münzmeister Balthasar der Eggenberger'', entgegnete ich — „er ist auf Besuch im Schloße.''

„Und Du hast den Schuß gegen mein Mandat gestattet!'' donnerte der Baumkirchner. — „Weißt Du Geselle, daß Du ein Wilddieb bist — und wie lautet nun das Urtel gegen Dich?'' —

„Ich wollte reden, aber schon wandte sich der Baumkirchner zu seinem Leibknappen, dem blonden Mathias Rakowitz: „Reißt dem Verbrecher da seine Kleider vom Leibe,'' schrie er, „und schmiedet ihn auf den wildesten Hirschen in meinem Parke, jagt dann das Thier mit ihm in den Forst hinaus, daß der Schurke an Dorn und Gestrüpp zerschelle und daß sein zerfetzter Leichnam im Gaue zeige, wie Andreas Baumkirchner die freche Mißachtung seiner Befehle bestrafe.''

„Nun,'' fiel hier der Wirth „zum Knödel'' ein, „da banden sie Dich auf den Hirschen und —''

„Mit nichten!'' entgegnete Wolfgang tief anathmend, als ob ihm die Erinnerung an das furchtbare Bild seiner erstandenen Lebensgefahr den Odem benehme, — „ich war schon im nächsten Augenblicke wieder frei. —''

„So hat der Teufel Dich in seine schützenden Klauen gepackt und ist mit Dir in den Lüften davon gefahren!'' rief laut auflachend der „Knödel''-Wirth. —

„Der hätte mich aus den Banden des Baumkirchners auch nicht erlös't,'' entgegnete der Waidmann, „Du weißt ja, Barrabas, daß es der Andreas Baumkirchner allenfalls auch mit dem Satan und seiner ganzen Höllensippschaft aufnimmt, das hat er am Thore von Wiener-Neustadt bewiesen, wo er Einer

2*

gegen Hunderte kämpfte und zuletzt wie der wilde Jäger auf seinem Streitrosse Allen aus der Wurstliute entwischte; aber ein Weib war diesmal meine Schützerin, Frau Margaretha, die Ehefrau des Baumkirchners, die gerade im rechten Augenblicke herbeikam und ihre Rechte auf seine Schulter legte und ihm so lange zusprach und für mich bat, bis mich der Wilde endlich laufen ließ; aber seine Drohung schallte mir noch weithin in's Ohr: daß er mir, wo er mich noch auf seinem Wege träfe, mit seinem Hirschfänger den Schädel spalten würde, wie einem räubigen Hunde; denn vogelfrei sei ich fortan auf seinem weiten Gebiete. —"

„Prächtige Aussicht für einen alten Herrendiener, das!" meinte der Schänkenwirth.

„O, der alte Herrendiener," fiel Wolfgang ein, „hat seinen Sattel schon auf ein anderes Pferd geschnallt. — Meint der stolze Baumkirchner, daß nur seine Wälder allein im Lande einen Forstwart brauchen?"

„Du bist also schon wieder Herrendiener?" fragte der Wirth, „gib Acht, Wolfgang, daß Dir nicht noch einmal die gleiche Suppe eingebrockt wird; wer, wie Du, nicht gehorchen kann, der soll kein Herrendiener werden. —"

„Nicht Jedermann ist es gegeben," sagte der Waldgeselle, finster vor sich blickend, „sich wie Du, Barrabas, in ein Waldgeklüfte zu verkriechen und hier dem Teufel in die Hand zu arbeiten; der Gewinn ist eben jetzt nicht allein meine Sache; jetzt muß ich noch was Anderes haben, soll mir das Blut nicht im Herzen zu purer Galle werden; meine Losung, Meister Rothhahn, heißt jetzt: Rache!"

„Ich verstehe," sagte der „Knödel"-Wirth grinsend, „Du kahle Feldmaus willst an den Klauen des Löwen nagen — der Waidgeselle Wolfgang will dem gewaltigen Andreas Baumkirchner das Kronenwappen vom Schilde reißen, das der Kaiser ihm nach der Großthat bei Wiener-Neustadt verliehen! Ha! Ha! Ha! Wolfgang, bist Du wahnsinnig!"

„Allein werde ich freilich Nichts ausrichten," sagte der Waidgeselle; „höchstens könnte ich dem riesigen Baumkirchner gelegentlich aus dem Hinterhalte irgendwo einen Bolzen in das Hirn jagen; aber sich'rer ist es, wenn ich" — setzte er leiser hinzu — „die Zahl jener Maulwürfe vermehre, welche bereits den Boden unterwühlen, auf welchem der Uebermüthige schreitet."

„Du bist also in's andere Lager übergelaufen?" fragte der Wirth.

„Ich bin seit wenig Wochen im Dienste des kaiserlichen Kanzlers Hanns Schultermann," entgegnete der Waidgesell, sich stolz emporrichtend; „nun, und der" — setzte er laut auflachend hinzu — „der ist wohl, wie männiglich weiß, ein geschworener Gegner und Feind des Baumkirchner, weil dieser sich nicht beugen will vor dem allmächtigen Gebieter im kaiserlichen Rathe."

Wolfgang Grätzel, der Waidmann, hatte nicht Unrecht mit dieser Behauptung; denn eben in diesem Augenblicke seines geheimen Zwiegespräches mit seinem alten vertrauten Freunde, dem Wirthe Barrabas Rothhahn, fand im oberwähnten einsamen „Ritterhause" ein ähnliches, den gewaltigen Andreas

Baumkirchner betreffendes Gespräch statt, welches zwei Männer hinter einem mit Weinflaschen und duftendem Wildprete besetzten Tische mit einander führten. — Der eine dieser Männer war eine stämmige, untersetzte Gestalt mit ehrlichem, offenen Gesichte, und hatte ganz das Aussehen jener ruhigen Lebemänner, welche den Frieden um jeden Preis wollen, daher überall zu begütigen suchen, wo sie Ursache und Gelegenheit hiezu finden. Er trug auf seinem wohlgenährten Leibe ein Leinwandhemd, damals eine große Seltenheit; denn man trug gewöhnlich nur Hemden von rauhem Wollenzeug, „Sarsche" genannt; er gehörte somit der wohlbemittelten Classe an; nach slovenischer Art hing über seinem Hemde ein langer, breiter Rock, weite Hosen umfingen seine Beine, eine hohe Wollmütze deckte seinen dichtbehaarten Scheitel.

Ihm gegenüber saß eine andere Gestalt: Es war ein hagerer mittelgroßer Mann, schon stark in den Fünfzigen, mit einem ungewöhnlich schmalen und todtenbleichen Gesichte, auf welchem sich wahrhaft eisige Kälte malte. Ueber die kurze Stirne hingen unter einer falschen Haarschichte, einer Art Perrücke, wenige röthlichte, mit Grau untermischte Haare; ein paar kleine, schräg liegende Augen leuchteten wie zwei Funken tief in den von grauen Augenbrauen umschatteten Höhlen; sein fahles Gesicht deutete auf eine fortwährende krankhafte Aufregung seines Innern hin; seine Leinwandbeinkleider lagen an den dürren Schenkeln dicht an; sie waren mit den Bänders so fest zusammengeschnürt, daß es schien, der Träger derselben könne sich nicht frei bewegen; eine kleine Mütze von gelber Seide lag auf seinem Haupte, um seine dünne Brust zog sich ein großer, gelbseidener Wulst; über seinen fest zusammengeschnürten Leib hing ein schwarzer kurzer Jagdmantel, an seiner Lende ein kurzer Hirschfänger; lange Schuhe mit aufwärts gerichteten metallenen Schnäbeln — sogenannten Nasen — bedeckten seine hageren Füße *); eine breite goldene Kette mit einem das Bildniß Kaiser Friedrich IV. tragenden Gnadenpfennig hing über seinen gebogenen Nacken.

Der erste dieser beiden Männer mit der hohen slovenischen Wollmütze auf dem Haupte war der edle Herr Georg Grabner, ein gar wackerer und gesinnungstüchtiger Mann, wie Aquilea Julius Cäsar, einst regulirter Chorherr im Stifte Vorau, berichtet, zu Pankowitz im Jahre 1456 eine Kirche und ein Kloster erbaut hatte; der Andere mit der güldenen Gnadenkette war Hanns Schultermann, der damalige Kanzler Kaiser Friedrich IV.

Zu ihnen trat eben ein dritter, hochstämmiger Mann, vom Scheitel bis zur Zehe schwarz gekleidet, gleichfalls eine goldene Ehrenkette über seiner breiten Brust und einen kurzen Stahldegen an seiner Lende tragend. Sein feines, kluges Gesicht verrieth den Mann der Vorsicht; sein Blick hatte aber etwas Unstätes; ein scharfsichtiger Beobachter konnte in demselben lesen, daß dieser

---

*) Diese damals üblichen Stiefel und Schuhe mit Schnäbeln oder Nasen waren beim Vorwärtsschreiten höchst unbequem; man weiß z. B., daß die Ritter, welche den Herzog Leopold von Oesterreich in die Schlacht bei Sempach begleiteten, sich diese Schnäbel von ihren Schuhen abbauen mußten, um sicher auftreten zu können.

Mann nicht immer mit Entschiedenheit den geraden Weg zu seinem Ziele gehe. Dieser Mann war einer der ansehnlichsten und wohlhabendsten Bürger im alten Grätz und auch in Radkersburg. Er hieß Balthasar Eggenberger und hatte sich zu Algersdorf, einem kleinen Dorfe bei Grätz, einen Wohnsitz errichtet, aus welchem das nunmehrige Schloß Eggenberg entstand. Er bekleidete die wichtige Stelle eines kaiserlichen Münzmeisters oder Finanzministers und schon damals hatte der Ungarkönig Mathias Corvinus ihm das Adelsdiplom zugesandt; — es gelüstete ihn aber auch nach der Adelserhebung am Hofe Friedrich IV. und darum stand er eben an der Seite des mächtigen Kanzlers, welcher ihn nebst dem biedern „Bürger" Georg Grabner zu seinen vertrautesten Freunden zählte und es als einen neuen Be-weis der Ergebenheit des reichen Münzmeisters ansah, als ihm dieser jetzt be-richtete: „wie er, unter dem Vorwande einer Werbung um die Hand einer der Töchter Baumkirchners, in dessen Abwesenheit auf seinen Gütern in Krain ein-gesprochen und sich überzeugt habe: daß Baumkirchners Rüstkammern und Geld-schränke gar wohl gefüllt seien, und daß eben nicht nothwendig sei, mit der Zahlung seiner Soldforderungs-Rückstände zu eilen, auf daß der gefürchtete und reiche Dynast im Lande nicht noch mächtiger werde durch seinen Reichthum, dessen Beschränkung viel eher in der Politik des Kaisers liegen müsse."

Der bleiche Kanzler hörte aufmerksam den Bericht des gewandten Münz-meisters an. „Seine römisch-kaiserliche Majestät," nahm er jetzt mit schwacher heiserer Stimme das Wort, „werden Euch eure treuen und aufopfernden Dienste lohnen, Herr Münzmeister; ich danke Euch vorläufig in Seinem Namen und glaube nach allen Berichten, welche uns zukommen, daß wir gegen die immer mehr und mehr um sich greifende Hausmacht dieses Baumkirchner sehr auf der Huth sein dürfen."

„Seit ihm der Kaiser zur Belohnung seiner Verdienste das Münzrecht verlieh," bemerkte der Eggenberger, „pfuscht er in der That ganz unnöthig in die Hoheitsrechte der Krone."

„Der ungarische Freiherrnstand, welchen ihm König Mathias verlieh, seine Ankaufung der Herrschaft Schlaning im Eisenburger Comitate und die Er-bauung seines festen Schlosses daselbst," ergänzte Herr Georg Grabner, „wor-nach Baumkirchner nun Obergespann und Grundherr in Ungarn geworden ist, sind allerdings Thatsachen genug, um das Mißtrauen des Kaisers gegen diesen Diener seiner Krone zu erregen, der sich, wenn es ihm heute beliebt, auf die Seite der Gegner seines Monarchen schlagen kann — o, ich würde ihn fürchten, diesen Baumkirchner —"

„Und ich hasse ihn!" fiel der Kanzler mit einem kurzen scharfen Ton ein, der die tiefste Tiefe jenes widrigen Gefühles bezeichnete, von welchem er bewegt wurde, wenn der Name seines Todfeindes an sein Ohr schallte.

Eine lange Pause trat zwischen den drei Tischgenossen ein.

„Ich kann mir nicht denken," nahm jetzt Herr Georg Grabner wieder das Wort, „daß Andreas Baumkirchner den bisherigen Glanz seiner ritterlichen Thaten jemals durch Verrath verwischen könnte."

„Herrschsucht ist oft mächtiger als Ehrsucht," entgegnete der Kanzler mit schneidendem Tone. „und daß Andreas Baumkircher dem Hofe in Grätz in diesen Tagen nicht mehr hold ist und nichts Gutes im Schilde führt, zeigen die laut den Berichten des Münzmeisters und der Aussage eines von ihm verjagten und in meine Dienste getretenen Forstwartes immer häufiger werdenden Versammlungen seiner Kriegsgenossen auf seinen Schlössern; es ist Zeit — es ist in der That hohe Zeit, zu handeln, wenn uns dieser steirische Ritter nicht über den Kopf wachsen soll."

„So wie mir der denkweise Baumkircher bekannt ist," bemerkte Herr Georg Grabner, „verlangt der Ritter nur sein gutes Recht; zahlt ihm, Herr Kanzler, seine Soldrückstände aus, und Ihr könnt auch ferner auf seine Treue wie auf Felsen bauen."

„Diese Auszahlung ist derzeit unmöglich," bemerkte der kaiserliche Münzmeister Balthasar Eggenberger, „der Kammersäckel ist leer und —"

„Und wäre er auch gefüllt," fiel der Kanzler Hanns Schultermann ein, „so würde der stolze und schon zu überreiche, daher übermüthige Baumkircher mit meinem Willen keinen löchrigen Pfennig an seinem vermeintlichen Guthaben erhalten; man muß nicht Wasser zum Brunnen tragen —"

„Das ist aber der Wille des Kaisers nicht," bemerkte der ehrliche Grabner; „Seine römisch-kaiserliche Majestät denkt zu rechtlich und ehrt seinen zweimaligen Lebensretter gewiß zu hoch, um demselben eine gerechte Forderung vorzuenthalten."

„Das versteht Ihr Grätzer Bürger nicht," entgegnete der Kanzler unwillig; „überhaupt ist die Politica nicht Eure Sache, und wenn Ihr fürder wollt, daß der Kanzler Hanns Schultermann Euch, Herr Georg Grabner, ein freundliches Auge zeige, so nennt mir nie mehr den Namen des Baumkircher, hört Ihr — nie mehr! — ich will eher täglich in meinem Abendgebete den Teufel mit Inbrunst nennen, ehe ich den Namen jenes Ritters über meine Lippen schlüpfen lasse, welcher, wie ich sicher weiß, nicht einmal schon meinem Herrn und Kaiser meine Treue und Gerechtigkeitsliebe zu verdächtigen suchte —"

Der Kanzler hatte diese mit größter Aufregung ausgestoßenen Worte noch nicht beendigt, als aus dem Walde herauf laute Hornsignale ertönten.

„Der Kaiser kehrt von der Jagd auf den Schloßberg zurück," rief der Kanzler; „auf Wiedersehen, Ihr Herren, und Gott befohlen!"

Nach diesen Worten entfernte sich Hanns Schultermann, der kaiserliche Kanzler, um sich dem Jagdzuge des Kaisers anzuschließen, welcher unten im Forste vorüberjagte und sich dem Schloßberge von Grätz entgegenbewegte.

IV.

Im Freihause der deutschen Herren am Leech.

Da, wo in unsern Tagen eine lange Zeile gut gebauter Häuser nächst dem prächtigen großen Glacis in Graz, die jetzige Zinzendorfgasse hinabläuft, ragt von einer untermauerten Anhöhe das älteste Gotteshaus der steirischen Hauptstadt empor; es ist die uralte Kirche der deutschen Herren am Leech.

Von Herzog Leopold VI. von Oesterreich schon im Jahre 1202 erbaut, wurde sie von seinem Sohne Friedrich dem Streitbaren im Jahre 1233 dem kriegerischen Orden der deutschen Herren übergeben, welche sie noch gegenwärtig besitzen. Ursprünglich das Kirchlein der heiligen Kunigunde genannt, soll sie die einstige Stadtpfarrkirche des alten „Gräß" gewesen sein; im Jahre 1250, als die wilden Ungarn in Steiermark unter Bela IV. einfielen, sank sie in Trümmer, wurde aber im Jahre 1283 wieder erbaut. Ihr Inneres zieren die uralten Wappenschilder jener Ordensmitglieder, welche hier den Ritterschlag erhielten; ihre im tapferen Streite zerfetzten Fahnen hängen an den Spitzgewölben des Kirchleins, zierliche Glasmalereien glänzen in den gothischen Bogenfenstern. Ein pyramidenähnliches Denkmal aus graulichtem Marmor nennt hier den hochverdienten Namen des am 1. September 1813 zu Graz verstorbenen wackeren Arztes Doctor Spoed, und zahlreiche Beter versammelt diese liebliche Kirche an jedem Tage; denn gar häufig werden hier auch Trauermessen für theure Geschiebene abgehalten.

Draußen aber vor dem alten Leechkirchlein liegt wie ein freundlicher Garten ringsherum der kleine Kirchhof, dessen Erde nun, da hier keine Bestattungen mehr stattfinden, nur eingesunkene Gräber hat, worunter insbesondere das der edlen vaterländischen Dichter Johannes von Kalchberg und Carl Schrödinger bemerkenswerth sind. Da liegt auch ein steiermärkischer Methusalem begraben: „Andreas Trattner," besagt der marmorne, in der Kirchenmauer eingefügte Grabstein, „welcher 67 Jahre Meßner an dieser Kirche, 76 Jahre verehelicht war und 105 Jahre alt geworden ist." Er starb gegen Ende des vorigen Jahrhunderts.

In gerader Richtung von dieser Kirche am Glacis stand lange Zeit eine Denksäule an dem Plätze, auf welchem im Jahre 1680 eines Morgens der wackere steiermärkische Arzt Dr. Kaspar Eisenschmied, welcher ohngeachtet vieler Warnungen um Mitternacht das Pestspital in Waltendorf verlassen und den Weg zu seiner Wohnung am Graben eingeschlagen hatte, mit dem Degen in der Hand todt gefunden wurde.

Kaiser Rudolf I. hatte der Commende dieser Ordensritter am Leech die Erlaubniß ertheilt, eine freie Schule zu errichten und während der Religions-streitigkeiten des 16. Jahrhunderts hatten diese Ritter unter ihrem Comthur Johann Cobenzl de Proßeg im Jahre 1583 in ihrem Hause dicht neben der kleinen Steintreppe, welche gegenwärtig zum Kirchlein emporführt, ein sogenann-tes Asyl errichtet, wohin sich jeder Verfolgte flüchten konnte.

Vor diesem Ordenshause waren an einem heitern Novembermorgen des Jahres 1468 breite Zelte mit den weiß-grünen steirischen Landesfarben aufge-schlagen, in welchen sich reichgekleidete Edelleute zwischen Rittern der deutschen Ordenscommende bewegten und vor welchen kaiserliche Trabanten mit blitzenden Tartschen und Hellebarden Wache hielten, während die vollen Töne der Orgel im Kirchlein eine hohe gottesdienstliche Feier verkündeten.

Dieser Feier wohnte der ganze kaiserliche Hof bei, denn sie war eine Abschiedsfeier, welche Kaiser Friedrich IV. in dieser Kirche veranstaltete, ehe er seinen Wallfahrtszug nach Rom unternahm, dessen nächster Zweck, außer dem Wunsche, am Grabe des Apostelfürsten den Segen des Himmels zu erflehen, die Absicht war: den auf Papst Pius II. folgenden Papst Paul II. zu einem entscheiden-den günstigen Schritte bezüglich des ohnehin unwidersprechlichen Erbrechtes des Kaisers auf Ungarn und Böhmen zu bewegen.

Die Klänge der Orgel waren verrauscht, die stillen Beter sammelten sich zur Rückkehr aus dem Kirchlein, als im obersten Gemache des deutschen Ordens-hauses ein schmächtiger Mann in einen kurzen spanischen Mantel von schwerem schwarzen Sammte gehüllt saß; sein schmales, bleiches Antlitz mit einem fast spitzigen Kinn trug Spuren der vielfach erlebten Erdensorge; Hoheit und Würde thronte auf seiner Stirne, aber auch ein gewisser Zug des Mißtrauens lag auf seinem feingespaltenen Munde. Er saß auf einem hohen Lehnsessel und seine magere rechte Hand, geziert mit einem Demantringe von seltener Schönheit, ruhte auf dem Buche der Bücher, der Bibel, die auf einem Tischchen vor ihm lag und auf deren Deckel die bis heute noch unenträthselten Buchstaben A. E. I. O. U. standen, welche dieser Mann auf alle Werke setzen ließ, die er jemals in der Zeit seines Lebens zu Tage förderte.

Dieser Mann war Kaiser Friedrich IV., als Herzog von Steiermark der V. dieses Namens, dessen Bildniß, wie eben geschildert, nebst dem seiner Ge-malin Eleonore im Landesmuseum zu Linz, in dessen Schloße er sich oft aufhielt und auch noch im hohen Alter an seinem Fuße amputirt wurde, auf-bewahrt ist.

Dem Kaiser zur Seite stand sein treuester Rathgeber, der mächtige Kanz-ler Hanns Schultermann, mit welchem der Kaiser, nachdem er seine letzte Ab-schiedsandacht vor dem Altare des Herrn verrichtet hatte, nun auch noch die letzten Verhaltungsregeln während seiner kurzen Abwesenheit am päpstlichen Hofe besprach:

„Wir gedenken nicht zu lange in der heiligen Stadt zu verbleiben," sagte er, „und wünschen, daß während Unserer Abwesenheit Friede und Eintracht walte im Lande."

„Dann möge es Eurer Majeſtät gefallen," entgegnete der Kanzler, „die mächtigſten der Burgherren von ihren Schlöſſern vorerſt noch auf den Schloß- berg nach Grätz zu berufen, und ihnen den unverbrüchlichen Landfrieden einzu- ſchärfen; ſonſt fürchte ich, daß dieſe Herren gerade die Abweſenheit Eurer Ma- jeſtät benützen und uns Allzeitgetreuen einen ſchweren Stand bis zu Eurer Rückkunft bereiten werden, zumal Einer an der Spitze der „Uebermüthigen" im Lande ſteht, der geſtern noch ein Schreiben an die Kämmerer Eurer Majeſtät einſandte, worin er in ziemlich herausfordernder Weiſe auf Abrechnung dringt, ehe Euere römiſch-kaiſerliche Majeſtät die Reiſe nach Rom antritt."

„Abrechnung?!" fuhr der Kaiſer empor; „wer wagt in dieſem Tone mit ſeinem Herrn und Kaiſer zu reden?"

„Andreas Baumkirchner, der Stimmführer der mißvergnügten ſteiriſchen Ritterſchaft," entgegnete der Kanzler kalt.

„Ah, der Baumkirchner!" rief der Kaiſer; „nun — der darf allerdings mit Uns lauter reden, als jeder Andere im Lande," ſetzte er hinzu.

„Nie aber ſo laut und unehrerbietig," fiel der Kanzler ein, „daß er for- derte, wo er immer nur zu bitten hat."

„Recte," entgegnete der Kaiſer; „aber Uns dünkt, wir haben den Mann nun ſchon ziemlich lange bitten laſſen. — Wir lieben das Recht und wollen es ehren im gemeinen Manne, geſchweige denn bei den Anſprüchen eines unſerer treueſten Diener, der — Wir haben es nicht vergeſſen — Uns bei Neuſtadt und in der Kaiſerburg zu Wien Dienſte erwieſen hat, wie Keiner vor ihm."

„Aber nun der Ehrfurcht gegen ſeinen Monarchen hintanſetzt," bemerkte der Kanzler, „indem er fordert und — droht!...."

„Droht?" fuhr der Kaiſer empor. —

„Der Münzmeiſter Eurer Majeſtät, Balthaſar der Eggenberger," berich- tete der Kanzler, „hat es ausgekundſchaftet, daß Andreas Baumkirchner damit umgeht, mit ſeinen Kampfgenoſſen und mehren begüterten Bürgern der Steiermark ein Bündniß einzugehen, um ſeine Forderung nöthigenfalls — mit bewaffneter Hand durchzuſetzen."

„Hanns Schultermann!" rief der Kaiſer, bleich wie der Tod von ſeinem Seſſel aufſpringend, „ich ſage Dir, Du lügſt!" —

„So hat Euer Münzmeiſter gleichfalls gelogen, Majeſtät!" rief der Kanzler.

„Du! traue dem Eggenberger nicht allzuſehr," rief Friedrich, „Wir ſagen Dir, Kanzler, dieſer Münzmeiſter trägt ſchon lange den blaßen Neid gegen die Verdienſte Unſers Baumkirchner in ſeinem Schilde — und auch Du, Kanzler, haſſeſt den Mann, dem Wir Dank ſchuldig ſind; o, Friedrich hat ein gutes Auge; und — kurz, es iſt unmöglich, daß ein Mann, der Uns zweimal das Leben rettete, Uns jemals verrathen könne!"

„Die Zeit wird lehren, ob Euer Kanzler ſich irrte, Majeſtät!" ſagte Hanns Schultermann, ſich verbeugend; „inzwiſchen bitte ich in Ehrfurcht um die Gewährung offener Hand, wenn ich ſolche während Eurer Majeſtät Abweſen- heit in Rom nöthig haben ſollte."

„Die sollst Du haben für alle Fälle," sagte der Kaiser; „aber höre, Hanns Schultermann: Wir wollen, daß die Sache mit dem Andreas Baumkirchner während Unserer Abwesenheit geschlichtet werde; Wir wollen, daß der hochverdiente Ritter zu seinem Rechte gelange; der Münzmeister soll sorgen, wie er das Geld auftreibe; sobald es aus Unserer Kammercasse flüssig ist, befriedigest Du den Baumkirchner und seine Kriegsgenossen und lösest Unsere Schuldbriefe von ihm ein — höre, Schultermann, das ist Unser unumstößlicher Wille; Recht bleibt Recht und nie wird Friedrich der Vierte wissentlich seine Hand bieten zu einem Unrechte. Merke Dir, was die Buchstaben ob Unserem Burgportale bedeuten: A. E. I. O. U., das soll heißen: Alles Ehrenhafte Ist Ohne Unrecht — nur im Rechte fußt die Ehre."

Nach diesem kurzen Zwiegespräche des Kaisers mit seinem Kanzler traten der Comthur der deutschen Ordensritter und Herr Wilhelm Graf von Thyrnstein, der Landeshauptmann von Steiermark (ein Nachfolger des Herrn Ulrich von Graben), in's Gemach, welchen der Kaiser gleichfalls Verhaltungsbefehle für die Dauer seiner Abwesenheit ertheilte, worauf sich der ganze kaiserliche Zug gegen den Schloßberg in Bewegung setzte, in dessen Kapelle der Monarch noch kurze Zeit verweilte, um sodann die letzten Anstalten zu seiner für den nächsten Tag anberaumten Abreise nach Rom zu treffen.

Aber mit einem wahrhaften Faungesichte stand Hanns Schultermann, der Todfeind Baumkirchners, lange noch auf dem Platze vor der Leechkirche, als die kaiserlichen Wagen bereits dem Schloßberge zurollten. Seine Absicht, gegen den von ihm gehaßten Ritter vor der Abreise des Kaisers noch einen Streich zu spielen, war gescheitert — noch stand Baumkirchner fest in der Gunst seines Monarchen; Friedrichs rechtlicher Sinn konnte nicht erfassen, daß ein Held wie Baumkirchner zum Verräther werden sollte — aber der rechtliebende Monarch bedachte nicht, daß er Diener in seiner nächsten Umgebung habe, welche auf Mittel und Wege sannen, den Mann, der bis dahin noch kein Verräther war, zur Verrätherei zu t r e i b e n . . . .

Jetzt stand der kaiserliche Kanzler, gedankenvoll weiter und weiter schreitend, am Fuße des Schloßberges; dort blickte er auf und vor ihm stand Wolfgang, der Waidgeselle und gewesene Forstwart Baumkirchner's, nunmehr im Dienste des Kanzlers.

„Herr," sagte er, „ein böser Gast ist eben durch den Graben geritten; der Baumkirchner will den Kaiser noch sprechen, bevor dieser sich zur Abreise anschickt —"

„Das muß verhindert werden!" braus'te der Kanzler empor.

„Auch meine Meinung," entgegnete Wolfgang, „hab' auch sogleich unsern verläßlichsten Schloßtrabanten, den Himmelfreund, vor das Thor postirt, daß er Jedermann bedeute: der Kaiser nehme keine Bitte mehr entgegen und werde in einer Stunde mit Roß und Wagen nach Italien abgehen."

„Wolfgang, Du bist der treueste und gewandteste Diener meines Amtes," rief Hanns Schultermann, der Kanzler, dem Waidgesellen auf die Schulter klopfend; „Du sollst von nun an die erste Stelle unter meinen Trabanten einnehmen!"

„Wollt Ihr mir trauen und mich in Vorhinein lohnen für die Treue, die ich Euch noch beweisen werde, Herr," entgegnete Wolfgang Gräßel, „so gebt mir e i n Amt auf dem Schloßberge, nach dem mich gelüstet, weil es mir das größte Ansehen gleich nach Euch da oben verschaffen wird."

„Gleich nach mir?" fragte der Kanzler und sein kleiner Mund verzog sich zum grinsenden Lächeln — „gleich nach mir? — und das wäre?"

„Macht mich zum Scharfrichter des Schloßberges," sagte der Waldmann, „dies Amt wird mir den Respekt noch v o r Euch sichern und liefert mir früher oder später meinen und Euren Todfeind in die Arme. Wollt Ihr mir also das Richtschwert dort oben und die eiserne Jungfrau anvertrauen?"

Der Kanzler warf einen langen Blick auf den Frager — sichtliche Befriedigung malte sich auf seinem Antlitze.

„Sollst sie haben," sagte er kurz. —

Dann stiegen beide Männer vollends den Berg hinauf und ein dichter Wollenschleier des von der Mur heraufsteigenden Novembernebels senkte sich wie ein riesenhaftes Bahrtuch auf die Zinnen des Berges.

~~~~~~~

V.

Edelweiß.

An den reizenden Ufern der Mur, welche sich wie ein Silberband zwischen himmelhohen Gebirgen in's Thal herabschlingt, lag einst das römische Marcola. Einige alte Schriftsteller glauben, es sei Marcola das alte Grätz, Andere meinen: es sei das heutige Muregg, noch Andere: es sei Leibnitz gewesen. — In der That fand man auf dem Leibnitzer Felde noch viele Spuren des römischen Alterthums, behauene Steine, alte Münzen der römischen Cäsaren und sonstige antike Gegenstände, welche andeuten, daß auf diesem Platze einst eine große Stadt gestanden sein mochte, deren gewaltige Mauern, wie so viele andere menschliche Werke dem Zahne der Zeit anheimgefallen sein mochten.

Noch im fünfzehnten Jahrhunderte war Leibnitz eine Stadt, mit starken Ringmauern und allen Freiheiten, welche eine Stadt damals genoß. Wie es kam, daß aus der Stadt ein Markt wurde, hat die Vaterlandsgeschichte wohl verzeichnet, und den Anfangspunkt hievon bildete eine Versammlung, welche im Beginne des Sommers des Jahres 1469, als Kaiser Friedrich IV. in Italien abweſend war, im Hauſe des Bürgers und Richters von Leibnitz, Chriſtoph Hammer, abgehalten wurde.

Johannes und Friedrich von Stubenberg, Johann von Pöſing, Niclas von Lichtenſtein und Andreas Greißenecker hießen die Ritter, welche in einer dunkeln Hinterſtube, einer Art Familienſaal des Hauſes, auf hohen Lehnſtühlen um eine elrunde Eichentafel ſaßen; zwiſchen ihnen die reichbegüterten Steiermärker Ulrich Peßnitzer, Lorenz Hausner und die beiden Brüder Naerringer. — Die Nacht lag braußen auf dem Lande und nur eine kleine Hängelampe beſtrahlte mit zweifelhaftem Lichte die ernſte Verſammlung.

Entſchloſſenheit und wilder Trotz malte ſich auf den braunen, bärtigen Geſichtern der Ritter dieſer ernſten Tafelrunde, — in tiefem Schweigen, aber nicht minder trotzigen Ausſehens ſaßen die anderen Theilnehmer dieſes fürchterlichen Bundes da, deſſen hoher Ernſt durch den kreidebleichen, grinſenden Todtenſchädel und das große Richtſchwert, welche neben einer mattbrennenden Wachskerze und dem Evangelienbuche auf dem Tiſche lagen, angedeutet wurde. — Es galt hier die Ablegung eines ſchweren Eides zu einem ſchweren Werke! — Es tagte hier ein furchtbarer Bund mächtiger und reichbegüterter Männer der alten Steiermark, ein Bund, deſſen Bundeszeichen ein Büſchlein Edelweiß war, welches jeder der Anweſenden auf ſeinem Helme oder ſeiner Wollmütze trug — der furchtbare Bund benannte ſich daher „Edelweiß“ und ſein Gebieter und Führer trat jetzt, zum Siege oder Tode entſchloſſen, ein Rieſe im klirrenden Harniſche, durch die auffſpringende Saalthüre.

Dieſer Herr und Gebieter des furchtbaren Bundes auf Leben und Tod war niemand Anderer als Andreas Baumkirchner, der Gewaltigſte der Gewaltigen in Steiermark.

Wie das leibhaftige Bild des blaßen Senſenmannes, welcher als Würgeeugel des Herrn über die Fluren der Erde ſchreitet und Alles mit ſeinem eiſernen Fuße zu Boden ſchmettert, ſo ſchritt Andreas Baumkirchner vor dieſe Verſammlung ſeiner Getreuen.

Sein ganzes Weſen ſchien in Bewegung; er glich einem glühenden Rieſen, der fürbaß aus der Hölle kommend, Alles entzünden und verſengen wolle, was in ſeinen Luftkreis käme. Seine dunkeln Augen glühten wie ein paar Feuerräder; ſeine Lippen zitterten, ſeine Haare ſchienen ſich unter dem Eiſenhelme, auf welchem gleichfalls das ſeltene Edelweiß prangte, emporzuſträuben, ſeine linke Fauſt hatte den großen Kreuzgriff ſeines Schwertes erfaßt, während ſeine Rechte ein zuſammengefaltetes Pergament auf die Tafel ſchleuberte:

„Da habt Ihr den kaiſerlichen Gnadenbrief!“ ſchrie er, indem er mit tönenben Schritten an die Tafelrunde herantrat, „da habt Ihr den kaiſerlichen Gnadenbrief, Ihr Herren, leſt ihn, und wenn Einer von Euch noch zweifelt, was Andreas Baumkirchner vom Schloßberge zu Grätz erwarten darf, ſo mag ihn hierüber dieſes Schreiben belehren, welches uns der hochgelahrte und hochweiſe Herr Kanzler Seiner römiſch-kaiſerlichen Majeſtät eben zuſtellen ließ.“

Einer der Herren an der Tafelrunde im braunen Koller mit einem klugen Gesichte, Herr Lorenz Hausner, entfaltete das Pergament — „der Kanzler des Kaisers," sagte er, nachdem er es durchflogen hatte, „erklärt in diesem Schreiben mit schönen Redewendungen: daß die kaiserliche Kammercasse derzeit, ganz besonders von wegen der kostspieligen Reise Seiner römisch-kaiserlichen Majestät nach Rom, nicht im Stande ist, den Ritter Andreas Baumkirchner mit seinen Bitten um Ersatz seiner großen Rückstände an Sold, den er für die kaiserlichen Truppen vorschoß, anitzo zu befriedigen und contentiren, derohalben der Supplicant vorderist zur Ruhe und zum Zuwarten verwiesen werde, bis —"

„Schweigt! und fort mit dem Zettel!" donnerte Baumkirchner, indem er das Pergament aus den Händen des Lesers riß — „das übrige Geschreibsel des Kanzlers, Ihr Herren, enthält Drohungen an mich — hört Ihr, an mich, der ich drohen sollte, daß sie mir mein gutes Recht verweigern!"

„Drohungen?!" riefen mehrere der Ritter — „Drohungen dem Baumkirchner!"

„Ja, Ihr Herren," rief der Ritter, von Neuem aufflammend, „der Hanns Schultermann am Schloßberge, der, wie Ihr wißt, dort oben Alles gilt, nennt mich in diesem Schreiben bereits einen „Landfriedensbrecher", so ich nicht augenblicks mich bescheiden und fürderhin in Demuth und Geduld abwarten würde, was er über mich beschließe."

Tiefes Schweigen folgte diesen Worten des Ritters; die Herren an der Tafelrunde mochten eben zum ersten Male von dem bangen Gefühle der furchtbaren Bedeutung jenes Werkes beschlichen werden, zu welchem sie hier zum ersten Male versammelt waren. —

Aber der Baumkirchner fuhr jetzt mit ruhigerer Stimme fort: „Nun, Ihr wißt, Ihr Herren, was Andreas Baumkirchner für den Kaiser gethan, Ihr wißt, welche Soldvorschüsse ich seinen Reisigen aus meinem Säckel gemacht; Ihr wißt, wie ich mich selbst mit meiner ganzen Habe für die Bezahlung dieser Rückstände, so weit Ihr dazu beitrugt, verbürgt habe; Ihr wißt, daß mir die Stände Steiermarks, Kärntens und Krains für meine Forderungen einen Schuldbrief ausstellten — daß ich aber demungeachtet seit Jahren nicht befriedigt wurde, nicht weil der Kaiser mich nicht befriedigen wollte, sondern weil sein Kanzler, dieser mich — ich weiß es — tief hassende Hanns Schultermann, die Sache immer und immer zu verzögern weiß."

„Recht so, Andreas Baumkirchner," nahm hier ein stattlicher Ritter an der Tafelrunde mit einem edelschönen Antlitze, Herr Niclas von Lichtenstein, das Wort, „nicht der Kaiser ist es, der Euch euer gutes Recht verweigert, denn Friedrich ist gerecht — aber sein Kanzler mit dessen Anhang steht Euch entgegen —"

„Und hat," fiel der Baumkirchner ein, „mit Schlauheit und List den letzten Versuch, den ich machte, um vor der Abreise des Kaisers nach Rom mein gutes Recht durchzusetzen, zu vereiteln gewußt — als ich den Schloßberg hinauritt, um dem Herrn noch einmal vor seiner Reise meine Bitte vorzutragen, da klangen die Hornsignale seiner Vorreiter auf der andern Seite durch die Stadt hinab und der Kanzler ließ mir sagen: „Ihro römisch-kaiserliche Majestät sei eben in der Abfahrt begriffen und könne Niemanden mehr empfangen."

„Und das wagte er einem Baumkirchner zu sagen?" rief Hanns von Stubenberg; „gehörtet Ihr denn nicht eben zur Schaar der Getreuesten der Treuen des Kaisers, die ihm das Geleite gaben, bis weit über Göſting hinaus." —

„Ihr hättet Euch nicht zurückweisen laſſen ſollen, Baumkirchner," bemerkte der Niclas von Lichtenſtein.

„Das ſagte ich ihm auch," fiel der Greißenecker ein, „ich war eben an ſeiner Seite und wollte ſein Roß am Zügel vorwärts reißen, aber ſein Aerger war gewaltiger, er wandte ſeinen Rappen und wir jagten in den Graben zurück, aus welchem wir gekommen waren."

„Nun aber werden wir vorwärts jagen, Freund Greißenecker," donnerte Baumkirchner; „dieſes Pergament, Ihr Herren, iſt der Abſagebrief des Kanzlers — hört Ihr, des Kanzlers, nicht des Kaiſers. — Gegen Seine römiſch-kaiſerliche Majeſtät will ich nicht auftreten; er weiß nicht, was ſie in ſeinem Namen thun; aber ſeinen Kanzler und deſſen Anhang will ich züchtigen, dieweil der Herr abweſend iſt in fernen Landen, und wenn Friedrich zurückkommen wird, ſo wird er mir ſelbſt es danken, daß ich es that."

Jetzt hob ſich Niclas von Lichtenſtein von ſeinem Sitze empor; auf ſeinem männlich-ſchönen Antlitze, welches eine tüchtige Narbe als Wahrzeichen ſeiner beſtandenen Kämpfe trug, gab ſich ein Zug der Unſicherheit und des Zweifels kund; er mochte vielleicht eben fühlen, daß in dieſem Augenblicke der Entſcheidung ein ſchweres Wort geſprochen werden würde, welches Alle mit zu verantworten haben würden, die an dieſer Tafelrunde ſaßen.

„Was gedenkt Ihr alſo zunächſt zu thun, Baumkirchner?" fragte er — ſollen wir in corpore, wie die gelehrten Herren es benannten, vor den Kanzler treten und, ſtatt ſelbander, Alle zuſammen unſer gutes, verbrieftes Recht begehren?"

„Das, dächte ich auch, wäre das Gerathenſte," bemerkte Johann von Stubenberg; ſo nach echt kriegeriſcher Weiſe, wie eine geſchloſſene Wagenburg in unſeren Harniſchen gegen den Grätzer Schloßberg hinaufzuroſſeln, insgeſammt vor den Kanzler hinzutreten und unſer gutes Recht —"

„Mit wohlgeſetzten Worten noch einmal zu erbitten?!" rief laut auflachend Andreas Baumkirchner — „um dann mit einem gnädigen Vertröſtungsbriefe des Herrn Kanzlers den Rückweg in unſere Burgen zu finden. — Hanns von Stubenberg, in Deinen Adern rinnt noch blaßrothes Taubenblut; Du hätteſt beſſer gethan, von unſerem Bunde fern zu bleiben, denn Du vergiſſeſt, daß der erſte Hauptpunkt unſeres Pactes in dem ernſten Schwure beſtehen ſoll: „Keine Worte mehr, ſondern einzig die That!"

„Keine Worte mehr, ſondern einzig die That!" riefen die übrigen Männer der Tafelrunde.

„Der Baumkirchner hat Recht!" ſchrie der Greißenecker dazwiſchen; „wir haben lange genug vergebene Worte gewechselt; jetzt ist es Zeit zum Handeln."

„Und ich habe bereits gehandelt, meine Freunde," rief Andreas Baum-kirchner — „in diesem Augenblicke jagt mein treuer Leibknappe, der Mathes Nakowitz, dem Schloßberge in Grätz zu, um dem Kanzler meinen Absagebrief zu bringen!"

Andreas Baumkirchner schwieg. — Tiefe Stille herrschte im Saale; man konnte das Säuseln der Nachtluft vernehmen, welches an die schmalen Bogen-fenster schlug, vor welchen jetzt schwere Regengüsse vom weinenden Himmel rauschten. —

Jetzt riß Andreas Baumkirchner ein zweites Pergament unter seinem Brustharnische hervor. — „Ich habe also bereits gehandelt, Ihr Herren," sagte er mit volltönender, feierlicher Stimme — „ich bin Euch, wie es sich ziemt für den Mann der That, auf dem Wege vorangegangen, den auch Ihr nun betreten sollt; — hier ein zweiter Absagebrief, den Ihr Alle, die Ihr unserem Bunde angehört, unterschreiben werdet, so Ihr es ehrlich meint mit unserer Sache; unten im Hofe harrt mein zweiter Leibknappe, um auch diesen Brief auf meinem schnellsten Renner diese Nacht noch nach Grätz zu befördern."

„Recht so, Andreas!" rief der Greißenecker aufjubelnd, „Du bist wahr-lich ein Mann der That und der zweite Andreas im Bunde reitet sogleich hinter Dir!" — Er riß bei diesen Worten das Pergament und das große Tintenfaß auf der Tafel an sich und malte, so gut er eben konnte, sein Namenszeichen darunter. —

„Ich hab' weder lesen noch schreiben gelernt," schrie Johann von Pösing, „aber wo der Baumkirchner dictirt, da sollen auch meine Kreuze stehen." — Er ergriff die Feder und malte drei große Kreuze auf das Pergament.

„Auch die unseren!" riefen die Brüder Närringer, der Pößnitzer und Hausner; der baumlange Ritter Friedrich von Stubenberg aber konnte gar nicht abwarten, bis die Feder zum Aufklecksen des Kreuzzeichens in seine Faust ge-langte; — „Mit Baumkirchner auf Tod und Leben!" brüllte er; dann tauchte er die fünf Finger seiner rechten Hand in das große Tintenfaß und drückte sie auf dem Pergamente ab, eine derbe Art der Unterzeichnung der Urkunde des Fehdebriefes, wie sie aber in jenen Zeiten, da die wenigsten Ritter des Schrei-bens kundig waren, nicht selten vorkam. —

Nur sein Bruder Hanns von Stubenberg und Niclas von Lichtenstein standen noch nachdenkend vor dem Tische.

Andreas Baumkirchner beobachtete Beide — „Reich' mir dies Pergament wieder, Andreas," rief er dem Greißenecker zu, „es ist nicht lauter Edelweiß in unserem Bunde!"

„Meinst Du?" fuhr der Lichtensteiner auf; „merk' Dir's, Baum-kirchner, Strohfeuer gibt nur kurze Wärme — langsame Gluth macht den Ofen heiß."

„Auch ich denke stets, ehe ich handle," sagte Hanns von Stubenberg; „mein Bruder thut es umgekehrt; ja, Baumkirchner, ich theile vollkommen

Deine Meinung, daß die Zeit des Wartens vorüber, und daß die Zeit zum Handeln gekommen ist — aber ein altes deutsches Sprichwort sagt, „bei Allem was Du thust, nimb wohl in Acht — bei Allem Du das End betracht' "; — ist auch ein förmlicher Absagebrief schon an der Zeit!"

„Zaghafte!" grollte Baumkirchner — „man merkt Euch die Vorsicht des Alters an — nun, was will denn der Baumkirchner weiter als einen ehrlichen offenen Kampf — keine Hinterlist, keinen Ueberfall, keine Schlinge für den Feind — einen offenen, ehrlichen Absagebrief, wie er Sitte ist im Lande unter der Ritterschaft, und will das Alter bedenklich werden bei der Wahl meiner Mittel, zu unserem Rechte zu gelangen, ei, so soll die Jugend sich zu den Schaaren gesellen, die ich im offenen Kampfe diesem Kanzler entgegenführen will — wißt, wir theilen auch Gesinnungsgenossen im Lager unserer Feinde selbst —"

In diesem Augenblicke flog die Saalthüre auseinander und strahlend im blitzenden Waffenschmucke, wie ein Sanct Michael mit dem Flammenschwerte, gewappnet vom Scheitel bis zur Zehe mit den Landesfarben, stand Georg von Rainach, der junge kaiserliche Feldhauptmann, vor der Tafelrunde.

„Ein kaiserlicher Feldhauptmann!" schallte es im ganzen Kreise; „das ist Verrath!"—

Andreas Baumkirchner aber trat lächelnd auf den jungen Mann zu und reichte ihm die Hand.

„Mit nichten, Ihr Herren," sagte er, „der ist kein Verräther, sondern ein willkommener Gast meines Hauses, den ich hieher beschieden habe, um ihm zu sagen, daß Andreas Baumkirchner ihn für immer an seiner Seite sehen möchte, wo es gilt, altes Recht zu vertheidigen —"

„Und für seinen Kaiser und Herrn einzustehen," fiel Georg von Rainach ein, „wie Andreas Baumkirchner im heißen Kampfe für ihn eingestanden ist bei Neustadt und auf den Mauern vor Wien."

„Ja, für den Kaiser," sagte Baumkirchner mit Betonung, „aber auch entschieden gegen seine Feinde, die ich bekämpfen will, so lange meine Faust dieses Schwert schwingen mag, welches mein Ahnherr, der treueste Knappe Kaiser Heinrich des Vierten, von diesem empfing, als er den von all' den Seinigen verlassenen Fürsten begleitete, wohin er sich wandte, und dafür von dem Kaiser zum Ritter geschlagen und mit dessen eigenem Schwerte, das ich nun hier trage, umgürtet wurde."

Andreas Baumkirchner riß bei diesen Worten das kurze deutsche Schwert, welches er an seiner Lende trug, aus der eisernen Scheide und hielt es dem jungen Feldhauptmann entgegen.

„Georg von Rainach!" sagte er, „Ihr nanntet mich, als Ihr unlängst auf meinem Schlosse in Krain in meinem Familienkreise erschienet, Euer ritterliches Vorbild und sprachet den heißen Wunsch aus, in die Fußstapfen des Ritters Andreas Baumkirchner zu treten — wohlan! Raschheit und Entschlossenheit sind die Schlagworte, die den Andreas Baumkirchner zu allen Zeiten bei all' seinen Thaten geleitet haben — er kennt keine langen Umwege: geradeaus heißt sein Wahlspruch; Offenheit und Ehrlichkeit in Wort und That. — Darum sage ich es Euch jetzt auch hier, wohin ich Euch beschieden habe, um mein Wort über Eure Bewerbung in meinem Hause zu vernehmen: daß ich Euch achte und Eure junge kraftvolle Mannheit an mein erfahrenes Alter binden möchte, so Ihr dem Bunde meiner Freunde hier beitreten wollt, den wir längst schon schlossen, nun aber mit Eid und Unterschrift heiligen und bekräftigen wollen: den Bund des Rechtes gegen das Unrecht."

Georg von Rainach trat einen Schritt zurück — „Gerabeaus, heißt Euer Wahlspruch," sagte er, „Ehrlichkeit in Wort und That! und doch, Herr Andreas Baumkirchner, holt Ihr eben gar weit aus, um mir das, was ich ahne, in besserer Umhüllung zu zeigen. — Gebt ein kurzes Wort: was sinnet und berathet Ihr hier, zu welchem Bunde wollt Ihr Euch hier einigen? — Ist es wahr, was man mir auf dem Schloßberge zu Grätz in die Ohren raunte, daß Ihr dem Kaiser, Eurem Herrn, den Gehorsam aufkündigen wollt?"

„Nicht dem Kaiser, meinem Herrn," rief Baumkirchner mit Macht, „sondern seinem Kanzler, der die Abwesenheit des Herrn benützt, um im Lande nach Willkür zu schalten; ihm habe ich, weil er mir mein gutes Recht und das gute Recht dieser meiner Freunde, für deren Soldrückstände ich mit meiner ganzen Habe eingestanden bin, beharrlich verweigert, einen Fehdebrief zugeschickt und ein zweiter wird folgen, den aber meine Freunde da sammt und sonders unterzeichnet haben und den auch Ihr, Herr Ritter von Rainach, billigen werdet, wenn Ihr wirklich in meine Fußstapfen treten wollet, wie Ihr mich versichert habt."

Andreas Baumkirchner hielt hier einen Augenblick inne — er fühlte, daß er ein schweres Wort gesprochen habe — es war in der That ein schweres, ein ungeheueres Wort: einen kaiserlichen Feldhauptmann, der die Feldbinde des Hofes trug, mit so bestimmten Ausdrücken zum Treubruche gegen seinen Monarchen aufzufordern. Aber die Leidenschaft ist blind, und Andreas Baumkirchner, der Held von Wiener-Neustadt, schwankte bereits auf abschüssigem Boden der dunkeln That entgegen, die sein Verhängniß war . . .

Unendlicher Schmerz malte sich jetzt in den schönen Zügen des jungen Feldhauptmannes; er warf seine dunkeln Augen im Kreise herum —

„Träume ich?" rief er, „oder umflort Wahnsinn mein Gehirn? — Wie? Die Edelsten der Edlen, die Tapfersten der Tapferen im Lande sehe ich hier versammelt, sie, die sonst zur Fahne des Kaisers standen, sie unterschreiben jetzt den Fehdebrief gegen ihn —"

„Nicht gegen ihn, sondern gegen den Kanzler!" fiel der Greißenecker ein.

„Das ist eitel Wortgeflecht!" rief Georg von Rainach — „habt Ihr Beschwerden gegen den Diener, so mögt Ihr warten, bis der Herr zurückkömmt und sie hört."

„Wir haben bei dem Herrn schon zu oft gegen seinen Diener vergeblich geklagt," schrie Hanns von Pösing — „nun wollen wir Thaten an die Stelle setzen, wo Worte nicht mehr genügen."

„Und eben darum," setzte Friedrich von Stubenberg hinzu, „wollen wir die Zeit wählen, da der Herr abwesend ist, und Niemand sagen kann, daß wir ihn befehden."

Georg von Kainach wandte sich jetzt gegen Baumkirchner: „Und Du, o Held der Ehre und Tapferkeit, Du Zierde Deines steirischen Vaterlandes!" rief er in fast welchem Tone, „Du, der Du an einem einzigen Deiner glorreichen Kampfestage aus dreizehn Wunden für Deinen Kaiser und Herrn geblutet hast, Du willst nun Deinen ehrlichen, spiegelreinen Wappenschild, ohne Fehl und Tabel, beflecken im unehrlichen Kampfe gegen Deinen Gebieter — o, thu' es nicht! — Laß' nicht bereinst, großer ritterlicher Held der Steiermark, die Landesgeschichte von Deinen Thaten erzählen: er war groß und tapfer, aber er fiel, weil er nicht treu war bis an's Ende!"

Baumkirchner blickte den jungen Sprecher, dessen Auge schier feucht geworden war bei dieser Rede, in's flammende Gesicht.

„Georg von Kainach!" sagte er, den herzlichen Ton des jungen Ritters erwiedernd, „sage Dich los vom Dienste des Ungerechten und stehe zu den Helden des Vaterlandes, die nichts weiter wollen, als ihr gutes Recht durchsetzen, nicht den Kaiser, unsern angestammten Herrn und Gebieter, wollen wir befehden, nein, nur zwingen wollen wir ihn, den Kanzler zu entfernen, der unser gutes Recht uns vorenthält; der Kaiser selbst wird es zuletzt billigen, daß wir ihm den Boden säuberten, als er abwesend war, und daß wir das Unkraut ausjäten, ehe denn er in seinen Hausgarten zurückkehrt — Georg von Kainach stehe zu uns bei diesem Werke! — Georg, mein S o h n, stehe zu Deinem V a t e r!"

Andreas Baumkirchner breitete bei diesen Worten weit seine Arme aus, sein ganzes rauhes Wesen schien plötzlich umgestaltet, sein großes Herz pochte hörbar, sein feuchter Blick ruhte auf dem schönen Haupte des jungen Feldhauptmannes, welcher, wie ein jugendlicher Alcid am Scheidewege, jetzt zwischen Liebe und Ehre stand! — — — Er hatte aus dem Munde des gewaltigsten und bisher ehrenhaftesten Helden seines Vaterlandes Worte vernommen, Worte, die Andreas Baumkirchner, der rauhe Sohn des Krieges, nur selten zu sprechen pflegte: Worte der Liebe! . . .

Baumkirchner, der ernste, große, edelste Held des Vaterlandes, hatte ihn S o h n genannt! . . . „Vater! Vater!" hallte es in seinem Herzen wieder — hier stand die Liebe mit ihrer freundlichen lockenden Himmelsgestalt — sie rief ihm zu: Martha Baumkirchner harret dein! — der Vater segnet dich, wenn du zu ihm stehst in Freud' und Leid! . . . Aber hier stand wieder die Ehre mit ihrem unerbittlichen Gesetze: sie deutete auf die kaiserliche Feldbinde, die er trug, und sein gutes, unentweihtes Schwert — — sie mahnte ihn leise, aber ernst: es gibt kein Glück der Liebe auf dem Wege, auf welchem von ihr die Ehre zertreten wird . . . .

Unseliger Kampf, herzzerreißender Zwiespalt, der jetzt im Innern des unglücklichen jungen Mannes tobte!

Aber im höchsten Schmerze zeigt ihre höchste Kraft die edle Seele. Schon

3*

ermannte sich Georg von Kainach und seinem Gefühle gebietend trat er mit edler Würde Baumkirchner näher:

„Ihr habt mich Sohn genannt, mein edelster Meister im Waffenhand- werke! und des Sohnes ist es, für den Vater zu handeln, auf daß er Sohnes- Rechte bei demselben verdiene — Ihr habt mir ein Bild der Seligkeit gezeigt, indem Ihr mir diesen Sohnesnamen gabt — aber ich kann — ich kann diese Seligkeit nicht erkaufen mit meiner Ehre, mit meinem Gewissen — Georg von Kainach kann nicht zweier Herren Diener sein, er kann nur stehen, wo die Ehre es gebietet; aber er kann auf dem Platze, wo er steht, der Engel der Ver- söhnung werden zwischen Fürst und Vater, er kann die Binde nehmen vom Auge des Ersteren, auf daß dieser das Recht des treuen Dieners erkenne und achte, und kann das Schwert winden aus der Faust des Letztern und es mit Pal- men umwinden, auf daß es in die Scheide zurücksinke und Andreas Baumkirch- ner wieder strahle im Lande als der treueste Diener des gerechtesten Herrn!.. Und so," schloß Georg von Kainach seine Rede, „will ich auf den Schloßberg nach Grätz eilen und den Landeshauptmann von Tyrnstein will ich aufsuchen, will ihn für Euch stimmen und zum freundlichen Ausgleiche mit Euch bewegen, und dem Kaiser will ich nacheilen bis an Rom's ferne Mauern und nicht ruhen will ich, bis ich zu seinem Herzen dringe und einen Platz finde für Euer gutes Recht, das Ihr aber nimmer erkämpfen dürfet in wilder Fehde gegen Euren Landesfürsten. — Und zum Pfande lege ich hier meine kaiserliche Feldbinde nieder — nicht früher will ich sie mir holen, bis ich nicht Friede geschaffen habe zwischen dem Edelsten der Ritterschaft Steiermarks und seinem Fürsten; dann, Ritter Andreas Baumkirchner, will sich Georg von Kainach den Preis seines Friedenswerkes, Martha, aus den Händen des versöhnten Vaters holen, so wahr Gott ihm gnädig sei!"

Nach diesen Worten löste der junge Feldhauptmann seine Binde vom Koller und legte sie auf die Tafel vor Baumkirchner nieder, worauf er rasch den Saal verließ.

Jetzt aber schien der Bann, der während seiner Rede auf der Versamm- lung gelagert war, gelöst zu sein. Johann von Pösing und Friedrich von Stubenberg stürmten zur Saalthüre. „Wir sind verrathen!" riefen sie wie mit einer Stimme; „welcher Wahnsinn! einen kaiserlichen Feldhauptmann in unse- ren geheimen Bund zu laden — Ihr habt uns dem Richtbeil geliefert, Baum- kirchner! Man muß ihm nacheilen, ihn zurückhalten." Baumkirchner lächelte.

„Von Dem, Ihr Herren," sagte er, „habt Ihr nichts zu befürchten; konnte ich ihn nicht für uns gewinnen, so wird er uns auch nicht entgegen- treten — vergeßt aber jetzt nicht, daß unser Fehdebrief heute noch abgeht und daß morgen schon unser Kampf auf Leben und Tod beginnt — darum fort mit dem Worte, auf zur That!"

Er trat zum Bogenfenster und rief seinen Diener — der Knappe trat ein. Andreas Baumkirchner legte den von den anwesenden Rittern unterzeich- neten Fehdebrief in dessen Hände: „Dem Kanzler Schultermann auf dem Grätzer Schloßberge!" befahl er.

Und der Knappe verbeugte sich und trabte in weniger denn drei Minuten mit dem Fehdebrief der steirischen Ritterschaft dieses Bundes, genannt „Edelweiß", die Straße nach Grätz entlang, während am sternhell gewordenen Nachthimmel die Leuchte des Mondes blutroth wie die offene Wunde eines abgeschlagenen Riesenhauptes über den vom Winde gepeitschten Nachtwolken emporzitterte . . . . .

. . . .

VI.

Der Schloßteufel.

Kaiser Friedrich IV. weilte also in Wälschland; in der schönen Steiermark aber walteten seine Stellvertreter. Es war damals jene merkwürdige Zeit des Ueberganges des Mittelalters in die neue Zeit; der Zeitgeist nahm im Allgemeinen eine größere Richtung nach bürgerlicher und religiöser Freiheit, nur der Adel hielt an dem Alten fest. Das Faustrecht stand in seiner schönsten Blüthe; aber die Landtage in der Steiermark bildeten sein Gegengewicht. Wohl waren sie oft gar stürmisch, selten vertraten sie das Volk, meist nur das Interesse einiger Stände. Das gute Recht, die alte deutsche Treue galt häufig nur auf dem Papier; mehr hielt man sich durch das ritterliche Wort, als durch Staatsverträge gebunden. —

Der Bauer des Landes seufzte unter dem Drucke des Abeligen; er trug geduldig, aber widerwillig, seine Zehent-Last; er durfte ohne Bewilligung seines Grundherrn seine Geburtsstätte nicht verlassen, er mußte die Erzeugnisse seines Ackers und Stalles zuerst seinem Grundherrn anbieten, ehe er sie anderweitig feilzubieten berechtigt war; er durfte kein Weib ohne Vorwissen seines Grundherrn nehmen, er mußte diesem frohnen, ihm seine Zwingburgen erbauen helfen, ja, wenn er starb, so mußten die Erben seiner Habe von allen seinen Viehgattungen stets das schönste Stück als eine Art Todtenzins an den Grundherrn abliefern. —

Das war das Loos des steiermärkischen Landmannes in jener alten Zeit, da ein Baumkirchner und seine Kriegsgenossen im Lande walteten. Der Bürger lebte in seinen Städten und Märkten wohl freier, und die alten Chroniker erzählen nur von großen Bränden in den meisten Städten, welche durch den Holzbau und wohl auch durch absichtliche Brandlegung hervorgerufen wurden; der Adel aber bildete die Leibwache der steirischen Herzoge, im Frieden, wie im Kriege; ihm ward daher auch vorzugsweise die Gunst seiner Fürsten zu Theil; Turnier und Schlacht waren das Feld, auf welchem sie sich bewegten; aber mit der Kraft, dem Ansehen und Reichthum des Adels wuchs auch gar oft sein

Uebermuth, und so kam es, daß nicht selten der Adelige sein Schwert gegen den eigenen Fürsten kehrte.

Während der Adelige dem Waffenhandwerke nachging, ergab sich der Bürger dem Gewerbe und dem Handel; die Herzoge der Steiermark sahen dies gerne; sie ließen zu diesem Zwecke auf öffentliche Kosten Straßen herstellen, setzten die Zölle herab und begünstigten Schifffahrt auf den heimischen Flüssen, sie ordneten das Maß und Gewicht, und ertheilten denjenigen Städten im Lande, welche besonders großen Handel trieben, auch besondere Vorrechte; so wurden solche Vorrechte den Städten Grätz, Bruck, Voitsberg, Feldbach, Leoben, Judenburg, Radkersburg und Pettau zu Theil. Wohl war ein Hemmniß dieses Handels im Lande die fast jährliche Umprägung der gangbaren Landesmünze, aber dennoch brachte derselbe, besonders gegen die Mitte des fünfzehnten Jahrhunderts, bereits großen Reichthum in die Werkstätten und Häuser des Bürgers, und wie die bürgerliche Familie der Fugger in Augsburg durch ihren Geschäftsbetrieb sich unermeßlich bereicherte und der einstige Leinweber Fugger der Ahnherr eines jetzt noch blühenden Grafengeschlechtes wurde, so war es in der schönen Steiermark der wackere Bürger Ulrich Eggenberger, der, bis zum Jahre 1448 lebend, seine Handels-Niederlagen so gut in Radkersburg, wie in Agram und Ofen hatte, und nebst den israelitischen Brüdern Schollam Friedlein und Schollam Regelein sogar Wechselgeschäfte in's weite Ausland trieb; sein Sohn Johann setzte das Geschäft in Radkersburg, sein älterer Sohn Balthasar in Grätz mit solchem Erfolge fort, daß er durch seine Thätigkeit sogar die Aufmerksamkeit Kaiser Friedrich IV. erregte, von diesem später mit dem Titel „Unser Lieber Getreuer" in den Adelstand erhoben, frühzeitig aber zum kaiserlichen Münzmeister, das heißt: Finanzminister, ernannt wurde, und, wie oben erzählt, als solcher im Hause des Baumkirchners auftrat.

Dennoch lasteten die zahllosen Zölle und die Verschlechterung der Münze schwer auf dem Lande; die schlecht ausgeprägten Münzen, vom Volke „Schinderlinge" genannt, wurden nur um den zwölften Theil ihres Werthes angenommen, die Pächter der Münzstätten bereicherten sich aber, und die Preise der Lebensmittel stiegen auf eine ungewöhnliche Höhe.

So gestaltete sich damals das öffentliche Leben in der Steiermark; im inneren, so zu sagen niederen, Leben des Volkes suchte sich trotz der ruhelosen Zeitverhältnisse, der fortwährenden Kriege im Auslande und Fehden im Inlande Lust und Freude Platz zu machen. Die Ritterschaft feierte jedes Turnier, jeden Ritterschlag, jede standesmäßige Heirat durch Tanz, Musik und Mahl im Schlosse oder unter dem Prachtgezelte auf grünem Anger, und nannte solche Feste das „Hochmahl", bei welchem der Wippacher und Luttenberger Rebensaft in die kostbarsten güldenen und silbernen Becher perlte, während sich die Tafel-Gesellschaft bei sehr stark gewürzten Speisen ergötzte und Posaunen und Pfeifen das Ohr der Schmausenden erfreuten.

Der Bürger und Bauer aber ergötzte sich weidlich an possenhaften Schwänken und sogenanntem Mummenschanze, aber auch an ernsten Darstellungen, wozu das beliebte „Osterspiel", eine Vorstellung der Leidensgeschichte des

Erlösers, und andere religiöse Schauspiele an den Marienfesten gehörten. Die sogenannten Rockenfahrten im Winter, wenn die Landleute mit ihren Spinnrädern von Stube zu Stube wanderten und sich beim Weinkruge schauerliche Mähren erzählten; die Faschingsbelustigungen arteten nicht selten in grobe Unsitte aus; das gangbare Würfelspiel, dann die Tänze, besonders der Slovenen, auf den Dresch- und Getreidetennen der Scheuern, wobei sich oft an vierzig Paare im engen Raume bewegten und nicht selten Raufhandel und Todtschlag der Ausgang einer solchen Lustbarkeit waren, verwilderten die Sitte des Landmannes und diese Verwilderung zeigte sich selbst in den seltsamsten Gebräuchen, wie bei den Heiraten der jungen Slovenen; denn, sagten die Eltern der Braut diese nicht sogleich dem jungen Bewerber zu, so kam der in finsterer Nacht wohl mit zehn gewaltigen Rossen angebraust, brach Thüre und Thor des Bauers ein und holte sich die Braut mit Gewalt in sein Haus; gab aber der Vater ohne Anstand seine Zustimmung, so setzte der Brautführer das Mädchen ganz vermummt vor sich auf das Roß und trat mit demselben den Zug zur Kirche an, wo die Trauung alsbald vollzogen wurde.

Blinder Aberglaube und Judenhaß bildeten weitere Schlagschatten jener Zeit und „die schwarze Kunst, die Goldmacherei und die Sterndeuterei" blühte an den Höfen, wie auf den Burgen der Ritter, und ward in den Stuben des Bürgers, wie des Landmannes geübt; die mangelnde geistige Bildung des Ritterthums machte dieses nur zu sehr zugänglich für abergläubische Vorspiegelungen der damaligen Alchymisten, Quacksalber und Teufelsbeschwörer, und in den Ruf eines Zauberers oder Hexenmeisters zu kommen, war eben so leicht, als wegen angeschuldigter Zauberei und Hexerei dem Scheiterhaufen anheimzufallen . . . . Ist es doch Thatsache, daß der hochgelahrte Professor Carpzov in Tübingen allein während seines Lebens in „zwanzigtausend Hexenprocessen" das Urtel sprach; und finden sich doch in manchem vaterländischen Museum noch uralte Richtschwerte, auf welchen die Namen der mit solchen Schwertern hingerichteten vermeintlichen Zauberer eingeätzt sind. *)

---

*) So bewahrt das Museum Francisco Carolinum in Linz ein altes Richtschwert aus dem 16. Jahrhundert, worauf neben dem Bilde eines Galgens und eines eben in der Enthauptung eines armen Sünders begriffenen Freimannes die Worte zu lesen sind:

„Georg Einhöringer bin ich genannt,
Das Schwert führ ich in meiner Hand,
Zur der Justizia ich es gebrauch,
Daher sich ein jeder soll hueten auch."

Ein anderes Schwert führt die gleiche Aufschrift:

„Hauns Schrattenbach bin ich genand,
Das Schwert führ ich in meiner Hand" u. s. w.

Dann ist das altdeutsche Sprüchlein beigefügt:

„Bei Allem was Du thuest nimb wohl in Acht,
Bei Allem Du das End betracht,
Die Gerechtigkeit lieb,
Daß Dich der Strang hir nit betrueb."

In einem dieser Schwerter, die trotz dem zweihundertjährigen Alter noch einen ziemlichen Schliff

Insbesondere standen in jenen finsteren Zeiten des Aberglaubens die Jäger in den Forsten und die Nachrichter und Kerkermeister bei den Gerichten im Rufe, mit dem Fürsten der Finsterniß im Bunde zu stehen, und in der That war nicht Alles, was in den Hexenprocessen über die Angaben der unglücklichen Opfer derselben verhandelt wurde, bloße Einbildung oder Folge der Verrücktheit und des Aberglaubens; es ging oft auf ganz natürliche Weise zu, daß nächtliche Versammlungen von Weibern und Männern, meist niederer Klasse, mit Tanz und Mahl in sonderbaren Masken abgehalten wurden; alte und junge Bösewichter zogen betrügerischer Weise mit Salben und Kräutern im Lande herum und bethörten das Landvolk mit ihren angeblichen Hexereien und Zauberkünsten und daß selbst Kerkermeister und sogenannte Hexenwächter zuweilen den trostlosen Zustand ihrer Eingekerkerten benützt und ihnen in Teufelslarven Versprechungen und Geständnisse abgelockt haben mochten, daß sich besonders die Gehilfen der Scharfrichter bei herrschenden Seuchen als Sendlinge ihrer Herren und Meister am Lande benützen ließen und als Anpreiser der Zaubersalben ihrer Brodgeber diesen Letzteren Nutzen brachten, ist zweifellos. *)

In einem solchen argen Rufe der Zauberkraft und des Besitzes der sogenannten „schwarzen Kunst": den Teufel zu citiren, sich kugelfest zu machen, Mensch und Vieh zu verzaubern u. s. w. stand der „Schloßteufel zu Grätz".—

Dieser Schloßteufel war aber niemand Anderer, als jener finstere Waidgeselle Wolfgang Gräßel, welcher aus Baumkirchners Burg verjagt, nun schon mehrere Monate in des Kanzler Hanns Schultermanns Dienst am Schloßberge stand, sich aber während dieser Zeit bereits durch seine Wildheit und kalte Grausamkeit, mit welcher er da oben das Amt des Scharfrichters und Kerkermeisters verwaltete, im Schlosse selbst, wie in der ganzen Umgegend den Namen des „Schloßteufels" erworben hatte. Gräßel war sein eigentlicher Name, aber „gräßlich" auch seine Freude, wenn er in der erst kurzen Zeit seines Weilens am Schloßberge einen verurtheilten Verbrecher seiner einzig Geliebten in die kalten Arme schieben konnte; diese einzig Geliebte besuchte er eben an einem düsteren Abende und berührte ihre kalten Glieder von allen Seiten, um sich zu überzeugen, ob sie noch fest genug sei, einen Mann in die Arme zu schließen.

Diese einzig Geliebte Wolfgang Gräßels war die furchtbare „eiserne Jungfrau", jene gräßliche Tödtungsmaschine von Eisen, welche der Gestalt eines Weibes gleichend, knarrend ihre eisernen Arme ausspannte, wenn ihr der unglückliche zum Tode Verurtheilte entgegengestellt wurde, und, sie dann sich schließend, den Armen an die eiserne Spitze drückte, welche aus ihrer Brust wie ein zwei-

---

haben, finden sich unter Anderem die ernsten Worte eingeprägt: „Mit diesem Schwerdte sind hiernach benannte Delinquenten: Remblich anno 1695 den 13. Marty bei der Herrschaft Tollisburg Simon N: Ein Dieb, 17 Jahre alt; bei der das. kais. Herrschaft Willened a. 1699 am 16. Dezember Stefan Deicher ein Zauber im 19. Jahre seines Alters und letzlich bei der Herrschaft Weyer 1709 Sebastian B**15jähriger Alters, ein Sodomit, und zwar die Zwei Erstern durch den O. D. Freimann Georg Einhöringer, der letztere durch dessen Sohn Leopold decapitirt und hin Gericht worden."

*) Hormayr's Taschenbuch 113.

ſchneidiger Dolch hervorragte, ſo daß augenblicklich ſein letzter Todesſchrei in den Armen dieſer entſetzlichen Maſchine erfolgte.

Die Sage erzählt, daß dieſe Maſchine von Adelheit, Aebtiſſin von Qued-linburg, erfunden worden ſei, und daß dieſelbe damit ihren Feind, Ekhart, Markgrafen von Sachſen zu Eiſenbüttel in der Schwertmühle im Jahre 1090 hinrichten ließ.

Jene eiſerne Jungfrau aber, deren Anblick eben Wolfgang den „Schloß-teufel" ſo hoch erfreute, ſtand am Ende eines ſchmalen Ganges des ehemaligen Schloſſes, wo jetzt noch eine Niſche die Stelle bezeichnet, an welcher die Ver-urtheilten vor einem Gnadenbilde ihr Sterbegebet verrichteten, worauf ſie mit verbundenen Augen der furchtbaren Maſchine entgegengeführt wurden. Sobald ſie eine gewiſſe Diele des Fußbodens berührten, zog die eiſerne Jungfrau ihre Arme an ſich, umſchlang den Verurtheilten und drückte ihm ihre Dolche in das Herz. Dann öffnete ſich eine Fallthüre unter ſeinen Füßen und der Leich-nam des Gerichteten ſtürzte in einen bodenloſen Abgrund, auf daß jede Spur einer ſolchen entſetzlichen Hinrichtung verſchwinde . . . .

Wolfgang Grätzel beſchaute ſich dieſe Maſchine, ſeine „liebe Käthe", wie er ſie nannte, nach .allen Seiten; denn morgen ſollte er ihr ein Opfer brin-gen; jetzt befühlte er den ſpitzigen Dolch an der Vorderſeite der Maſchine; „hm", ſagte er zu ſich ſelbſt, „das wäre ein tüchtiger Nagel zum Sarge des Baumkirchner."

„Die Nürnberger hängen Keinen, ſie hätten ihn denn zuvor," ſchallte eine heiſere Stimme hinter ihm.

Wolfgang Grätzel blickte empor — hinter ihm ſtand mit dem glatten Elsgeſichte Hanns Schultermann, der Kanzler am Schloßberge.

„Ei, Herr", ſagte W lfgang auflachend, „ein anderes Sprichwort ſagt: Wer Ratten fangen will, muß ihnen Speck vorwerfen."

„Du redeſt, wie Du es verſtehſt, Geſelle," grollte der Kanzler, „auf unſern Köder gehen dieſe Fiſche nicht, Wolfgang, die fühlen ſich ſtark genug, um ſich Atzung zu holen, wo es ihnen beliebt — weißt Du, Wolfgang, was Dein geweſener Gebieter, der verwegene Andreas Baumkirchner, inzwiſchen hantirt hat?"

„Nun, Herr?" fragte lauernd der Schloßteufel.

„Der Baumkirchner und ſeine Mitverſchworenen haben bereits Fürſten-feld, Rainach und mehrere andere kaiſerliche Schlöſſer beſetzt," erzählte der Kanz-ler — „jetzt ſtehen ſie bei Leibnitz, wo unſer junger Feldhauptmann Georg von Rainach mit kaiſerlichen Söldnern liegt; wenn die Stadt nicht Stand hält gegen die Rebellen, ſo ſtehen ſie eher auf dem Schloßberge in Grätz, ehe der Kaiſer von ſeiner Römerfahrt zurückkehrt."

„So weit iſt es ſchon?" rief Wolfgang.

„Ja, ſo weit iſt es gekommen," entgegnete Hanns Schultermann, der Kanzler, „der Baumkirchner rückt am Murufer gegen Grätz. der Johann von Stubenberg und der Niclas von Lichtenſtein ſteigen mit ihren Söldnern in der Gegend des Kroisbachhofes herab, um die Zahlung der Schuldforderung des

Ersteren von uns mit bewaffneter Hand zu erzwingen. — Wir sind zu schwach, um ihnen Widerstand zu leisten — was ist da zu thun?"

Wolfgang Grätzel sann eine Weile nach.

„Wo Gewalt nichts vermag, muß List helfen," sagte er jetzt.

„Welche List kann da helfen?" fragte der Kanzler.

„Herr," entgegnete der verschmitzte Rathgeber, „kennt Ihr die Sage vom Ruthenbündel nicht, welches, so lange alle Stäbe zusammenhielten, keine Riesenfaust zu brechen vermochte, während, als ein kluger Kopf das Band löste, womit diese Stäbe gebunden waren, es ihm nicht die mindeste Mühe kostete, jedes Stäbchen einzeln zusammenzuknittern, wie einen Strohhalm. Einzeln, Herr, müßt Ihr die Verschworenen des Bundes abfangen, sonst werdet Ihr diesen nimmer zu sprengen vermögen; habt Ihr erst Einigen die Köpfe auf dem Schloßberge abgeschlagen, dann werdet Ihr diese den Uebrigen leicht zurechtsetzen." —

„Gut gesagt," entgegnete der Kanzler, „aber wer gibt uns Zeit zum Werke; Du warst im Dienste des Baumkirchners, Geselle, und weißt, daß er nicht nur immer geradaus, sondern auch schnell reitet, wie der Tod — wer hält ihn auf, wenn er morgen mit seinen Reisigen nach Grätz herabjagt"? —

„Unterhandlung," entgegnete Wolfgang, „glaubt mir, Herr, der verwegenste Straßenräuber bleibt auf halbem Wege stehen, wenn man ihm von ferne gutwillig den Beutel zeigt, den er mit Gewalt abnehmen will. — Sichert dem Baumkirchner freies Geleit auf den Schloßberg in Grätz zu, um mit ihm noch einmal zu unterhandeln — laßt den Verwegenen mit seinem Anhange in unsere Mauern einreiten, haben wir ihn einmal unter uns, dann soll mich der Teufel reiten, dem ich mein Lebtag gedient habe, wenn der stolze Ritter nicht mit glattgeschornem Kopfe wie ein bußfertiger Barfüßer heimreitet, wenn wir ihn nicht früher mit Der da vermählen auf alle Zukunft."

Bei diesen Worten warf Wolfgang Grätzel einen vielsagenden Blick auf die Maschine der eisernen Jungfrau hinter seinem Rücken.

„Wolfgang Grätzel," sagte der Kanzler, „ich errathe Deine Gedanken — Du bist ein Schurke von Geburt."

„Einen solchen braucht Ihr eben," entgegnete der Waidgeselle auflachend, „ich sage Euch, mit Sammtpfoten werdet Ihr bei dem Baumkirchner und seinem Anhange nichts ausrichten; nur Teufelsklauen können den Goliath packen, aber sie müssen ihn packen, ehe der Herr zurückkehrt; weilt der Kaiser wieder auf dem Schloßberge, so werdet Ihr ein schweres Spiel haben, daß Ihr ihn dahin bringt, den gleißenden Panther aus seinem Wappen zu reißen. — Ueberlegt meine Rede, Herr; ich will indessen bei Meister Rothhahn auf Eure Gesundheit trinken und sehen, ob ich nicht ein paar Stäbe des Ruthenbündels im Hinterhalte erhasche, um sie zu brechen — damit uns das Werk der Bekämpfung des steirischen Riesen nicht all' zu schwer werde."

Ein langer Blick des Kanzlers folgte dieser Rede seines Leibdieners; er warf ihm zum Zeichen, daß er ihn gar wohl verstanden und daß dieser seine innersten Gedanken errathen hatte, einen schweren Beutel zu und entfernte sich rasch aus der Folterkammer. Wolfgang Grätzel hob lachend den Beutel auf; „dacht' ich's doch," sagte er halblaut zu sich selbst, „hier sind wir am rechten Plaße; wenn's so fortgeht, werde ich noch der Nachfolger des reichen Eggenberger im Münzmeisteramte; nun, d e r Mann trägt ohnedies auf zwei Achseln und wird früher oder später mit meiner schneidigen Jungfrau da Bekanntschaft machen." —

VII.

Die Füchse in der Falle.

Ein echter Ritter.

In der Waldherberge „zum Knödel" ging es lustig her; Hackbrett, Pfeife und Nirschelgeige *) spielten zum lustigen Tanze auf. Der Frühling des Jahres 1469 war in's Land gezogen; der steirische Wein perlte in die Gläser und während die Herren auf dem Schloßberge zu Grätz beim vollen Glase die Rückkunft des Kaisers aus Rom erwarteten und in strenger Hofsitte am ersten Frühlingstage zuerst den Kirchgang mitmachten, dann aber in ihren gestickten Prachtgewändern mit Schnüren und Quasten in vergoldeten und versilberten Kutschen zum Schloßberge rollten, weil damals noch keine Kleiderordnung ihrem Prunke wehrte **), tummelten sich in den Schänken der Stadt und Umgebung Gäste der niedern Volksschichte herum; denn es schien, als ob die Rückkehr des Kaisers, dessen ernstes und thatkräftiges Regiment im Lande man achtete, neues Vertrauen in die Herzen der treuen Steirer gegossen hätte, obwohl die Fehde des Baumkirchner und seiner Genossen noch in voller Lohe brannte, von ihnen bereits die Schlösser an der ungarischen Grenze genommen waren und Baumkirchner sich nun offen unter den Schutz des Königs Mathias von Ungarn gestellt hatte.

Die kleine Nirschelgeige, welche in der Waldschänke „zum Knödel" zum Tanze aufspielte, lag an der braunen Wange eines sonderbaren Männleins,

---

*) Eine kleine, kaum zwei Spannen lange Geige von niedlicher Form, im Mittelalter gebräuchlich.

**) Herzog Carl II. von Steiermark erließ um das Jahr 1583, um dem übermäßigen Luxus des Adels und der Bürger des Landes zu steuern, die steirische Kleiderordnung, vermöge welcher die Weiber keine hohen steifen Kragen tragen sollten, seine Kutsche mit mehr als vier Pferden bespannt und weder vergoldet noch versilbert sein durfte, und bei keiner Hochzeit mehr als zwölf Speisen aufgetragen werden durften.

welches bei flüchtigem Ansehen eher einem asiatischen Pavian, als einem Menschen glich. Ein kleiner Bursche war's, der schon seine fünfzig Jahre auf dem kahlen Schädel tragen mochte. Ein langer, oben in's Breite auslaufender Schädel mit hervorstehenden Backenknochen saß auf seinen hoch aufgeworfenen Knochenschultern, hinter denen ein doppelter Höcker emporragte; eine breite, aufgestülpte Nase und ein paar schneeweiße, zwischen den schmalen Lippen hervorragende Zähne gaben ihm vollends das Aussehen eines Affen; — aber sein wohlgenährter Körper und sein weiches braunes Wollwamms mit zierlichen Falten an den Schenkeln deuteten an, daß dieser Bursche eben kein unbehäbiges Leben führe; die dicke Schänkendirne, welche in der rußigen Stube der Schänke auf- und niederging, goß ihm auch fast alle fünf Minuten das Steinkrüglein an seiner Seite voll, aus welchem er zuweilen seinem Freunde zutrank, der im Hintergrunde der rauchgeschwärzten Stube mit ein paar andern wilden Gesellen die Würfel schwang und die blanken „Schinderlinge" aus seiner Hand rollen ließ.

Dieser Freund war Wolfgang Grätzel der nunmehrige Kerkermeister und Nachrichter auf dem Schloßberge zu Grätz und das kleine Männlein mit der Kirschelgeige war Hanns Himmelfreund, einer der Thurmwächter des Schlosses und eben Derjenige, welchen sich Wolfgang, der Schloßteufel, aus allem Dienstgesinde des Schlosses herausgesucht hatte, weil er in ihm, dem „Gezeichneten", das tauglichste Werkzeug seiner Rachepläne gegen Baumkirchner erkannt hatte und nach dem Erfahrungssatze: „Gleich und gleich gesellt sich gern" in dem mulattenartigen Knirpse ein ihm ähnliches Männlein ohne Herz und Gefühl entdeckt zu haben glaubte.

Nicht unberechnet hatte sich Wolfgang Grätzel an diesem Abende in der Spelunke „zum Knödel" eingefunden; denn durch seine Kundschafter, welche der „Schloßteufel" mit seines Herrn und Meisters, des Kanzlers Hanns Schultermann, Gelde im Lande allenthalben unterhielt, hatte er in sichere Erfahrung gebracht, daß Baumkirchners Bund demnächst einen großen Schlag zu thun beabsichtige und daß zwei der Kühnsten unter den Verbündeten bereits in den Wäldern nächst den Einsiedeleien am Kroisbachhofe herumstreiften, um einen Handstreich auf den Schloßberg in Grätz zu vollführen und diesen zu besetzen, ehe der Kaiser aus Wälschland zurückkehre.

Der schlaue Geselle hatte sich kaum in der unheimlichen Schänke „zum Knödel" eingefunden, als er mit seinem Fallenblicke unter den Würflern und Zechern Reisige und Troßknechte der Ritter Johann von Stubenberg und Niclas von Lichtenstein erkannte, die ohne Zweifel von ihren Herren hieher gesandt waren, um diese zu erwarten und gleichsam die Vorposten zu dem beabsichtigten Handstreiche zu bilden.

Wolfgang Grätzel that, als ob er Keinen derselben erkenne; aber seine Blicke flogen seinem alten Bekannten und Freunde in diesem Spiele, dem Knödelwirthe Barrabas Rothhahn zu; dieser erwiederte sie und seine leise zitternden kirschblauen Lippen schienen zu sagen: „Die hier würfeln sich in die

Morbgrube unferes Kellers — und für die, welche noch kommen follen, wird auch geforgt werden . . . .

Wieder goß der finke Schänkenwirth den fteirifchen Wein in die geleerten Krüge der bereits beraufchten Zecher und diefe merkten nicht, daß dort und da Einer von ihnen unter den kreuzbeinigen Tifch fank und daß Wolfgang Gräßel, während fein Begleiter, der kleine Hanns Himmelfreund, auf der Nirfchelgeige weiter und weiter die Saiten ftrich und die trunkenen Zecher zuletzt mit den beiden Schänkendirnen in der Stube herumrafſten, vor die Schänke trat und die beiden großen Fanghunde, welche hier zufammengekoppelt lagen und Fremde witternd am Boden herumfchnupperten, auseinander band — — und horch, jetzt fchallte vom nahen Hügel herab leifer Hufſchlag — jetzt ftand Wolfgang etwa fünfzig Schritte von der Schänke entfernt — jetzt raufchte es im Gebüfche und im nächften Augenblicke ftanden zwei baumhohe, dunkle Geftalten vor ihm.

„Hier ift der Platz, wo unfere Reifigen uns erwarten,“ fagte der eine mit gedämpfter Stimme.

„Dort ift die verrufene Waldfchänke, wohin fich des Nachts kein ehrlich Chriftenkind verirrt,“ entgegnete der Andere, „mich dünkt, ich höre in der Ferne Mufik und die Stimmen unferer Leute —“

Er hatte aber diefe Worte noch nicht zu Ende gefprochen, als er mit einem gewaltigen Satze zurückfprang und mit dem Rufe „Verrath!“ rücklings zu Boden ftürzte; denn die beiden Fanghunde Wolfgangs waren mit einem Satze auf ihn losgefprungen und hatten ihn zu Boden geriffen, während eine fefte Schlinge, von der Hand Wolfgangs gefchleudert, den zweiten der beiden Sprecher zu Boden riß und Meifter Rothhahn, der Schänkenwirth, nebft zwei Knechten mit einem Windlichte herantrat und mit Blitzesſchnelle den Niedergeriffenen die Hände und Füße gebunden, ihre Hilferufe aber mit Knebeln, welche ihnen Wolfgang und die Knechte des Schänkenwirthes in den Mund fteckten, erfstickt wurden.

Jetzt ließ Wolfgang Gräßel den Schimmer der Blendlaterne auf die beiden Ueberwältigten fallen.

„Beim Teufel und feiner Großmutter!“ rief er, „wir haben die Rechten nicht verfehlt! Sie find es, die Herren Hanns von Stubenberg und Niclas von Lichtenftein, die uns fürbaß in die Falle rannten — nun vorwärts Burfche und fchleppt die koftbaren Füchfe in den Bau, ehe ihre Leute fie vermiffen, und dann vorwärts mit ihnen auf den Schloßberg, wo die eiferne Jungfer der beiden Bräutigame harrt.

Wie hungrige Wölfe fielen jetzt die Knechte des Schänkenwirthes „zum Knöbel“ über die Gefeffelten her, um fie, vom Dunkel der Nacht begünftigt, feitwärts zu fchleppen, wo bereits im Dickicht zwei mit Strohdächern bedeckte Wagen zu ihrer Ueberführung auf den Schloßberg bereit ftanden — aber jetzt raufchte es wieder vernehmlich im Gebüfche und plötzlich fah fich die wilde Rotte von einer Truppe wohlbewaffneter Männer umringt, welche beim Scheine hoher Windlichter wie durch einen Zauberfchlag aus dem Gebüfche trat.

An ihrer Spitze schritt ein junger kräftiger Ritter mit hohem Helmbusche, das kaiserliche Wappen auf seinem Brustkoller tragend. Sein starker Fußtritt schleuderte sogleich den ihn anfallenden Fanghund zur Seite, daß dieser laut aufheulend sich am Boden wälzte.

Es war Georg von Kainach, der kaiserliche Feldhauptmann, welcher an der Spitze eines Fähnleins kaiserlicher Söldner zur Stelle stand.

„Was geht hier vor?" donnerte er den Erschrockenen entgegen.

Wolfgang Grätzel trat ihm sogleich entgegen.

„Zwei Hochverräther, die Herren Hanns von Stubenberg und Niclas von Lichtenstein, haben wir, als treue Diener unseres Herrn und Kaisers, abgefangen," sagte er, „und wollen sie nun gebunden auf den Schloßberg liefern."

„Wer hat Euch dazu gedungen?" rief der junge Feldhauptmann.

„Der Kanzler des Kaisers," entgegnete Wolfgang; „wir wußten durch unsere Kundschafter von dem Handstreiche, den die Ritter auf den Schloßberg beabsichtigten und haben ihnen hier im Hinterhalte vorgepaßt."

„In der That! im Hinterhalte! wie es Gaudieben Euresgleichen zukommt," donnerte Georg von Kainach; „Ritter des Reiches, selbst wenn sie in der Fehde ergriffen werden, sind nicht mit Stricken und Banden, sondern mit dem guten Eisen zu bekämpfen; auf! und löset ihnen augenblicklich ihre Fessel!" —

„Das werdet Ihr bei dem Kanzler verantworten!" schrie Wolfgang Grätzel. —

„Das werde ich verantworten!" entgegnete der Feldhauptmann, während seine Söldner den beiden gefesselten Rittern die Bande abnahmen und diese jetzt wüthend emporsprangen, aber augenblicklich von den Reisigen des Ritter von Kainach umringt wurden.

„Verrath und Hinterlist!" rief Hanns von Stubenberg wüthend nach seinem Schwerte suchend, welches ihm Wolfgang und seine Helfershelfer früher entrissen hatten.

„Wer wagt es, ehrliche Glieder der steirischen Ritterschaft, die ruhig ihres Weges ziehen, mit Räuberhänden aus dem Hinterhalte anzufallen," schrie der Lichtensteiner.

„Ruhig, Ihr Herren," entgegnete Georg von Kainach, „Ihr mögt wissen, daß wir von Eurem hochverrätherischen Vorhaben, mit Euren vorangeschickten und nachfolgenden Reisigen heute Nachts den Schloßberg zu überfallen und den Kanzler des Kaisers herabzuholen, um ihn als Euren Gefangenen in Euer Lager zu führen, durch unsere Kundschafter genau unterrichtet sind. Nun, Ihr seht, der Streich ist Euch mißlungen, Ihr Herren, aber zu Eurem Heile, denn so ich nicht im rechten Augenblicke mit meinen Söldnern Euch aufhalte, wäret Ihr von diesem Gesindel da in die Waldherberge geschleppt und drinnen kalt gemacht worden — jetzt aber, Hanns von Stubenberg und Niclas von Lichtenstein, steht Ihr einem ebenbürtigen Ritter des Herzogthums Steiermark gegenüber, der Euch, ehe er Euch seinen Handschuh in's Gesicht wirft, noch einmal zuruft: Kehrt um, Verblendete, auf der abschüßigen Bahn, die Euch der eisernen Jungfrau in die Arme führt — wahrt Eure alte Ritterehre! brecht mit dem Verrathe, eilt zu den Füßen Eures rechtmäßigen Herrn und Kaisers, und bekennt Euer Unrecht, auf daß Jeder von Euch aus dem Saulus ein Paulus werde!" —

Der junge Ritter hielt einen Augenblick inne.

„Kainach!" riefen die beiden gefangenen Ritter wie aus Einem Munde.

„Zieht hin — Ihr seid frei!" fuhr der junge Feldhauptmann fort; jetzt winkte er seinen Leuten.

Sein gebieterischer Blick entfernte den blutdürstigen „Schloßteufel" und seine Helfershelfer.

Jetzt wandte sich Kainach zu den beiden entfesselten Rittern: „Johann von Stubenberg und Niclas von Lichtenstein," sagte er mit volltönender Stimme, „konnten kurze Zeit die Pflichten des Ritterthums, die sie an ihren angestammten Herrn und Kaiser binden, vergessen; irren ist menschlich; Georg von Kainach, der kaiserliche Feldhauptmann, handelt im Sinne seines Herrn und Kaisers, indem er den beiden Rittern des Reiches ihre Schwerter zurückstellt und sie auffordert, diese unverzüglich ihrem Landesfürsten, welcher bereits auf der Rückreise von Wälschland begriffen ist, entgegenzutragen und von ihm die Wiederkehr seiner Gnade zu erbitten; die Landstände der Steiermark werden das ihrige beitragen, daß die Wappenschilde derer von Stubenberg und Lichtenstein wieder zu Ehren gelangen!"

Nach diesen Worten raffte Georg von Kainach die Schwerter, welche den beiden Rittern bei ihrer Entwaffnung von Wolfgang und seinen Genossen entrissen worden waren, vom Boden auf und behändigte sie ihnen wieder.

Schweigend und tief beschämt nahmen sie dieselben entgegen und schritten wie von einem schweren Traume erwachend in's Gebüsche zurück, während der junge kaiserliche Feldhauptmann mit seiner Truppe den Waldweg gegen das alte Grätz hinab einschlug und bald im Dunkel des Gewäldes verschwand.

———— ~~~~ ————

VIII.

In der Burg des Kaisers.

Schreiber und Feldhauptmann.

Kaiser Friedrich war von Rom zurückgekehrt; sein Kanzler hatte ihm umständlichen, aber auch furchtbar schwarzen Bericht über die Vorgänge im Lande während seiner Abwesenheit erstattet. Der entschlossene Monarch hatte sogleich begriffen, daß er der Schlange des Verrathes, die im Lande ihre Häupter emporhob, diese mit einem gewaltigen Schlage herabreißen müsse, sollte die furchtbare Ritterempörung, seit welcher sich bereits ein volles Jahr abgewickelt hatte, nicht noch einen größeren Umfang gewonnen, der um so gefährlicher geworden wäre, als auch die Türkengefahr wieder vor den Felsenthoren der Steiermark stand; denn schon verheerten die Horden der Osmanen das schöne Herzogthum Krain — so drohte Gefahr von Außen, und im Innern stand die Ritterempörung Baumkirchners und seines Anhanges. — Wahrlich eine trostlose Zeit für das schöne Vaterland!

In dieser hochbetrübenden Lage aber stand der vielgeprüfte Monarch ruhig und besonnen wie ein unverzagter und muthiger Schiffer auf dem vom Sturme bedrängten Fahrzeuge. — Er erfaßte sogleich das Rechte und schrieb für den 20. des Wonnemondes im Jahre 1470 einen großen Landtag nach Völkermarkt aus, auf welchem ernste Maßregeln sowohl gegen den drohenden Einbruch der Türken, als auch gegen Baumkirchner und seine Genossen beschlossen wurden. Die Stände Steiermarks und Kärntens, den hohen Ernst der Zeit vollkommen erfassend, bewilligten dem Kaiser zur Bestreitung der Kriegskosten ein Darlehen von zwölftausend Dukaten, welches der kaiserliche Münzmeister Balthasar Eggenberger vermittelte. —

Im Lager Baumkirchners aber machten diese ernsten und wohlberechneten Maßregeln des entschlossenen Monarchen den peinlichsten Eindruck; die aufständischen Ritter merkten, daß das Gesetz und die Ordnung im Lande wieder zu herrschen begann — und der Verlust an Leuten und Burgen, welchen Baumkirchner bereits erlitt, machte seine Sache schwankend —

Ernst und nachdenkend, voll ruhiger Majestät, saß Kaiser Friedrich an einem schönen Frühlingsabende des Jahres 1471 wieder im Erker seines Schlosses zu Grätz — vor ihm stand zur Rechten sein Kanzler Hanns Schultermann, zur Linken aber Georg Rainach, sein Feldhauptmann.

„Also auch der Stadtrichter von Leibnitz, der Christoph Hammer, von den Empörern gewonnen!" rief der Kaiser, „nie hätten wir dies von dem Manne, dem wir demnächst für seine treue Stadtverwaltung die gülbene Ehrenkette verleihen wollten, vorausgesehen."

„So ist es, kaiserliche Majestät!" entgegnete der Feldhauptmann von Rainach; „der Burger und Richter von Leibnitz, Christoph Hammer, den auch ich für den Treuesten der Treuen hielt, fiel der Bestechung durch die Empörer zum Opfer; er ließ des Nachts die Hungarn in die Stadt und das kleine Häuflein unserer Söldner, welches die Stadt besetzt hielt, mußte sich, wollte es nicht gefangen oder von den ungarischen Säbeln in die Pfanne gehauen werden, schleunig zurückziehen."

Ein Zug des schmerzlichsten Gefühles über diese Enttäuschung trat auf das blaße Antlitz des Kaisers; aber schon wich dieser Zug dem der eisernen Strenge, welche Friedrich stets zu üben gewohnt war, wenn er schmählichen Verrath an seiner geheiligten Person zu strafen hatte.

„Wir verordnen kraft unseres kaiserlichen Machtwortes," sagte er mit erhobener Stimme, „daß, sobald die Stadt Leibnitz wieder in Unserem Besitze und die Ruhe im Lande wieder hergestellt sein wird, die Ringmauern dieser

Stadt von wegen des Treubruches ihres Stadtrichters niedergerissen, daß derselben alle bishero genossenen Freiheiten einer Stadt benommen werden und ihr
künftig nur die Rechte eines Marktes gewährt sein sollen! Kanzler, notire Dir
Unsern kaiserlichen Willen!"

Hanns Schultermann verbeugte sich tief. „Und was geruht Eure kaiserliche Majestät," fragte er, „hinsichtlich der beiden Ritter Hanns von Stubenberg
und Niclas von Lichtenstein zu beschließen, welche nach Ablegung der hochverrätherischen Waffen in der Stadt unten auf Eure weitere kaiserliche Entschließung
harren — das Volk verlangt die Abschlagung der verruchten Häupter und will
die Ritter derohalben nicht fürbaß ziehen lassen."

„Majestät! laßt die Gnade walten, die ich den beiden Rittern in Eurem
Namen verheißen habe, als ich sie im Walde nächst dem Kroisbachhofe ergriff,
— Begnadigung ist das schönste Vorrecht der Regenten!" rief der Feldhaupt-
mann von Rainach.

„Ritter von Rainach!" sagte der Kaiser, den jungen Feldhauptmann mit
strengem Blicke messend, „Georg von Rainach! Euch ziemte es, als Unserem
kaiserlichen Feldhauptmann, nur das Schwert für Uns gegen die Empörer zu
führen, nicht aber Gnade zu verheißen an Unserer Statt — Ihr hättet die beiden Treubrüchigen, als Ihr sie im Walde beim Kroisbachhofe abfinget, nicht
mehr entlassen, sondern sofort auf den Schloßberg nach Grätz in Unsere Verließe abführen sollen; das war Euer Amt, kaiserlicher Feldhauptmann, und dankt
es Unserer Gnade, daß wir Euch nicht für die Willkür, mit der Ihr die
beiden Empörer wieder auf freien Fuß entließet, Euer Wappen zerbrechen
lassen!" . . . .

„Das ist auch meine Meinung," setzte der Kanzler hinzu.

Ein glühender Blick des Ritters von Rainach antwortete ihm.

„Haltet zu Gnaden, Majestät," sagte dieser, „den Tadel, welcher mir aus
dem Munde meines allerhöchsten Herrn und Kaisers wird, nimmt der kaiserliche
Feldhauptmann Ritter von Rainach in Ehrfurcht hin; aber der S ch r e i b e r
des Herrn, der nichts vom Waffenhandwerk versteht und dem kaiserlichen Herrn
die Dinge oft anders darstellen mag, als sie sich ergeben, hat seine Meinung
über eine Sache, in der er nicht befragt worden ist, auch nicht abzugeben, und
von ihm nimmt der kaiserliche Feldhauptmann kein Wörtlein des Tadels an; —
überdies, Euer Majestät," setzte der junge Feldhauptmann ruhiger hinzu, „hat
der Erfolg mein Verfahren gerechtfertigt: die beiden Empörer, Ritter Hanns
von Stubenberg und Niclas von Lichtenstein, haben, wie verlautet, ihr schweres
Unrecht bereits reuevoll zu den Füßen Eurer römisch-kaiserlichen Majestät bekannt — und von der unermeßlichen Gnade ihres kaiserlichen Herrn Verzeihung
erhalten." —

„So ist es," fiel der Kaiser ein, „Beide sind uns bis in das Friaul
entgegengeeilt und Wir haben Ihnen, da Wir ihre bittere Reue wohl vermerk-
ten, insonderheit auf Verwendung derer Landstände Steiermarks, diesmal Gnade
für Recht geschehen lassen — darum wollen wir auch," setzte der Kaiser mit
einem scharfen Blicke auf den Kanzler hinzu, „daß dieses Werk Unserer Allerhöchsten Gnade nicht weiter bekritelt werde. — Wir sehen es überhaupt nicht

gerne, wenn Unſer kaiſerlicher Kanzler und Unſer Feldhauptmann, wie Wir eben ungnädig vermerken, fortwährend in Hader ſtehen — die Feder muß dem Schwerte vorarbeiten und das Schwert muß ausführen, was die Feder dictirt; ſo will es die Ordnung im Staate.“

Hanns Schultermann, der Kanzler, wollte noch weiter ſprechen, um für den „Schreiber“, den ihm der junge Feldhauptmann in's Geſicht geworfen hatte, ein genugthuendes Wort zu erhalten; aber der Kaiſer erhob ſich jetzt:

„Der Hanns von Stubenberg und Niclas von Lichtenſtein,“ ſagte er, „ſind alſo vom Bunde der Empörer abgefallen; die Anderen haben ſich auf die Kunde von Unſeren Beſtimmungen auf dem Landtage zu Völkermarkt zur Ruhe begeben; die beiden Andreaſſe, der Baumkirchner und ſein Herzensfreund, der Greißenecker, ſtehen nun allein auf dem Kampfplatze des Aufruhrs.“

„Aber nicht lange mehr, Majeſtät,“ fiel der Kanzler ein, „nicht weniger als ſiebenhundert Reiſige hat, wie die letzten Berichte lauten, der Baumkirchner bereits verloren; bald wird auch ihn ſelbſt — Gott gebe es — ſein Schickſal ereilen.“

„Dem er zuvorkommen will,“ bemerkte Georg von Rainach, „auch er hofft noch auf die Gnade ſeines von gerechtem Zorne wider ihn erfüllten Monarchen.“

„Ei, wie gut Ihr wieder unterrichtet ſeid, Herr von Rainach,“ fiel der Kanzler ein, „ei, freilich, ſagt doch die Fama, daß Ihr bereits Sohnesrechte im Hauſe des Baumkirchner anſtrebtet.“

Der Kaiſer blickte dem jungen Feldhauptmann hier fragend in's Geſicht.

„Das iſt wahr, mein kaiſerlicher Herr und Gebieter,“ entgegnete Georg von Rainach ſtolz und ruhig; „noch bevor Eure Majeſtät nach Italien abreiſte und Andreas Baumkirchner den Weg der Empörung nicht betreten hatte, ſprach ich oft bei ihm ein, der mein Vorbild im heißen Kampfe war, ſo lange er in Treuen und Ehren hielt an das kaiſerliche Haus — und da hielt ich es auch für eine Ehre, um die Hand ſeiner mir in Liebe ergebenen älteſten Tochter, der holdſeligen Martha von Baumkirchner, zu werben.“

„Nun, man ſagt auch,“ bemerkte der Kanzler mit lauerndem Blicke — „man ſagt, daß Ritter Georg von Rainach, der kaiſerliche Feldhauptmann, ſogar der geheimen Verſammlung des Empörer-Bundes, genannt „Edelweiß“, beiwohnte, welche unter Baumkirchners Vorſitze im Hauſe des Stadtrichters von Leibnitz abgehalten wurde.“

„Auch das iſt wahr, mein kaiſerlicher Herr und Gebieter,“ fiel Georg von Rainach raſch ein, „aber man ſoll auch hinzuſetzen: daß Georg von Rainach die Aufforderung von Seite Baumkirchners, dieſem Bunde mit Hintanſetzung ſeiner Ehre und Pflichttreue beizutreten, mit gerechtem Unwillen zurückwies, daß er ſeiner Liebe entſagte, um ſeine Ehre zu retten, daß er aber auch ſelbſt, nicht wie Ihr, Herr Kanzler, das Feuer ſchürte und mit gleißenden Katzenpfoten die Brücke der Verſtändigung abbrach, ſondern daß er zu vermitteln, zu begütigen, zu verſöhnen trachtete und, unbeſchadet ſeines ehrlichen Kriegshandwerkes, neben seinem Amte als kaiserlicher Feldhauptmann, auch das Amt des Fürsprechers, als eingeborner Landsaße von Steiermark, üben will — und darum, mein hoher kaiserlicher Herr und Gebieter, hört annoch in Eurer allerhöchsten unermeßlichen Gnade den Schuldigen, ehe Ihr ihn ganz verurtheilt auf das Wort Eures mordsüchtigen Kanzlers hin!"

Hanns Schultermann zuckte wieder empor und wollte reden. Aber Georg von Kainach fuhr mit Wärme und Nachdruck fort:

"Andreas Baumkirchner hat oft sein Blut für Euch verspritzt, mein kaiserlicher Herr und Gebieter, er hat sich nie besonnen, wenn sein erlauchter Herr und Kaiser ihn zu Hilfe rief — o Majestät, denkt an den Tag von Neustadt, wo er, der Stärkste der Starken, allein gegen Eure zahlreichen Feinde stand; o seht, jetzt stehen gegen ihn allein alle s e i n e zahlreichen Feinde, da sein Stern im Erbleichen ist — o, gönnt auch Ihr, mein hoher Herr und Kaiser, ihm noch e i n e S t u n d e der Gnade, in welcher er, der Verirrte, zu Euch reden darf, dem Gnadenvollen! — O werdet nicht ein Sturm in eig'nen Halmen! Laßt dem Reuigen seine Reue zu Euren Füßen niederlegen — laßt sein heißes, schönes Blut, o gnadenreicher Kaiser, wieder für Euch fließen, aber — nicht im Sande! . . . .

Der edle junge Feldhauptmann hielt hier inne, eine schöne, männliche Thräne zitterte auf seiner Wimper . . . der Kaiser sah sie . . . auch sein Auge schien feucht zu werden, denn in Friedrichs Herzen lebte Gefühl.

"Baumkirchner will also um Gnade bitten," sagte er und sein forschender Blick hing auf den Lippen des jungen Ritters.

"Er will noch einmal gehört sein von seinem kaiserlichen Herrn und Gebieter," entgegnete der junge Feldhauptmann, "er will noch einmal gehört sein, um Alles zu sagen, was er zu seiner Entsühnung vorbringen mag — Majestät! schenkt ihm noch einmal eine kurze kleine Stunde des Gehörs, und wenn er dann noch einmal vor Euch hintreten darf und Ihr die Narben schauen werdet, welche er für Euch aus den heißen Schlachten davontrug, dann werdet Ihr verzeihen und ein treuerer Diener wird statt des Feindes und Empörers aus Eurem Schloße zurückkehren."

"Ihr verlangt also," fiel der Kaiser ein, "für den Baumkirchner —"

"Freies Geleit!" rief Georg von Kainach, "freies Geleit auf den Grätzer Schloßberg — Majestät! seid gnädig und gewährt ihm das! — Gott wird es Euch in der Sterbestunde dereinst lohnen!" . . .

"Nimmermehr!" rief der Kanzler, "die Majestät kann nicht angesichts mit Empörern unterhandeln!"

"Aber Euer Landeshauptmann kann es, Majestät!" rief der junge Feldhauptmann, "o hört meine Bitte und gewährt sie; es wird zum Frieden, zur Verständigung führen."

Der Kanzler fuhr wieder abwehrend empor, aber der Kaiser winkte ihm zu schweigen.

Eine tiefe und lange Pause trat ein. — Des jungen Feldhauptmanns

4*

Auge hing an den leise zitternden Lippen des Kaisers — „Martha!" lispelte er leise vor sich hin.

Jetzt erhob Friedrich IV. wieder sein stolzes Haupt — „Es sei!" sagte er mit Ruhe und Würde; „wir wollen dem Werke der strafenden Vergeltung nicht vorgreifen — laßt einen reitenden Boten an den Baumkirchner abgehen, Ritter von Rainach, und laßt ihm bedeuten: Er könne sich am Abende des Sankt Georgstages im Schlosse zu Grätz mit dem Greißenecker einfinden und unserem Kanzler und dem Landeshauptmann Grafen von Thyrnstein gegenüber seine Sache noch einmal verfechten — wir gönnen ihm hiezu aus überschwenglicher, aber unverdienter kaiserlicher Gnade von wegen seiner früheren Verdienste um Unser Haus die Frist bis zum Läuten der Vesperglocke am Schloßberge — so er aber bis zum ersten Erklingen derselben nicht in Gnaden aufgenommen, noch diesseits der Mur verweilet, sei er dem unerbittlichen Strafgerichte verfallen, wie es einem Hochverräther geziemet, der so schwer gegen Kaiser und Reich gefrevelt hat."

Der Monarch verließ nach diesen Worten den Saal — er war von der langen Verhandlung wahrhaft ergriffen und mußte sich auf den Kämmerling stützen, der ihm an der Saalthüre entgegentrat.

„Das wird Euch Gott, der Allbarmherzige, vergelten, mein edler, großer gnädiger Herr und Kaiser!" rief Georg von Rainach, und er stürzte die Treppe hinab, freudeglühend in allen Fibern, als ob er einen Freibrief für den Himmel in Händen hätte . . . .

Hanns Schultermann, der kaiserliche Kanzler, blickte ihm hämisch nach — „Nun," sagte er, während die Leichenblässe des wüthendsten Aergers sein schmales Antlitz bedeckte, „der Schreiber des Kaisers wird dafür sorgen, daß das freie Geleit für den Empörer bis zur Hölle gehe!"

Und der Kanzler winkte im dunkeln Schloßgange, den er jetzt betrat, Wolfgang, den Schloßteufel, näher — „Mensch," sagte er, „schleife Deine Mordaxt, Du wirst bald zu thun bekommen!" . . . .

─ ·~~~ ·─

IX.

Das Todtenglöcklein am Schloßberge.

Der Dreiundzwanzigste des Ostermonates im Jahre 1471, der Tag des heiligen Georgs, der einst der Sage nach den gewaltigen Lindwurm bekämpfte, war herangezogen. Wie ein weißes Leichentuch lag trüber Nebel auf dem Schloßberge zu Grätz.

Damals war die alte Festung in drei Theile gesondert, die obere, die untere und die Vorstadt, und stand, wie Wilhelm Freiherr von Kalchberg berichtet, durch gedeckte Wege mit den die Stadt Grätz umgebenden Festungswerken in Verbindung. Einer dieser Gänge führte von der unteren Festung bis zum inneren Paulusthore oder der Sporgasse bei dem Karmeliterplatze, wo sich noch lange Spuren eines auf gewaltigen Tragsteinen ruhenden Verbindungsganges vom Schloßberge in die Hofburg zeigten. An dieser Stelle begann der alte Stadtgraben, der gegen die Burg hinlief und sich von dort über den Tummelplatz zum Eisenthore und zu einer hohen Bastion zog, die im jetzigen Joanneums-Garten stand.

Dieser Graben umschloß, wie Freiherr von Kalchberg weiter erzählt, den Vorauerhof und den Franziskanergraben, lief dann längs dem Abmonterhofe bis zu einem Thurme, der damals den zweiten Sack absperrte; hier führte eine hohe Mauer auf die Felsen des Schlosses, wo sich massiv gebaute Thore, Warten und Aufzugsbrücken befanden.

Das Paulusthor war schon im Jahre 1625 durch Kaiser Ferdinand II. erbaut. Das Burgthor war aber seit 1479 durch zweihundert Jahre wegen der drohenden Türkengefahr verschlossen. Der untere Theil der Schloßfestung umfing den Brunnen, den Uhrthurm und enthielt Wachhäuser und Gefängnisse, dann später den merkwürdigen, 49 Klafter und 3 Fuß tiefen Ziehbrunnen, welchen gefangene Türken ausgruben; die Neustadt hieß der gegenwärtig südlich vom Castelle liegende Theil der Festung; der oberste Theil der Festung aber endete an der sogenannten Kilians-Bastei, einem geräumigen Waffenplatze, dessen Westseite von dem Frauengefängnisse geschlossen wurde.

Der Felsenabhang des Schloßberges aber enthielt mehrere natürliche Grotten, welche einst von Einsiedlern bewohnt waren.

Eine solche Einsiedler-Zelle stand auch am nördlichen Absturze des Schloßberges, wo gegenwärtig das Haus Nr. 1354 mit seinen weißen Wänden emporragt; der letzte Eremit, der diese Zelle im Jahre 1783 noch bewohnte, nach Aufhebung seines Ordens aber an der Stelle seiner Zelle einen kleinen Kramladen eröffnete, hieß Frater Makarius.

Auch am erwähnten Sankt Georgstage des Jahres 1471 betete ein armer Eremit an dieser Stelle sein Mittagsgebet, als eben zwei stattliche Ritter, welche von der Gegend der Mur, die sie auf Flößen übersetzt hatten, den Schloßberg hinaufstiegen.

Die beiden Namens- und Herzensfreunde, die zwei Waffenbrüder „Andreas" waren es: Andreas Baumkirchner, der Held von Wiener-Neustadt, und Andreas Greißenecker, sein treuer Waffengenosse, jetzt aber Beide Geächtete und Hochverräther im Lande.

Hinter ihnen schritt Baumkirchners getreuester Leibknappe Mathias Rakowitz, derselbe, der sich einst, als Kaiser Friedrich im November 1462 in der Burg zu Wien von seinem eigenen Bruder Albrecht belagert wurde, in die Burg schlich und die Kunde von dem nahende.. Entsatzheere der Steiermärker, Kärntner und Krainer brachte.

Die Bärte der beiden Ritter waren grau geworden; Sorge und innere
Vorwürfe über ihr frevelhaftes Beginnen mochten an ihrem sonst so ritterlichen
Herzen nunmehr nagen. Jetzt hielten sie am Fuße des Schloßberges an.

„So ständen wir denn am Ziele der Kämpfe für unser gutes Recht,“
sagte Andreas Baumkirchner zu seinem Gefährten — „wer kann uns sagen, ob
dieses freie Geleit, welches man uns hieher gewährte, auch die freie Rede uns
oben sichern wird — denn reden wird der Baumkirchner, wie er zu reden gewohnt ist, frei und offen, und wollen sie uns auch heute nicht hören, so falle
der letzte Stein meines letzten Schlosses, ehe ich eine Handbreit von meinem
guten Rechte weiche!“

„Hast Du auch alle Deine Briefschaften und Handvesten bei Dir, Andreas?“ fragte der Greißenecker, „wir werden die Schuldverschreibungen des
Kaisers und der Stände zum Nachweise unserer Ansprüche wohl brauchen.“

Baumkirchner stampfte mit dem eisenbeschienten Fuße; „ei, die habe ich,“
rief er, „im Sattel meines Rosses zurückgelassen, das unsere Knappen in den Burghof führen — nun, wenn wir sie brauchen, werden sie schnell zu holen sein; ich
denke aber, die Herren da oben kennen bereits jeden Buchstaben unserer Forderung, was braucht es da noch Pergamentrollen und Tintenkleke — klar ist das
gute Recht des Baumkirchner.“

„Also mit Gott aufwärts!“ rief der Greißenecker, „sieh’ da, Baumkirchner, ein Rabe fliegt über unsere Häupter auf die oberste Zinne des Schloßberges — das ist ein böses Zeichen!“

„Träumer!“ rief Baumkirchner, „magst Du nicht auch aus den Buchstaben da oben auf dem Thore Unglück für uns herablesen?“

„Ich verstehe mich nicht gut auf das Lesen,“ entgegnete der Greißenecker.

„A. E. I. O. U. steht dort oben geschrieben,“ sagte der Baumkirchner
lachend, „Du kennst ja diese Schriftzeichen, die Kaiser Friedrich auf Alles setzen
läßt, was er sein nennt; fallen wir ihm für unsern Frevel anheim, so wird er
auch uns als seine Leibeigenen mit diesen Buchstaben bezeichnen lassen.“

„Dein Scherz kömmt zur Unzeit, Andreas,“ sagte der Greißenecker,
„mir erscheinen diese Mauern mit den geheimnißvollen Zeichen wie eine War-
nungstafel vor dem Eingange zur Höhle des Löwen, aus welcher keine Fußstapfen mehr zurückführen.“

„Ihr habt keineswegs Unrecht, Herr Ritter,“ schallte hier eine heisere
Stimme hinter den Beiden.

Baumkirchner und sein Freund blickten um —

„Frater Angelus!“ riefen Beide, erstaunt, ihren alten Bekannten,
den ernsten Warner aus der Eremitenhütte nächst dem Kroisbachhofe, hier wieder zu finden.

„Deo gratias — Gott sei Dank!“ sagte der Einsiedler, „daß mich
der Herr noch einmal im rechten Augenblicke Euch in den Weg sendet!“

„Ihr seid also nun in diese Einsiedelei am Schloßberge übersiedelt, ehrwürdiger Vater?“ fragte der Baumkirchner, „wie kommt das? Gefiel Euch
euer Aufenthalt im schönen Gewälde draußen nicht mehr?“

„Ihr wißt ja, lieber Herr," entgegnete der Waldbruder, „daß man mich den alten Todtenvogel oder das „Käutzchen im Walde" nennt — nun, die Todtenglöcklein für Sterbende zu läuten, war ja stets mein Amt, und da der alte Glöckner, der die Armensünderglocke am Schloßberge da bei Hinrichtungen und sonstigen Sterbefällen im Schlosse zu läuten hatte, seit einigen Wochen selbst heimgegangen ist, so hat mich unser Oberer hieher versetzt, und ich muß nun das Glöcklein läuten, das Ihr dort oben unter dem gedeckten Gerüste im Uhrthurme schwanken seht, wenn sie Einen zum letzten Kampfe durch den finstern Gang führen, oder wenn sonst Einer dort oben vom süßen Leben Abschied nimmt; 's ist wohl das hellste Glöcklein von Gräz, das ich zu bedienen habe, wollt Ihr es näher beschauen, so werdet Ihr darauf die lateinische Inschrift lesen: „Feria. Quarta. an. festum. in. an. domini. milesimo. trecentesimo. octagesimo. secundo. fecit. hoc. opus. johannes. de. rottesperg", das heißt zu deutsch: Im Jahre des Herrn eintausend dreihundert zweiundachtzig machte dieses Werk Johannes von Rottesberg; — hört nur, jetzt fängt es, vom Winde bewegt, von selbst zu läuten an, als wollte es Euch begrüßen als neue Todes-Candidaten . . . ."

„Ei, ehrwürdiger Bruder," sagte der Baumkirchner lächelnd, „Ihr seid ja heute ganz vom profetischen Geiste erfüllt, nun, machtet Ihr vor drei Jahren, als wir uns im Gewälde am Kroisbachhofe trafen, den Warner, so macht Ihr heute den Profeten, der uns wohl auch die geheimnißvollen Buchstaben da oben zu deuten vermag, die sich der Kaiser auf seine Pforte schrieb, und deren eigentlichen Sinn, so viel Ich weiß, noch Niemand im Reiche entziffert hat, so wenig als Jemand das eigentliche Wesen des Kaisers selbst entziffern kann — A E I O U, was bedeuten also diese Schriftzeichen, ehrwürdiger Bruder?"

„A E I O U," wiederholte der Eremit feierlich, „diese Schriftzüge sind das Mene, Tekel, Upharsim, welches einst der Profet Daniel dem Könige von Babylon deutete: gezählt, gewogen, zu leicht befunden; — wißt, der Warner, der Euch vor drei Jahren entgegentrat, und Euch von dem Werke der Empörung, welches damals zum ersten Male in Eurem Herzen Wurzel faßte, ab-mahnte, will Euch nun, da Ihr ihn nicht hörtet, auf Eurem ernsten Gange zum Gerichte des Herrn, wie Daniel dem Belsazar, die dunkle Inschrift auf der Warte dieses Felsenthores deuten: A E I O U das heißt: A n d r e a s E s I s t O b e n U n g l ü c k !" —

Nach diesen feierlich gesprochenen Worten verschwand der Eremit Frater Angelus, genannt „das Käutzchen im Walde", in seiner Klause, die beiden Ritter aber stiegen ernst und schweigend die Anhöhe zum Schlosse empor, um als-bald den Wappensaal des Kaisers zu betreten.

Dieser Saal bildete ein großes Viereck mit hohen Bogenfenstern; seine Decke enthielt die mit hoher Kunst ausgeführte Darstellung der biblischen Scene des salomonischen Urtheils; an den mit feiner vergoldeter Schnitzarbeit gezier-ten Wänden liefen prächtige Platten von rothem Salzburger Marmor hin, über welchen die kaiserlichen Ahnenbilder in Lebensgröße hingen. An der unteren Seite des Saales perlte die Springfluth des reinsten Bergwassers in ein breites

von vier künstlichen Delphinen getragenes Becken. In der Mitte des Saales
aber streckte sich eine lange und breite ovalförmige Tafel mit schwarzem Tuche
überzogen, auf welcher ein prächtiges Schnitzwerk, die Kreuzabnahme Christi,
von sechs silbernen Leuchtern mit hohen Wachskerzen umgeben, stand, und um
welche hohe Lehnstühle mit feinem Schnitzwerke, und mit buntfärbigen, das kaiserliche Wappen tragenden Polstern belegt, standen.

In der obersten Ecke der Wand stand eine hohe Wanduhr mit einem
großen weißen Zifferblatte und fingerlangen römischen Zahlen. In diesem Zifferblatte befand sich eine kreisförmige Oeffnung, durch welche von einem inneren
Mechanismus in Bewegung gesetzt, bei jedem Viertelschlage der Uhr ein kleines,
beinernes Gerippe, den Tod vorstellend, hervorblickte, nach damaliger Sitte eine
sinnige Mahnung an die Flüchtigkeit der Zeit, die uns mit jedem Uhrschlage
näher zum Grabe führt. *)

Draußen vor der Saalthüre gingen die kaiserlichen Schloßtrabanten auf
und nieder, und konnte man zeitweilig das Aneberklirren ihrer langen Hellebarden auf dem Marmorpflaster der Gänge vernehmen.

Jetzt traten die Flügel der mittleren Saalthüre auseinander und herein
trat in goldgesticktem Gallamantel ein stattlicher Mann im vollkräftigsten Alter,
Herr Wilhelm Graf von Thyrnstein, damals Landeshauptmann der Steiermark;
stolz und frei trug er sein edles Haupt, denn er war ein thatkräftiger, edler
Mann, voll Charakterstärke, Niemand scheuend als das Unrecht, und treu und
aufrichtig ergeben seinem angestammten Monarchen.

Mit etwas gebogenem Haupte, schier demüthig und unterwürfig, schritt
an seiner Seite Hanns Schultermann, der Kanzler des Kaisers, in den Saal;
auf seinem Antlitze gab sich ein Zug der Unsicherheit und des Unmuthes kund,
sein ganzes Wesen schien heute in fiebernder Bewegung, selbst die eiserne Kälte,
welche sonst auf seinem Antlitze saß und nicht wich, wenn er auch drei Todes-
Urtheile an einem Tage mit seinen knöchernen Fingern unterzeichnete, schien heute
einer auffallenden Bewegung Platz gemacht zu haben, und sein Gesicht glühte
in einem Feuer, wie das eines Feldherrn, welcher einer Hauptschlacht ent-
gegenreitet!

In der That! Eine Hauptschlacht war es auch, welcher Hanns Schultermann entgegenging, der Hauptschlacht gegen seinen Feind, den Baumkirchner,
welchen er heute mit einem Schlage vernichten wollte.

Hinter ihm schritt gleichfalls mit etwas gesenktem Haupte ein bleiches,
im Actenstaube schier verkümmertes Männlein, welchem die Frömmigkeit auf der

---

*) Eine ähnliche, höchst merkwürdige ist die alte am Thurme des Altstädter Ringes in Prag
befindliche große Uhr, in welcher mit jedem Stundenschlage — so lange sie noch im Gange war —
der Chor der Apostel und zuletzt der Tod erschien, der sein fleischloses Gebiß öffnete und wieder
schloß; einst soll auf diese Weise ein kleiner Sperling dem Tod in den geöffneten Rachen geflogen
sein, welcher Vogel dann zum großen Ergötzen der unten Stehenden eine ganze Stunde lang in
diesem knöchernen Verließe aushalten mußte, bis der Tod seinen Rachen wieder öffnete. Die Prager
meinten: Das sei ein Beweis, daß es selbst aus dem Rachen des Todes unter Umständen noch
Rettung gebe.

kurzen Stirne saß, denn er machte, kaum eintretend, dreimal hintereinander das
Kreuzzeichen. Dieses bleiche Schreiberlein, welches seinem Herrn und Meister,
dem Kanzler Schultermann, die Waffen zu dieser Hauptschlacht, nämlich ein
dickes Actenbündel, nachtrug, war Heinrich Fuchs, der Schreiber des kaiserlichen
„Schreibers", wie Georg von Rainach den Kanzler benannte.

Der Landeshauptmann, Wilhelm Graf von Thyrnstein, blieb mit dem
Kanzler vor der großen Tafel stehen:

„Ihr kennt also, Herr Kanzler," sagte er mit klangvoller Stimme, „Ihr
kennt also den bestimmten und deutlichen Willen unseres erlauchten Herrn und
Kaisers: Ihr sollt den Ritter Andreas Baumkircher noch einmal mit allen
seinen Ansprüchen, Bitten, Forderungen und Beweisgründen willig und ruhig
anhören, sollt ihm entgegnen, was nach Urtel und Recht zu entgegnen ist, so
Ihr aber mit ihm nicht einig werdet über den Ausgleich der Sache, sollt Ihr
ihn wieder fürbaß ziehen lassen und Seiner Majestät dem Kaiser über die ganze
Verhandlung umständlichen Bericht erstatten, daß Allerhöchst-Selber den weiteren
Beschluß hierüber fassen — habt Ihr mich verstanden, Herr Kanzler?"

„Allerdings," entgegnete Hanns Schultermann, „wie aber, wenn der
freche Empörer ausartet und nach seiner gewöhnlichen Weise das Brennus-
schwert auf die Tafel werfen will?"

„So werdet Ihr das Ansehen des Kaisers und die Heiligkeit dieser
Stätte durch ernsten Zuspruch und nöthigenfalls durch angemessene Strenge zu
wahren wissen," entgegnete der Landeshauptmann.

„Was nennt Ihr angemessene Strenge?" fragte der Kanzler lauernd sein
Haupt erhebend.

„Herr!" rief der Landeshauptmann ungeduldig, „Ihr selb doch schon
oft zu Gericht gesessen und wißt selbst, wie Ihr euch hiebei zu benehmen habt,
um das Ansehen des Rechtes und Gesetzes zu wahren, was verlangt Ihr von
mir hierüber Verhaltungsregeln?"

„Zu Gericht gesessen — ja!—" sagte der Kanzler gedehnt; „Ihr
habt Recht, Herr Landeshauptmann, das muß ich selbst am besten wissen —
und ein Gericht soll es also in der That sein, das wir heute in diesem Saale
über den Baumkircher und seinen Anhang abzuhalten haben."

„Wer sagt denn das!?" fuhr der Graf empor, „der Ritter Andreas
Baumkircher ist hieher beschieden, um mit ihm zu unterhandeln, nicht um ihn
zu richten — versteht Ihr, Herr Kanzler! — überhaupt scheint mir's, daß nur
Ihr, Herr Hanns Schultermann, fortwährend der Stein selb, der sich zwischen
ihn und seinen kaiserlichen Herrn drängt und keinen rechten Ausgleich zwischen
Beiden zuläßt — sagt mir aufrichtig, Kanzler, was habt Ihr eigentlich gegen
den Baumkircher?"

„Ich?" — fragte Schultermann — „ich habe gar nichts gegen ihn; ich
bin nur der Diener meines kaiserlichen Herrn, der jeden Gegner desselben bekämpfen muß und wird, so lange ein Fünkchen Treue in meinem Herzen
lebt!" —

„Schweigt von Eurer Unbefangenheit," fuhr jetzt der Landeshauptmann

unwillig empor; „sagt es lieber offen und ehrlich: Ihr haßt den Andreas Baumkirchner, weil sich der kraftvolle Mann des Schwertes niemals vor Eurer
krummen Feder gebeugt hat: Ihr haßt ihn, weil er bei seinem kaiserlichen
Herrn in Gunst und Ehren stand und weil Ihr die Gegnerschaft des rauhen,
aber offenen Mannes scheut, der dem Kaiser unumwunden heraussagte: daß
Ihr zwar ein gewandter Schreiber im geheimen Rathe, aber kein aufrichtiger
Diener seid, denn wäret Ihr ein solcher, so würdet Ihr Versöhnung stiften
wollen, wie der wackere kaiserliche Feldhauptmann Georg von Kainach, der, un-
beschadet seiner ritterlichen Ehre, jetzt, da der Held von Neustadt in Acht und
Bann ist, noch das Wort für ihn bei kaiserlicher Majestät führte; Ihr aber
schürt nur das Feuer, das Eurem Feinde die Sohlen verbrennen soll, wenn er
sich auf dem Wege der Reue und des Bekenntnisses seinem erzürnten Monarchen nahen will — Kanzler! ich sage Euch: ich möchte nicht in Eurer Haut
stecken, wenn Ihr einst am Sterbebette liegen und dem Gerichte des Ewigen
über Eure Zweizüngigkeit mit Schrecken entgegensehen werdet!"

„Herr Graf!" rief jetzt Hanns Schultermann aufflammend, „ich bin der
Kanzler Seiner römisch-kaiserlichen Majestät und begreife nicht, wie ich mir in
diesem Saale meiner Amtswirksamkeit eine Strafpredigt von Euch gefallen lassen
solle; Jeder denkt, wie er es für gut findet; wollt Ihr für den Empörer
eine ritterliche Lanze bei Ihrer römisch-kaiserlichen Majestät einlegen, so geht
wieder zurück und thut es — ich werde gleichfalls thun, was meines Amtes
ist, und bin hiezu — glaubt mir's — mit genügender Vollmacht versehen."

„Thut," entgegnete der Landeshauptmann in gleichem Tone, „thut immerhin, was Eures Amtes ist, Herr Kanzler, aber vergeßt nimmer — es könnte
Euch sonst Eure Kanzlerschaft und vielleicht noch mehr kosten — vergeßt nimmer, was Euch soeben unser erlauchter Herr und Kaiser durch meinen Mund
zur genauesten Darnachachtung kundgibt: Kein Haar auf seinem Haupte darf
dem Andreas Baumkirchner gekrümmt werden — das ist der bestimmte Wille
des Kaisers!" —

Nach diesen Worten verließ Graf Thyrnstein, der Landeshauptmann, rasch
den Saal — ein langer Blick des Kanzlers folgte ihm — ein fast unmerkbares
Lächeln trat auf die schmalen Lippen desselben. Er winkte seinem Schreiber
und Beide nahmen am oberen Ende der Tafel Platz. Der Kanzler ergriff eine
große Messingglocke, welche auf der Tafel stand, läutete und rief einem eintretenden Trabanten entgegen:

„Laßt die Beisitzer eintreten und fragt, ob der Baumkirchner, dessen Ankunft der Thurmwart der nördlichen Schanze vor einer halben Stunde meldete,
bereits im Schlosse ist."

Aber schon erschallte auf dem Gange vor dem Saale lautes Waffengeklirre und rauher Wortwechsel. Der Baumkirchner und Greißenecker stürmten,
die Trabanten vor dem Saale bei Seite schiebend, herein, während von der
anderen Seite vier kaiserliche Kämmerlinge und zwei Schloßtrabanten in den
Saal traten, welch' Letztere sich an den Thüren aufstellten, während die Ersteren
den Sitz des Kanzlers umstanden.

Baumkirchner trat sogleich auf den Kanzler zu.

„Wir sind auf Zusicherung freien Geleites noch einmal hier erschienen," sagte er kurz, „um von Seiner kaiserlichen Majestät Zahlung der rückständigen Soldforderungen zu erbitten, welche wir für uns und für unsere Kriegsgenossen zu stellen haben, und wofür wir den Letzteren mit unserer ganzen Habe gut gestanden sind."

Der Kanzler richtete sich, seinen Arm auf die Tafel stützend, empor: „Wer seid Ihr?" fragte er.

Baumkirchner trat einen Schritt zurück: „Gottes Blitz und Donner!" rief er, „ich möchte Euch fragen, wer Ihr seid, Kanzler, wüßte ich nicht schon genugsam, w e n sie mir da in den Weg geschickt haben — — nun," setzte er ruhiger hinzu, „ich bin der Andreas Baumkirchner, der dem Kaiser zweimal das Leben rettete und mehr als zwanzig Wunden für seine Sache davontrug — nun aber hier steht, um sein gutes Recht zu fordern."

„Und ich bin der Andreas Greißenecker," schrie dieser, „der seinem Freunde und Waffenbruder allermaßen zur Seite steht, wo dieser zu streiten hat für sein gutes Recht."

„Das ist nicht die Art und Weise," fiel der Kanzler ein, „wie schuldbare Empörer ihrem Richter nahen —"

„Empörer ihrem Richter!" donnerte Baumkirchner, „Herr, ich denke, wir stehen hier, zu unterhandeln, nicht um gerichtet zu werden."

„Das wird sich finden!" entgegnete der Kanzler, „nun redet also fürder: ist, was Ihr Herren zu Eurer Vertheidigung anzubringen habt."

„Ich sage Euch noch einmal," schrie der Baumkirchner, „wahrt Eure Zunge, Kanzler! Wir stehen hier nicht vor den Schranken eines Gerichtes, und was wir zu sagen haben, wißt Ihr bereits — der Baumkirchner liebt und will kurzes Wort. Antwortet: Was hat kaiserliche Majestät über unsere gerechten Forderungen beschlossen?"

„Legt zuerst die Waffen ab," sagte der Kanzler, „unterhandeln können nur Unbewaffnete."

Baumkirchner warf einen langen Blick auf den Kanzler und dessen Umgebung — „Niemals," sagte er, „hat Andreas Baumkirchner sein treues steirisches Eisen von seiner Seite gelassen, selbst in Gegenwart seines Monarchen nicht — damit Ihr aber seht, daß er in dessen Mauern nichts fürchtet, so sei es darum." . . .

Er zog nach diesen Worten sein kurzes Schwert von der Lende und warf es auf die Tafel, wo es sogleich von einem der Trabanten nach unten geschoben wurde. — Zögernd und mit einem langen Blicke des Mißtrauens that der Greißenecker das Gleiche.

„Nun sind wir waffenlos," sagte der Baumkirchner, „nun führt uns vor unsern gnadenreichen Herrn und Kaiser, auf daß wir an ihn die Worte des Friedens und der geziemenden Bitte richten, die er besser verstehen wird, als sein Kanzler."

„Seine römisch-kaiserliche Majestät verweilen noch in der Schloßkapelle

zum nachmittägigen Vespergebete," entgegnete der Kanzler jetzt ruhiger ein-
lenkend, „wir haben von Allerhöchstselbem Vollmacht, mit Euch zu verhandeln!"

„So redet!" rief der Baumkirchner.

„Pro primo also," sagte der Kanzler, „werdet Ihr, Andreas Baumkirchner, und Ihr, Andreas Greißenecker, aufgefordert, unbedingt und unverzüglich
die Waffen, die Ihr unverantwortlicher Weise gegen die Soldateska Seiner
Majestät in Allerhöchstdero Abwesenheit ergriffen habet, zu strecken und Euch
auf Gnade und Ungnade dem Gerichte zu überliefern."

„Schon wieder das Gericht!" donnerte Baumkirchner, „gebt uns erst
unser gutes Recht, dann wollen wir die Waffen strecken — ein Thor, der den
Schild wegwirft, ehe er vor dem Streiche gesichert ist."

„Euer gutes Recht!" bemerkte der Kanzler, „Ihr sprecht da, wie ein
Bettler, der um Gotteswillen einen Pfennig heischt, weil er zu verhungern
glaubt, indeß seine Taschen von Früchten strotzen. Männiglich weiß, Herr Andreas Baumkirchner, daß Ihr, obgleich Ihr durch Euer vermessenes Gebahren
in letzter Zeit einen allerdings nicht geringen Verlust an Land und Leuten er-
litten habt, immerhin noch ein Crösus im Lande seid — was bringt Ihr also
auf die Entleerung des kaiserlichen Kammersäckels für Eure zweifelhaften Forderungen, da Ihr doch wißt, wie sehr gegenwärtig durch die Kriegsrüstungen
gegen die Türken und Euren Anhang der Staatsschatz in Anspruch genommen ist."

„Herr!" rief Andreas Baumkirchner auffahrend, „Recht bleibt Recht und
wer sein gutes Recht für sich hat, der kann es fordern zu allen Zeiten; ich
fordere es schon seit Jahren — und bin ich auch eben nicht arm an Land und
Leuten und zähle ich auch noch immer die meisten Burgen im Lande als mein
Eigenthum, so bin ich doch nicht gewillt, von meinem guten Rechte abzulassen
— und das," fuhr er mit steigendem Unmuthe fort, „will ich haben und muß
es haben, und bin heute hier, mir es zu holen, und werde es finden, so wahr
ich Baumkirchner heiße, und sollte ich mir es von der obersten Wetterfahne des
Schloßberges herabholen!"

„Ja!" rief der Greißenecker dazwischen, „das gute Recht des Baumkirchner ist ihm verbrieft durch kaiserliche Handvest und Sigill."

„Ja! durch Handvest und Sigill!" rief der Baumkirchner, „wollt Ihr
sie sehen? — — Gott's Blitz und Donner!" rief er jetzt sich besinnend, „da
habe ich unsere Briefschaften unter dem Sattel unserer Rosse gelassen — schickt
hinab, Kanzler, in den Schloßhof und laßt sie holen; mein Leibknappe, der
Mathes, wird die Pergamente vom Sattelknopfe abschnallen."

„Soll geschehen," sagte der Kanzler kalt, „inzwischen werdet Ihr in das
Nebengemach abtreten, wo Ihr Euch erfrischen mögt; denn, ohne daß wir
die Urkund' und Handvesten einsehen, die Eure vermeintlichen Rechte verbriefen,
können wir nicht weiter an diesem Tische verhandeln."

„Mag auch nicht weiter mit Euch, Herr Kanzler, hier verhandeln," bemerkte Baumkirchner — „wißt schon unser Begehr, Hanns Schultermann

— den Kaiser selbst wollen wir sprechen — mit ihm, der den Baumkirchner nicht richten, sondern hören wird, will ich in aller Ehrfurcht das letzte Wort reden — auf, meldet uns, Kanzler!" —

Hanns Schultermann, der Kanzler, nickte leise; ein wahrhaft grauenhaftes Lächeln zog über seine dünnen Lippen, sein Auge suchte wie verstohlen den Zeiger der hohen Wanduhr im Saale, welche eben das dritte Viertel vor der sechsten Stunde des Abends herabdröhnte, während durch die Kreisöffnung am Zifferblatte der kleine beinerne Knochenmann herausguckte.

Andreas Baumkirchner und sein Freund Greißenecker traten also in den kleinen Nebensaal ab, wo sogleich Diener herbeieilten, ihnen Wein und Erfrischungen zu reichen, die sie aber unberührt ließen.

Die Uhr im großen Saale dröhnte jetzt die sechste Stunde Abends. —

Finster und in sich gekehrt schritt Andreas Baumkirchner in diesem engen Gemache auf und nieder — es däuchte ihm ein Gefängniß zu sein, in welches man ihn, den ungestümen Forderer, einsargen wollte . . .

Fast ängstlich starrte sein Freund, der Greißenecker, durch das vergitterte Bogenfenster zur Mur hinab, auf welche der Abendnebel wieder wie ein weißes Sargtuch herabsank.

Jetzt schritt Andreas Baumkirchner auf die Saalthüre zu:

„Man will uns absichtlich nicht vor das Angesicht unseres kaiserlichen Herrn führen," rief er, „man weiß, daß Friedrich, edel und gerecht, seinen Lebensretter nicht ungnädig entlassen würde — aber ich will diesem Schreibergesinde Beine machen!"

Er riß die Saalthüre auf und vor ihm stand Heinrich Fuchs, der Geheimschreiber des Kanzlers.

„Nun," rief ihm Baumkirchner entgegen, „was zögert Ihr — mein Knappe, der Rakowitz, kann zehnmal mit meinen Briefschaften heroben sein — ich will vor den Kaiser geführt werden!"

„Seine römisch-kaiserliche Majestät werden in wenig Minuten im Empfangssaale sein," berichtete der kleine Schreiber, sich schier demüthig verbeugend, „der Herr Kanzler ist eben gegangen, den Herrn im Vorsaale der kaiserlichen Kammer zu erwarten."

„So sputet Euch," herrschte Baumkirchner dem Männlein zu, „wir haben hier nicht viel Zeit zu verlieren, so wir nicht die Dauer unseres freien Geleites versäumen wollen."

Der kleine Geheimschreiber entfernte sich.

Wieder ging der Baumkirchner mit langen Schritten im Nebensaale eine geraume Zeit auf und nieder. —

Jetzt dröhnte die große Wanduhr im Saale daneben laut und vernehmlich das erste Viertel nach sechs Uhr.

Baumkirchners Ohr hatte den Schlag der Uhr deutlich vernommen.

„Andreas," sagte er zu dem Greißenecker, „wie lange haben wir laut des uns zugesandten Geleitbriefes noch Frist zur Unterhandlung?"

„Bis zum Schalle der Vesperglocke um sieben Uhr," entgegnete dieser.

„So müssen wir aufbrechen — oder Verlängerung unseres freien Geleites begehren," sagte Baumkirchner, den niemals die Besonnenheit verließ — und er schritt wieder rasch auf die Saalthüre zu und rief einem der beiden Kämmerlinge, welche noch im Saale standen, entgegen: „Ruft den Kanzler, auf daß er uns Verlängerung unseres freien Geleites erwirke, sonst reiten wir augenblicks über die Murbrücke zurück, wo meine Leute uns erwarten."

Der Kämmerling verbeugte sich und ging, den Wunsch Baumkirchners zu entrichten.

Wieder verstrich eine geraume Zeit — die Wanduhr im Saale dröhnte jetzt das zweite Viertel nach sechs Uhr — doch weder der Kanzler, noch sein Kämmerling erschien.

Jetzt tauchte im Hirne der beiden Ritter ein furchtbarer Gedanke empor —

„Verrath! Verrath!" rief Andreas Baumkirchner, „man sucht uns absichtlich zurückzuhalten, Freund Greißenecker, man will uns hinhalten bis zum Ablaufen der Stunde des freien Geleites, um dann die Schlagbrücke vor uns aufzureißen, wenn wir diese Wälle verlassen — fort, Andreas! keine Minute mehr! Zu unseren Rossen!!"

„Das ist ein Fallstrick, den uns der Kanzler wirft, der Kaiser weiß nichts davon!" rief der Greißenecker — „fort! du hast Recht, Baumkirchner, wir müssen eilen, wenn wir aus der Höhle des Löwen entrinnen wollen!"

Beide Ritter eilten zur Thüre, stießen die Trabanten, die sie aufhalten wollten, wüthend zur Seite und standen bald unten im Schloßhofe, nach ihren Rossen rufend.

Aber keine Spur von diesen, keine Spur von dem Knappen, der sie herbegleitet hatte.

Bestärkt in ihrem entsetzlichen Argwohn stürzten sie durch die Thore in die Sporgasse hinab.

Die Thurmuhr am Schloßberge dröhnte aber das dritte Viertel nach sechs Uhr . . . .

In diesem Augenblicke schritt ein bleicher Mann, der Eremit Bruder Angelus, zum Vesper- und Todtenglöcklein auf dem Schloßberge empor, um es, seiner Pflicht gemäß, nach dem Ablaufe der letzten Viertelstunde zu läuten und damit die gläubigen Bewohner von Graz zum Vespergebete für die Sterbenden und Verstorbenen aufzufordern.

Hinter ihm aber stürzte ein schwarzer Geselle den Hohlweg hinauf, ein Geselle, der die Wollust eines Teufelswerkes im Gesichte und den Satan im Herzen trug: Wolfgang Gräßel, genannt der Schloßteufel.

„Spute Dich, Waldbruder," rief er keuchend und aus seinen breiten Nasenlöchern wie ein bäumendes Roß Luft stoßend, „spute Dich und läute Deine Vesperglocke!"

„Herr!" entgegnete der Waldbruder, „noch ist es nicht an der Zeit, seht hin, am Uhrthurme steht erst das dritte Viertel vor sechs Uhr angezeigt." —

„Gehorche!" schrie der Schloßteufel, „oder" — er riß sein breites Schlacht-messer vom Gürtel . . . .

„Herr!" rief der Waldbruder, „ich bin ein Greis und kann nicht so rasch den Berg erklimmen, um zu meinem Glöcklein zu gelangen."

„So will ich für heute Dein Amt verwalten," donnerte Wolfgang, indem er dem Waldbruder mit einem raschen Griffe den großen Schlüssel zum Glocken-thürmchen aus dessen Händen riß und mit wenigen Sätzen den Berg vollends emporklomm. — Jetzt vor dem kleinen Holzthurme stehend, in welchem das Vesperglöcklein hoch in der Luft zitterte, schloß er rasch das Thürlein auf, welches in das Thürmchen führte, kletterte wie eine Buschkatze die Leiter hinauf und riß an dem Glockenstrange.

Das Vesperglöcklein am Schloßberge weinte, diesmal eine Viertelstunde vor dem Eintritte der siebenten Abendstunde, recht kläglich seine Töne über die Mur hinab. — Dort jagten im selben Augenblicke zwei Ritter ohne Wehr und Waffen durch die jetzige Murgasse zu Fuß der Murbrücke zu, wo damals ein aus zwei etwa dreißig Schritte von einander entfernten Thürmen bestehender fin-sterer, gewölbter Thorweg den Fluß überdeckte und beide Ufer der Mur mit einander verband. Jetzt standen sie vor dem jenseitigen Brückenkopfe und gleich-zeitig mit dem Klange des Vesperglöcleins am Schloßberge, rasselte das Fall-gitter des Murthores vor ihren Füßen zur Erde . . .

Andreas Baumkirchner und sein Freund, der Greißenecker, waren ge-fangen.

„Zu spät!" donnerte eine Stimme hinter ihnen — hier trat ihnen wie ein Nachtgespenst Wolfgang Gräßel, der Schloßteufel, der ebenso schnell wieder vom Schloßberge herabgeeilt war, in den Rücken — seine Faust hielt ein blin-kendes Richtbeil . . .

Gleich hinter ihm erschien Heinrich Fuchs, der Schreiber des Kanzlers. Nicht in gebückter und demüthiger Stellung, sondern aufrecht, mit übermüthigem Hohne auf seinem bleichen Gesichte trat er dem Baumkirchner entgegen.

„Andreas Baumkirchner und Andreas Greißenecker," rief er den beiden Rittern zu, „Ihr seid Gefangene — im Namen des Rechtes und Gesetzes — Euer freies Geleit ist mit dem Schlage der Thurmuhr abgelaufen — bereitet Euch zum Tode!"

„Bube!" donnerte der Baumkirchner, „zurück, oder meine Faust zermalmt Dir deine Beine wie dünne Baumsplitter!"

Aber schon lag der Ritter, von sechs heranstürzenden Knechten übermannt, am Boden, während vier Andere den Greißenecker zur Erde rissen.

„Macht Eure Rechnung, Baumkirchner," rief jetzt einer der Trabanten des Kanzlers, welcher in die Thorhalle trat — „Ihr müßt sterben!"

„Wo ist mein Schwert!" schrie der Baumkirchner wüthend, „daß ich mich vertheidige gegen diese verrätherische Meute! gebt dem Baumkirchner sein Schwert!"

„Das ist versorgt und wohl aufgehoben," rief der Trabant, „denkt jetzt auf Anderes, Ritter, als auf Eure Vertheidigung; die ist nicht mehr möglich — seht Euch um, Ihr seid übermannt — und müßt sterben!"

„Bruder!" schrie der Greißenecker verzweifelnd, „laß uns mit den Zähnen kämpfen, da sie uns die Waffen geraubt haben — sie sollen unser Leben nicht umsonst haben!"

Aber schon begriff Baumkirchner, daß in der That seine Stunde gekommen und daß jeder Widerstand gegen diese Rotte des Kanzlers vergeblich sei — denn sein Blick fiel auf den Waldbruder Angelus, welcher dem Wolfgang Gräßel nachgeeilt war.

„Unser Warner vom Walde!" rief er.

„Der Herr sei Eurer Seele gnädig!" · sagte der Eremit, „habt Ihr auf meine Warnung nicht geachtet, so hört jetzt meine flehentliche Bitte — fleht die Barmherzigkeit des Ewigen an, vor dem Ihr in wenigen Minuten stehen werdet!"

Aber wie ein Blitz der letzten Hoffnung durchzuckte es das Herz des unglücklichen Ritters, als er den frommen Waldbruder vor sich sah. „Haltet ein," rief er den Schergen zu, die seine Hände knebelten, „und Ihr, frommer Waldbruder, eilt, eilt empor zu den Füßen der erzürnten kaiserlichen Majestät, die sicher von dem Frevel nichts ahnt, der hier an uns verübt wird — sagt, bittet, fleht zu dem Herrn um Gnade — er möge all' meine Burgen, die mir noch geblieben sind, zu Eigen nehmen, aber mir mein Leben lassen!"

„Zu spät!" donnerte Wolfgang Gräßel, sein blankes Richtbeil vom Gürtel ziehend.

„Zu spät!" rief erbleichend der Greißenecker, welchen die Schergen des Kanzlers seitwärts schleppten.

„Ich biete dem Herrn meine ganze übrige Habschaft, baare sechzigtausend Gulden, welche in den Kellern meiner Schlösser liegen," rief der Baumkirchner, „nur lasse er mir mein Leben, nicht für mich, sondern für die Meinen!"

„Zu spät!" donnerte der Schloßteufel wieder zurück.

„Warum zu spät!?" rief der Waldbruder, „ja, haltet ein! ich will auf den Schloßberg eilen und mich zu den Füßen des Herrn werfen und weinen und flehen und —"

„Dort ist jetzt Dein Platz, heulende Nachteule!" rief Wolfgang, den Waldbruder zu den Füßen Baumkirchners schleudernd, „nimm dem Ritter die Beichte ab — er muß sterben!"

. . . Und Bruder Angelus sah, daß er gegen diese Gewalt nichts mehr vermochte; weinend kniete er sich jetzt vor Baumkirchner, um ihm die letzte kirchliche Segnung für den Gang in die Ewigkeit zu spenden . . .

Andreas Baumkirchner aber faßte sich jetzt — „Laß die Klage und den Widerstand, Freund," sagte er jetzt ruhiger zu Greißenecker, „und laß uns, da jeder Widerstand vergebens ist, enden wie Männer — —"

Dann wandte er sich zu dem Bruder Angelus — „sagt dem Kaiser," bat er, „daß Baumkirchner wie ein Mann mit der Ueberzeugung gestorben ist, daß Kaiser Friedrich seinen Tod nicht wollte und nicht verschuldete — daß der

Kanzler allein diese That vor dem Richterstuhle Gottes zu verantworten haben
wird — und sagt dem Kaiser, des Baumkirchner letzte Bitte sei: Friedrich der
Vierte möge meines Weibes und meiner Kinder gedenken und sie die Schuld
des Vaters nicht entgelten lassen!"

„Ich will getreu entrichten, was Ihr mir auftragt," entgegnete Bruder
Angelus schluchzend.

Noch einen letzten Blick des Abschiedes warf Baumkirchner auf seinen Freund
Greißenecker, dann trat Wolfgang, der Schloßteufel, mit der blinkenden Hacke
heran — „Ihr kennt mich, Herr Baumkirchner!" rief er höhnend, „der Wilddieb zahlt Euch heute mit Zinsen zurück . . ."

In nächster Minute rollte das Haupt des Helden von Wiener-Neustadt,
vom Rumpfe getrennt, zur Erde und rollte auf den Platz, wo jetzt das Haus
Nr. 316 in der Murgasse steht. — Gleich darauf fiel auch das Haupt Greißen-
eckers unter dem Beile des Schloßteufels. —

Jenseits des Murflusses erwartete vergebens Friedrich von Stubenberg
den unglücklichen Helden von Neustadt, der nun als Leiche auf der Murbrücke lag. —

X.

Lohn des Verrathes.

Zwei Stunden später schritt ein leise betender Mann des Friedens den
Schloßberg hinauf; es war der Waldbruder Angelus; man kannte ihn im
Schloße gar wohl, und so gelang es ihm leicht, in das Innere desselben zu
gelangen und bis in die Schloßkapelle zu dringen, wo Kaiser Friedrich IV.,
noch unbekannt mit den Vorgängen auf der Murbrücke, sein Nachtgebet zu verrichten pflegte.

Aber der Kaiser war nicht mehr in diesem Hause Gottes. Er stand
hoch oben auf dem Söller des Schlosses.

Vor dem Kaiser stand sein Kanzler Hanns Schultermann, bleich wie der Tod.

„Ich will Wahrheit!" donnerte der Kaiser, „wie hast Du den Baumkirchner und den Greißenecker entlassen?"

„Sie sind für immer entlassen," sagte der Waldbruder Angelus, zu den
Füßen des Kaisers niederstürzend, „gnädigster Herr und Kaiser! ich bringe Euch
die letzten Bitten des Ritters, welcher reuevoll in die Ewigkeit hinüberging, daß
Ihr seiner Kinder und seiner Gattin nicht vergessen wollet!" . . . Und nun berichtete der Waldbruder dem Kaiser mit wenigen Worten das Geschehene.

Friedrich stand erschüttert. — Leichenblässe wechselte mit hoher Glut auf
seinem Antlitze. Er fühlte: hier hatte Gott gerichtet; aber das Urtel war
wider den Willen des Kaisers ein zu strenges geworden — sein Kanzler hatte
seinem Urtheile frevelhaft vorgegriffen.

5

„Bei Gott, dem Allgerechten!" rief Friedrich, „das war nicht Unser kaiserlicher Wille!" dann zum Kanzler gewendet: „Mit welchem Rechte mißbrauchtest Du also die Macht, die Wir in Deine Hände legten?"

„Ich hatte unbedingte Vollmacht, die Ihr mir gabt, Majestät, als Ihr nach Rom abgingt," stammelte der Kanzler.

„Die aber nicht bis zum Todesurtheile über Unsere Ritter lautete!" donnerte der Kaiser, „wir wollten Sühne und Buße für sie, nicht aber ihren Tod — Kanzler! Du hast Deine Vollmacht überschritten!"

„Wenn ich zu weit ging," bat Hanns Schultermann, an allen seinen Gliedern zitternd, „so geruhe mein kaiserlicher Herr und Gebieter, diese That mit meinem Eifer für das Beste des Staates zu entschuldigen!"

„Elender!" rief der Kaiser, „jetzt sehen Wir klar, daß Wir eine Schlange in Unserem Hause nährten — auf, Trabanten! und werft den Mörder in das tiefste Verließ unter dem Thurme — Ihr aber," wandte sich der Kaiser zu dem Waldbruder Angelus, „sorgt dafür, daß für die Seelen der Gerichteten hundert heilige Messen gelesen und daß sie geziemend bestattet werden; waren sie auch Schuldige, so haben sie doch ihren Frevel mit ihrem Blute gesühnt — für ihre Familien werden Wir sorgen mit kaiserlicher Huld und Gnade." —

Unter der Stätte, wo jetzt der im Jahre 1574 von Herzog Carl II. auf dem Schloßberge erbaute Glockenthurm steht, lag eines der furchtbarsten Verließe, später die „Baßgeige" genannt; durch diese Oeffnung wurden die Gerichteten in diesen drei Klafter tiefen Kerker mit einer gewölbten Decke hinabgelassen und noch im Jahre 1782 saßen dort ein Falschmünzer und der berüchtigte Verbrecher, der Stiegenwirth. In dieses Gefängniß wurde Hanns Schultermann, der Feind Baumkirchners, alsbald hineingestoßen. Man hat nie mehr etwas von ihm gehört. — Aber auch sein Helfershelfer Wolfgang Grässel, der Schloßteufel genannt, endete schmählich.

Als Kaiser Friedrich dem König Mathias von Ungarn in späterer Zeit die Hand der kaiserlichen Prinzessin Kunigunde versprochen hatte, aus politischen Gründen aber nicht geben konnte, beschloß Mathias, die Prinzessin mit Gewalt zu entführen. Sein Befehlshaber der ungarischen Truppen in Leibnitz, Oberst Maubitz von Cernyhor, gewann den elenden Wolfgang Grässel und seinen Genossen Hanns Himmelfreund für sich, und Beide versprachen, die Ungarn auf dem Schloßberge einzulassen und ihnen die Prinzessin auszuliefern. Bereits standen zweitausend Ungarn im Walde bei Grätz und Alles war zum Ueberfalle des Schloßberges bereit, als der Schloßhauptmann bei seiner Runde durch das Gebell eines Hundes den Verrath entdeckte, die Besatung sogleich unter Waffen treten und die beiden Verräther Grässel und Himmelfreund in das tiefste Verließ werfen ließ, wo sie ihr Vorhaben gestanden. Die Ungarn flohen nach Leibnitz, die Prinzessin aber wurde unter starker Bedeckung nach Wien gebracht. Grässel und Himmelfreund aber erhielten den Lohn ihrer That, indem sie gehangen und hierauf geviertheilt wurden. —

Die Vaterlandsgeschichte berichtet weiter, daß der Kaiser durch eine besondere im Jahre 1472 au.gefertigte Urkunde der Wittwe Margarethe Baum=

kirchner und ihren Söhnen Wilhelm und Georg, sowie den Töchtern Martha und Katharina, gestattete, in Steiermark und Kärnten bei Prälaten und Adeligen Schuldforderungen ihres unglücklichen Vaters einzutreiben; — Georg von Rainach, der kaiserliche Feldhauptmann, und Martha von Baumkirchner sahen sich nicht wieder; die Letztere ward gar bald ein Opfer des unendlichen Schmerzes um ihren Vater . . .

Ueber das Schicksal des kaiserlichen Münzmeisters Eggenberger, der gleichfalls Familienrechte im Hause Baumkirchners anstrebte, aber eben deßwegen am kaiserlichen Hofe verdächtigt wurde, sagt die Vaterlandsgeschichte: daß er in den Kerkergewölben des Schloßberges zu Grätz verschwand — die Sage ging, er habe sein Ende durch die Dolche der eisernen Jungfrau gefunden*); seine Familie aber kam später zu hohen Ehren, und Freiherr Johann Ulrich von Eggenberg ward erzherzoglicher Mundschenk, Obersthofmeister der Erzherzogin Maria Anna, Gemalin Kaiser Ferdinand III., kaiserlicher Gesandter in Hispanien, Landeshauptmann der Steiermark, Erblandmundschenk in Krain, Ritter des goldenen Vließes und im Jahre 1623 Fürst des heiligen römisch-deutschen Reiches und Herzog zu Neustadt in Böhmen; sein Geschlecht starb im Jahre 1717 mit Johann Christian Fürsten von Eggenberg aus, und das Schloß Eggenberg bei Graz ist nun im Besitze der Familie Herberstein.

Greißenecker's Ueberreste ruhen in der Franziskaner-, einst Minoritenkirche zu Graz; wo Baumkirchner seine Ruhestätte fand, ist unbekannt — „vielleicht,“ meint ein vaterländischer Schriftsteller **), „wurde seine Leiche in der Andreaskapelle bei Weißkirchen in Obersteiermark beigesetzt, da deren Abbildung auch auf seinem Wappen zu sehen ist.“

Mit Baumkirchners Tod endete die Ritterempörung. „Gerecht war seine Strafe,“ sagt der erwähnte Schriftsteller, „aber schwer.“

Sie möge das alte Wahrwort bestätigen: daß kein noch so großes Verdienst eines Staatsbürgers denselben jemals zum Treubruche gegen seinen angestammten Landesfürsten berechtigt, daß jede Selbsthilfe strafbar ist und daß nur derjenige vor dem Gerichte der Weltgeschichte Achtung verdient, welcher treu und entschieden für Ordnung und Recht bis an sein Ende verharret. — ***)

---

*) Carl Hartner's Fremdenführer von Graz (Verlag Ferstl's in Graz), Seite 220.
**) Wilhelm von Gebler, k. k. Feldmarschall-Lieutenant, in seiner Geschichte des Herzogthums Steiermark, Graz 1862, bei Aug. Heße.
***) Baumkirchner's Name wird von verschiedenen Schriftstellern verschieden geschrieben. Der berühmte Geschichtsforscher Steiermarks, Muchar, schreibt ihn Baumkirchner, dagegen Aeneas Sylvius: Paumkircher, Andere: Baumkircher. Auch Hartner schreibt Baumkirchner.

5*

Der Räuber in Graz,

der deutsche Herkules.

~~~~~~

Der große, unvergeßliche Wohlthäter der schönen Steiermark, Erzherzog Johann von Oesterreich, hinterließ durch die Errichtung der technischen Hochschule in Graz eines der schönsten Denkmale seines hochgefeierten Namens.

Einst war dieses, nunmehr der friedlichen Pflege der Künste und Wissenschaften gewidmete Gebäude das Eigenthum eines — Raubers.

Die Freiherren von Rauber besaßen hier den sogenannten Rauberhof, später Leslie-Hof genannt, und die alte Raubergasse trägt noch gegenwärtig ihren Namen. Der Rauberhof war kurze Zeit auch im Besitzthum des Stiftes der Benedictiner zu St. Lambrecht, ging sodann an jenen General Leslie über, welcher auch in Wallenstein's Geschichte eine Rolle spielt, kam nach dem Aussterben der Familie Leslie an die Dietrichstein, endlich im Jahre 1811 durch Kauf an die Landstände Steiermarks und ist nun, wie erwähnt, eine Stätte der vaterländischen Wissenschaft und Kunst — das Joanneum.

Der merkwürdigste Rauber aber war Andreas Eberhard Freiherr von Rauber, eine Zierde des steiermärkischen Adels im sechzehnten Jahrhundert. Man nannte ihn den „deutschen Herkules", denn er war groß von Gestalt, wohl an drei Ellen betrug seine Länge, seine Kraft war die eines Löwen und von seinem ernsten Antlitze hing ein in zwei dicke Zöpfe geflochtener Bart bis zur Erde und konnte von da wieder bis an den Leibgürtel zurückgelegt werden.

Ausgezeichnet durch diese Körperkraft und seine edle ritterliche Gesinnung war Freiherr von Rauber der Liebling des deutschen Kaisers Max II.; er war dessen Hofkriegsrath und seine Aufgabe war, stets um den Monarchen zu weilen. Sobald also der Kaiser hinauszog, um sich auf offenem Schlachtfelde mit seinen Feinden zu messen, oder wenn er im ritterlichen Spiele der Turniere die Edlen seines Reiches vor sich versammelte, mußte der „riesige Kriegsrath", der gewaltige Rauber, den Kaiser begleiten, und die Leute erzählten sich, wie er seine ungewöhnliche Stärke bewies, wenn er manchen seiner Gegner mit einem Hiebe vom Kopfe bis zum Sattel spaltete, oder ein ungeschmiedetes Hufeisen zum Scherze mit seinen Fäusten zerbrach oder auch einen zentnerschweren Stein wie eine Nußschale von sich schleuderte.

Da geschah es, daß der Kaiser wieder einmal nach Graz kam, um seinen Bruder den Erzherzog Carl II. zu besuchen, und der gewaltige Rauber folgte ihm nach; kennte er doch seine liebe Steiermark wieder sehen. Er besaß damals nebst dem Rauberhofe auch die Herrschaft Thalberg.

Die Anwesenheit des Kaisers in Graz gab nun Veranlassung zu zahlreichen Festlichkeiten und hierunter nahmen die damals üblichen Turniere nicht die letzte Stelle ein.

Bei einem dieser Feste traf nun unser gewaltiger „deutscher Herkules" einen gleichfalls gewaltigen „Simson" — einen Simson, der allerdings auch ein Abkömmling des Stammes „Israel" war.

Dieser Jude hatte bis dahin nur unter der unteren Volksschichte in Graz seine herkulischen Kunststücke geübt und allerdings damit große Bewunderung erregt. Er meinte daher, es gebe Keinen mehr, der ihn an Kraft und Gewandtheit besiege und laut schrie nun Meister Simson herum, es würde ihm nur ein paar Nasenstüber kosten, den deutschen Herkules in den Sand zu bohren. — Der starke Rauber lachte, als er dies hörte, und ließ den Juden prahlen, denn er meinte, daß ihm dieser gar nicht ebenbürtig sei, um mit demselben einen ernsten Kampf zu bestehen.

Aber das Schweigen des Ritters machte den Juden nur noch kühner. Unangemeldet trat er, als Rauber eines Tages bei dem Kaiser an der Hoftafel saß, in den Saal und forderte den Ritter zum Zweikampfe heraus. — Rauber, nicht wenig befremdet ob der Kühnheit des Abenteurers, maß diesen anfangs mit verächtlichem Blicke; dann aber regte sich im Herzen des stolzen Ritters der Ehrgeiz — „eine derbe Züchtigung dem lecken Prahler zu geben", dachte er, sei eben eines Ritters nicht unwürdig. — Im Nu sprang, von diesem Gedanken erfaßt, der edle Ritter auf, daß die Pokale am Tische auseinanderklirrten; rasch wurden Würfel herbeigeschafft und beide Kämpfer losten nun: wer dem Anderen den ersten Schlag beizubringen habe.

Der Jude warf mehr Augen und sogleich versetzte er dem Rauber mit seiner beschienten Faust einen so heftigen Schlag, daß dieser ohnmächtig zusammenbrach und aus dem Saale fortgetragen werden mußte.

Die Kunde von diesem Vorfalle durchlief schnell die Straßen der Stadt Gräz und als nach Verlauf von kaum einer Woche der Freiherr von Rauber seine alte Kraft wieder erlangt hatte, da flammte mit dieser auch seine Wuth empor ob des erlittenen Schimpfes und er dachte nur auf Rache.

Bald fand sich hiezu Gelegenheit; denn als der riesige Jude erfuhr, daß der Freiherr wieder bei Hof erscheine, da hatte er nichts Eiligeres zu thun, als sich gleichfalls wieder in die Kreise einzudrängen, wo Rauber verweilte, und ein höhnendes Lächeln auf dem bärtigen Antlitze des jüdischen Simson war der erste Gruß, den dieser dem Besiegten zusandte. Aber dieses höhnende Lächeln zündete wie der Funke in einem Pulverfaße. — Rasend vor Wuth sprang der Freiherr von Rauber auf den Juden los, packte angesichts des ganzen Hofes mit seinen linken Faust den Bart des Simsons, wand ihn zweimal um seinen Arm und schlug mit der rechten Faust so gewaltig auf denselben, daß er dem Juden den schwarzen Bart sammt der Kinnbacke herabriß, so, daß dieser heulend zu Boden schmetterte, während ein breiter Blutstrom sein Koller röthete. Wenige Stunden später war der prahlende Jude eine Leiche, und Rauber's Ansehen, als das des stärksten Mannes in der Steiermark wuchs von Neuem.

Kaiser Max II. hatte eine natürliche Tochter, die wunderholde Helena, welche ihm eine Gräfin von Ostfriesland geboren hatte, und um deren Hand die vornehmsten Höflinge buhlten. Nicht blos den schönen griechischen Namen trug dieses wunderholde Fräulein, auch seine Gesichtszüge trugen ganz die edlen Formen der griechischen Schönheit, und der Kaiser sah es gerne, wenn auch griechische Kleidung den üppigen, ebenmäßigen Gliederbau der Herrlichen deckte. — Schönheit war seit undenklichen Zeiten die Siegerin über die Stärke, und selbst ein Herkules bequemte sich — wie die alte Götterlehre der Römer erzählt — den Spinnrocken der schönen Omphale nachzutragen und mit seinen gewaltigen Fäusten den feinen Faden zu drehen.

War es ein Wunder, daß auch der löwenstarke Rauber von der Schönheit der anmuthigen Helena bezwungen, zu ihren Füßen um Liebe flehte . . .

Aber da stand wieder ein gewaltiger Gegner, welcher auch auf diesem Felde dem starken Rauber in den Weg trat. Ein stolzer Edelmann war es aus Hispanien, stattlich von Gestalt, reich an Ahnen, wie an Schätzen, tapfer wie der Cid und stark wie Wenige seines Volkes. Ja, man erzählt, daß er an Manneslänge den riesenhaften Rauber noch übertroffen habe.

Kaiser Max, ein besonderer Freund stattlicher und starker Kämpen an seinem Hofe, sah die Bewerbung des edlen spanischen Ritters um die schöne Helena nicht ungern und auch das liebliche Auge dieser Letzteren ruhte gar oft auf dem schönen Spanier, welcher sogar die Zierlichkeit der Bewegungen, die Feinheit und Gewandtheit des Ausdruckes, die Geschmeidigkeit des echten Hofmannes vor dem rauhen, aber ehrlichen Sohne der norischen Alpen voraus zu haben schien.

Man lispelte sich nun am Hofe des Kaisers dort und da in die Ohren: der reiche und edelschöne Hispanier werde die liebliche Helena von der Seite des Kaisers in die glücklichen Thäler Andalusiens mit sich führen.

Auch zu Rauber drang diese Kunde. — Finster und schweigend schritt er am Hoflager einher, ausweichend seinem Kaiser und Herrn und auch vermeidend den Anblick des holden Fräuleins, der sein ritterliches Herz höher schlagen machte. — Seinen stillen Unmuth: den Bewerbungen des stolzen Spaniers weichen zu müssen, theilten die teutschen Ritter am Hofe des Kaisers und ein unheimliches Flüstern zeugte von dem Grolle, der sich allmälig gegen den fremden Eindringling aus dem Lande des Tajo kundgab.

Der Kaiser konnte diese düstere Stimmung nicht übersehen. Wollte er den Unmuth derselben nicht wachsen lassen, so mußte er rasch handeln, und an rasches Handeln gewohnt, beschloß er, nach damals üblicher Weise die Entscheidung dem Lose des Zweikampfes anheimzustellen. — Aber die Herzensgüte des Monarchen wollte nicht blutigen Ernst, sondern heiteren Scherz hier entscheiden lassen. Ein Sack sollte diese Entscheidung herbeiführen.

Statt scharfer Waffen sollte jeder der kämpfenden Ritter einen großen leinenen Sack bei sich führen, und Jener, dem es gelänge, seinen Gegner in den Sack zu stecken, der sollte Helene als den Preis des Sieges erhalten.

Der Tag dieses Turniers wurde nun festgesetzt. Der kleine Platz in der Nähe der Bürgergasse, noch jetzt Tummelplatz genannt, war, sobald die Morgensonne hinter den steirischen Alpen emporstieg, mit Rittern und Knappen, mit Volk und Reisigen erfüllt; denn die Kunde von dem bevorstehenden Sackkampf war bereits in der Stadt Grätz und der ganzen Umgegend weit verbreitet und Jeder wollte Zuschauer sein.

Jetzt schmetterten die hellen Klänge der Trompete durch die reine Luft und auf prächtigen Rossen kam der Kaiser mit seinem Bruder geritten; hinter ihm der ganze Hofstaat im schönsten Schmucke. Ein hoher balkonartiger Sitz nahm den Kaiser auf; ihm zur Seite saß sein erlauchter Bruder; zwischen Beiden der Preis des Sieges: die herrliche Helena im Gewande der Griechin. Ihre weiße hohe Stirne deckte ein diamantstrahlendes Diadem und reicher Perlenschmuck lag auf ihrem blendenden Nacken, sowie das goldburchwirkte Kleid die Reize ihrer jugendlichen Gestalt noch erhöhte.

Zuerst begann ein sogenanntes Stechen im hohen Zeug, auch Puneis genannt, nämlich ein Lanzenreiten Einzelner gegen Einzelne in schwerer Rüstung ohne Schranken, welche sonst die Streitenden von einander trennten. Seitwärts war ein anderer kleiner Turnierplatz mit Schranken geöffnet, über welche ältere Ritter das sogenannte Stechen über die Schranken übten; dasselbe bestand darin, daß auf diesem kleineren Turnierplatze eine Wand von Latten aufgerichtet war, gegen welche die Kämpfer, der Eine auf dieser, der Andere auf jener Seite, mit den Lanzen in vollem Pferdelauf an einander rannten. Hiebei führten sie die Lanze in der rechten Hand, das Ende des Schaftes wurde mit dem Arme gegen die Seite gedrückt und die Spitze über das Ohr des Pferdes hinausgehalten; so versuchte der Ritter, den Gegner auf den Leib oder in die Mitte des Schildes, „zwischen den vier Nägeln" — wie man sich kunstgerecht ausdrückte — zu treffen. Ward nun der Gegner aus dem Sattel gehoben, so sagte man: er habe einen „ledigen Fall genommen", zersplitterte aber die Lanze des Anreitenden, so galt das für eben so viel, als ob er den Gegner aus dem Sattel gehoben hätte. Traf er aber nur das Pferd, so höhnte man ob der Ungeschicklichkeit des Ritters. — Zu dem sogenannten „Scharf-Rennen, dem ernsten Kampfe auf Leben oder Tod, wollte es aber der Kaiser heute nicht kommen lassen, ein heiteres Spiel, sollte es sein, und mit einem Gesellenstechen — einem Gefechte ganzer Ritterschaaren — zu allerletzt aber mit dem Sackkampfe des Spaniers und des gewaltigen Raubers enden.

Die Wappner (Knappen), der Herold, der Kreiswärtel, welcher Sonne und Wind gleich zu theilen hatte, auf daß keiner der Kämpfenden vor dem Andern einen überwiegenden Vortheil genieße, standen bereit und hoch oben auf einem mit rothen Teppichen bedeckten Balkone saßen die Damen mit den Ehren-

kränzen und übten Jede ihr Recht: vor der Eröffnung des Turniers einen Ritter
zu wählen, den man den Damenritter nannte; jede Dame band ihrem Ritter
den Schleier um die Lanze, ein Zeichen, daß sie den Ritter, wenn er auch im
Getümmel des Kampfes die Gesetze desselben verletzt hatte, in Schutz nehme,
damit er im Namen der Dame von der verdienten Strafe befreit bleibe. Religion und Frauenliebe war ja die Parole des Ritterthums.

Jetzt hatten die Fürsten unter dem Schalle der Trompeten auf ihren er-
höhten Sitzen Platz genommen. Der Herold trat vor, der Kreiswärtel schlug
mit einem Weidenstäbchen an die Lanze und beim dritten Schlage fuhren die
kämpfenden Ritter im Lanzenreiten auf einander los. Wohl eine Stunde dauer-
ten diese Kampfspiele, bis zum Schluße Räuber und der Spanier mit ihren
Säcken in die Schranken traten. —

Lautlos harrte die ungeheure Volksmenge auf die Kampfesscene, die nun
folgen sollte.

Wie ein paar wüthende Leuen der Wüste einander auf dem glühenden
Sande begegnen, zuerst mit ihren gewaltigen Tatzen den Boden aufwühlen, dann
aber, sich mit den funkelnden Augen messend, einander in weiten Schlangenwin-
dungen umkreisen, endlich im wilden Streite um die in der Nähe lauschende
spiegelglatte Löwin, mit glühenden Rachen auf einander losfahren, so umkreis'ten
sich jetzt auch, angesichts des ganzen Hofstaates, sowie der herrlichen Siegesbraut
Helena, die beiden Ritter; — bald fuhren sie auf einander los, jetzt suchten sie
sich gegenseitig mit den nervigen Fäusten zu fassen, jetzt bogen, jetzt wendeten sie
sich in hundert künstlichen Biegungen, um einander zu überlisten; vergebens —
Keiner konnte den Andern überwältigen, Keiner vermochte den Andern niederzureißen, gleiche Stärke, gleiche Gewandtheit, gleiche List hielt auch den seltsamen
Kampf im Gleichgewichte.

Heiße Schweißtropfen perlten von den Stirnen der entbrannten Streiter,
der Boden schien unter ihren Fußtritten zu wanken, Feuer schien aus ihren
Augen zu sprühen; — war der gewaltige Räuber dem geschmeidigen Hispanier
an Kraft überlegen, so schien es ihm dieser wieder an Gewandtheit zuvorzuthun
und diese schien dem Spanier den Sieg zu sichern; denn schwächer und schwächer wurden sichtlich die Anstrengungen des Räubers — aber nur scheinbar:
denn er berechnete im Stillen, daß er den Spanier viel eher überlisten, als durch
Gewalt bezwingen könne. Jetzt holte dieser frischen Athem und trat einen Schritt
gegen die Schranken des Kampfplatzes zurück; der Räuber aber, den Augenblick
erfassend, warf einen kurzen Blick auf die holde Helena an des Kaisers Seite,
dann spannten sich alle seine Sehnen mit neuer Kraft — wie der wüthende
Leu im letzten Kampfe stürzte er auf den Spanier los, schlang seine starken Arme
um den Leib desselben und schnellte ihn empor, stürzte ihn dann nieder und ehe
die überraschten Zuschauer noch mit den Augen folgen konnten, zappelte der stolze
Spanier im Sacke des gewaltigen Räuber, der den also Gefangenen vor den
Kaiser schleppte und unter dem laut ausbrechenden Jubel aller Zuschauenden zu
den Füßen des Monarchen hinschleuderte. — Ein neuer donnernder Ruf unbe-
schreiblichen Jubels schallte durch die Lüfte; Kaiser Max aber stieg von seinem

Sitze herab, drückte dem edlen Rauber die Hand und einen Kuß auf dessen Wange, dankte ihm, daß er die deutsche Ritter-Ehre gegenüber dem stolzen Hispanier so wacker vertreten hatte; dann schmetterten die Trompeten und der Kaiser führte die herrliche Helena in die Arme des glücklichen Ritters, der sich die schöne Griechin auf so schwere Weise erkämpft hatte.

Hinter dem Schranken aber schallte lautes, höhnendes Gelächter, denn dort zog der arme Spanier nach Abstreifung des Sackes ab, um nimmer wiederzukehren in das Land, wo ihm ein solcher Schimpf widerfahren war. Spätere Nachrichten besagten, daß er in den Dominikaner-Orden eingetreten sei.

Rauber verlebte nun eine glückliche, aber nur kurze Zeit mit seiner schönen Gemalin; er blieb kinderlos und trauerte lange um die Liebliche, als sie starb. Als seine zweite Gemalin nennt die Landesgeschichte ein kaiserliches Hoffräulein aus einem ungarischen Geschlechte, Ursula von Tschillack; sie soll ihm vier Zwillinge geboren haben.

Im Jahre 1575 kämpfte der Gewaltige den letzten Kampf mit Dem, den noch Keiner auf Erde besiegt hat, mit dem Knochenmanne, der ihm, als er das achtundsechzigste Jahr seines Alters zählte, auf seinem Schloße Petronell in Oesterreich, unweit von Preßburg, entgegentrat. Dort liegen auch seine irdischen Ueberreste und sein Bild und Wappen ist, in Marmor gehauen, zu sehen. Man erzählt, daß ihn seine Verwandten mit dem langen Barte begraben ließen, so weit dieser der Länge seines Körpers gleichsam und daß sie nur den Rest abschnitten, um diesen als Familien-Andenken aufzubewahren.

Sein letzter Nachkomme war Xavier Freiherr v. Rauber, k. k. Oberstlieutenant, welcher am 10. Februar 1809 in Graz verstarb.

Rauber's Name aber lebt für alle Zeiten in der Landesgeschichte der schönen Steiermark.

Die Schöckel-Hexe.

Historische Erzählung aus der französischen Kriegsperiode.

I.

Seppel, der Bergschütz.

In dem herrlichen Garten der Natur oberhalb der Hauptstadt Graz gegen Morgen führt zwischen Wiesen und Obstbäumen ein Fahrweg in die dunkelgrünen Wälder zu der lieblich gelegenen Besitzung Rettenbach.

Einst gehörte diese Besitzung dem in dieser Gegend erbauten Kloster der Paulaner Einsiedler zu Maria-Trost und führte den Namen „der Wäschhof"; nunmehr steht hier ein hübsches Landhaus.

Es war an einem schönen Abende im Spätherbste des Jahres 1803, als in dieser freundlichen Gegend zwischen den grünen Hecken an dem Ufer des jene Gefilde durchflutenden Bächleins ein schöner junger Mann von etwa einunddreißig Jahren mit blondem Haare und äußerst freundlichen, aber entschlossenen Zügen, ein Buch in der Hand haltend, hinwanderte. Er trug eine grünliche Uniform mit blau ausgeschlagenem grünem Collet und lichten Beinkleidern, und schaute in Gedanken vertieft, dem Spiele der Wellen zu, welche über die Kiesel des Bächleins hüpften und auf denen die Strahlen der aufgehenden Sonne tausend und tausend Diamanten hervorzauberten.

Der junge Mann wandelte der nordwestlichen Gegend zu, von welcher der gewaltige Schöckel wie ein uralter Grenzwächter des herrlichen Murthales seit Jahrtausenden in's Land blickt; er hatte ein kleines Fernrohr in der Hand, mit welchem er die Gegend beschaute.

Immer weiter und weiter schritt er im Gebirge, angezogen von der Großartigkeit der herrlichen Alpennatur dieser Gegend. Vertieft in das Anschauen der Gegend mit ihren tausend Reizen, merkte er nicht, daß die Sonne allmälig gegen den Horizont hinabsank und daß die Schatten der Wälder länger wurden. Er mochte auf diese Weise bereits mehrere Stunden lang gewandelt sein, als er merkte, daß er vom rechten Wege abgekommen war und sich bereits im Dickicht verirrt habe. Dunkler und dunkler wurde es um ihn herum, jetzt schritt er zwischen Wasserrissen, Schluchten und Vertiefungen, während der Nachtnebel bereits in breiten Streifen auf die Baumwipfel niederzusinken begann.

Jetzt hielt er müde vor einer hochanstrebenden Felsenwand, von welcher dunkle Föhren niederschauten. Dichtes Gehölz und alte von Höhlen und Klüften durchzogene Kalksteinbrüche starrten ihm hier entgegen.

Einzelne Erinnerungstafeln mit verwitterten Bildern und fast unkenntlichen Inschriften deuteten an, daß hier vor Alters ein Verbrechen verübt worden oder sich ein Unglück ereignet habe. Keine menschliche Wohnung stand in dieser düsteren Einöde, kein menschlicher Laut war hier vernehmbar, nicht einmal ein Thier des Waldes schien diese Stelle zu besuchen; — hier schien alles Leben erstorben zu sein, nur der giftige rothe Fliegenschwamm wucherte hier reichlich an den feuchten Stellen des graugrünen Moosbodens.

Es war dies der sogenannte Einödgraben, beim Landvolke längst im Verrufe, nicht so sehr des nächtlichen Geisterspukes wegen, als vielmehr wegen verschiedener Unglücksfälle und Mordthaten, welche im Verlaufe der letzten Jahrzehnte an dieser Stelle und in der Umgegend vorgefallen waren.

Der junge Mann bahnte sich jetzt mühsam durch das Gestrüpp einen Weg, indem er die vorhängenden Aeste der Tannen und Föhren zurückbog.

Jetzt trat er auf einen etwas freieren Moshügel, wo der weiße Stamm einer hohen Birke, in deren Blattgeflechte der Nordwind unheimlich flüsterte, zwischen den braunen Tannen und Eichenstämmen wie eine riesige Grabessäule emporragte.

Oben am weiten Himmel hatte die Nacht inzwischen ihre Silber-Ampel ausgesteckt und die Strahlen des Vollmondes stahlen sich durch das Geäste — bei ihrem Schimmer glaubte der junge Bergsteiger deutlich eine Gestalt wahrzunehmen, die sich an der Birke bewegte.

So war es auch.

Es war ein junger, etwa fünfundzwanzigjähriger Bursche mit ehrlichem offenem Gesichte. Auf seinem dunkelbraunen reichen Haare saß der steirische Hut mit dem Gemsbarte und einem Büschlein Edelweiß; die graue Lodenjacke an seinem Leibe und ein kurzer Kugelstutzen, welchen er nebst Waidtasche und Pulverhorn an einem breiten Riemen um die Schulter trug, kennzeichneten den Burschen als einen wackern Steirer, der eben im Begriffe stand, in's Gebirge „pirschen" zu gehen.

Aber der junge stämmige Jäger trug eben seine Waidmannslust in seinem Antlitze; vielmehr blickte er trübe und finster vor sich nieder, wie ein verunglückter Gebirgsjäger, welchen die flinke Gemse auf einen Felsengrat geführt hat, von dem er keinen Ausweg mehr findet. Er schien den Herankommenden gar nicht zu bemerken.

Aber dieser schritt auf ihn zu. „Holas, mon ami!" rief er in fremdartiger Sprachweise, „Du hast Dich gewiß in diesem Gelüfte verirrt gleich mir und suchst hier nach einem Ausgange?"

Der Angesprochene erwiderte nichts, sondern starrte wie früher finster vor sich hin. —

Jetzt betrachtete ihn der junge Offizier näher. „Bist Du von Stein?" fragte er, „oder verstehst Du mein schlechtes Deutsch eben zu wenig? — Was fehlt Dir, daß Du so finster vor Dich hinstarrst? —

„Nichts, was Euch angeht," entgegnete der Bergschütz ziemlich rauh.

Der Andere trat jetzt einen Schritt zurück. „Brauchst eben nicht so kurz und barsch zu sein, mon ami," sagte er; „der Platz da und die Stunde, in welcher wir uns hier Beide treffen, sollte uns eher einander näher führen, auf daß wir uns gegenseitig helfend durch das Dickicht durchwinden."

„Geht links den kleinen Gangsteig dort zwischen den Föhren hinab," entgegnete der Schütz kurz, „so werdet Ihr am ersten aus dem Gewölde in die Andritz hinabgelangen."

„Und Du willst hier bleiben?" fragte der Andere wieder.

„Kümmert Euch um den Seppel nicht, der wird schon allein nach Haus finden," entgegnete der Schütz.

„Bist gar zu kurz angebunden, Waidmann," sagte der Offizier, indem er den Schützen wieder scharf in's Auge faßte.

„'s ist Steirer-Art das," entgegnete der Jäger, „bei uns im Lande kümmert sich Jeder um das Seinige."

„Eh bian!" sagte der Offizier lächelnd, „da mußt Du dich um wichtige Dinge zu kümmern haben, Bursche, wenn Du noch weiter Lust hast, an dieser Schauerstätte der Natur über Nacht zu verweilen. Was suchst Du denn eigentlich hier?"

„Nun," entgegnete der Schütz, „wenn Ihr es denn durchaus wissen müßt, so will ich's Euch sagen: Ich such' in diesem Geklüfte die Wetterhexe vom Schöckel."

„Die Wetterhexe?" fragte der Offizier.

„Dieselbe," entgegnete der Schütz.

„Was ist es denn eigentlich mit dieser Wetterhexe?" fragte der Offizier.

Der Bergschütz blickte ihm jetzt genauer in's Auge; das freundliche, herzgewinnende Wesen dieses Mannes schien auf ihn, den ehrlichen Steirer, einen guten Eindruck zu machen. „Ja, die Wetterhexe haus't hier im Gebirge," sagte er, „und hilft zuweilen den Leuten, die sie aus ihrem Wetterloche um Mitternacht hervorrufen."

„Und womit soll sie denn Dir helfen?" fragte der Offizier, zutraulich die Hand des Schützen fassend.

Der Steiermärker ist rauh, er macht nicht viele Worte, aber wo er aufrichtige Zuneigung findet, da erwidert er sie gerne und bald. Der junge Bergschütz warf seine Blicke noch einmal auf das offene, freundliche Antlitz des Fragers, dessen einnehmendes Wesen ihn bereits gefesselt hatte. Er lehnte sich jetzt neben demselben an eine Föhre und bot ihm aus seiner Jagdflasche einen guten steirischen Jagdtrunk, welchen jener gerne annahm; denn der Nachtwind blies bereits eiskalt von der Hochkuppe des Schöckels herab.

Der Bergschütz wurde nun von Minute zu Minute gesprächiger und so erfuhr der junge Offizier von dem Jäger: daß dieser Josef Fröhlich, insgemein „Seppel, der Bergschütz" heiße und guter Leute Kind aus der Anbritz im Thale unten sei; daß er Marie-Anne, die Mündel des Mathes vom „Wäsch-hofe", eines der bemitteltsten Gehöftbesitzer in der Gegend, liebe und von dem Mädchen wieder geliebt werde; daß aber der alte Mathes selbst auf das Mäd-chen ein Auge und dem jungen Bergschützen schon zu wiederholten Malen bedeutet habe: ein Schlucker, wie dieser, könne die schöne Anne-Marie, welche von ihren Eltern, Landleuten in Steiermark, ein reiches Erbe überkommen habe, nimmer heimführen; Seppel, der Bergschütz, möge sich in der Fremde umsehen und eine erkleckliche Baarschaft heimbringen; dann könne er wieder anfragen, wenn Anne-Marie bis dahin noch ledig sein würde; — daß der Mathes im „Wäsch-hofe" somit den guten Josef Fröhlich nur auf geraume Zeit aus der Gegend entfernen wolle, um Anne-Marie selbst heimzuführen, war also dem Letzte-ren klar. —

„Darum," setzte nun Seppel, der Bergschütz, hinzu, „sei er, da alles Hoffen und Beten zur schmerzhaften Muttergottes in der alten Leechkirche nichts genützt und ihm keinen Trost gebracht habe, nun auf den Rath eines gar oft im Gebirge streifenden, in derlei Dingen erfahrenen alten Jägers fürbaß auf die höchste Kuppe zum Wetterloche und wieder herab in den Einödgraben gestiegen, um die alte Wetterhexe aufzusuchen, die, wie männiglich bekannt, jungen Gebirgs-jägern nicht abgeneigt sei, und nach seinem Begehren dem alten filzigen Mathes Eins auf den Pelz zaubern solle, auf daß dieser die Anne-Marie loslasse und Seppel sie in sein kleines Häuschen auf der Anbritz als seine Braut heimführen könne. —

Der junge Bergschütz meinte diesen Besuch der Schöckelhexe ganz ernst, und lud den ungläubigen jungen Offizier zuletzt ein, ihn auf die Höhe des Ge-birges zu begleiten und mit anzuhören, was die Alte vom Berge zu seinem Troste sagen werde.

„Eh bien partons!" rief der junge Krieger, der in der ganzen Sache ein lustiges Abenteuer zu sehen schien, „partons donc! — wenn Dir aber, mon ami, die alte Hexe nicht hilft, nun dann will ich Dir einen Rath geben, der Dich zum Ziele führen wird; Du sollst mich nicht umsonst in diesem Gewilde gefunden haben; aber sag mir, Bursche, wie willst Du denn die Wetterhexe, wie Du sie nennst, dort oben auffinden?"

Der junge Schütz blickte vorsichtig um sich herum, als wollte er sicher sein, von Niemanden gehört zu werden. „Man muß die Schöckelhexe," sagte er, „die eigentlich Ratigund heißt, und im Grunde keine böse, sondern eine gute Fee ist, welche nur zuweilen ein Wetter macht, wenn die Steirer unten eben ein's brauchen, oben am Berge oder in der Schlucht hier, im Einödgraben, drei-mal laut rufen, und bevor man sie sieht, sein Anliegen bei ihr vorbringen; fin-det sie dies zu beachten, so erscheint sie sogleich."

Der junge Offizier, den dies Abenteuer im Gebirge immer mehr und mehr ergötzte, legte jetzt seine Hand auf die Schulter des Schützen: „C'est bien!" rief er lachend, „laß die Hexe heraufsteigen, wir wollen uns ein Stündchen mit ihr unterhalten und zusehen, wie sie Deinem Mitwerber bei der schönen Marie-

Anne, dem alten Mathes, von dem Du erzähltest, Ein's auf den Pelz zaubern wird."

„Ihr spottet," fiel der Bergschütz ein, „'s hat sich gar nichts zu spotten hier, das wissen wir Alpenjäger am besten; aber freilich, was versteht denn Ihr von den Geheimnissen unserer steirischen Berge; Ihr seid Ungläubige, seid Freigeister, die an gar nichts glauben, und erst fühlen müssen, bis sie glauben; denn Ihr seid ein Fremder, und kommt, wenn mich Euer Aussehen und die französischen Brocken, die Ihr alleweile unter Eure Rede mischt, nicht täuschen, ohne Zweifel aus dem Lande, wo sie, wie mir mein Aehnl in der Andrit einmal erzählte, den lieben Herrgott abgesetzt haben, weil sie glaubten, keinen mehr zu brauchen, und wo sie auch an den Teufel nicht mehr glauben — he? habe ich Recht?" —

„Du hast nicht schlecht gerathen, Junge," entgegnete der Offizier lächelnd, „ich bin ein Franzose —"

„Dacht' ich's doch," rief Seppel, der Bergschütz; „und wie heißt Ihr denn? — führt vielleicht nicht einmal mehr einen christlichen Namen; denn in dem gottlosen Lande haben sie, wie man erzählt, auch den Katechismus verbannt."

„Drei Namen statt einen führe ich," entgegnete der Offizier lächelnd; „ich heiße Louis, Antoine, Henri."

„Also, mein lieber Louis, Antoine, Henri," fuhr der junge Bergschütz fort, „was führte Euch denn in unsere Gegend?"

„Ich bin ein Verbannter meines Vaterlandes, ein Unglücklicher," entgegnete der Offizier, „und eben weil ich selbst unglücklich bin, hat mich Dein Unglück, das ich auf Deinem traurigen Antlitze las, gerührt — Unglückliche finden sich schnell zusammen — und darum sage ich Dir noch einmal, wackerer Steirer," setzte er lächelnd hinzu, „versuche es jetzt nur mit Deiner Schädelhexe und laß Dir von dieser Dein Unglück wegzaubern; so sie Dir aber, wie vorauszusehen, nicht helfen will, so will ich Dir beistehen, wenn Du mir vertrauen willst — glaube mir's, ich bin es im Stande und auch ohne Zauberei . . ."

Der Bergschütz schien bei diesen Worten des jungen Franzosen ärgerlich zu werden; es ist die Art der Alpenjäger, daß sie an ihrem verschiedenartigen Wunderglauben hängen und nicht loslassen wollen von den Gebilden der Phantasie, die sie aus ihren Bergen herabbringen; der echte Gemsjäger glaubt fest und steif an den Kobold im Gebirge, und glaubt an das Kugelfestmachen, und wird ärgerlich, wenn Jemand bezweifeln will, daß er mit der Schädelhexe schon einmal angebunden habe."

Statt aller Antwort riß daher Seppel, der Bergschütz, seinen Kugelstutzen vom Rücken. „Sollt sie gleich selbst sehen, die Schädelhexe," rief er, „weil Ihr nicht glauben wollt, daß sie auf diesem Gebirge haus't; mein Schuß soll die Alte aufwecken; vielleicht erscheint sie uns diesmal, wie es wohl auch zuweilen zu geschehen pflegt, in junger Gestalt."

Er streckte nach diesen Worten den blinkenden Lauf seiner Büchse in die Höhe — ein Knall — der Rauch verzog sich und Seppel, der Bergschütz, trat jetzt selbst etwas erschrocken einen Schritt zurück: denn vor ihm an der weißen Birke lehnte eine Frauengestalt, welche ihn aus ein paar feurigen Augen anglotzte und eben den Mund öffnete, als wollte sie sagen: „Hier bin ich, was willst Du von mir?"

Aber die Gestalt stand schweigend unter der Birke und stand schon lange dort, ehe sie von den beiden jungen Männern bemerkt worden war. Sie schien das Gespräch derselben belauscht zu haben. Jetzt trat sie näher. Ihre Augen ruhten auf den Zügen des jungen Offiziers. „Er ist es" — lispelte sie — dann trat sie auf den jungen Bergjäger zu: „Was willst Du von mir?" fragte sie mit rauher, fast männlicher Stimme.

Der Bergschütz starrte die Gestalt an — das war kein Gespenst — keine Hexe, wie der Volksglaube sie ausmalte. Eine jugendliche Gestalt war's, deren frische Lebensfarbe beim Schimmer des durch die Baumzweige blinkenden Mondes recht deutlich hervortrat. Es war eine kurze, stämmige Dirnengestalt, mit braunem Antlitze, nach Zigeunerart in einen kurzen Rock gekleidet, auf der tiefgebräunten Stirne saß wilder Trotz, in den dunklen Augen leuchtete südliche Glut, auf den aufgeworfenen Lippen saß ein leiser Anflug eines Schnurbartes; man hätte diese Gestalt für eine junge Amazone halten können, welche im weiblichen Kleide mit männlichen Zügen stark und sehnig einherschritt.

„Was willst Du von mir?" fragte sie wieder, indem sie dem Bergschützen näher trat.

„Bist Du — bist Du — — die Schöckelhexe?" fragte dieser stotternd.

„Wer sonst?" entgegnete die seltsame Dirne lächelnd. — „Du hast mich gerufen — ich habe Euer Gespräch belauscht — nun rede, was willst Du von mir?"

Der Bergschütz lachte jetzt laut auf. „Bei meinem Barte!" rief er, „so zierlich und schmuck habe ich mir die Schöckelhexe nicht gedacht — wart', kleine Zigeunerin, wenn Du glaubst, uns hier Deinen Hocus-pocus vorzumachen, so hast Du fehlgeschossen. Seppel, der Bergschütz, weiß bestimmt, daß in diesem Gewälde die Schöckelhexe ihr Unwesen treibt, aber Du bist's eben nicht, braune Dirne; Du bist mit irgend einer Zigeunerbande, wie sie jetzt zu Hunderten im Lande herumziehen, über die Grenze unserer Berge hereingekommen, um wahrzusagen und zu stehlen — zu stehlen gibt's beim Bergschützen nichts, also, wenn Du wirklich zu hexen verstehst, sollst Du uns wahrsagen, Dirne!"

Die Angesprochene warf ihren runden Kopf ein wenig zurück und ihre dunklen Augen brannten auf dem Antlitze des Schützen. „Mit Dir," sagte sie, indem ein finsterer Zug auf ihre breite Stirne trat, „mit Dir habe ich nichts mehr zu schaffen; Du nennst mich eine Zigeunerin, eine Diebin — wer mir solchen Schimpf in's Gesicht wirft, für den habe ich keine Worte, die bösen Wetter aus meiner Berghöhle allein sind für solche Frevler aufgespart — wart' nur, Schütze, die Schöckelhexe wird Dich schon noch einholen."

Dann wandte sich die braune Dirne zu dem jungen Offizier, welcher sie bisher schweigend und aufmerksam betrachtet hatte und mit verschlungenen Armen an einer himmelhohen Eiche lehnte.

„Dir," sagte sie, „will ich aber ein paar Worte sagen, damit Du er-
kennest, welche Macht mir zu Gebote steht — reich' mir Deine Hand, schmucker
Kriegsmann."

Der junge Offizier streckte lächelnd der Dirne seine Rechte entgegen.
„Ah!" rief er, „ich bin also der Begünstigte, dem die Hexen-Dame vom
Schöckel profezeien will."

Die braune Dirne ergriff rasch die Hand des Offiziers und ihr feuriger
Blick fiel schnell auf den großen goldenen Siegelring, welcher im Mondstrahl auf
dem Zeigfinger der rechten Hand des Letzteren blitzte, und in welchen nebst einem
kleinen Wappenschilde ein großes C eingravirt war.

„Er ist es," lispelte sie wieder, indem sie sich niederbeugte und den Ring
wohl eine Minute lang aufmerksam betrachtete. Dann hob sie ihre Blicke —
„Was suchst Du die Ruhe dieser Alpenwälder, Sohn des Westens," sagte sie,
„da doch Dein großes Herz eine Glut in sich schließt, die dies Herz zu zerspren-
gen droht, wenn Du nicht bald wieder die süße Luft Deines Vaterlandes athmen wirst."

„Was sagst Du da!?" rief der junge Offizier auffahrend.

„Ei," rief die braune Dirne, „traf dieses Wort Dein Herz? — ja, das
Vaterland ist ein hohes, ein prächtiges Wort, besonders dann, wenn man es —
verloren hat . . ."

„O," rief der junge Offizier aufflammend, „ich habe es nicht verloren,
ich werde es wieder gewinnen, der kleine große Dränger, der eben seinen eisernen
Fuß auf die Stätte meiner Heimat setzt, soll die Schärfe meines guten Schwertes bald kennen lernen, Louis Antoine Henri führt nicht umsonst den dreifachen Namen, dreifach wird er rächen die Schmach, die seinem Wappenschilde
angethan —"

Die braune Dirne schien jedes Wort des aufglühenden jungen Mannes
zu verschlingen — „Du siehst, schmucker Herr," sagte sie jetzt, seine Hand wieder
erfassend, „daß mein Wort die innersten Saiten Deines Herzens zu treffen vermag — zweifelst Du also an meiner Sehergabe?"

„Wer bist Du?!" rief jetzt der junge Mann, die Hand der Dirne krampfhaft erfassend, „woher kommst Du?!"

„Wer denn sonst als die Schöckelhexe," entgegnete die Dirne.

„Laß die Possen, Dirne," sagte jetzt der junge Offizier, sie fest anblickend,
„und steh' Rede — woher kömmst Du?"

„Du bist noch immer ungläubig," entgegnete die Dirne, „sind Dir meine
Worte so sehr in das Herz gedrungen, ei, so sollst Du noch mehr erstaunen,
wenn ich Dir aus Deiner Hand auch den Namen Deiner Geliebten — Deiner
einzig Geliebten herauslesen werde."

Bei diesen Worten ergriff die Dirne die Hand des jungen Mannes, als
ob sie die Linien auf derselben betrachten wollte — „Charlotte! ist ihr Name,"
sagte sie.

Der junge Offizier trat einen Schritt zurück — „Was soll das!?" rief er,
„wer bist Du, daß Du die Geheimnisse meines Lebens kennst?"

„Wer denn sonst als die Schöckelhexe," wiederholte die Dirne seltsam
lächelnd — „und nun nur noch einen Augenblick," fuhr sie mit leiser, fast sin-
gender Stimme fort, „beachte meine Warnung, Mann des Schwertes, überschreite
nicht mehr die Felsenwarten dieser Berge — sie sind Deines Lebens Marksteine
— Du magst in diesen Wäldern pirschen nach Fuchs und Reh und Hirschen,
magst reiten, jagen, Büchsen laden — doch hüte, Edler, Dich vor — Baben.."

„Par dieu!" rief jetzt der junge Offizier — „ich verstehe Dich —
Du bist —"

„Die Schöckelhexe," lispelte die Dirne, indem sie mit einem gewaltigen
Ruck ihre Hand aus der sie festhaltenden Rechten des jungen Kriegers riß.

Im nächsten Augenblicke war sie im Dickicht des Waldes verschwunden
und vergebens brachen sich die beiden jungen Männer durch das Geäste Bahn,
um der seltsamen „Hexe" nachzueilen und sie zu fassen und zur Rede zu zwingen — sie geriethen, vom Zwielicht des grauenden Morgens irregeleitet, immer
tiefer und tiefer hinab, bis sie endlich im Felsenthale der Andritz am Fuße des
alten Schöckel die Morgengrüße durch die Lüfte schwimmen hörten, welche die
„große Liesel" vom Thurme am Schloßberge in das Land rief.

II.

In den Tuilerien.

Der Nordwind streute weiße Flocken auf die Weltstadt Paris, durch deren
Straßen mit lustigem Gellingel Schlitten flogen, während in den Oefen und
Kaminen der Häuser rothe Kohlen glühten und die unterhaltungssüchtigen Bewohner des großen Babel bei Trink- und Spieltischen sich gütlich thaten. Es
war wieder eine Zeit des Friedens und der Ruhe gekommen, der Krater der
Revolution war geschlossen, die starke Hand des neuen Zeus im europäischen
Götterhause hatte ihn geschlossen; ganz Paris, ganz Frankreich jubelte ihm zu,
ihm, der jetzt als Besieger der Revolutions-Hydra, als Friedensbringer galt, bald
aber den nimmer endenden Krieg über Frankreich brachte.

Dieser Zeus im europäischen Götterhause schritt jetzt, an einem der letzten Februartage des Jahres 1804 auf dem blauen Teppiche eines Gemaches der
Tuilerien auf und nieder, von dessen Decke eine vergoldete Siegesgöttin den Lorbeerkranz auf ihn herabhielt, während an den mit hellblauen Tapeten bedeckten
Wänden zwischen den Schlachtbildern von Marengo und Arcole die Marmor-
büsten des Brutus, Cassius, Cato, Seneca und anderer berühmter Römer herumstanden. —

Der Auf- und Niederwandelnde war ein noch junger Mann von kleiner,

untersetzter Gestalt, mehr magerer Körperconstitution, mit einem salben, fast viereckigen Gesichte und herabhängenden dunklen Haaren; eine grüne Generals-Uniform mit rothen Aufschlägen deckte seinen Leib, ein kurzer Degen ohne Quaste
hing an seiner Lende; sein großes, helles Auge haftete durchbringend auf den
Zügen eines mittelgroßen Mannes mit einem bleichen, magern Gesichte, dessen
ganzer Ausdruck etwas Unheimliches und Lauerndes hatte; ein dunkles Staats-
kleid bedeckte den schmächtigen Körper dieses Mannes; ein kurzer Staatsdegen
mit stählernem Griffe hing an seiner Seite. Seine bleichen feingeschnittenen Lippen zitterten fortwährend, sie schienen die Worte aufzusaugen, welche der kleine
Mann in Generals-Uniform in kurzen Sätzen ausstieß, indem er im kleinen
Saale hastig auf- und niederschritt.

Der kleine Mann in der Generals-Uniform war Napoleon Buonaparte,
erster Consul der französischen Republik, welche bereits in's Kaiserreich hinüber-
spielte. —

Der schmächtige Mann im schwarzen Staatskleide vor ihm war Josef
Fouché, der Polizeiminister des ersten Consuls.

Es war jener gewandte und vielfach genannte Staatsmann, der, einer-
der mächtigsten Hebel im Staatshaushalte des werdenden Imperators, sich ganz
dessen Wünschen zu fügen schien, indem er ihn — beherrschte.

Auch die Strafpredigt, welche ihm der kleine Corse eben hielt, schien das
Ohr des geschmeidigen Polizeiministers nicht im mindesten zu verletzen. Er hatte
sie nicht verdient. —

Am 15. Februar, somit vor wenig Tagen, war nämlich durch seine Klug-
heit die große Verschwörung entdeckt worden, welche Georges Cadoudal, der
Führer des Aufstandes in der Vendée, mit dem General Pichegru und anderen
Parteiführern gegen den ersten Consul angezettelt hatte.

Diese Verschwörung war der Gegenstand des Gespräches, welches Napoleon eben mit seinem Polizeiminister führte, dem er mit scharfen Worten zu beweisen suchte, daß die Verschwörung mit den emigrirten Franzosen in Verbindung, daß sie im englischen Solde ständen. —

„Und wissen Sie, Fouché," schloß er seine Rede, „wissen Sie, wer das
Haupt dieser Bewegung ist?"

„Ich glaube es zu kennen," entgegnete der Polizeiminister, indem sein
Auge vorsichtig auf den Lippen seines Gebieters zu lesen schien.

„Par dieu!" rief Napoleon, „wie behutsam Sie sind, Fouché, Sie
wollen durchaus nicht früher sprechen, bevor man Ihnen nicht den Mund
öffnet —"

„Consul," entgegnete der Polizeiminister mit feiner Ironie, „ich bin nicht
so kühn, Ihrem eigenen Urtheile vorzugreifen. Sie kennen die Fäden der Verschwörung, welche Ihr Haupt bedrohte, Sie wissen auch, von welchem Knotenpunkte diese ausliefen, Sie haben also selbst lange schon die Hände errathen
welche das große Uhrwerk in Bewegung setzen, das fortwährend im Gange ist,
um endlich die von den Feinden der französischen Republik ersehnte Stunde an-
zuzeigen, in welcher die gesammte Emigration Frankreichs mit rollenden Wägen

und fliegenden Fahnen nach Paris wiederkehren und den Thron der Bourbonen von Neuem aufrichten soll."

„Ah! diese Emigration! diese unverbesserliche, fortwährend Verrath spinnende Emigration!" rief Buonaparte, mit dem bespornten Fuße auf die Diele stampfend, „aber ich will sie mit einem Schlage vernichten, diese Bourbonen-Anbeter! sie conspiriren — ich weiß es — so gut am Rhein, wie an der Donau — sie haben ihre Knotenpunkte in den Tavernen der City, wie in Coblenz, und die Schlangenhäupter dieser Hydra wachsen täglich an — aber ich will sie zertreten mit diesem Fuße," setzte er zornig hinzu, „wie ich die Hydra der Revolution in Frankreich zertreten habe!..."

„Daran zweifle ich keinen Augenblick," fiel der Polizeiminister ein; „Sie haben die Macht und den Willen, Consul, Ihren Gegnern kräftig und entschieden die Spitze zu bieten; allein, in Deutschland, Consul, gibt es ein Sprichwort, das da lautet: Die Nürnberger hängen Keinen, sie hätten ihn denn zuvor."

„Oh, mein Herr!" rief der Consul erbittert, „ich weiß so gut, wie Sie daß uns diese unverbesserliche Emigration eben nicht in's Garn läuft, daß sie sich nur im Auslande, jenseits der Grenzen Frankreichs hält, um die Stunde ihrer Action gegen uns abzuwarten; daß wir einzig und allein durch unsere verkappten Agenten aller Art den Aufenthalt ihrer Häupter kennen; wie lauten Ihre neuesten Berichte über das Treiben dieser Leute?"

„Wie die früheren," entgegnete der Polizeiminister kalt. „Die Herren conspiriren, wie Sie früher bemerkten, Consul, am Rhein, wie in den Straßen von London, an der Donau, wie in den Schweizer-Bergen, und glauben den Zeitpunkt nahe, in welchem sie das Wappen der Bourbonen auf ihren Fahnen über Frankreichs Grenze tragen werden."

„Die Thörichten!" fuhr Buonaparte auf, „kennen sie nicht die Schärfe meines Degens und die Gewalt meines Namens?"

„Einem aufgehenden strahlenden Gestirne," entgegnete der Polizeiminister mit einer schmeichelnden Redewendung, „wird es leicht sein, die letzten Schatten einer entwichenen Nacht zu zerstreuen — aber nichts desto weniger glauben auch die Emigranten Frankreichs strahlende Namen an die Spitze ihrer Bewegung gegen die Republik zu stellen —"

„Lassen Sie hören!" rief Buonaparte.

„Man sagt," fuhr Fouché mit Betonung fort, „der junge, thatendurstige Ahne des großen Condé, der Prinz von Enghien, dieser Vorkämpfer der französischen Emigration, habe sein Asyl in Oesterreich verlassen, und harre bereits an den Grenzen Frankreichs im Baden'schen, um den Augenblick abzuwarten, in welchem er diese Grenzen überschreiten und dem ersten Consul der Republik den Fehde-Handschuh entgegenschleudern kann —"

„Der Unbesonnene!" rief Buonaparte, „also schon im Baden'schen harrt der Bayard der Emigration, sagen Sie?" —

„Amor hat den Mars auf die Beine gebracht," berichtete der Polizeiminister mit einem sarcastischen Lächeln weiter; „der Prinz von Enghien verzehrte sich seit lange schon in glühender Liebe zur schönen Prinzessin Charlotte von Rohan-Rochefort, kam also ihr zu Liebe in letzter Zeit nach Baden und soll sich, wie meine Agenten versichern, mit der Reizenden bereits heimlich vermählt und sich auch bereits einen Landsitz ausgesucht haben, um vor dem Kriegszuge der gesammelten Emigration nach Frankreich noch die Freuden der Liebe zu genießen."

„Eh bien!" rief Buonaparte auflachend, „die wollen wir dem edlen Prinzen abkürzen."

Er ergriff die silberne Glocke auf dem Marmortische zu seiner Rechten.

„Was wollen Sie thun, Consul?" fragte der Minister.

„Das sollen Sie sogleich hören, mein Herr," entgegnete Buonaparte.

Er klingelte. Eine Ordonnanz trat ein.

„Der General Ordener!" befahl Napoleon.

In zwei Minuten, während denen der erste Consul schweigend im Cabinete auf- und niederschritt, Fouché aber ihn mit einem seltsamen Lächeln auf seinen Lippen beobachtete, trat ein stattlicher Reiter-Offizier in der goldbetreßten französischen Generals-Uniform herein.

„Sie machen sich auf der Stelle marschfertig, General!" sagte Buonaparte, rasch auf ihn zutretend.

„Soll geschehen, Consul," entgegnete der General, stramm wie die personificirte Subordination bastehend.

„Sie nehmen ein Militär-Commando von Gendarmes d'Elite," fuhr der erste Consul fort, „und setzen damit über den Rhein in's Badensche."

„Soll geschehen, Consul," entgegnete der General wieder.

„Polizeiminister Fouché hier," fuhr Napoleon weiter fort, „wird Ihnen nach seinen bisherigen Nachforschungen beiläufig die Richtung bezeichnen, in welcher Sie den Aufenthalt des irgendwo im Baden'schen verborgenen Bourboniden, des jungen Herzogs von Enghien, welcher an der Spitze der französischen Emigration steht und für alle Zeit unschädlich gemacht werden muß, aufzufinden werden. Sie heben den Mann sammt seiner ganzen männlichen Umgebung auf und liefern ihn binnen acht Tagen nach Paris — haben Sie verstanden?"

„Sehr wohl, Consul," erwiderte der General, indem er salutirte und sich der Thüre zuwandte.

Aber Polizeiminister Fouché vertrat ihm den Weg. Sein bleiches Antlitz trug jetzt statt des früheren Lächelns auf den feingeschnittenen Lippen, den Ausdruck tiefen Ernstes.

„Pardon! Consul," sagte er, „Sie scheinen, indem Sie diesen Haftbefehl dictiren, vorläufig ganz zu vergessen, daß das Gebiet von Baden schon jenseits der Grenzen der französischen Republik liegt — man wird die Ausführung Ihres Befehles zur Aufhebung des Herzogs von Enghien von Seite der europäischen Großmächte als eine Verletzung des Völkerrechtes bezeichnen."

„Was Völkerrecht!" schrie Napoleon, „hier ist das Völkerrecht," setzte er, auf seinen Degen schlagend, hinzu, „wer will mir wehren, wenn meine Grenzen bedroht sind, den lauernden Feind auf seinem Gebiete anzugreifen. Conspirirt die Emigration Frankreichs im Auslande gegen uns, so müssen wir ihr zuvorkommen, ehe sie unsere Grenzen überschreitet; oder sollen wir vielleicht warten, bis sie die Brandfackel nach Frankreich herüber getragen hat? — welche Thorheit! — Wo ich angegriffen werde, dort schlage ich mich, so lautet mein Armee-befehl, mein Herr!" —

Ein Wink — und General Ordener verließ das Cabinet, in welchem der Usurpator Frankreichs somit das eiserne Gesetz des Völkerrechtes unter seine Füße getreten hatte.

III.

Auf Schloß Ettenheim.

Zwei Wochen später, am späten Abende des 14. des Monats März im genannten Jahre 1804 schritt durch die Gärten des schönen Schlosses Ettenheim im Großherzogthum Baden ein junger Mann, der einen kurzen Rock von seinem grauen Tuche auf dem Leibe und darüber an einem Lederriemen einen kurzen Hirschfänger, auf dem grauen runden Hute einen Gemsenbart, im braunen Gesichte aber den Ausdruck des tiefsten Trübsinnes trug . . .

Dieser junge Mann war Seppel, der Bergschütz aus der Steiermark.

Der wackere Schütze stand hier in fremdem Lande; er trug keinen Loden, sondern feines graues Tuch am Leibe, aber das Heimweh im Herzen — denn er sah hier nicht mehr seine lieben steirischen Berge, hörte nicht mehr die rauschende Mur, sah nicht mehr den alten Schöckel, der just zum letzten Gruße die Nebelkappe abgenommen hatte, als Seppel vor wenigen Monaten im Dienste des jungen Offiziers, mit dem er der Schöckelhexe gegenüber gestanden war, seine liebe Steiermark verließ, und welcher ihm nun aus einem der Laubgänge des Schloßgartens entgegentrat, nachdem er einer jungen bildschönen Dame oben zum Schloße das Geleite gegeben hatte.

Jetzt trat er auf den jungen Bergschützen zu: „Was ist Dir, Josef?" fragte er theilnehmend, das finstere Antlitz des Angesprochenen betrachtend.

Dieser fuhr wie aus einem wüsten Traume empor. „Nichts, Herr," sagte er nach einer Weile.

„Du lügst, Josef!" bemerkte der Andere, „Alles, mußt Du sagen, fehlt Dir — o, meine Augen lesen scharf; seit Du auf meinen Antrag die Fluren der Steiermark verließest, um in meinen Diensten, wie Du meintest, die Welt zu beschauen. Dir eine Stellung zu erwerben, um später als Mann von Ehre und Gut zurückzukehren und Deine Marie-Anne heimzuführen, lagert schwerer Trübsinn auf Deinem Herzen. — Ich gab Dir vorläufig die Stelle eines Forst-wartes auf Schloß Ettenheim; später, wenn's Zeit sein wird, sollst Du mich mit Deinem sichern Kugelstützen über die französische Grenze in den ehrlichen Kampf für mein Vaterland gegen seinen vermaligen Unterdrücker begleiten, und Dir ein paar Epaulettes und Kriegers-Ehren holen; denn Deine Kugel ist gut und sicher — aber ich sehe schon, meine Pläne mit Dir werden kaum zu vollführen sein, — Ihr guten Steiermärker seid wie die Schweizer: stark, munter und kräftig in Euren Bergen, wenn Ihr mit der flinken Gemse auf Euren Felsengraten um die Wette springt, und Euren alten Schöckel über Euch und das herrliche Murthal zu Euren Füßen habt — aber traurig und heimatskrank seid Ihr, wenn Ihr in die Ferne müßt und Eure Berge nicht mehr seht."

„Ihr habt Recht, Herr," entgegnete Seppel, „ich mag's nicht läugnen, mich zieht's nach der Heimat, wo die Luft weht, die ich von Kindheit an athmete, wo meine Berge, meine Wälder stehen, wo — —"

„Deine Marie-Anne weilt," fiel der junge Offizier lächelnd ein, „da hast Du das Hauptwort Deiner Sehnsucht nach der Heimat — nun, guter Josef, ich will Dich hier nicht halten, Du sollst reich beschenkt von mir ehestens wieder in Dein Vaterland zurückkehren, sollst Deine Berge, Deine Wälder wiedersehen, sollst wieder begrüßen den alten Schöckel und die Schöckelhexe dazu, die wir Beide mit einander am Abende unserer ersten Bekanntschaft gesehen haben —"

„Alle guten Geister! da ist sie schon!!" schrie Seppel, der Bergschütz, indem er auf ein rundes braunes Gesicht deutete, das über die von Epheu umrankte Mauer des Schloßgartens hineinlugte und dessen glühende Augen auf den Gestalten der beiden jungen Männer hafteten.

Der junge Offizier blickte hin und auf seinem Antlitze malte sich hohe Ueberraschung. In der That! es war das braune Antlitz jener zigeunerartigen Dirne, welche ihm in dem Gewölbe des Schöckel entgegengetreten war, als er dort vor einigen Monaten mit dem Bergschützen zum ersten Male zusammengetroffen war.

Aber so schnell sich das braune Gesicht über der Gartenmauer gezeigt hatte, ebenso schnell verschwand es wieder.

Die beiden jungen Männer sahen einander erstaunt an. —

„Das war die Schöckelhexe!" stammelte der Bergschütz, dessen Herz in lauten Schlägen pochte, nachdem er diese Erscheinung aus seiner Heimat gesehen hatte; „sie war's, wahrhaftig," setzte er hinzu, „wie sie uns am Schöckel erschienen ist — Herr! das bedeutet böses Wetter!!" —

In der That! der Bergschütz schien nicht Unrecht zu haben; denn wie ein Sturm schien es heranzukommen — dumpfes Getöse schallte von der östlichen Seite des Schloßes herüber — wie ferner Trommelklang und lauter Waffenruf tönte es durch die Nacht — plötzlich zischten Fackellichter empor und ehe noch die beiden Männer sich über den Grund dieses unheimlichen Getöses unterrichten konnten, stürzte ein bejahrter Mann in der Kleidung eines französischen Geistlichen die Schloßtreppe herab auf den jungen Offizier zu. Es war Abbé Weinbrunn, der Hauskaplan des Schloßes.

„Sauvez vous!" *) rief er ihm von Weitem zu.

---

*) „Retten Sie sich!"

Mehr konnte er nicht sagen; denn rasch wie die Wolkenmassen eines Gewitters wälzte sich ihm eine Masse von Bajonneten nach — eine Kette von Soldaten schien stoßweise aus der Erde hervorzusteigen — im nächsten Augenblicke war die ganze Außenseite des kleinen Schlosses von bewaffneten Blauröcken umzingelt, während der junge Offizier und der Bergschütz aus Steiermark im Kreise von herbeieilenden Hausleuten standen, welche im Schlosse Waffen aufgerafft hatten, wo sie dieselben eben fanden.

Jetzt beleuchteten vier oder fünf große auf Piken aufgesteckte Laternen und eine dicke Pechfackel den Platz vor dem Schlosse; ein baumlanger Mann, in einen faltenreichen blauen Mantel gehüllt, schritt auf den jungen Offizier und den Bergschützen zu.

Es war ein im Auftrage des französischen Consuls, Napoleon Buonaparte, durch General Ordener aus Straßburg abgesandter Escadronschef der Gensdarmerie; an seiner Seite stand, gleichfalls in einen blauen Mantel gehüllt — die Schädelherze . . .

Ihr langgestreckter Finger wies auf den jungen Offizier, dann verschwand sie im Hintergrunde des Parkes.

Der erwähnte Escadronschef aber trat auf den jungen Offizier und den Bergschützen zu.

„Monsieur, je viens vous querir!" *) sagte er zu dem Ersten gewandt — dann, als ob er sich besänne, auf deutschem Boden zu stehen, fuhr er fort: „Sie sind Louis Antoine Henri van Bourbon, Herzog von Enghien?"

„So nennt man mich," entgegnete der junge Offizier.

„Und ich bin Gensdarmerie-Escadronschef der französischen Republik," fuhr jener fort, „abgesandt vom ersten Consul der Republik, Napoleon Buonaparte, Sie zu verhaften."

„Zu verhaften!?" fragte der junge Herzog, „und warum, mein Herr?"

Ohne auf diese Frage zu antworten, fuhr der General der französischen Republik fort, indem er die Personen, welche den jungen Prinzen jetzt umringten, musterte: „Man sucht in Ihrer Umgebung auch den General Dumouriez, der sich auf die Seite der Emigration geschlagen, und täuschen mich meine Augen nicht, so steht er vor mir."

Bei diesen Worten wies der Escadronschef der französischen Republik auf einen jungen Mann, dessen kräftigen Körperbau ein feiner kurzer Rock von blaugrüner Farbe umhüllte.

„Sie irren," entgegnete der Herzog von Enghien, welcher also der junge Offizier war, an dessen Seite und als dessen Diener nunmehr Seppel, der Bergschütz, im Schloße zu Ettenheim stand.

„Dieser Herr," setzte er, auf den jungen Mann im blaugrünen Rocke deutend, fort, „ist Marquis Thumery, mein Kammerherr."

„Und Mitverschworener," ergänzte der französische Escadronschef.

---

*) „Mein Herr, ich komme Sie abzuholen."

„Mein Herr!" fuhr der Prinz empor, „Sie stehen hier auf meinem Be-
sitzthume, auf welchem ich der Herr bin, und ich bin nicht gesonnen, mir hier
Beleidigungen gefallen zu lassen."

Jetzt traten ein älterer und jüngerer Hausoffizier aus der Begleitung des
Prinzen vor, die schlagfertigen Fäuste um die Degengriffe ballend. „Was wollen
Sie, mein Herr?" fragte der größere von Ihnen zu dem Gensdarmerie-Esca-
bronschef der französischen Republik gewendet.

„Wer sind Sie?" herrschte ihnen dieser entgegen.

„Ich bin Oberst Grundstein von der Suite Seiner Hoheit des Herzogs
von Enghien," erwiederte der größere.

„Und ich Lieutenant Schmidt," entgegnete der jüngere, „und wir Beide
werden nimmer dulden, daß Sie unseren Gebieter, den Herzog von Enghien, beleidigen. Wir stehen auf deutschem Boden, mein Herr!"

„Und conspiriren auf diesem Boden gegen ihr französisches Vaterland,"
entgegnete der französische Escabronschef. „Wohlan, ich bin abgesandt, dem Dinge
ein Ende zu machen!"

Er winkte jetzt in den Hintergrund und eine Truppe französischer Blauröcke marschirte mit gefälltem Bajonette im Halbkreise heran. In nächster Minute waren der junge Herzog, seine genannten Offiziere und die fünf Domestiken,
welche zu seinem Schutze herbeigeeilt waren, von den Bajonnetten der Franzosen
umringt.

Aber jetzt sprang der Bergschütz aus Steiermark vor.

„Lebendig sollt Ihr uns nicht bekommen, verdammte Blauröcke!" rief er
— mit einem gewaltigen Handgriffe hatte er einem der französischen Füseliere
das Gewehr aus dem Arme gerissen, und im nächsten Augenblicke schlug er es
auf den General der französischen Republik an.

Dies war das Zeichen zu einem blutigen Handgemenge, welches sich jetzt
entwickelte, indem noch mehr Dienerschaft aus dem Schlosse herbeileitete. Von
beiden Seiten fielen jetzt Schüsse und flogen Hiebe, denn nur zu deutlich, aber
zu spät, erkannten die Bewohner des Schlosses, daß es in der That auf einen
förmlichen Ueberfall abgesehen sei, welchen die Soldaten der französischen Republik unter der Anführung eines vom General Ordener in Straßburg abgeord-
neten Escabronschefs auf Befehl des ersten Consuls, Napoleon Buonaparte, auf
Schloß Ettenheim unternommen hatten, um — wider alles Völkerrecht — auf
deutschem Boden den Ahnen des großen Condé, den jungen Louis Antoine Henri
von Bourbon, Herzog von Enghien, aufzuheben und mit seinem vertrautesten
Dienstpersonale zu verhaften, weil Consul Napoleon und sein Polizeiminister
Fouché, durch die Berichte ihrer Agenten in allen Himmelsgegenden Europa's getäuscht, die Meinung hegten, daß dieser durch die Entschlossenheit seines Charak-
ters bekannte Prinz das Haupt der französischen Emigration sei, welche fortwährend gegen Frankreichs dermaligen Machthaber, den Consul Napoleon Buonaparte, Verrath spinne.

Inzwischen hatte der Lärm im Parke vor dem Schlosse das ganze Per-
sonale desselben aufgescheucht, und während lautes Klagen in demselben ertönte,

und Alles durcheinander rannte, wie in einem brennenden Hause, antwortete unten das helle Waffengeklirre — denn die wenigen Hausoffiziere und Dienstleute des Prinzen setzten sich zur Wehre, während dieser selbst mit gezogenem Degen auf den Chef der Gensdarmerie-Escadren eindrang und Seppel, der Bergschütz aus Steiermark, an seiner Seite den Hirschfänger blitzen ließ, als stünde er auf der Hochwarte des Schöckel und wollte in der That der bösen Schöckelhexe für ihre „Wettermacherei" Eins auf den Pelz brennen."

In der That! dort — hinter einer Gruppe von ein paar Gensbarmes d'Elite tauchte jetzt das braune, hämische Gesicht der Schöckelhexe, wie sie als Zigeunerdirne dem jungen Herzog und dem Bergschützen vor noch nicht langer Zeit auf der Höhe des Schöckel entgegengetreten war, wieder herder.

Der junge Bergschütz stürzte jetzt, wüthend wie ein angeschossener Eber, auf diese Gestalt los, die ihm auch hier wieder in den Weg trat, um — wie er meinte — Wetter zu machen — sein Hirschfänger flog auf sie zu, aber wie ein Schatten wich die Gestalt der Hexe zur Seite, während zwei gewaltige Fäuste der hinten heranstürmenden Gensdarmerie den Bergschützen zu Boden rissen.

Kurz war aber die Gegenwehre der wenigen Offiziere und Dienstleute des jungen Herzogs gegen die Uebertzahl der französischen Gensdarmen.

Bald war das kleine Häuflein überwältigt.

Prinz Louis Antoine Henri von Bourbon, Herzog von Enghien, Marquis Thumery, Lieutenant Schmidt, Abbé Weinbrunn und fünf Dienstleute wurden verhaftet und in größter Eile auf von Gensdarmen begleiteten Wägen nach Straßburg gebracht.

Seppel, der Bergschütz, hatte sich aber noch rechtzeitig in's dunkle Gartengebüsch zurückgezogen; glühende Rache in seiner ehrlichen Brust verschließend, wollte er nur den Augenblick abwarten, bis er sein gutes Rohr von steirischem Eisen wieder in Händen haben würde, um den Franzosen die Bleipillen zurückzuschicken, die sie bei diesem hinterlistigen Ueberfalle verschossen hatten.

Am 18. März mußte der junge Herzog, von seinem Gefolge getrennt, die Reise nach Paris allein fortsetzen; dort ward ihm ein Consulatsbeschluß eröffnet, zufolge welchem er nach dem festen Schlosse Vincennes geführt wurde, um als „Vaterlandsverräther" vor eine Militär-Untersuchungs-Commission gestellt zu werden.

IV.

In Vincennes.

Eine düstere Märznacht lag über dem festen Schlosse Vincennes; es war die Nacht vom 20. auf den 21. März. In einem Zimmer dieses Schlosses lag auf einem Ruhebett ganz erschöpft der junge Prinz Louis Antoine Henri von

Bourbon, Herzog von Enghien; — im Nebenzimmer berieth eine durch General Murat, dem Gouverneur von Paris, zusammengesetzte Commission, deren Vorsitzender General Hullin war — neben ihm saß der zum Vollstrecker des Urtheiles ernannte Generaladjutant und Chef der geheimen Polizei, Savary.

Der unglückliche Herzog träumte von seiner theuren Gemalin, der schönen Charlotte, den letzten Traum seines Lebens.

Jetzt dröhnte die Thurmuhr des Schloßes die eilfte Stunde der Nacht — ein Gendarmerie-Offizier trat vor das Bett des Schlafenden und seine rauhe Hand weckte den müden Schläfer, welcher erst am Abende vor dieser Nacht, bis zum Tode erschöpft, im Schloße angekommen war.

Man führte den jungen Prinzen vor seine Richter. —

Hier saßen die rauhen Krieger der französischen Republik, willfährige Werkzeuge des ersten Consuls, um zu sprechen über einen Unschuldigen — das Todesurtheil.

Der junge Herzog von Enghien stand ruhig vor seinen Richtern. Man legte ihm die Fragen vor: Ob er in der That die Waffen gegen sein Vaterland Frankreich getragen habe.

Er bejahte sie dahin, daß er, ein Sohn der Ehre und Legitimität, allerdings gegen die Republik Frankreichs die Waffen ergriffen habe.

Man fragte weiter, ob es wahr sei, daß er als Franzose von England einen Sold bezogen habe?

Er gestand freimüthig, von dieser Regierung einen monatlichen Beitrag von 950 Guineen bezogen zu haben, setzte aber hinzu, daß er sich hierüber leicht rechtfertigen könne und nur eine Unterredung mit dem Consul Napoleon Buonaparte begehre.

General Hullin, dessen Brust menschliches Gefühl barg, erklärte: Das Urtheil, welches die Commission fällen müsse, laute auf den Tod — aber er werde den Vollzug desselben aufschieben und an Buonaparte schreiben, um ihm dies Begehren des Prinzen nach einer Unterredung vorzutragen.

Aber jetzt erhob sich Savary, Generaladjutant und Chef der geheimen Polizei --

„Die Commission ist beendet!" rief er, „nun folgt die Execution."

Er übernahm den Gefangenen — ein Priester war diesem beigegeben und als die Thurmuhr von Vincennes viereinhalb Uhr Morgens zeigte, standen im Schloßgraben bei Fackelschein Gendarmes d'Elite mit vorgestreckten Gewehren.

Zu ihnen herab schritt Louis Antoine Henri, der unglückliche Herzog von Enghien, nunmehr in demselben Schloße, in welchem sein großer Ahnherr, der Prinz von Conté und einstige Sieger bei Rocroy einhundertvierundfünfzig Jahre vorher als Staatsgefangener verwahrt worden war.

Würdig dieses großen Ahnen benahm sich der junge Herzog in seinen letzten Augenblicken.

Jetzt trat der edle Märtyrer der Legitimität aus dem Schloße herab, den letzten Gang zu thun.

Da fiel sein Blick auf einen seiner treuesten Diener, welcher, hinter einem

Pfeiler des Schloßgrabens lehnend, ihn hier noch einmal — zum letzten Male sehen wollte.

Es war der treue Bergschütz aus der Steiermark.

Heiße Tropfen perlten dem guten Sohne der Alpen über das braune Angesicht — der Prinz gewahrte sie — „Sieh' da, Josef," sagte er, „Du kömmst, mich auf dem letzten Gange noch einmal zu begrüßen."

„Wer ist der Mann?" herrschte Savary entgegen — „wie kommt er herein, was will er?"

„Beruhigen Sie sich, mein Herr," entgegnete der Prinz. „es ist einer meiner Diener, der mir aus besonderer Anhänglichkeit aus Oesterreich gefolgt ist — ich habe durch ihn noch einen Auftrag zu bestellen."

Dann trat der Prinz auf den jungen Schützen zu, indem er ein Päckchen aus seiner Brusttasche hervorzog: „Diesen Brief mit einer Haarlocke und meinem Trauringe wirst Du an meine geliebte Gattin bestellen, mein Freund," bat er den Bergschützen, „Charlotte wird in meinem Namen Deine treuen Dienste lohnen."

Dieser nickte — reden konnte er nicht, denn ein heißer Strom von Thränen stürzte über sein Antlitz — er nahm das Päckchen und stand wie ein Träumender, als Prinz Enghien schon mit edler Fassung den Gendarmen entgegentrat —

„Wohlan, meine Freunde!" rief er — ein Knall, und von drei Kugeln durchbohrt, sank der unglückliche Prinz zu Boden.

Ein Grab in demselben Schloßgraben nahm seine Leiche auf. — Wenige Stunden darauf traf die Nachricht von seiner Hinrichtung in Paris ein, wo Buonaparte's Gemalin Josefine und ihre Tochter Hortense dringend um des Prinzen Leben gebeten und der zweite Consul Cambaceres und General Berthier dem ersten Consul die Nutzlosigkeit dieser Verurtheilung vorstellten und Napoleon bereits schwankte, als — die Nachricht von dem Vollzuge des Urtheiles eintraf; — Buonaparte's Generaladjutant Savary hatte denselben so sehr beschleunigt. —

Die Weltgeschichte hat diese völkerrechtswidrige That gerichtet und verurtheilt.

Finster und in sich gekehrt, Rache brütend, war aber Seppel, der Bergschütz, aus dem Schloßgraben von Vincennes verschwunden; Niemand hatte ihn angehalten — man schien den Schmerz des treuen Dieners zu ehren.

Aber dieser kannte nur ein Verlangen mehr: den edlen Herzog zu rächen — und der nächste Gegenstand der Rache sollte jene braune Zigeunerdirne sein, die „Schädelheze", deren wahre Gestalt der gesunde Sinn des steirischen Bergschützen nun nicht länger verkennen konnte. —

V.

Am Silbersochse.

Auf den Höhen des alten Schöckels führt eine größtentheils in Felsen gehauene Fahrstraße durch weithin gedehnte Wälder zu einem Abhange des Berges, wo die Natur in ernster, tiefer Stille waltet.

Dort liegt in erhabener freier Lage ein Dörfchen mit netten Häusern und einer Pfarrkirche, Radigund genannt.

An dieser Stelle stand einst eine kleine, der heiligen Radigundis geweihte Capelle, zu welcher Pilger aus den fernsten Landen wallfahrteten. Später entstand hier im Jahre 1490 eine Pfarre. Aber am Tage Sanct Michaels 1661 zündete hier der Blitz und der ganze Pfarrhof mit mancher wichtigen Urkunde der Vaterlandesgeschichte ging in Flammen auf. *)

Auf dieser Bergeshöhe stand an einem heiteren Novembertage des Jahres 1805 ein junger Steiermärker, versunken in das Anschauen des herrlichen Zaubergartens zu seinen Füßen, von welchem der emporstrahlende Morgen mit seinem Silberfinger allmälig die weiße Nebeldecke ablöste, so, daß das ganze reizende Rundgemälde des paradiesischen Murthales langsam in immer deutlicheren Umrissen hervortrat und bald ein vom reinsten Golde des aufsteigenden Tagsternes beleuchtetes Prachtbild vor dem feuchten Auge des jungen Beschauers lag.

Dieser war kein Anderer, als Seppel, der Bergschütz aus der Andritz.

Seit einem langen Jahre sah der wackere Steiermärker auf dieser Höhe seine liebe Heimat wieder.

O, sie war gleich schön und herrlich geblieben, die liebe, schöne, paradiesische Heimat! — Noch schien die liebe Sonne so hell wie vor einem Jahre auf das graue Nebelhaupt des alten Schöckels nieder; noch rauschte die Silberwelle der schnellen Mur mit dem alten Gruße vom Thale herauf; noch grüßte der alte Schloßberg mit seinen zwei Thürmen so freundlich aus dem Thale und die junge Lerche wirbelte hoch oben in den Lüften und der Geier schwamm durch diese süßen Heimatlüfte in's Gebirge herüber und der ferne Glockenklang der guten, alten „großen Liesel" schien herauf zu rufen: „Grüß' Dich Gott, junger Landsmann, im Vaterlande!"

---

*) Die heilige Radigundis war die Tochter Berthurs, des Herrschers in Thüringen, eine Mutter der Armen und Waisen, die als Gemalin des fränkischen Königs Klothar wegen ihrer Frömmigkeit allgemein geliebt und verehrt wurde, mit Bewilligung ihres Gatten den Schleier nahm und das Nonnenkloster zu Poitières in Franken stiftete, wo sie im Jahre 599 im Rufe der Heiligkeit starb.

Ewig schön und groß, war die herrliche Natur in seinem Vaterlande die-selbe geblieben; aber der junge Bergschütz hatte sich gewaltig geändert. Sein edelschönes Antlitz war bleich geworden, seine Augen lagen hohl in ihren Höhlen, seine Gestalt schien eingebrochen — ach, er hatte in diesem einen Jahre seiner Abwesenheit aus dem Vaterlande viel, viel des Ungemaches erstanden . . .

Angezogen von dem liebenswürdigen, freundlichen Wesen des jungen Prinzen von Enghien war Josef Fröhlich, der Bergschütz von der Andritz, nach der erzählten zufälligen Zusammenkunft Beider auf der Höhe des Schöckels nun öfters der Begleiter des unglücklichen Bourboniden auf dessen Spazier- und Jagdgängen in der Umgegend von Graz geworden, und noch erinnern sich, be-richtet Wilhelm Freiherr von Kalchberg in seinem hochinteressanten Werke: „Der Grazer Schloßberg und seine Umgebung‟, „noch erinnern sich alte Leute, wie der Prinz, ein Mann von einunddreißig Jahren, mit blondem Haare, in der Uniform des Condé'schen Corps (blau ausgeschlagenes Collet und lichte Bein-kleider), seinen ernsten Vater, der sich früher England zum Asyl ausersehen hatte, an der Seite, ein feuriges Viergespann lenkte und den Gruß der Landleute (in der Umgegend von Graz) erwiederte. Auch sah man ihn oft mit einem Buche in der Hand die Umgebung von Graz durchstreifen oder stundenlang im Schat-ten der Bäume am Ufer des Baches in Gedanken vertieft dem Spiel der Wellen zusehen.‟

Prinz Enghien hatte schon im Jahre 1792 sein gährendes Vaterland ver-lassen, verschiedene Lande Europa's durchreis't, später mit Auszeichnung die Avantgarde des von seinem Großvater errichteten Condé'schen Corps comman-dirt, bis der Friede von Luneville seiner kriegerischen Laufbahn ein Ziel setzte, und er, wie erzählt, das erwähnte Thal in der Umgebung von Graz zu seinem Ruheplatze wählte, aber im Jahre 1804, aus Liebe zur schönen Prinzessin Char-lotte von Rohan-Rochefort, nach Ettenheim in Baden ging und sich mit ihr vermählte. —

Josef Fröhlich, der Bergschütz aus der Andritz, nahm mit Hast den An-trag des Prinzen an, diesen nach Baden zu begleiten; denn von dem Vormunde seiner Marie-Anne war, ohngeachtet der dringenden Verwendung des jungen Prinzen, der selbst den Brautschatz für Josef und Marie-Anne beisteuern wollte, keine Einwilligung zu ihrer Verehelichung zu erlangen — Marie-Anne war noch minderjährig, und der alte Mathes bestand auf seinem Vormundsrechte, indem er allerhand Einwendungen vorzubringen wußte, um die Verbindung der beiden Liebenden zu hintertreiben oder wenigstens zu verzögern.

Seppel beschloß daher über den Rath des jungen Prinzen, diesen nach Ettenheim im Badischen zu begleiten, sich Geld zu erwerben, durch Anschließung an das Corps der französischen Emigration eine Stellung zu erringen und das Jahr, welches Marie-Anne bis zur Erreichung ihrer Großjährigkeit noch zu durch-leben hatte, in der Fremde zu bleiben, bis er nach Ablauf dieser Frist wieder-kehren und seine, sodann von den Fesseln der Vormundschaft befreite Marie-Anne heimführen könnte. —

Aber welch' traurige Schicksale hatte der wackere Bergschütz in dieser

Frist erlebt! — Den Kugeltod des edlen jungen Herzogs von Enghien hatte er mitangesehen; verwundet im innersten Gemüthe hatte er bald nach der schrecklichen Scene der völkerrechtswidrigen Hinrichtung seines hohen Freundes im Schloßgraben von Vincennes, diese Unglücksstätte verlassen und war nach Schloß Ettenheim zurückgekehrt, um der unglücklichen Witwe des hingerichteten Herzogs, wie dieser ihn beauftragt hatte, den Brief desselben mit Haarlocke und Trauring zu bringen, wofür ihn diese als einen der treuesten Diener ihres unglücklichen Gemals reich belohnte. —

Es war eine heilige Pflicht der Dankbarkeit und Liebe, welche Seppel, der Bergschütz, an dem nunmehr von dieser Erde geschiedenen theuren Prinzen durch Ueberbringung der erwähnten Gegenstände an dessen Witwe übte; aber in des Bergschützen ehrlichem Herzen lebte auch noch das Gefühl einer anderen Pflicht, die er üben mußte, wenn er die Ruhe dieses seines Herzens wieder finden sollte: das Gefühl seiner Pflicht — der heiligen Vaterlandsliebe.

Die Kunde, daß Kaiser Napoleon zum zweiten Mal in Oesterreich einfiel und daß ein Corps von 8000 Franzosen unter den Generalen Marmont, Vigurell, Lacroix, Boudet und Restou nach Steiermark einmarschire.

Der wackere Bergschütz zitterte daher an allen Fibern, als er diese Kunde vernahm, schnallte seinen Stutzen um die Schulter und wanderte fürbaß seinem Vaterlande zu, um — wie er sagte — den Blaurödlen, die seinen edlen Gebieter so barbarisch in den Sand gekugelt hatten, ein paar steirische Bleipillen zu verschlucken zu geben.

Endlich gährte auch im Gemüthe des wackeren Bergschützen ein anderes Gefühl der Rache:

Der eingeborne Steiermärker achtet auch seinen ärgsten Feind, wenn ihm dieser auf offenem Felde oder hoch oben auf der luftigen Warte seiner Felsen im ehrlichen Kampfe entgegentritt — er wird ihm seine Kugel zusenden, aber auch mitleidsvoll die Wunde verbinden, die er ihm schlägt. Er achtet, wie gesagt, seinen „ehrlichen" Feind, und kennt keine Rache gegen denselben; aber er verachtet den heimtückischen, lauernden Feind und athmet glühende Rache gegen diesen, der, im Hinterhalte lauernd, ihm feige Schlingen und Fallstricke legt und den Unbefangenen in's Garn lockt, um ihn zu verderben.

So auch Seppel, der Bergschütz. — Der wackere Schütze glühte vor Rachegefühl gegen jenes unheimliche Wesen, welches ihm und dem edlen Prinzen von Enghien zuerst im Gewälbe des alten Schöckels als braune Zigeunerdirne entgegengetreten, dann auch bei der Gefangennehmung des Herzogs in Ettenheim durch die französischen Gendarmes wieder aufgetaucht und, von seinem Schuße ungetroffen, ebenso schnell wieder verschwunden war.

Seppel, der Bergschütz von der Andritz, war in den Alpen der herrlichen Steiermark, die so viel Großes und Wunderbares bieten, groß geworden; hundert wunderbare Märchen und Sagen von den Gnomen und Wildfrauen, von den Truthen und Hexen, von den Kobolden und Berggeistern, die in den Schluchten und Klüften der Berge ihr Unwesen treiben, waren seit seiner Jugend in sein Ohr gedrungen, in seiner feurigen Phantasie verarbeitet worden - - was

Wunder, daß er auch jetzt noch Gespenster sah und in der Person der seltsamen Zigeunerdirne Niemand andern, als die alte Schädelhexe wahrnahm, welche ihm und seinem Prinzen aus den Wäldern der Steiermark gefolgt war, und diesem, den sie vergebens vor „Baden" gewarnt, das Unglück auch dahin nachgetragen hatte. Nahm aber dieses gespenstige Wesen menschliche Gestalt an, so — meinte der Bergschütz, müsse es auch von seiner Kugel erreichbar sein; sei sie aber, wie ihn der Prinz mehrmals lächelnd versichert hatte, ein verrätherisches menschliches Wesen, so müsse es um so eher zu finden und zu treffen sein — diesem räthselhaften Wesen und dem ganzen Franzosenpack überhaupt, welches seinem edlen Gebieter die drei Kugeln durch die junge Brust gejagt hatte, schwur der Bergschütz Rache — heiße Rache, und über dieser brütete er während der ganzen Zeit, welche er noch im Dienste der jungen Witwe des hingerichteten Herzogs verblieb. —

Jetzt aber stand er, wie erzählt, auf der Höhe des Schädels, ernst und sinnend, und blickte in's prächtige Thal hinab, in welches er nun nach einem langen Jahre wieder hinabsteigen wollte, um die Stätte seiner Liebe, um seine Marie-Anne aufzusuchen und ihr zu sagen, daß er mit reichem, ehrlich erworbenem Gute und mit alter treuer Liebe wiederkehre, um sie, wenn ihr Herz noch in gleicher Liebe für ihn schlage, als seine Einzigerwählte heimzuführen.

Noch einmal zog an seinem inneren Auge sein in dem letzten Jahre erlebtes Schicksal vorüber — hinter sich sah er eine Reihe ernster Ereignisse, die er im Auslande mit angesehen hatte, vor sich nun eine hellere Zukunft im schönen Vaterlande — den Lohn der Liebe, wenn die Treue ihrer gewartet hatte — und ob sie ihrer gewartet hatte, das sollte er nun sehen in der nächsten Stunde, in welcher ihn sein Fuß in die liebliche Gegend zum „Wäschhofe" hinabführen sollte, wo Marie-Anne, wenn sie noch lebte und liebte, weilen mußte.

Jetzt erhob sich der Bergschütz von seinem Felsensitze und schickte sich an, da, wo ein schmaler Waldweg in's Gebirg verlief, hinabzusteigen — aber horch! welch' seltsame Töne schallten jetzt zu seinen Ohren herauf? — was nahm sein Auge wahr — eine große Schaar Blauröcke bewegte sich durch die Thäler bei Gösting herab, die bekannten französischen Adler vortragend . . .

Auf den umliegenden Höhen aber bemerkte der Bergschütz mit seinem scharfen Auge deutlich einzelne Gruppen steirischer Schützen, welche gewillt schienen, ihre guten Büchsen auf die fremden Cohorten abzufeuern. Da zuckte es ihm wieder durch alle Glieder; mit glühendem Antlitze schaute er auf die zwischen den Bergen heranmarschirenden Feinde, dann wieder auf seine Landsleute, dann riß er die Büchse von seinem Rücken, der Hahn knackte auf, und nieder stieg der Bergschütz in das Land, das er vor einem Jahre verlassen hatte.

Jetzt stand der Bergschütz am linken Murufer beim sogenannten „Silberloche", jenem natürlichen Schachte aus der vorsündfluthlichen Zeit, welcher nächst dem sogenannten Himmelreich-Schneiderhofe liegt.

Oft hatte der Bergschütz, wenn er vom Unwetter überrascht worden war, in der Nähe dieses Schachtes kurze Frist verweilt — aber welche Scene bot sich ihm jetzt hier dar!

Eine Schaar steirischer Schützen, sieben an der Zahl, stand hier im Kreise — zwischen ihnen aber eine zitternde Gestalt, welche sie eben aus dem erwähnten Schachte hervorgezerrt hatten.

Der heimkehrende Bergschütz traute kaum seinen Augen: die zitternde Gestalt, welche hier auf den Knieen lag, und auf welche die Mündungen der sieben Gewehrläufe der sie umringenden Schützen gerichtet waren, war — die Schädelhexe, wieder in der Gestalt der braunen Zigeunerdirne, wie sie dem Bergschützen und dem jungen Herzog von Enghien in dem Gewölbe des Schädel entgegengetreten war.

Der junge Bergschütz stand stumm vor Erstaunen — seine Blicke flogen auf die sieben Schützen, in denen er augenblicklich junge Bursche seiner Bekanntschaft erkannte. Auch diese erkannten ihn sogleich — ihr Kreis öffnete sich, ihn aufzunehmen; „der Seppel ist da!" schallte es von allen Seiten. und bald wäre im Taumel der Freude, welche diese wackeren Landsleute äußerten, als sie ihres alten Kameraden ansichtig wurden, der Zweck vereitelt worden, wegen dessen sie so lange das alte „Silberloch" umringt hatten — der Fuchs, den sie in diesem Loche gefangen hatten, war entwischt und rannte, so schnell er mit seinem angeschossenen Fuße es vermochte, der Stadtseite zu, von welcher die Trommeln der heranmarschirenden Franzosen heraufstönten.

Aber siehe, das Falkenauge des wackeren Bergschützen Josef Fröhlich hatte das entspringende Füchslein bereits erspäht — wie ein Pfeil flog er demselben nach und schon lag, von Seppels Faust niedergeschmettert, das Füchslein im Grase und hochaufathmend rief der Bergschütz: „Endlich habe ich Dich, dreimal vermaledeite Schädelhexe! Nun sollst Du mir nicht mehr entkommen!"

In der That lag die braune Dirne keuchend und stöhnend auf dem Boden — im nächsten Augenblicke war ihr die Verkappung vom Leibe gerissen und Seppel, der Bergschütz, erkannte, was seine alten Kameraden schon früher herausgefunden hatten, daß die ihm nun zum vierten Male in den Weg getretene Schädelhexe sich in einen M a n n verwandelt hatte . . .

Dieser M a n n heulte und jammerte nun fürchterlich und legte, da seine Drohungen: „Die anrückenden Herren Franzosen würden seine Gefangennehmung zu rächen wissen", bei den lachenden Steirerschützen nicht verfingen, sich zuletzt auf demüthiges Bitten um seine Loslassung, da er Alles, Alles gestehen und Enthüllungen machen wolle, die, wenn man ihm das Leben schenke, den hohen Herren in Wien von großer Wichtigkeit erscheinen würden.

Aber die wackeren Schützen hörten nicht auf seine Worte, und während die Franzosen über die Weinzirlbrücke nach Graz hereinmarschirten, trieben die Steirerschützen ihren Gefangenen, den sie eine Stunde vorher auf diesen Höhen in verdächtiger Weise umherschleichen gesehen, daher in richtiger Auffassung seines Geschäftes verfolgt und nun gefangen hatten, ostwärts über Sanct Leonhard und Maria Trost weiter und weiter, bis sie an der Nordostseite der steirischen Gewölbe ein österreichisches Streifcommando trafen, dem sie die verkappte „Schädelhexe" übergaben.

Hier stellte sich denn sehr bald heraus: daß die „braune" Dirne, die sich nun als Mann entpuppt hatte, Niemand anderer als ein verkappter Spion der Herren Franzosen, ein geheimer Sendling des Polizeiministers Fouché gewesen, welcher im Auftrage des Kaisers Napoleon den Aufenthalt und die Pläne des jungen Herzogs von Enghien, als Führers der französischen Emigration, auszuforschen hatte, zufällig — wie erzählt — den jungen Herzog, dessen Züge er bereits kannte, mit Seppel, dem Bergschützen, im Hochforste des Schöckels fand, ihr Gespräch belauschte, aus demselben Gewißheit über die Person des jungen Prinzen erlangte, sofort, den Aberglauben des Bergschützen benützend, sich demselben als die berüchtigte „Schöckelhexe" vorstellte, was er nun aus dem Munde des unbefangenen jungen Herzogs erfuhr, seinem Herrn und Meister Fouché treulich berichtete, sodann der Führer jener Gendarmerie-Abtheilung war, welche die Verhaftung des Herzogs in Ettenheim vornahm, daher er dort von dem Bergschützen wiederholt gesehen wurde.

Auch später seinem Spionsgeschäfte nachgehend, war dieser Mensch, ein Elsaßer von Geburt, vor dem Einrücken der Franzosen in Steiermark im Jahre 1805, nun wieder in den Gebirgen dieses Landes erschienen, wurde aber nun von den wachsamen Bergschützen aufgegriffen und an den kaiserlichen Feldmarschall-Lieutenant, Marquis Chasteler, welcher die Landesvertheidigung Tirols so ausgezeichnet organisirt hatte, zur weiteren kriegsrechtlichen Behandlung überliefert.

Welches Schicksal nun die verkappte „Schöckelhexe" hatte, läßt sich denken — wahrscheinlich war es das aller feindlichen Spione. —

Die Franzosen selbst waren inzwischen in Graz einmarschirt und hielten die Stadt durch sieben Wochen besetzt; General Marmont bezog den damaligen Leslie-Hof, das jetzige Joanneum; er ließ auf Napoleon's Befehl die Gebäude der Festung einreißen und verursachte dadurch der Stadt einen Schaden von 300.000 fl. W.-Z.

Schon im December aber erfolgte der Friede zu Preßburg und die Franzosen zogen ab, ohne ihr Werk der Zerstörung vollendet zu haben.

Feldmarschall-Lieutenant Marquis Chasteler besetzte nun mit seiner Division Graz, welches nun wieder den Frieden genoß.

Seppel, der Bergschütz, war während dieser Vorgänge in den Reihen seiner sieben alten Kameraden geblieben, welche in den Gebirgen um Graz nur des Augenblickes harrten, in welchem sie nach Aufrufung des Landsturmes auf die Blauröcke aus Frankreich herabstürmen und sie aus dem Lande jagen dürften. — Aber, wie erwähnt, machte der Friede von Preßburg am 26. December auch dieser Hoffnung ihres Muthes ein Ende.

Von ihnen hatte Seppel, der Bergschütz, erfahren, daß der alte Mathes im Wäschhofe inzwischen verstorben war und daß Marie-Anne einsam in einem Gehöfte nächst Graz lebe; — und die Treue hatte in der That die Liebe noch immer erwartet. Am Sylvester-Abende des Jahres 1805 leuchteten in einem Hofe nächst der jetzigen Zinzendorfgasse, da wo diese in die Harrachgasse mündet, zwei Lichter in einem Kämmerlein, in welchem zwei Liebende den schönen Augenblick des Wiedersehens feierten; heller, als diese Lichter, leuchteten die Augen dieser beiden Liebenden — Seppel, der Bergschütz, und seine treue Marie-Anne war es, die sich nun von Neuem ewige Liebe und Treue gelobten. Vier Wochen später waren sie Eheleute, und auf dem grünen, sonnigen Platze, wo sie ihre junge Wirthschaft begannen, steht nun das Gehöfte der „ersten Marianbl" in Graz, in dessen schönem Garten die schöne Welt der freundlichen Murstadt sich so gerne einzufinden pflegt.

Der unglückliche Prinz von Enghien aber lebt noch zu Graz in Erinnerung, er hatte bei seiner Abreise von Graz mehrere Andenken hinterlassen, unter andern einen Wandspiegel seines Schlafzimmers, welcher sich im Besitze des Grafen Gustav von Stainach als Inhabers von Rettenbach befand. Das Schlößchen, in welchem der Prinz wohnte, ging später an verschiedene Eigenthümer über. Ein schöner Vorsaal desselben enthielt die Wappen der Familien Stubenberg, Stainach, Trautmannsdorf, Königsacker und Preyssing, und von seinem Balkone bietet sich die herrlichste Fernsicht. Die Landesgeschichte von Steiermark wird diesen Aufenthalt des unglücklichen Prinzen Louis Antoine Henri von Bourbon, Herzogs von Enghien, als eine interessante Denkwürdigkeit für alle Zeit in ihren Jahrbüchern verzeichnen. —

Anna von Gösting.

Historische Erzählung aus dem 13. Jahrhundert.

I.

Aennchen und Anna.

Wenn der Wanderer im herrlichen Alpenlande Steiermark in der Nähe der Landeshauptstadt Graz in nördlicher Richtung an der sogenannten Weinzettelbrücke und den schäumenden Wassern der Mur vorüber den prächtigen, weiten Thalboden betritt, welchen die blaugraue Mur wie ein dem grünen Teppiche eingewebtes Silberband durchschneidet, und wenn er ohnweit von Judendorf zur Linken einen mäßigen Waldabhang betritt, so winkt ihm von einem Berge eine freundliche, uralte Wallfahrtskirche.

Es ist das liebliche uralte Kirchlein „Maria-Straßengel", dessen Ursprung schon in das zwölfte Jahrhundert fällt, als Markgraf Ottokar der Traungauer von seinem Zuge in das gelobte Land im Jahre 1149 zurückkehrte und dem damals schon bestehenden Stifte Rein ein von einem griechischen Künstler gemaltes Madonnenbild zum Geschenke brachte, welches in einer kleinen Holzkapelle oberhalb des Dorfes Straßengel ausgestellt wurde.

Der erwähnte Berg hieß damals der Frauenberg — warum er so benannt wurde, erzählt eine liebliche Sage, die wir unsern freundlichen Lesern später bringen wollen.

Das Stift Rein aber erbaute nun statt der Holzkapelle ein steinernes Kirchlein, welches von nun an durch zahlreiche Wallfahrer besucht wurde und wegen eines gar wunderbaren Holzbildes in hohem Rufe stand; denn im Jahre 1255 fanden Hirten an einer alten Tanne nächst der Kirche ein aus dem Stamme hervorgewachsenes Kreuzbild, von welchem die Haare, die Finger und einzelne Theile des Gesichtes so wunderbar kenntlich sind und ein solches Ebenmaß enthalten, als wären sie von Künstlerhand absichtlich so gebildet worden. Man zeigt, wie Pfarrherr Hartner erzählt, in der Kirche noch den Platz, wo dieses wunderbare Kreuzbild gefunden wurde.

Einst war diese Gegend von den Kohorten der alten Römer besetzt und mancher merkwürdige Denkstein beurkundet noch, daß einst römische Adler auf

7*

diesen Stätten aufgepflanzt waren. Ehe das beseligende Licht des Christenthums auch auf diesen Bergen aufging, hauste hier der heidnische Barbar; mit Carl dem Großen stieg aber auch in diesen Gegenden Kultur und Sitte empor und über den Gräbern des alten Römerthums erhoben sich die gewaltigen Burgen des alten steiermärkischen Adels, namentlich jene der Grafen von Ruen, eines Geschlechtes, welches in der Gegend des nahen Stiftes Rein seine mächtige Burg hatte, aber schon im 12. Jahrhundert ausstarb und durch die Traungauer von Steyer beerbt wurde.

Auf einem der prächtigen Berge dieser Gegend lag an einem Nachmittage des besonders heißen Frühlinges im Jahre 1260 ein dunkelgraues Wollentuch, von den goldenen Bändern des hin- und herfahrenden Blitzes durchwoben. Furchtbar schön war dieses Bild, und dichter und dichter rollten, wie die riesigen Wasserballens des Meeres beim beginnenden Sturme, die grauen Wollenmassen ineinander. Der Donnergott schien sich ganz besonders einen der grünbelaubten Felskegel ausersehen zu haben, von dessen Höhe er, in sein graues Wollentuch gehüllt, seine Blitze herabschleudern wollte. —

Jetzt lag tiefe Nacht auf dem Lande. Wie zu einer beginnenden Völker-Hauptschlacht zogen von allen Himmelsgegenden schwere dunkle Wollenmassen heran und verschwammen mit der Riesenwolke auf dem erwähnten Felskogel zu einer Masse. — Jetzt brauste vom alten Grenzwächter der schönen Steiermark, dem gewaltigen Schöckel, der beginnende Sturm herab; schwere Tropfen fielen wie das Kleingewehrfeuer der Plänkler aus der immer dunkler und dunkler niedersinkenden Wolke — jetzt krachte ein gewaltiger Donner, gleich dem ersten Kanonengruße der beginnenden Schlacht — und der Orcan peitschte, mit ganzer Gewalt losbrechend, die gewaltigen Wollenmassen vor sich her, die nun in wilder Jagd auf die Thäler herabfielen und sich, ihr Wasser niederströmend, ausbreiteten, während von den umliegenden Kirchthürmen die Glockentöne des üblichen Wetterläutens durch die sturmbewegten Lüfte wimmerten ...

Das prächtige Bild eines sturmvollen Hochgewitters lag jetzt entfaltet da, — der Herr der Natur zeigte seine Größe und Macht und die Creatur zitterte ...

Aber im wüthenden Sturme der Natur, gleichwie im Sturme des Lebens, steht, wenn Alles wankt, eine Gestalt der Erde, oder richtiger: des Himmels, fest und unerschütterlich: es ist der Engel der Unschuld.

Die Unschuld hat nicht zu zittern im Sturme. —

Sie stand eben auch mitten im Sturme dieses Hochgewitters auf einem Vorsprunge des erwähnten Felskegels in der Gestalt eines Kindes — eines lieblichen Mädchens von sieben Jahren, welches mit funkelnden Aeuglein freundlich und froh dem Leuchten der es umzuckenden Blitze zuschaute, während der Sturm das kleine Mäntlein von weißem Linnen um den Leib des Kindes nach allen Seiten riß, endlich aber gewaltige Donnerschläge folgten, die der Lust des Kindes ein Ende machten, so, daß es jetzt die klaren Aeuglein spähend und ängstlich herumwarf und, bald vom herabströmenden mit Hagel vermischten Regen übergossen, die Händchen über den kleinen Lockenkopf faltend, mit dem wehmüthigen Rufe: „Anna, Anna! wo bist Du?" unter dem Blätterdache einer nahestehenden Eiche Schutz suchte.

Jetzt leuchtete wieder ein Kreuzblitz, ein furchtbarer Donnerschlag folgte demselben, daß die Erde erzitterte und von der himmelhohen Eiche, unter deren breitem Blätterdache die liebliche Kleine vor dem jetzt in breiten Streifen herabrasselnden Hagel niederkauerte, brach ein großer Ast zu Boden, welcher das kleine Mädchen im Augenblicke niedergeworfen und schwer verletzt hätte, wenn es nicht ebenso schnell zwei starke Arme zur Seite gerissen hätten.

Diese starken Arme gehörten einem jungen Manne in der Tracht eines Edelknappen der damaligen Zeit.

Ein enganschließendes blaßgraues Wamms deckte seinen schlanken Leib; auf seinem schönen dunkelbraunen Lockenkopfe saß ein silberdurchwirktes Baret von gleicher Farbe. Ein paar große dunkle Augen leuchteten wie die Blitze des eben tobenden Gewitters aus seinem schönen, ebenmäßigen, aber sehr blaßen Antlitze; auf seiner Schulter lag eine starke Armbrust und an seiner Lende stak in einem braunen Ledergürtel ein kurzes Waidmesser mit elfenbeinernem Griffe und einem kleinen eine Insel enthaltenden Wappen.

Ueber seinen Rücken hing ein kurzes Jagdmäntlein, welches er jetzt rasch herabriß, um es der armen Kleinen umzuwerfen, die er, sie auf diese Weise vor dem immer dichter herabschießenden Hagel schützend, unter den nahen Felsenvorsprung trug, wo Beide dem vorüberrauschenden Regen und brausenden Sturme nicht mehr ausgesetzt waren.

In der That schoßen die schwarzen Wetterwolken jetzt gegen Süden hinab dem Lauf der Mur entlang und in Nordost trat ebenso rasch hinter den zerfließenden Wolkenfetzen der liebliche blaue Himmel hervor und wieder ward es licht — der alte Schöckel zog langsam seine graue Nebelkappe herab und beschaute sich sein Thalgebiet, auf welchem jetzt der grüne Wiesenteppich mit tausend und tausend Perlen der auf den Gräsern hängenden Regentropfen hervortrat, während von den Höhen herab die Hörner der Hirten ertönten, welche die vor dem Unwetter in allen Richtungen geflüchteten Herden wieder zusammenriefen.

Der helle schöne Frühling lag wieder auf dem reizenden Alpenlande, der Sturm war vorüber gegangen; es war ein segnender Sturm gewesen, der die dürre Erde erfrischte, obgleich sie unter seinem Brausen erzittert hatte: denn der Herr des Himmels und der Erde segnet auch im Sturme und wo er zu strafen scheint, streut seine allmächtige Hand die Saat des Guten und Schönen!

Der junge Knappe im hellblauen Wammse betrachtete jetzt dies schöne Kind, welches wieder lächelnd unter seinem Mäntelchen hervor schlüpfte, da der Sturm vorüber war.

Es war ein liebliches Mädchen mit hellblondem Lockenköpchen und ein paar freundlichen blauen Augen, so hell und klar, wie der schöne Himmel, der jetzt oben leuchtete; es trug ein weißes kurzes Röckchen von feinstem Linnen mit einem kleinen rothen Gürtel am Leibe; ein paar feine Schuhe von röthlichem Leder hüllten die niedlichen Füßchen ein.

„Kind," fragte der junge Mann, mit sanfter, wohlklingender Stimme, „wie bist du so schutzlos und allein auf diesen Felsengrat gekommen, wo dich, kleiner Engel, bald der sengende Blitz um dein junges Leben gebracht hätte? —

„Ich bin das Aennchen von Thal," entgegnete die Kleine, aus ihren klaren Augen recht treuherzig zu dem schönen Knappen emporblickend; ich bin mit Tante Anna von der Göstingburg, wo meine Mutter Frau Catharina von Thal auf Besuch weilt, vor zwei Stunden da heraufgestiegen und habe sie im Gebüsche da unten, wo die dichten Sträucher stehen, verloren, als wir miteinander nach Erdbeeren suchten, und da kam der Sturm, den ich da oben unter dem großen Baume abwarten wollte. —

„Und dessen Blitz Dich getödtet hätte," fiel der bleiche Knappe ein, „wenn ich nicht eben im rechten Augenblicke Dich von dem nunmehr niedergeschmetterten Baume zurückzog; wahrlich die Kinder haben ihren Schutzengel, der sie bewahrt in Gefahren," setzte er freundlich hinzu.

„Aber jetzt laß uns Kleine," fuhr er mit mitleidigem Blicke auf das liebliche Kind, fort, „jetzt laß uns schnell ins Thal hinabsteigen und eine Hütte aufsuchen, wo du dein nasses Gewändlein ablegen magst, denn sonst kannst du erkranken liebes Aennchen."

„O das Aennchen von Thal ist nicht so wehleidig," entgegnete die Kleine lächelnd, „mein Vater Otto von Thal und meine Mutter Frau Catharina, sagen immer: „das Aennchen ist von dem alten Kernstamme der Gößlinger und die können Wetter und Wind gar wohl ertragen,"" auch muß ich vorerst das Tantchen hier erwarten; Tantchen Anna wird mich schon im Forste unten suchen und Angst haben, wenn sie mich nicht findet;" — „aber sieh," rief das Kind jetzt freudig, „da kommt sie schon den Felssteig herauf — sie hat uns schon wahrgenommen."

In der That stieg an der Westseite des Felskegels jetzt eine schlanke Frauengestalt empor. Eine liebliche Jungfrau war's von ohngefähr achtzehn Jahren; ein feines, weißes enganschließendes Kleid deckte ihren üppigen Körperbau, reiches schwarzes Haar lief in breiten Locken von ihrem schönen ebenmäßigen Haupte auf ihre Schultern; ein blitzender Perlenkranz schmückte den obern Theil ihrer reinen hohen Stirne; ein breiter, reich mit Silber durchwirkter Gürtel von schwarzem feinen Wollstoffe umspannte ihren schlanken Leib; ihr sanft geröthetes Antlitz hatte jenen edlen und wahrhaft schönen Ausdruck der Entschlossenheit und Würde, aber auch der Sanftmuth und Lieblichkeit, welchen wir an den Meisterwerken der alten Kunst Griechenlands bewundern; aber auch ein unverkennbarer Zug der bangen Sorge malte sich auf diesem schönen Antlitze; denn die herrliche Jungfrau trug die Angst um die Kleine im Herzen, die sie im Forste unten verloren hatte und eben in der Gesellschaft des jungen bleichen Mannes wieder fand.

Jetzt stand sie auf der Platte unter dem Felsenvorsprung, wo die beiden harrten. „Aennchen! mein liebes herziges Aennchen!!" rief sie auf das Kind zustürzend und es mit beiden Armen umfassend „nun habe ich dich wieder! — o welche Angst hast du mir bereitet du liebes, böses Kind! warum bist du so weit von meiner Seite gegangen?" —

„Sei nicht böse Tantchen," bat die Kleine, die herzlichen Küße der schönen Jungfrau reichlich erwiedernd, „ich wollte mir den Wellenzug ein wenig beschauen und bin auf den Felsen herumgestiegen und da hat mich der Sturm überrascht, aber der Himmelvater hat dein Aennchen schon bewacht, daß ihm kein Leid geschehe; sieh nur, der freundliche Mann da hat mich schnell in seine Arme genommen, als der Blitz herabfuhr und die große Eiche dort zerspaltete." —

Jetzt erhob die schöne Jungfrau ihre dunklen Augen zu dem jungen Retter der Kleinen; die Blicke beider begegneten sich und ein freundlicher Himmel schien ihnen gegenseitig in denselben zu leuchten.

„Gott möge Euch dieses Werk der Rettung lohnen," lispelte die Jungfrau, und hohe Röthe ergoß sich über ihr schönes Antlitz.

„Er selbst, der Allmächtige, hat dieses Werk vollbracht," entgegnete der bleiche Knappe, indem sich auch auf seinem Antlitze jetzt ein paar sanfte Rosen malten, „ich war nur," setzte er hinzu, „ein Werkzeug in der Hand des Allbarmherzigen, der mich im rechten Augenblicke kommen ließ, um dieses liebliche Kind vor dem Unglücke zu wahren, unter jenem Baume vom Blitzstrahle getroffen zu werden; erlaubt aber nunmehr, edle Jungfrau, daß ich mein Werk des Schutzes vollende und Euch und die liebe Kleine ins Thal hinab begleite, um Euch beide zu eurer Behausung zu geleiten. —

Die schöne Jungfrau stand einen Augenblick unschlüßig; die feine Sitte damaliger Zeit gestattete den Frauen die Begleitung eines Mannes nicht ohne große Vorsicht anzunehmen, sei es auch, daß Noth und Bedrängniß die Veranlassung derselben war.

Der junge Mann merkte sogleich das zagende Bedenken des Mädchens. „Ihr mögt mir vertrauen, edle Jungfrau," sagte er mit herzlichem Tone, „ich bin von echtem adeligen Blute, wie Ihr wohl auch selb. Der edle Herr Kraft von der Schleunz in Böhmen ist mein Ohm; ich nenne mich Eberhard und bin adeliger Knappe derzeit im Stifte Rein, der sich gar bald auf offenem Schlachtfelde die Sporen verdienen wird, und somit seht Ihr, daß es Euch nicht zur Unehre gereichen kann, wenn Ihr mich bis zu Eurer Behausung als Euren Begleiter duldet." —

Ein freundlicher Blick der Jungfrau war die Antwort, sie ergriff die Kleine an der Hand und alle drei stiegen jetzt den Berg hinab und schritten der gewaltigen Burg entgegen, welche damals mit stattlichen Thürmen und Ringmauern unfern dem Ufer der Mur stolz und frei sich empor hob, nunmehr aber eine Ruine ist, welche jeder Reisende besucht, die die herrlichen Gefilde des Murthales betritt.

Nur wenige Worte wechselnd, aber mit hochklopfendem Herzen schritten der bleiche Knappe und die schöne Jungfrau mit ihrer kleinen Nichte die bewaldeten steilen Höhen hinab längs den Ufern eines von Erlen beschatteten Wildbaches hin, bis sie an einer Wendung des Weges die eckigen Thürme der hoch in die Luft emporragenden Warte des Schlosses bemerkten, welches ihnen bald in seinem ganzen stattlichen Baue entgegentrat.

II.

Das Vergißmeinnicht.

Gegen Ende des achten Jahrhunderts lehnte sich, wie die Geschichte Deutschlands erzählt, Thassilo III. aus dem Stamme der Agilolfinger, Erbherzog im alten Bojarien, von seiner herrschsüchtigen Gemalin Liutberga aufgereizt, wider seinen Lehnsherrn Carl den Großen auf, wurde im Jahre 788 auf dem Reichstage zu Ingolheim in die Acht erklärt und nebst Gattin und Söhnen in ein Kloster verwiesen; sein Reich ließ Kaiser Carl fortan durch fränkische Grafen regieren. So kam es, daß viele Bayern, welche sich diese neue Regierung nicht gefallen lassen wollen, auswanderten und sich in den steirischen Bergen eine neue Heimath gründeten. Sie legten hier Niederlassungen an, wie dieß deutlich die Benennungen der steiermärkischen Orte Bairischgraß, Baiernborf u. s. w. an-deuten. Durch solche Ansiedelungen entstanden auch Peggau, Pfannberg und die gewaltige Burg Gösting.

Die edlen Ritter von Gösting kamen von ihrer Stammburg Kesnig bei Ingolstabt in Bayern und erbauten sich ohnfern den Ufern der Mur die Veste Gösting, an derem Fuße sich bald viele ihrer Dienstmannen niederließen, die Wälder lichteten und den fruchtbaren Boden bearbeiteten.

Die steiermärkische Vaterlandsgeschichte nennt Gösting zuerst, als Kaiser Heinrich III. im Jahre 1042 dem Markgrafen Gottfried der obern Steiermark im Orte Gestnic (Gösting) des Hengstgaues zwei königliche Höfe als freies Eigenthum überließ; das Stift Rein enthält gar viele Urkunden über das einst so gewaltige Geschlecht der Ritter von Gösting.

Als im Jahre 1532 die Horden der Osmannen in der Steiermark ein-gedrungen waren und Grätz besetzt hatten, wo noch jetzt als uraltes Wahrzeichen im Sardu-Palaste der hölzerne Türke aus dem Dachfenster herabschaut, da lag eine Abtheilung der so sehr gefürchteten Janitscharen vor Gösting und berannte die alte Veste, um sie zu erstürmen; aber da waren es wackere Streiter der Steiermark, die edlen und tapfern Ritter Graßwein von Weyer, welche mit ihren Doppelhacken und Donnerbüchsen auf die rothen Muselmänner herabknallten und sie mit den wohlgezielten Kugeln so derb begrüßten, daß die verwegenen Söhne Muhameds mit blutigen Schädeln heulend davon rannten und die alte ehr-würdige Burg in Ruhe lassen mußten.

Von nun an hatte die Burg Gösting stets ihr eigenes Geschütz, welches, so oft sich die Herzoge der Steiermark zu Wasser der Weinzierlbrücke nahten, zur Bewillkommnung abgefeuert wurde.

Später ging die alte Göstingburg durch Verpfändung an die Ritter von Minnborfer an die Weißenegger und Trautmannsborfer, endlich aber in das

Eigenthum der Grafenfamilie Schrottenbach über und wurde, als diese der lutherischen Lehre anhängende Familie unter der Regierung Kaiser Ferdinand II.
auswanderte, im Jahre 1622 dem neuen Fürstenthume Eggenberg einverleibt,
bei welchem es bis zum Jahre 1707 verblieb, worauf Johann Seyfried Fürst
von Eggenberg die Herrschaft sammt dem Amte Rigen an Ignaz Maria Grafen
Altems um 105,000 fl. veräußerte — da geschah es, daß das stattliche Schloß
am 10. Juli 1723 bei einem furchtbaren Gewitter vom Blitze getroffen, zum
größten Theil abbrannte. —

Als nun „Anna und Aennchen" mit dem schönen blaßen Knappen, wie
erzählt, den Waldespfad hinabstiegen und der Veste zuschritten, da wurden sie
schon von Weitem von einem finsteren Gesellen beobachtet, welcher hoch oben
auf der Warte des Schlosses nach dem Forste hinaus lugte.

Ein rothbärtiger langer Bursche war's, der aus ein paar kleinen Augen
Blitze schießen ließ und auf dessen verzerrten Antlitze sich Aerger und Hohn
malten, als er die schöne Anna an der Seite des bleichen Knappen den Felsen
heraufsteigen sah.

Dieser Bursche war Kunz von der Rose, genannt der rothe Kunz, der
Leibknappe des damaligen Herrn der Burg Gösting, ein böser im ganzen Gaue
gefürchteter Geselle, welcher den Kundschafter und Aufpasser seines Herrn machte
und, wie ein böser Genius desselben, in dessen Herzen Unheil säte, ihn ganz beherrschte und so eigentlich das Regiment im ganzen Schloßgebiete von Gösting
führte.

Auch jetzt stand der rothe Kunz wieder auf dem Söller des Schlosses
Gösting und blickte mit funkelnden Augen ins Thal hinab, durch welches Anna,
Aennchen an der Hand führend, mit dem bleichen Knappen heraufschritt.

Als sie an jene Wendung des Bergsteiges gegen das Schloß kamen, wo
gegenwärtig eine kleine Christus-Capelle steht, hemmte der junge Knappe seine
Schritte. „Hier, edle Jungfrau," sagte er, „wollen wir scheiden;" „es ziemt sich
nicht, daß ich, ein Fremdling auf Eurer Burg Euch über die Zugbrücke derselben
geleite; so ihr mir aber erlauben wollt, Euch ferner zu sehen, was mein höchstes
Glück werden würde, so will ich als Sproße guten alten Adels, mit einem Em-
pfehlungsschreiben des Abtes von Rein, dem ich derzeit diene, demnächst auf der
Burg Eures Vaters einsprechen und der edlen Sitte gemäß Euern Vater bitten,
mir den Zutritt in seinen Wappensaal zu gestatten." —

Anna von Gösting schlug erröthend ihre dunklen Augen zu Boden: „Nehmt
meinen innigen Dank, lispelte sie, für die Hilfe, die Ihr unseren Aennchen in
der Gefahr des Wettersturmes geleistet. —

„O diese Stunde, in welcher ich im Sturme der Elemente, die Sonne
meines Lebens aufgehen sah, rief der junge Knappe begeistert, wird die schönste
meines Lebens bleiben; könnte ich doch ein Erinnerungszeichen davon mit mir nehmen!"

Die Jungfrau blickte ihn fragend ins dunkle Auge; aber das kleine
Aennchen an ihrer Hand hatte ihn besser verstanden.

„Schau, liebe Muhme," sagte das Kind, bittend seine frommen blauen Aeuge-
lein zu der Jungfrau erhebend, „schau, wie schön er bittet — geh' Muhme Anna,

gieb ihm das Blümchen, welches ich Dir, als wir vor dem Beginne des Wetters den Waldsaum hinaufstiegen, am Wildbach unten gepflückt habe!" —

Die Kleine streckte nach diesen Worten ihre zarten Händchen nach einem Büschlein von hellblauem „Vergißmeinnicht" aus, welches die Jungfrau in ihrem Gürtel stecken hatte, zog es aus demselben und reichte es dem jungen Manne. Anna's Antlitz übergoß wieder eine Purpurröthe; sie machte eine leichte abwehrende Bewegung; es war die Schüchternheit der Jungfrau, welche eine Spende so sinniger, tiefer Bedeutung an einen jungen Mann in der Stunde der ersten Begegnung für zu groß erachtete. —

Aber schon hatte der Knappe das Blumenbüschlein erfaßt und sein feuriger Blick schien zu sagen: nur mit dem Leben will ich dieses kostbare Geschenk wieder lassen!

Ein neuer rosiger Frühlingsmorgen schien über den Häuptern beider aufzugehen — die jungen Herzen hatten sich gefunden, die reine Hand des Kindes hatte mit dem so bedeutungsvollen Blümchen das unauflösliche Band um diese jungen Herzen geschlungen. —

Die nach dem Entweichen der letzten Wetterwolken in prachtvollster Klarheit am östlichen Himmel strahlende Abendsonne streute ihr himmlisches Gold auf die Wege, welche jetzt die schöne Jungfrau, das liebliche Kind an der Hand führend, zur väterlichen Burg hinanschritt, während Eberhard, der Knappe vom Stift Rein, auf der vom Abendgolde übergossenen Felsenplatte stehend, mit dem seligsten Gefühle in seinem Herzen, der herrlichen Jungfrau nachblickte, und in diesem seinem Herzen der Ruf des großen Propheten nachtönte: „Ziehe deine Schuhe aus, denn dieser Ort ist heilig!" ...

III.

Herr Wülfing von Gösting.

Auf einem senkrechten Felsen, auf welchem einst in ihrer ganzen Pracht und Stärke die Burg Gösting stand, stehen jetzt noch die gewaltigen Hauptmauern, ein massiver viereckiger Thurm, die dachlose Annacapelle und die Trümmer einer zweiten kleineren Capelle, welche im sechszehnten Jahrhundert zum protestantischen Gottesdienste verwendet wurde, ferner mehrere in den Felsen gehauene nun schon eingestürzte Gewölbe, von welchen aus die Mündung eines unterirdischen Ganges nach der Veste Thal geführt haben soll.

Durch diesen Gang pflegte der rothe Kunz, welcher allein den Schlüssel zur kleinen stets verschollenen und durch Gesträpp und Dorngeflecht verstecken Eingangsthüre derselben hatte, in die Veste zu schlüpfen, wenn er seinem Herrn geheime Nachricht zu bringen hatte; denn eine Seiten Wendung dieses Ganges mündete in dem niedrigen Thurm, in welchem eine sehr enge schneckenförmige Steintreppe zum Schlafgemach des Ritters Wülfing empor führte. Dieses

Schlafgemach bestand aus einem im obersten Theile des Thurmes gelegenen niedrigen mit rohen rothen Ziegeln gepflasterten Raume; die Seitenwände enthielten altdeutsche Fresco-Malereien, Jagdbilder aus den bayrischen Hochforsten, die Decke aber war mit ziemlich massiven Holzschnitzwerke versehen, in dessen Mitte nach damaliger Gepflogenheit ein Bild aus der Bibel: der wilde Esau auf der Jagd, prangte; den Raum der Stube füllten außer einem großen viereckigen schönen Ofen mehrere Schränke mit Jagdgeräthen und ein Tisch nebst Lehnstühlen mit Horn-Schnitwerke; denn Herr Wülfling von Gösting war ein leidenschaftlicher Jäger und liebte, außer seinen Töchtern, von denen die ältere Catharina, die Mutter des kleinen lieblichen Aennchen, mit dem Sohne seines Waffenbruders Friedrich, dem jungen Ritter Otto von Thal in glücklicher Ehe lebte, Anna aber, als die schönste Blume im Gaue, auf der Burg ihres Vaters, ein Engel der Schönheit, Milde und Herzensgüte, waltete, nur das edle Waidwerk.

Je strahlender aber die schöne Anna, dieser helle Stern auf Burg Gösting leuchtete, je lieblicher diese frische Rose voll Schönheit und jugendlicher Anmuth erblühte: desto lauter wurde unter dem Burggesinde der Spott: daß gerade der Häßlichste der Häßlichen im Schloße es wagte, seine Augen zu ihr emporzuheben. Dieser Verwegene war der rothe Kunz, der, selbst aus einem adeligen Geschlechte Schwabens abstammend und übermüthig gemacht durch die Gunst seines Herrn, des Ritters Wülfling von Gösting, welchen er ganz beherrschte, mit aller Schlauheit, Kraft und List auf dem einen Punkt hinzielte: Anneus Besitz zu erringen und durch sie einst Herr der Burg Gösting zu werden, auf welcher bereits jetzt Alles vor ihm zitterte, weil alles seine Tücke, Schlauheit, Verwegenheit und Rachsucht kannte und männiglich wußte, daß er bei dem Herrn alles durchzusetzen verstand, was er sich vor nahm; — nur leise und verstohlen äußerte sich daher auch der Spott über die Frechheit des mehr als häßlichen Knappen, der, ein Affe von Gestalt und Aussehen, sich der schönsten Jungfrau im Gaue zu nahen wagte und eben jetzt, als Anna und Aennchen über die Zugbrücke des Schlosses hereinschritten, vor seinem Herrn im Schlafgemache desselben stand und ihm mit vor Wuth verzerrten Zügen die ganze Scene im Walde zwischen Anna und Eberhard, dem Knappen vom Stift Rein, erzählte.

Herr Wülfling von Gösting, ein stattlicher fast sechs Schuh hoher Ritter, mit einem langen bleichen Gesichte und ernsten Zügen, großen funkelnden Augen und einem dunklen, nach damaliger Sitte bis auf seine Brust herabhängenden Barte, lag mit seinem in einen starken Jagd-Koller von Eberhaut gehüllten riesenmäßigen Leibe in seiner ganzen Länge auf dem ledernen Jagdbette neben dem Ofen, über welchem seine ellenlange eisenbeschlagene Armbrust hing.

Er hörte dem von seinem Leibknappen fast stöhnend vorgebrachten Bericht aufmerksam zu und glühende Röthe trat auf die sich allmälig runzelnde Stirne des Ritters.

Jetzt kam der rothe Kunz mit seinem Berichte zu Ende; „. . . und so,“ schloß er, während weißer Schaum — das Zeichen seines höchsten Aergers — auf seinen schmalen Lippen hervortrat, seine Rede, „und so wird dann das reiche schöne Töchterlein des mächtigen Ritters Wülfling von Gösting, welchen männiglich

achtet und fürchtet im Gaue, die Beute des „Pfaffen-Knappen" vom Kloster Rein
werden, wo sie Frohndienste auf den Feldern des Abtes verrichten mag zu Ehren
des alten Wappens der Göstinger!"

„Bei Gott und seinem Gerichte! das soll sie nicht!!" schrie Herr Wülfling von Göfting aufspringend und auf das mit bunten Glasmalereien geschmückte
Bogenfenster des Thurmgemaches zustürzend; „ich will es hinab donnern in den
Burghof, daß man den lecken Jungen, der es wagt, der Tochter des mächtigen
Göstinger zu nahen, abfange und ihn auf einen der Hirschen meines Wildforstes
schmiede und im Walde zerschellen lasse; denn besseres ist er nicht als ein Wilddieb, der mir frech in mein Gehege tritt." —

„Recht so, Herr Ritter," sagte Kunz, auf dessen rundem Affengesichte jetzt
hohe Freude über die Aufregung strahlte, in welche er durch seine Botschaft den
Ritter so schnell versetzt hatte. „Recht so", rief er, „Ihr dürst nimmer dulden, daß ein noch
unmündiges Bürschlein, welches sich erst die Sporen verdienen muß, seine frechen
Augen zu Eurer engelschönen Tochter erhebe; o, der Schalk hat wohl daneben
auch das hohe Gelüste nach dem reichen Schatzkästlein mit goldnen Füchsen,
welches der Ritter von Göfting in der Schatzkammer seines Schlosses birgt." —

„Ich will ihm dieß Gelüste vertreiben!" donnerte der Ritter, „laß den
Thurmwart blasen, Kunz!" befahl er; „alle Reisigen meines Schlosses sollen zu-
sammentreten und ihre Bolzen schärfen, wir wollen eine Hoch- und Wildjagd im
Forste halten und derjenige — hörst du Kunz, laß es laut verkündigen: derjenige, welcher seine Armbrust zuerst auf den verwegenen Knappen des Klosters
Rein, der sein Auge zu meiner Anna erhebt, anlegt und ihm einen Bolzen in
den Rücken jagt, dem lasse ich den Schaft seiner Armbrust mit Goldstücken be-
legen und ist er ein Leibeigner, so soll er frei werden für sein Leben! — fort
und verkünde meinen Befehl!"

Der rothe Kunz verzog sein Gesicht zur grinsenden Fratze. „Ich thue
wie Ihr befehlt, Herr Ritter, sagte er, aber verzeiht dem Knechte, wenn er in
Demuth aus guter Meinung Euch noch ein Wort zu sagen wagt." —

„Rede!" befahl der Ritter.

„Nun, ich meine," fuhr der Knappe mit gedehnter Stimme fort, „ich
meine; wenn der Kluge sein Feld vom Unkraut reinigen will, so muß er dieses
mit der Wurzel ausrotten, sonst wächst und wuchert es immer nach." —

„Was soll dieses Gleichniß?" fragte der Ritter. —

„Die Wurzel des Unkrautes auf Eurem Felde," fuhr der schlaue Knappe
mit leiserer Stimme fort, ist die Neigung Eurer schönen Tochter zu dem Knappen
vom Kloster Rein, die sich in allen ihren Bewegungen aussprach, als sie neben
Demselben, sich ungesehen glaubend, heranschritt; — o es unterliegt nicht dem
mindesten Zweifel, daß die beiden schon lange geheim einander sehen und —
lieben;" — „Herr!" endete der schlaue Leibknappe seine stachelnde Rede, „wollt
Ihr das Uebel mit der Wurzel ausrotten, so müßt Ihr die Hand Eurer Tochter
binden, mit einem Bande, das weder der Knappe vom Kloster Rein noch sein
Dienstherr, der Abt dieses Klosters mehr lösen können." —

Der lecke Knecht hielt hier ein wenig inne; seine kleinen Sperberaugen hingen am Munde des Ritters, um den Eindruck seiner Rede auf diesem zu beobachten. —

Herr Wülfling von Gösting, ahnte aber, obwohl sein Leibknappe, der rothe Kunz, bereits eine zauberhafte Macht über ihn übte und gleichsam sein zweites Ich geworden war, dennoch nicht, daß in der Seele seines Dieners der kühne Plan vorbereitet war, selbst der Eidam des reichen und gewaltigen Herrn von Gösting und einst der Erbe seiner Burg zu werden; — denn Kunz von der Rose glühte für Anna von Gösting mit jenem wilden Feuer, das Alles verzehrt, was es auf seinem Wege findet; er, der seinen Herrn und durch diesen alle Bewohner der Burg Gösting beherrschte, vergaß auf sein rothes Haar und seine Sperberaugen und erkannte sich bereits als den künftigen Gatten Anna's und den Herrn von Gösting. So beobachtete er denn jeden Schritt der Jungfrau und selbst die harmlosen Spaziergänge derselben mit dem kleinen Aennchen, ihrer Nichte. —

Anna von Gösting dagegen, die reine und wie eine frische Frühlingsblume emporblühende Jungfrau, freundlich und unbefangen gegen alle Untergebenen ihres Vaters, warf dem rothen Kunz nur deshalb zuweilen einen freundlichen Blick zu, weil sie seine geheuchelte Sorgfalt für den Dienst bei ihrem geliebten Vater wahrzunehmen glaubte; im Uebrigen behandelte sie ihn eben wie ein Diener; Kunz von der Rose nahm aber in seiner Verblendung diese Blicke für mehr als gewöhnliches Wohlwollen, und so kam es also, daß er jetzt vor seinem Gebieter stand, und glühend vor innerer Wuth und Sorge, daß ihm der Kloster-Knappe Eberhard den ersehnten Besitz Anna's raube, keinen Augenblick verlieren wollte, sich diesen Besitz durch den Ausspruch seines Gebieters zu sichern.

Herr Wülfling von Gösting senkte jetzt, wie beistimmend sein Haupt und legte, wie er gewohnt war, wenn er seinen Beifall kund gab, seine Hand auf die Schulter seines Dieners; „Bei meinem Barte, Du redest Recht, Knappe," sagte er, „ich sehe es stündlich mehr, daß Du ein kluger Kopf und ein treuer Diener meines Hauses bist; will Dir's lohnen Kunz. —

Das gelbe Antlitz des Leibknappen verzog sich zur widerlichen Fratze; die Freude des Gelingens seines längst gehegten Planes trat auf demselben hervor; schon glaubte er auf dem Munde des Ritters das große Wort zu lesen: „Du sollst mein Eidam sein!"

„Herr!" sagte er jetzt, die letzte Angel um den reichen Fischzug auswerfend; „Ihr hättet also nichts entgegen, wenn sich ein anderer junger und thatkräftiger Kämpe, der Eurem edlen Hause näher stünde, um die Hand Anna's bewürbe und hiedurch dem lecken Klosterknappen für immer den Paß in Eure Burg abschnitte?" —

„Dein kluger Gedanke, Kunz, entgegnete der Ritter, „war lang schon der meinige, meine Jahre mehren sich, ich muß, im Greisenalter angekommen, die Macht meiner Burg in andere kräftige Hände legen." —

„Aber sicher nicht in die eines Klosterknappen," höhnte der rothe Kunz dazwischen.

„Beim Teufel nein!" rief der Ritter aufstehend; „so dieser bartlose
Junge unserer Zugbrücke naht, so lasse ihn mit unsern Fanghunden in den Graben
hetzen — so Du aber vom Thurmwart auf dem Söller hörst, daß der Achaz
von der Au aus Böhmen um Einlaß bittet, so führe den zu mir; denn er
ist der künftige Gemal meiner Anne."

Der rothe Kunz taumelte wie vom Blitze berührt, einen Schritt zurück —
Also nicht er, sondern ein österreichischer Ritter war es, den sich Herr Wülfling
von Gösting zum Eidam erkoren, „Achaz von der Au?" rief er.

„Ja," entgegnete der Ritter von Gösting, meine Nachrichten aus Böhmen
lauten: daß der junge Achaz von der Au, der auch am Hofe König Przemisl
Ottokars große Achtung genießt, mit den beiden Rittern im Heere des Böhmer-
Königs, Kadolb dem Waisen und dem Grafen von Harbek, in weniger als acht Tagen
in der Steiermark eintreffen werden, um im Heere des Königs, welches, wie dunkle
Gerüchte sagen, demnächst aus Böhmen gegen den Ungarkönig Bela gerüstet wird,
Dienste zu thun. — Ich habe den edlen Herren meine Burg zum ersten Standorte
in unserem Lande angeboten; ich und der Graf von Harbek standen einst zusammen als Edelknaben am Hofe des Kaisers — auch unsere Kinder sollen zu-
sammenstehen; sein Schwestersohn, der junge Achaz von der Au, soll, wenn, wie
ich voraussehen darf, sein Ohm nicht entgegen ist, meine Anna als seine Gemalin
heimführen und Erbe der Burg Gösting werden." —

So sprach Herr Wülfling von Gösting zu seinem Diener. —

Kunz von der Rose stand aber glühend vom Scheitel bis zur Zehe; —
er blickte nun plötzlich klar und sah zu seiner nicht geringen Ueberraschung, daß
der alte Ritter von Gösting, den er ganz in seinen Händen zu haben glaubte,
an nichts weniger dachte, als seine Tochter dem Diener und Leibknappen Kunz
zu geben.

Nun flammte aber auch im Herzen des in seinem Stolze bitter gekränkten
Knappen das Gefühl der höchsten Rachlust empor, deren er fähig war und er
schwor sich von diesem Augenblicke an im Stillen zu: das Haus des Ritters von
Gösting müsse vernichtet werden. . . .

So stand nun der böse Genius des Hauses der Göstinger Verderben
brütend an der Seite seines Herrn, der aber in der Raschheit, mit welcher Kunz
die Begegnung Anna's mit dem Klosterknappen von Rein gemeldet hatte, den
neubewährten Diensteifer seines „treuen Leibknappen" wahrzunehmen glaubte und
als dieser sich mit einem spiegelglatten Gesichte aus der Stube des Ritters ent=
fernte, ihm befriedigt nachschaute und sich behäbig in seinem Lehnsessel streckte,
indem er, gleichsam sich selbst beruhigend, die Worte lispelte: „Es ist doch eine
schöne Sache so treue und wachsame Diener zu haben."

IV.

Der schwarze Ritter.

Um die Mitte des dreizehnten Jahrhunderts stand die schöne Steiermark unter der Herrschaft der Ungarn; aber das fremdartige der ungarischen Sprache, Kleidung, Sitte und die Erpressung großer Abgaben, die neue und strenge Justiz waren nicht geeignet die ungarischen Machthaber im Lande beliebt zu machen. Bald tauchte im Volke das Gerücht auf für jeden mißvergnügten Steirer würde in Ungarn ein Paar Handschellen und ein Paar Fußeisen geschmiedet. — War es da zu wundern, daß sich die wackern Steiermärker um einen andern Herrn umsahen und daß geheime Sendboten in Böhmen erschienen, um den mächtigen König Przemisl Ottokar zu bitten: er möge die Ungarn aus dem Lande treiben und das Herzogthum Steiermark selbst in Besitz nehmen, so er den Steirern ihre alten Freiheiten bestätigen wolle. Graf Konrad von Hardek überbrachte ihm diesen Antrag der Steiermärker. König Ottokar von Böhmen bedeutete den Abgesandten: wenn die Steirer sich vorläufig selbst kräftig helfen wollten, würde er ihnen mit seinem Beistande nicht ferne bleiben. —

Da erhob sich im Dezember 1259 mit einmal die ganze Steiermark.

Die Landstände und Edlen des Landes fielen mit dem Heerbanner über die im Lande befindlichen Ungarn her, verfolgten sie selbst auf unwegsamen Pfaden und metzelten alle nieder, die ihnen in die Hände fielen. In kaum eilf Tagen war die ganze Steiermark von den Ungarn befreit. —

Nun konnte man aber mit Sicherheit erwarten, daß König Bela von Ungarn schwere Rache nehmen würde. Die Steiermärker hatten daher nichts Eiligeres zu thun, als nochmals den König von Böhmen um seinen Beistand anzurufen. —

Inzwischen machte sich Bela marschfertig; — es galt einen Zug der Ungarn nach Steiermark, wie er nicht mehr so gewaltig stattgefunden hatte, seit die Horden der Ungarn im Jahre 955 Deutschland überschwemmten und bis zum Lechfelde vordrangen. —

Jetzt flogen Eilboten an den Hof König Ottokar's; der alte Graf Konrad von Hardek trat vor ihn und stellte ihm vor: daß bei seinem längeren Zögern Steiermark gar bald von den Ungarn überschwemmt sein werde, und daß diese blutige Rache an den Steiern nehmen würden, so, daß sicher kein Stein im Lande auf dem andern bliebe. —

Jetzt erkannte Przemisl Ottokar die ganze Gefahr des Augenblickes — er versprach, so bald der Schnee schmelzen würde, ein Heer nach der Steyermark zu senden und ehestens in eigener Person nach Grätz zu kommen. —

Der schöne Lenz des Jahres 1260 streute seine Blüthen über die Thäler der herrlichen Steiermark; der alte Schöckel zog seine graue Nebelkappe ab, denn Frau Sonne machte ihm seine Felsensteine warm, die frischen Quellen schäumten vom Gebirge nieder, des Waldes grünes Haus wimmelte von frohen Bewohnern; Vetter Dachs und Meister Petz krochen aus ihren Bauen und hoch oben in den Lüften wirbelte die Lerche dem Herrn ihr Frühlingslied.

Es war ein prächtiger Abend dieses Frühlings; die breiter werdenden Schatten streckten sich bereits gegen die Höhe der Vorberge von Graz empor, hinter denen, wie eine goldene Ampel im Dome der Natur, die Riesenperle des aufgehenden Vollmondes emporstieg; ein leiser Westwind hatte sich erhoben und jagte graue Wolken gegen das Murthal hinab. Die große prächtige Alpennatur ging allmälig zur Ruhe und fernes Läuten der Abendglocken von den Thürmen in Grätz verkündete die Stunde des stillen Gebetes. . . .

Jetzt vergoldeten die letzten Strahlen des untergehenden Taggestirnes den bewaldeten Gipfel jenes stattlichen Berges, welchen die Steiermärker den Plabutsch nennen und welcher, sich an den sogenannten Gaisberg anschließend, zwischen Eggenberg und Gösting emporragt. Der Höhepunkt dieses Berges, welcher jetzt den Namen der Fürstenwarte trägt, weil derselbe von dem unvergeßlichen Kaiser Franz I. erstiegen wurde, bietet eine prachtvolle Fernsicht und war schon im 16. Jahrhundert so häufig von Jagdfreunden der höchsten Kreise besucht, daß man diesen Punkt schon damals den Herzogssitz nannte; denn Herzoge und Fürsten ergötzten sich hier an der wunderherrlichen Aussicht in die schöne Steiermark, von welcher man wahrlich sagen kann, was ein ungarischer Dichter (Petöfi) von seinem Vaterlande so schön singt:

> O seht Euch um in allen Reichen
> Die Gott erschuf, und nimmer seht
> Ihr wo ein Land, so weit Ihr späht
> Das Steiermark sich läßt vergleichen —
> Wenn Gottes Hut die Erde, dann
> Ist's Steierland der Strauß daran.

O wie entzückt weilet auf dieser Höhe das Auge auf der majestätischen Alpenkette mit ihrem zackigen Gestein und den weißen Schneefeldern von den Schwanberger Alpen bis hinein zu den Bruder Bergen; auf der Riesengruppe des Hochschwabes und seinen Nebenbergen bis wieder hinüber zum Hochlantsch oder im Süden, wo sich durch den grünen Wiesenteppich das Silberband der Mur hinschlängelte. Wahrlich! groß und schön ist Gottes Natur, aber am schönsten ist sie in der schönen Steiermark! —

Auf dem erwähnten Höhenpunkt, welcher jetzt der Fürstensitz heißt, wie gesagt, weil ein edler Vater seines Volkes unter dessen Regierung Wohlstand und Freude im Lande waltete, einst hier verweilte, saß an dem erwähnten Frühlingsabende des Jahres 1260 ein bleicher Jagdgeselle, jung an Jahren, kaum fünfundzwanzig mochte er zählen, kraftvoll und markig; aber finstern Blickes starrte er ins Thal hinab, als wollte er die Wolken zählen, die, wie flüchtige Gespenster der beginnenden Nacht drüben über die Vorberge zogen, und die er beneiden mochte, daß sie dorthin ziehen konnten, wo sein Liebstes auf Erden weilte — nach dem Thale von Gösting.

Eberhard, der Klosterknappe von Rein war dieser junge Mann, der hier seinem Mißgeschicke nachsann.

Er hatte nach jener ersten Begegnung mit Anna von Gösting die schöne Jungfrau noch dreimal im Forste getroffen; ihre Herzen hatten sich, da ja ihre Seelen längst verwandt waren, bald gefunden; der süße Bund der Liebe war rasch geschlossen, der Bund der reinen, ersten glühenden Liebe, den nichts mehr als der Tod trennen konnte. —

Aber dem Falkenauge des Leibknappen von Gösting war nichts entgangen. Schon war er auf Befehl des Ritters Wülfling von Gösting ins Stift Rein geritten und hatte dem Abte den Gruß und Handschlag des Ritters Wülfling mit der ernsten Aufforderung entboten: „der Abt wolle seinem Knappen, dem Eberhard, jegliche Annäherung um das Burgfräulein Anna von Gösting, deffen Vermählung mit einem ebenbürtigen Ritter bevorstehe, strenge untersagen, widrigens Herr Wülfling dem Kloster Rein den Fehdebrief zusenden würde." —

Dem Klosterknappen Eberhard ließ aber Herr Wülfling durch den ihm auflauernden Leibknappen Kunz bedeuten: „er möge sich erst die Rittersporen und eine Burg erjagen, dann könne er es wagen vor der Burg Gösting zu erscheinen und um Einlaß zu bitten; jetzt, als Klosterknappe, gehöre er zu dem Troße der Diener und Frechheit sei es, daß er sein Auge zu der Tochter des mächtigen Ritters von Gösting zu erheben wage!"

Der Abt, nicht gewillt mit dem mächtigen Ritter anzubinden, that sogleich nach dem Begehr dieses letzteren und Anna ward von Herrn Wülfling unter die strengste Aufsicht ihrer Frauen gesetzt, auf daß sie den Klosterknappen nicht wieder sehe.

Aber die erste Liebe kennt keine Schranken der Berge und Mauern.

So saß denn auch Eberhard jetzt auf der Höhe eines Waldberges und blickte sehnsuchtsvoll nach der Burg Gösting hinab, in deren nordwestlichem Erker Anna saß und von dem Geliebten träumte, dem sie ihr junges Herz für immer geschenkt hatte.

Das schmerzliche Gefühl der heißen aber so große Hindernisse findenden Liebe, fand endlich in lauten Worten des schönen Knappen Ausdruck: „Ihr wollt zwei Herzen trennen," rief er, „die sich für's ganze Leben gefunden haben; ihr könnt es nicht — bei Gott! was Andere können, kann auch ich; lebe wohl meine Anna! in die Ferne will ich wandern und mir den Preis der Macht und des Ruhmes erkämpfen, der mich dir ebenbürtig machen soll und gibt kein Engel mir das Geleite auf diesem Gange, so will ich es mit dem Fürsten der Finsterniß wagen, mir die Braut zu erjagen, so wahr ich ein Herz im Leibe habe, das kraftvoll allen Gefahren entgegenschlägt!" —

„Recht so Knappe," erschallte eine tiefe Stimme hinter ihm und eine schwere Hand lag auf seiner Schulter.

Eberhard blickte auf.

8

Vor ihm stand ein stattlicher Mann in dunkler Rüstung. Sein stolz emporgeworfenes Haupt deckte ein Helm von Eisenblech mit drei rothen Federn, sein bleiches langes Antlitz war von einem dunklen Barte beschattet; seine Augen glühten von unheimlichem Feuer; über der schwarzen, über und über mit Silber rund an dem Brustblatte aber mit feuerfarbenen Goldzierathen geschmückten Rüstung hing ein leichter schwarzer Mantel; an einem silberflimmernden Leibgürtel, welcher aus kleinen Ringen bestehend, die Mitte seines Leibes umspannte, steckte ein breites Schwert mit einem bemantbesetzten Griffe; seine Fäuste deckten ein paar große Stülphandschuhe von Elennhaut. Ueber seinen Rücken hing ein kleines Horn von Elfenbein über und über mit Gold verziert. Auf seinem Helme blitzte durch das Dunkel der beginnenten Nacht eine künstliche Flamme aus Gold in der Mittee einen großen Smaragd von reinstem Wasser enthaltend, unter welchem ein silberner Löwe mit offenem Rachen und doppeltverschlungenem Schweife zu schauen war.

Eberhard blickte dem schwarzen Ritter überrascht ins Auge. „Was wollt Ihr von mir?" fragte er fast verwirrt von der seltsamen Erscheinung auf dieser Höhe.

„Ich habe Dein Selbstgespräch vernommen," entgegnete die Gestalt, „und frage nun Dich, wer bist Du und was treibt Dich, wie Du sagtest, das Land zu verlassen?" —

Der Klosterknappe sann eine Weile nach, als ob er zögerte zu antworten; „Ich bin Eberhard, der erste Knappe vom Kloster Rein," sagte er endlich, „und wenn Ihr meinem Selbstgespräche zugehorcht habt, so wißt Ihr bereits, daß ich in's Weite ziehen will, um mir die Rittersporen zu erstreiten und mein Lieb, das Schloßfräulein von der Göstingburg, dort unten zu erringen."

Der schwarze Ritter betrachtete jetzt den liebekranken Knappen genauer, und seine dunklen Augen ruhten lange auf den einnehmenden Zügen desselben.

Auch Eberhard besah sich jetzt den seltsamen Gast genauer und die Gestalt desselben machte auf ihn einen unheimlichen Eindruck. Kein Steiermärker war's und auch kein Streiter des flüchtigen Ungarheeres — düster und ernst waren seine Züge, er starrte aus dem bleichen Antlitze so geisterhaft darein, als wäre er ein Sendbote aus der andern Welt. . . .

Jetzt nahm der schwarze Ritter wieder das Wort.

„Du starrst mich an Knappe," sagte er, „weil ich Dir fremd bin; dennoch hat mich Dein guter Stern auf diese Stätte geführt; ich kann Dir helfen, wenn Du Dich meinen Händen anvertrauen willst. —

Eberhard trat jetzt einen Schritt zurück — das auffallend zudringliche Wesen des schwarzen Ritters, um dessen Lippen jetzt ein seltsames fast höhnisches Lächeln schwebte, schien auf ihn einen widrigen fast beängstigenden Eindruck zu machen.

„Nun," fuhr dieser fort, „Du sagtest vorher in Deinem Selbstgespräche, daß Du, um Deine Braut zu erjagen, selbst mit dem Fürsten der Finsterniß anbünden wolleſt — nun, graut Dir vielleicht vor meiner ſchwarzen Rüſtung mit der Feuerflamme auf meinem Helme?" —

Jetzt tauchte im Hirne des Kloſterknappen ein furchtbarer Gedanke empor; ihm, der im Stifte Rein durch die Lehren und das Beiſpiel der frommen Mönche die reinſte Lehre des Chriſtenthums eingeſogen hatte, andererſeits aber auch jenem Aberglauben des damaligen finſtern Zeitalters, welcher Zauberer, Hexen, Geiſterbeſchwörer und den Teufel ſelbſt in allen Ecken und Enden witterte, nicht ganz ferne ſtand, ward es jetzt plötzlich klar: daß der vor ihm ſtehende ſchwarze Ritter mit dem Löwen und den goldblitzenden Feuerflammen auf dem Helme Niemand anderer ſei, als Meiſter Urian, der Höllenfürſt ſelbſt, der, wie der Löwe mit dem geöffneten Rachen und die Flammen auf ſeinem Helme andeuteten, nach den Worten der Schrift, „wie ein brüllender Löwe herum ging, um zu ſuchen, wen er verſchlinge." —

In der That glotzte jetzt der ſchwarze Geſelle den Kloſterknappen aus den weitgeöffneten Augen ſo unheimlich an, als wollte er ihn mit Haut und Haar verſchlingen.

Eberhard trat aber jetzt ruhig und feſt auf die Geſtalt des Ritters zu — „Hebe Dich von dieſer Stätte," ſagte er, ſeine Hand nach der rechten Seite des Waldes ausſtreckend „und fliehe in das Wetterloch am Schöckel dort hinauf, woher Du gekommen biſt; Dein Weſen iſt nicht von dieſer Welt, Du gehörſt dem Reiche der Finſterniß an, mit welchem ein chriſtlicher Knappe nichts gemein haben kann." —

Auf das Antlitz des ſchwarzen Ritters trat wieder ein leiſes Lächeln. —

„Du kennſt nicht meine Macht, junger Mann," ſagte er, „ſonſt würdeſt Du die Stunde ſegnen, in welcher Du mich in dieſem Gewälde getroffen haſt."

„O ich kenne Deine Macht gar wohl," rief der Kloſterknappe, die Hand an den Kreuzgriff des kurzen Hirſchfängers legend, den er an ſeinem Gürtel trug, „Deine Macht wirkt im finſtern und wehe denen, die ſich ihr ergeben; mich ſollſt Du nicht bethören, ich will nichts von Dir und wenn Du mir auch die Burg Göſting nebſt meiner Anna, mit all ihren Reichthümern zu Füßen legen wollteſt; denn zu Kohlen werden die Schätze, die Du ſpendeſt und nur um den Preis einer Seele bieteſt Du denen, die mit Dir anbinden, Deine Dienſte." —

„Thor!" rief der ſchwarze Ritter entgegen; „wer ſagt Dir, daß ich Deine Seele von Dir verlange; erfahre erſt meine Macht, dann ſage, ob ich Schätze biete die in Kohlen zerſtäuben; aber Du gefällſt mir" fuhr er fort; „ein junger Kämpe, der ſich durch keine Verſuchung irre führen laſſen will von der Bahn des Rechten, zwingt auch dem Teufel Achtung ab und mit hundert ſolchen Geſellen, getraue ich mir die Burg von Oſen niederzureißen und den Schloßberg von Graz da unten in die Mur zu rollen. Höre, wackerer Geſelle, wir müſſen nähere Bekanntſchaft machen — hier nimm dieſen Siegelring von meinem Finger, gehe damit zum Burgherrn nach Göſting hinab, halte ihm den rothen Stein deſſelben mit meinem Wappen vor ſein Auge und Du ſollſt die Wundermacht dieſes Zauberringes erfahren — der Herr auf Göſting wird Dir ſeine Tochter nicht länger verweigern." . . .

8 *

Bei diesen Worten wies der schwarze Ritter dem Klosterknappen einen großen goldenen Siegelring mit einem Rubin vom reinsten Wasser, in welchen ein Wappen geschnitten war, entgegen. —

Aber der Knappe wandte seinen Blick zur Seite: „Weiche von mir, Versucher!" rief er mit gewaltiger Stimme, ich fürchte nicht den Bären in seiner Wildhöhle, nicht das Eisen meines Feindes auf offenem Schlachtfelde, aber mit Dir, Verworfener, habe ich nichts zu thun!"

Nach diesen Worten entfernte sich der Klosterknappe rasch im Gebüsche abwärts; aber hinten schallten ihm noch die Worte des schwarzen Ritters nach: „Merke Dir's Halsstörriger," donnerte er ihm nach „es kann die Stunde kommen, da Du mich in Deiner höchsten Noth dennoch suchen wirst, und damit Du weißt, wo Du mich zu finden hast, so wandere dann hinter den Rußbach dort werde ich Dich, so Du bald kömmst, erwarten!"

Eberhard, der Klosterknappe, beachtete nicht mehr die Mahnung des schwarzen Ritters, unaufhaltsam stieg er die andere Seite des Waldberges hinab der Gegend zu, wo er in die geweihte Stätte seines Klosters gelangen konnte. —

Auf dem südlichen Abhange des Berges aber tauchte jetzt eine andere Gestalt empor, welche schon im nächsten Augenblicke an der Seite des schwarzen Ritters stand.

Kunz von der Rose war es, der Leibknappe des Ritters von Gösting. Er hatte auch in dieser Nacht die Schritte des Klosterknappen Eberhard verfolgt, indem er vermeinte, dieser werde eben den Bergpfad nach Gösting hinabsteigen, um von Anna, wenn sie in den Erker des Schlosses heraus trete, einen Gruß zu erhaschen; er hatte einen Theil des Gespräches Eberhards mit dem schwarzen Ritter erlauscht. — Jetzt trat er kühn und rasch vor diesen. —

„Hier ist Einer, rief er, der mit Dir anbinden will, Meister der schwarzen Kunst! rede, was bietest Du mir für meine Seele?"

Der schwarze Ritter starrte den frechen Frager an. — „Wer bist Du? und was willst Du?" fragte er.

„Was jener, der eben von Dir ging, ausgeschlagen hat, weil er ein Thor ist, wie Du sagtest," entgegnete der rothe Kunz.

Der schwarze Ritter musterte den frechen Gesellen mit einem scharfen Blicke. „Du hast also unser Gespräch belauscht," sagte er, nach einer Weile, „und bist wohl ein Gegner des Entwichenen."

„So ist es," entgegnete der Leibknappe von Gösting, „der Klosterbube da geht mir ins Gehege; ich arbeite schon sieben Jahre, um mir den Besitz Anna's von Gösting und durch ihn die Ritterschaft und das Erbe von Gösting zu erringen, wie Jacob um die Rachel gearbeitet hat — mit rechten Dingen ist da einmal nichts auszurichten; so will ich mich also Dir verschreiben mit meinem Blute, so Du es vermagst, wenn Du mir hilfst und meine heißen Wünsche erfüllest." —

„Was verlangst Du?" fragte der schwarze Ritter.

„Nicht viel," entgegnete Kunz von der Rose, „vernichte meinen Gegner, der eben von Dir ging und bahne mir den Weg in die Brautkammer des

Burgfräulein Anna von Gösting als ihrem Bräutigam, und ich will Dein werben für die ganze Ewigkeit!" —

Da schlug der schwarze Ritter ein lautes Gelächter auf, daß die schlummernden Singvögel in dem Gezweige der Waldbüsche aufflatterten und die Eichhörnchen an den hohen Tannen emporhuschten. „Du willst mir verschreiben elender Geselle," rief er, „was ohnedem schon mein ist! — Wisse die Burg Gösting, sammt Deinem Ritter und Du ist mein Eigen und meine Macht erstreckt sich so weit Dein Auge reicht; zweifelst Du daran, so sollst Du gleich hören, wie weit der Ton meines Rufes reicht, den ich nun um Mitternacht in dieses Gewälde hinaussenden will."

Jetzt begann es auch dem lecken Leibknappen von Gösting unter seinem Jagdwamse heiß zu werden, denn die Stimme des schwarzen Ritters schallte so furchtbar durch das vom Nachtwinde gepeitschte Geäste des Hochfersles, und tief unten in den Schluchten der Vorberge brauste und heulte der beginnende Sturm eines Hochgewitters so schrecklich, daß im Hirne des verwegenen Knappen plötzlich der Gedanke auftauchten: das Heer des „wilden Jägers" vom Odenwalde brause heran. —

Von unerklärbarer Angst befallen, riß jetzt der Knappe sein Waidmesser aus der Scheide — „bist Du aus dem Reiche der Geister," schrie er, auf den schwarzen Ritter eindringend, „so mußt Du vor dem Kreuzgriffe meines Eisens weichen — hast Du mich aber getäuscht und bist Du einer der Stegreifritter, wie sie in unseren Bergen zuweilen auch auftauchen, so sollst Du meine Faust fühlen, die schon manchen kalt gemacht hat, der mich hänseln wollte!"

Kunz von der Rose führte nach diesen Worten einen gewaltigen Streich nach dem Haupte des schwarzen Ritters, allein machtlos zersplitterte das Eisen des Knappen an dem mauerfesten Stahle des Helmes — der schwarze Ritter aber riß jetzt sein elfenbeinernes Horn an den Mund; ein voller gewaltiger Ton schmetterte aus demselben durch die Lüfte — eine kleine Secunde — kaum antwortete diesem Hornrufe wohl ein zwanzigfaches Echo aus allen Schluchten und Thälern der nahen Berge, gleichzeitig fuhr hoch oben aus den vom losbrechenden Sturme gepeitschten Wolken-Haufen ein Kreuzblitz nieder, ein entsetzlicher Donner krachte ihm nach und der Stamm einer himmelhohen Eiche schmetterte einige Schritte vor dem schwarzen Ritter, welcher wie eine dem Flammenmeere der Hölle entstiegene Nachtgestalt kalt und ruhig dastand, auf die Erde nieder. —

Der rothe Kunz stürzte, Entsetzen auf seinem erblaßten Gesichte tragend, fast bewußtlos den Berg hinab, und breite Streifen des herabschießenden Wetterhagels überschütteten den Rücken des verwegenen Knappen, gleichsam als wollte der Alpengeist die brennende Rachelust kühlen, mit welcher der Arge eine Stunde vorher in dies Gewälde emporgestiegen war. —

V.

Die Schlacht am Marchfelde.

Der Tag des heiligen Heinrich, der 12. des Heumonates im Jahre 1260, war angebrochen. Durch die Wälder bei Dröſing über der March zog ein ſchlanker Geſelle mit Armbruſt und Hirſchfänger bewehrt, einen ſchmalen Gürtel von braunem Leder um ſeinen Leib tragend, in welchem er ſeine Baarſchaft verborgen hatte; ſein finſterer Blick ſuchte trübe den Boden, ſein Auge gewahrte nicht den ſichern Gangſteig des Gewäldes; tief im Gedanken verſunken, merkte er nicht, daß er ſich im Walde bereits arg verirrt hatte, bis ihn der ſanfte Ton eines Glöckleins aus ſeinem Sinnen erweckte. —

Der junge Wanderer war Eberhard, der Knappe vom Kloſter Rein und vor ihm ſtand jetzt ein alter Waldbruder, einer der Eremiten vom heil. Paul genannt, welcher, wie viele in der damaligen Zeit, in der Einöde dieſes Waldes ſeine Hütte aufgeſchlagen hatte und nun mit ſanftem Tone dem jungen Knappen den Morgengruß „Gelobt ſei Jeſus Chriſtus“ entgegen brachte.

Der Kloſterknappe erwiederte dieſen Gruß nicht und freundlich fragte der Waldbruder jetzt: „Ihr habt Euch wohl im Walde verirrt, lieber Herr, und ſucht einen Ausweg ins Thal hinab?“

„Ich ſuche den Rußbach,“ entgegnete der Knappe finſter. —

„Da müßt Ihr Euch weiter weſtlich halten, ſagte der Waldbruder; aber ſeht zu, daß ihr nicht zu weit nach Südoſt hinab ſchreitet und den ſtreifenden Ungarn in die Hände fallet; denn die ziehen, wie flüchtende Landleute erzählen, ſchon gewaltig gegen das Marchfeld herauf, wo die Böhmen lagern und wo es wahrſcheinlich zur Schlacht kommen wird — oder wollt Ihr vielleicht zum Heere der letzteren eilen?“ —

„Nein,“ entgegnete der Knappe kurz, ſich müde auf einen Stein vor der Hütte niederlaſſend.

„Was ſucht Ihr alſo in unſern Wäldern?“ fragte der Eremit, den finſtern Geſellen jetzt aufmerkſamer betrachtend.

„Den Fürſten der Finſterniß,“ antwortete Eberhard; „er hat mich hieher beſchieden,“ ſetzte er mit einem grauenhaften Lächeln hinzu.

Der Waldbruder ſchlug ein Kreuz. „Gott ſei uns gnädig!“ rief er, „was ſind das für frevelhafte Reden! — wer geht am hellen Morgen ſchon aus, um den Böſen zu ſuchen! und was wollt Ihr von ihm?!“ —

Der ſchöne Knappe lächelte; „mein Dienſtherr, der Abt vom Kloſter Rein,“ ſagte er, hat mir den Abſchied gegeben, weil er es mit dem Ritter von Göſting nicht verderben wollte, deſſen Tochter, die liebliche Anna, meine Lieb ist — nun, da haben sie mich vogelfrei gemacht und ich muß mir nun ein anderes Feld für meine Thatkraft suchen, um mir die Rittersporen zu erstreiten.«

»Und da wollt Ihr dem Bösen zurennen, daß er Euch beistehe?« rief der Mönch, die Hände zusammenschlagend.

„Ei, es ist das nicht so ernstlich gemeint," entgegnete der schöne Knappe fast verwirrt niederblickend, „ich denke meine Schritte lediglich ins Feldlager der Böhmen zu lenken, das in dieser Gegend den hereinbrechenden Ungarn entgegen stehen soll, und will dort meine Dienste anbieten; und da mir ein Waldschütz im Gebirge oben sagte, daß dies Lager nicht weit vom Rußbache stehe, so fiel mir der schwarze Ritter ein, welchen ich vor Kurzem auf der Hochwarte des Plabutsch im Sturme traf, der wohl ein Nachtgespenst der Hölle war und der mir bedeutete, am Rußbache könne ich ihn wieder finden, wenn ich ihn brauche." —

„Gott sei bei uns!" rief der Waldbruder wieder; „da meint er wohl die verrufene Waldschlucht hinter dem Rußbache, von der die alte Sage geht: daß dort der Böse sein Hexensabath halte und daß Elfen und Kobolde dort ihr nächtliches Unwesen treiben — Herr, diese Schlucht dürft Ihr nicht aufsuchen, so Ihr nicht an Eurer Seele Schaden leiden wollet!"

„Mich dünkt, ich höre schon diesen Hexensabath durch die Lüfte brausen," sagte der Knappe auflachend, „vielleicht kömmt mir der schwarze Ritter auf halbem Wege entgegen" . . .

Der Spott des jugendmuthigen Knappen verstummte im nächsten Augenblicke; denn gleich dem im Sturme daherjagenden wilden Jäger, flog da, wo der Wald in einen breiten Wiesenteppich mündete und im Thale unten die Wässer der March deutlich zu entnehmen waren, ein Ritter auf hohem Rappen in schwarzer Rüstung vorüber, hinter ihm eine lange Schaar von Eisenrittern mit langen Lanzen und im Strahle der Morgensonne blitzenden Helmen.

Nur einen Blick bedurfte es und Eberhard erkannte in der Person des Vorreiters dieser Schaar leibhaft den schwarzen Ritter, welcher ihm auf der Höhe des Plabutsch bei Graz entgegengetreten war. —

Auch dieser warf dem Knappen seine glühenden Blicke zu — rasch riß er sogleich seinen Rappen am Zaume zurück, daß dieser sich hoch bäumte und knirschend in den Zügel biß. —

„Her zu mir Geselle!" rief er dem Knappen zu, „Du trittst mir gerade im rechten Augenblicke in den Weg — willst Du dir heute in meinen Reihen die Rittersporen verdienen, so sitz auf und faß an das Schlachtschwert, das ich Dir reiche — s'geht in den Kampf, Knappe, wie Du noch keinen gesehen hast in Deinem Leben!"

Der schwarze Ritter winkte, einer der Eisenmänner seiner Schaar riß ein Handroß heran, die Trompeten schmetterten und ehe Eberhard, der Knappe, noch Zeit hatte sich zu besinnen, saß er, an nichts mehr denkend als an den prächtigen Kampf einer Feldschlacht, auf einem stattlichen Rosse; seine Faust umspannte den Kreuzgriff eines Schwertes, welches ihm einer der Eisenritter in die Hand drückte — wieder schmetterten die Trompeten, die Rosse griffen aus und die Schaar der geharnischten Reiter rasselte hinab in das Marchfeld, den schwarzen Ritter mit dem Löwenhelme an ihrer Spitze und unten entfaltete sich das weite prächtige Bild einer mächtigen — Schlachtlinie.

Dort stürzten sich in einem Halbkreise von Kroissenbrunn aus die Reiterschaaren König Bela's unter der Anführung des jungen König Stefan auf das unabsehbare Heer der Böhmen, welche ihnen ihren Lanzenwald entgegen trugen, um mit ihnen, um den Besitz der schönen Steiermark zu streiten.

Einmalhunderttausend Böhmen standen in drei große Heere getheilt, auf diesem Schlachtfelde, siebentausend gepanzerte Reiter in ihrer Mitte.

Dort auf dem rechten Flügel wälzten sich die mährischen und schlesischen Hilfsvölker, den Bischof von Olmütz und die schlesischen Herzoge von Breslau und Oppeln an ihrer Spitze in die Ebene herab; drüben am linken Flügel standen der Markgraf von Brandenburg und die andern Steiermärker; in der Mitte warf sich die böhmische Hauptmacht dem Feinde entgegen, der nicht bloß aus den Ungarn Bela's, sondern auch aus den slavischen Hilfsvölkern der von König Daniel geführten Galizier und Russen, aus den Polen und wilden Tartaren, an deren Spitze die Herzoge Boleslav von Krakau, der starke Leszo von Lanczicz, dann aus den Schaaren der Bulgaren und Serben unter Fürst Rostislaw — einer Heeresmacht von einmalhundert vierzigtausend streitbaren Mannen, bestand.

Halb Europa blickte, wie ein bekannter Geschichtschreiber Steiermarks sagt*) in gespannter Erwartung auf das Schlachtfeld und den großen Kampf dieser Nationen. . . .

Die Ungarn hatten, gegen die Verabredung: daß am 13. Juli beide Heere sich in voller Schlachtordnung entgegenstehen und der große Zweikampf der gewaltigen Nationen am Marchfelde ausgefochten werden sollte, in hinterlistiger Weise schon in der Nacht vom 11. auf den 12. Juli den Uebergang über den Fluß angetreten und entwickelten nunmehr bei Kroissenbrunn ihre volle SchlachtLinie. —

Wie das wüthende Heer der wilden Jagd im Odenwalde hatten sich jetzt Stefans Reiterschaaren auf ihren kleinen UngarRößlein auf das Centrum des böhmischen Heeresmacht geworfen und das Lager der Czechen am Rußbach erstürmt — aber schon jagte ihnen auf hohem Roße ein gewaltiger Streiter entgegen — der schwarze Ritter war's, dessen goldener Löwe auf dem Eisenhelme mit der Flamme im Wiederscheine der am Himmel stehenden Mittagssonne prächtig glänzte; in der einen Faust hielt er sein Schwert, in der anderen die Fahne des heiligen Wenzel — vor ihm schmetterten die Trompeter zum lustigen Waffentanze, hinter ihm rasselten siebentausend böhmische Eisenritter mit zermalmender Kraft in den Feind, neben ihm schwang mit dem Feuer der vollsten Mannheit Eberhard, der Klosterknappe von Rein, zum erstenmale das ritterliche Schwert, und drauf und dran ging es mit ganzer Macht, und die czechischen Eisenmänner mit den baumfesten Steiermärkern warfen sich wie ein Keil in die Reihen der leichten ungarischen Reiter und stäubten die Kumanen auf ihren

---

*) Wilhelm v. Gebler, k. k. Feldmarschallieutenant: Geschichte des Herzogthums Steiermark.

kleinen Rößlein wie leichte Spreu auseinander. — Wilde Unordnung riß jetzt unter den Ungarn ein — aber sie sammelten sich wieder; wie eine klaffende Wunde, die sich, wenn das tödtende Eisen herausgezogen wird, wieder schließt, ergänzten sich die vom böhmischen Schwerte und steirischem Eisen gelichteten Haufen der sich durch entsetzliches Kampfgebrüll aufmunternden Ungarn, Kumanen und Polen wieder; „nicht die sengende Mittagshitze, nicht der erstickende Staub lähmte," wie der erwähnte Geschichtschreiber sagt, „die Wuth des Kampfes." —

Dort aber, wo der Kampf am heftigsten wüthet, sind hoch über dem Gewühle die rothen Federn des Helmes des schwarzen Ritters kennbar, auf welchen eben ein wilder Tartaren-Häuptling mit hochgehobenem Eisen eindringt. — Jetzt bohrt er mit dem fürchterlichen Rufe: „Böhmen jetzt und Böhmen nimmer!" seine Lanze in den silberglänzenden Schild des schwarzen Ritters, daß dieser Schild in zwei Stücke zerbricht und der gewaltige Ritter einen Augenblick im Sattel wankte. — Jetzt läßt der Tartar mit ganzer Kraft sein gewichtiges Eisen auf den Helm des schwarzen Ritters niedersausen — aber in diesem Augenblicke wirft Eberhard, der Knappe, seinen Arm mit dem Schwerte aus gutem norischem Stahle dazwischen, und fängt den furchtbaren Streich des Tartaren auf — und im nächsten Augenblicke liegt der riesige Asiate, von diesem Stahle an der Schulter getroffen blutend im Sande. . . .

Mit wilder Freude fallen die böhmischen Eisenmänner auf ihn her — „laßt mir mein Leben," ruft er, „ihr sollt dafür so viele edle Rosse haben, als mein Scheitel Haare trägt!"

Aber vergebens! schon erstickt sein Flehen in dem Blutstrome, der aus zehn Wunden schießt, welche ihm die Schwerter der racheglühenden böhmischen Eisenritter rissen. —

Nun gibt es keine Schonung mehr. — Wie ein wildes in den gewaltigen Urwald eingebrochenes Feuer, das alles verzehrt, was ihm entgegen steht, wüthet der furchtbare Kampf. — „Nieder mit den Ungarn! Tod den Polen und Bulgaren!" das ist nun der einzige im wilden Getümmel vernehmbare Schlachtruf. Alles wogt und brüllt wild durcheinander; wie ein stürzender Waldstrom werfen sich die erbitterten Czechen auf ihre Feinde und wälzen Haufe um Haufe, Schaar um Schaar im wilden Rasen vor sich her. — Drüben, am andern Ufer der March, steht König Bela mit dem Rückhalte seiner Truppen, dem letzten Heereshaufen, der zu seinem vermeintlichen Siege den Ausschlag geben sollte — er knirscht — und flieht und hinter ihm seine Reiter, bis die aufwirbelnde Staubwolke auch die Richtung verhüllt, wohin er, der auf's Haupt geschlagene Ungar-Fürst jagt, während achtzehntausend Leichen die Walstatt decken und wohl an vierzehntausend im nassen Wegenbreite der von einem Wolkenbruche angeschwollenen March ihren Untergang finden, die fliehenden Ungarn aber von den Böhmen bis in die Gegend von Preßburg verfolgt werden. . . .

Als nun die Sonne dieses blutigen Tages am fernen Gesichtskreise hinabsank, da war die so tief verhaßte Herrschaft der Ungarn in der Steiermark für immer gebrochen. . . .

Der große Sieg dieser weltgeschichtlichen Schlacht am Marchfelde war aber, wie die damaligen Chronisten berichten, vorzugsweise der außerordentlichen Tapferkeit der Böhmen, der Steiermärker, Kärnthner und Oesterreicher zu verdanken. —

Einer dieser Söhne des steirischen Vaterlandes, der tapfere Klosterknappe von Rein, Eberhard, stand jetzt, drei prächtige Ehrenwunden auf seiner Stirne tragend, im Kreise der böhmischen und schlesischen Kriegsobersten vor einem großen Zelte des Lagers, welches die siegenden Truppen in der Nähe der Walstatt aufgeschlagen hatten, um sich nun Ruhe und Erholung zu gönnen.

Vor dem tapfern Knappen stand aber — der gewaltige schwarze Ritter, umgeben von dem Bischofe von Olmütz und den beiden Herzogen von Breslau und Oppeln.

Der schwarze Ritter hatte seine Hand auf die Schulter Eberhards gelegt: „Knappe," sagte er, mit volltönender freundlicher Stimme, „Du hast heute an meiner Seite gekämpft wie ein echter Steiermärker — Du hast Dir Deine Sporen wohl verdient — Du hast mich mit Deinem guten Eisen geschützt — von nun an sollst Du Ritter sein!"

Das Auge Eberhards flammte, jetzt stand er wieder nüchtern von dem betäubenden Taumel des Kampfes — er begriff wohl, daß der Mann, der vor ihm stand, ein ganz anderer war, als für den er ihn gehalten hatte — aber noch hing sein Blick mißtrauisch an der Gestalt des schwarzen Ritters. —

Dieser lächelte.

„Du siehst noch immer den Fürsten der Finsterniß in mir," sagte er, mit der Hand gegen den Eingang des großen Zeltes weisend; „geh dort hinein wackerer Steirer und Du wirst einen finden, der Dir sagen kann, daß ich in der That zaubern kann — sage ihm, daß er heraus komme, er soll das Kleinod herausgeben, das ich Dir als Preis Deiner Tapferkeit zusprechen will." —

Willenlos, wie gebannt vom Befehle des schwarzen Ritters, schritt Eberhard dem großen Zelte zu, trat in dasselbe, und vor ihm stand — der Ritter Wülfling von Gösting.

VI.

Das Wort des Ritters.

Eberhard trat einen Schritt zurück — auch der Ritter Wülfling, der seinen linken Arm in einer Binde trug, war sichtlich erstaunt, den verhaßten Knappen vor sich zu sehen und schon faßte seine Hand den Schwertgriff, um dem „Vogelfreien," dem er den Tod geschworen hatte, wenn er sich im Umkreise der Burg Gösting noch blicken lasse, den blutigsten Willkommensgruß zu bieten. . . .

„Was will der Freche!" donnerte er dem Knappen entgegen.

„Die Hand Eurer Tochter Anna, des Burgfräuleins von Gösting," schallte eine Stimme im Zelteingange.

„Himmel und Hölle! wer wagt mir das zu sagen!" brüllte der Ritter von Gösting, aufblickend. —

„Der vor Euch steht — Przemislaus Ottocar der zweite, König von Böhmen!" schallte es — und der schwarze Ritter trat in seiner majestätischen Haltung dem Herrn von Gösting entgegen.

Dieser zuckte empor. — In der That, es war der mächtige Herrscher Böhmens, Ottocar II., welcher nun, in der Rüstung des schwarzen Ritters, mit dem goldenen Löwen und der Flamme auf dem Helme, wie er dem Knappen Eberhard im Gewölbe des Plabutsch vor Kurzem erschienen war, da stand und den die beiden Herzoge von Breslau und Oppeln nebst dem Markgrafen von Brandenburg ehrerbietig umstanden. —

Herr Wülfling von Gösting, den die Dazwischenkunft des Königs, welchem auch er mit den übrigen steiermärkischen Rittern in den Kampf gegen den Ungarkönig gefolgt war, höchlich überraschte, stand wie vom Blitze gelähmt. — —

Dem gewaltigen Böhmenfürsten, der nie einen Widerspruch duldete, durfte er kaum wagen, entgegenzutreten. — Dennoch regte sich in seinem Innern augenblicklich das Gefühl der beleidigten Würde seiner Person als des Herrn in seinem eigenen Hause. — So weit konnte die Macht des mächtigsten Königs nicht reichen, daß Przemisl Ottocar, und geböte er über halb Europa und lägen alle Könige der Erde zu seinen Füßen, dem Vater Anna's befehlen konnte: seine Tochter, über deren Hand zu verfügen sonst Niemanden auf der weiten Erde ein Recht zustand, dem Klosterknappen von Rein zu vermähl'n. —

Herr Wülfling von Gösting wechselte auch nur einen kurzen Blick mit seinem hinter ihm stehenden Leibknappen, Kunz von der Rose — beide verstanden sich; darum verbeugte sich der Herr von Gösting tief vor dem mächtigen Könige Böhmens:

„Mein erlauchter Herr und König," sagte er finster aber im ehrfurchtsvollem Tone, „kann mir, seinen Vasallen befehlen, für ihn, wie meine am heutigen Schlachttage erhaltene Armwunde zeugt, mein Blut im Kampfe gegen seine Feinde zu verspritzen; aber er kann dem Ritter und Burgherrn der Steiermark, Wülfling von Gösting, dessen Stammbaum in Bayern fußt und dessen reiche Burg schon der Fuß des stolzen Römer betrat*) — sein eigenes Kind, diesen Stammbaum entehrend, einem turnier-unfähigen, rang- und habelosen Knappen in die Arme werfen! meine Ahnen würden sich in ihrer Gruft umwenden!" —

„Das verlangt auch der König von seinem Vasallen nicht!" rief Przemisl Ottocar rasch entgegen — „der künftige Gemal Eurer Tochter, Ritter von Gösting, soll Euch, wenn auch nicht an Ahnen, so doch an Rang und Habe ebenbürtig sein.

---

*) Aquilin Julius Cäsar sagt in seiner Beschreibung der Steiermark (Grätz bei J. M. Lechner 1773): „Schloß Eggenberg, Karlau, St. Martin, St. Gothard, Gösting und Prankerhof," welche ehemals besonders bei den Zeiten der Römer Maierhöfe und Landgüter gewesen.

... und König Ottocar winkte den jungen Klosterknappen Eberhard zu seinen Füßen — und auf seinen weiteren Wink flog der Eingangs-Vorhang des Zeltes empor und draußen ertönten helle Trompetenklänge und die geharnischten Leibritter des siegreichen Herrschers von Böhmen traten in die Reihe, und König Przemisl Ottocar riß sein Schwert aus dem Gürtel und senkte es auf das schöngelockte Haupt des vor ihm knieenden Klosterknappen Eberhard. —

„Nimm hin den Ritterschlag" rief er mit gewaltiger Stimme, „nimm hin Knappe den Ritterschlag von der Hand Deines Königs, dessen Brust Du heute mit Deinem Leibe in der Schlacht gedeckt hast. — Steh auf als Ritter vom Rußbache, den Du fortan in Deinem Schilde führen sollst. Wir schenken Dir zugleich im Lande Steiermark ein reiches Rittergut, welches Dir unser Kanzler in Prag mittelst einer eigenen Verschreibung näher bezeichnen wird. Steh auf Ritter des Herzogthumes Steiermark; Du bist nun geadelt; nun geh und wirb um die Tochter Unseres Vasallen, dem Du durch unsern königlichen Willen nun ebenbürtig bist!" —

Hocherglühend vor freudiger Ueberraschung sprang Eberhard empor und warf sich von Neuem dankend seinem Könige wieder zu Füßen, während vor dem Zelte die Trompeten schmetterten und lauter Jubel die Ansprache des Königs an den neuen Ritter begrüßte.

Eine freudige Bewegung durchwogte nun das Zelt, in welches allmälig die übrigen Ritter aus der nächsten Umgebung des Königs hereintraten, um den von der Hand des Königs selbst zum Ritter geschlagenen jungen Streiter zu beglückwünschen. —

Nur Herr Wülfling von Gösting stand finster und schweigend im Hintergrunde; an seinem Ohre hing sein böser Rathgeber, der rothe Kunz. „Sucht Zeit zu gewinnen, Herr," raunte er ihm zu, — „dann ist Alles gewonnen; entschuldigt Euch mit dem ritterlichen Worte, das Ihr dem Bewerber um Anna's Hand bereits gegeben, lasset es auf das Aeußerste —. auf ein Gottesgericht ankommen!"

Da trat der Ritter von Gösting wieder in den Kreis, wo der König tiefgerührt von der freudigen Bewegung, welche alle seine Ritter ob der fürstlichen Anerkennung der Tapferkeit des jungen Knappen, dessen Thaten in dieser Schlacht sie alle mit angesehen hatten, wie eine Gnade strahlende Sonne unter den leuchtenden Sternen dastand.

„Verzeiht mein König," sagte Herr Wülfling sich wieder verbeugend; „verzeiht, wenn Euer Vasall sich in diesem Augenblicke noch eine Frage erlaubt: gedenkt Ihr wohl — und wer vermag daran zu zweifeln? — daß Ihr, mein König, dem neuen Ritter mit Eurem Versprechen seiner weiteren Belohnung ernstlich Wort halten werdet?"

„Wer wagt daran zu zweifeln?!" donnerte König Ottocar; „ein König kann sein Wort nicht brechen!!!" —

„Auch ein Ritter bricht es nicht!" sagte der Herr auf Gösting ruhig. —

„So wißt denn, erlauchter Herr und König," fuhr er mit gleicher Ruhe fort; „so wißt: daß ich bereits vor mehren Wochen dem jungen Ritter Achaz von der Au, dem Schwestersohne des bei Fröslau gegen die Kumanen gefallenen Grafen Harbek, als eheliches Gemal versprochen habe; und so wie Ihr, mein erlauchter Herr und König Euer fürstliches Wort zu halten gewohnt seid, weil es das Pfand Eurer Ehre ist -- ebenso kennt der Ritter Wülsting von Gösting und sein altes Geschlecht nichts Heiligeres als das gegebene Wort und wird dieses nimmer brechen, so wahr er zu den Rittern des heiligen römischen Reiches zählt — eher breche der Herold auf offenem Turniere sein Wappen entzwei und rufe es in die Lüfte hinaus: Gösting jetzt und Gösting nimmer!"

Auf König Ottocar's Stirne traten bei dieser Rede des Ritters tiefe Furchen — „dem Könige" rief er, „der nie einen Widerspruch duldete, dem Könige steht die Macht zu das Wort zu lösen." —

„Das kann kein König!" rief der Herr auf Gösting aufflammend entgegen. —

„So entscheide das Gottesgericht!" donnerte Przemiel und die Ader seines königlichen Zornes schwoll mächtig an.

„Ihr habt mir das Wort aus dem Munde genommen mein König," entgegnete der Ritter von Gösting wieder ruhiger; „damit Ihr seht, erlauchter Herr und König, daß Euer Vasall in Eure Wünsche eingehe, soweit es mit seiner ritterlichen Ehre vereinbar ist, so will ich schon auf dem nächsten Sanct Margarethentage, an welchem ich den jungen Ritter Achaz von der Au auf meiner Burg Gösting erwarte, einen Zweikampf in meinem Burghofe auf Leben und Tod zwischen den beiden Werbern um die Hand meiner Anna veranstalten — dem Sieger falle die Braut anheim nach dem Willen Gottes, der seine Waffe lenken wird."

Jetzt trat auch der junge Ritter Eberhard selbst zwischen den Herrn von Gösting und den König: „O gestattet diesen Zweikampf, mein gnädigster Herr und König" bat er; „dann werde ich nächst Euch meiner eigenen ritterlichen Kraft den Besitz meiner Anna verdanken und der Herr auf Gösting wird erfahren, daß ritterliche Kraft und Heldenmuth, bewährt in der offenen Feldschlacht wie innerhalb den Schranken des Turniers, Eigenschaften sind, die den verkannten Werber um die Hand seiner engelgleichen Tochter, ihrer würdig machen; er soll sehen: daß Eberhard, der geadelte Ritter des Böhmenkönigs, Anna, die Perle von Gösting, zu verdienen wisse!"

König Przemislaus senkte jetzt beistimmend sein Haupt.

„Es sei" sagte er; „Wir genehmigen den Zweikampf, da wir den Bruch des ritterlichen Wortes nicht verlangen; — sieh zu mein Sohn, wie Du ihn bestehen magst," setzte er, mit einem düstern Blick auf Eberhard, hinzu; dann verließ er mit seinen Rittern rasch das Zelt des Herrn auf Gösting; dieser blieb mit seinen Leibknappen, Kunz von der Rose allein zurück und warf sich schier erschöpft auf den einzigen aus rohen Baumästen zusammengezimmerten Sessel des Zeltes.

Der rothe Kunz aber lispelte ihm mit einem siegreichen Lächeln auf dem Munde, ins Ohr: „Herr, nun ist unser Spiel gewonnen; für wen der Sieg dieſes Zweikampfes auf Leben und Tod ſich entſcheide, das laßt die Sorge Eures Dieners ſein ! . . .

VII.

Vater und Tochter.

Nacht war's, trübe dunkle Nacht, als Herr Wülfling von Göſting vom Kampfe der Schlacht am Marchfelde zurückkehrend, unter dem Leuchten der Kreuzblitze, welche ein über den Schädel ziehendes Hochgewitter auf die Burg Göſting herabwarf, über die in ihren Angeln knarrende Zugbrücke in das Schloß eintritt; hinter ihm der rothe Kunz, ſein Rathgeber.

Nacht war's, aber noch in dieſer Nacht donnerte der bis zur äußerſten Wuth aufgeregte Schloßherr auf Göſting ſeine Leute auf, welche auf ſeiner tiefgefurchten Stirne den Sturm laſen, der nun im Schloſſe bevorſtand.

„Wo iſt Anna, meine Tochter !" rief er im großen Wappenſaale des Schloſſes, bald bleich wie ein Sterbender, bald glühend vor innerer Wuth, auf und niederſchreitend, — In weniger als zehn Minuten ſtürzte das Mädchen in den Saal und flog auf ihren geliebten Vater zu.

Herr Wülfling von Göſting ſtieß aber die ſchöne Jungfrau zurück; „for von mir Schänderin meines Namens !" donnerte er — „bringe deine Grüße dem Kloſterknappen, der lorbeerbekränzt, nun mit den Ritterſporen vom Schlachtfelde zurückkehrt."

„Vater !" rief das Mädchen erblaßend. —

„Dein Vater iſt todt für Dich," entgegnete der Ritter und Eiseskälte trat jetzt auf ſein Antlitz; „Du haſt mein Vaterherz getäuſcht, darum hat es ausgeſchlagen für Dich. — Anna von Göſting hat keinen Vater mehr, ſie iſt des Namens ihrer Ahnen unwerth !"

Anna ſtand vernichtet. Zwei groß Thränenperlen quollen aus ihren ſchönen Augen, Todtenbläße deckte ihr liebliches Antlitz, wie ein Felsengewicht lag es auf ihrer Bruſt, ſie wollte reden, ſich vertheidigen — ſie vermochte es nicht — namenloſer Schmerz erſtickte ihre Stimme. . . .

Herr Wülfling von Göſting ſchien jetzt die Herrſchaft über ſein hocherregtes Gemüth wieder zu gewinnen; der Blick auf das leidende Kind, das er mehr liebte als ſein Leben, ſchien ſeinen Groll zu entwaffnen. —

Eine lange ſchwere Pauſe trat ein — Vater und Tochter ſtanden ſich im furchtbarſten Gemüthskampfe gegenüber — dort das bitterſte Gefühl der vermeintlich verletzten Stammes - Ehre, hier das der innigſten, reinſten erſten Liebe ! . . .

Jetzt ließ ſich Herr Wülfling von Göſting in ſeinen Lehnſeſſel nieder. —

„Der König ſelbſt," begann er mit ruhigerer Stimme, „König Ottocar ſelbſt machte, wie Du vielleicht ſchon durch das ſchnelle Gerücht, ehe ich kam, erfahren haben wirst, den Freiwerber bei mir um Dich für den — Klosterknappen, deſſen Bewerbungen um Deine Gunſt ich bisher als ein leichtes Spiel der Jugend wenig beachtet hatte, nunmehr aber als tiefen, die Ehre meines alten Stammbaumes bedrohenden Ernſt erkennen muß. — Die königliche Hoheit glaubt nun mir durch ihr Anſehen das Jawort abzuzwingen — aber ſie vergißt, daß es noch etwas heiligeres, und unverletzlicheres gibt als die Macht des Lehnsherrn über den Vaſallen — es iſt die Macht und Gewalt des Vaters über ſein Kind — die Gewalt des freien ſteiriſchen Ritters im Blutbanne ſeiner Burg.“ —

„Mein Vater,“ liſpelte jetzt die ſchöne Jungfrau, zu den Füßen des Erzürnten ſinkend, „wann hat deine Anna deinen Befehlen nicht gehorcht?“

„Als ſie das freche Wort des Klosterknappen anhörte und ihr Herz an den Diener ohne Ahnen und Namen verſchenkte“ — erwiederte der Herr von Göſting.

„Der Diener ohne Ahnen und Namen,“ entgegnete Anna ſich empor richtend, „hat, wie die Kunde auch ſchon nach Schloß Göſting drang, in der erſten Schlacht, die er mitkämpfen durfte, ſeinen König mit ſeinem Schilde gedeckt und ſich den Ritterſchlag in ehrenvoller Weiſe erworben — ganz Steiermark nennt nun ſeinen Namen. —

„Du aber nicht!“ brauſte der Ritter wieder empor; „Du nicht, bei meinem Zorne!! — das alte Geſchlecht der Göſtinger duldet keinen Eindringling, keinen fremdartigen neu emporgeſchoſſenen Zweig auf ſeinem Stammbaume und wäre er auch von Königshand eingepflanzt. — Deine Hand, Anna von Göſting,“ fuhr er fort, „iſt für den uns ebenbürtigen Ritter Achaz von der Au beſtimmt und kein anderer wird Dich heimführen!“

„Du befiehlſt mein Vater,“ entgegnete Anna mit tonloſer Stimme, „aber mein Herz kann Dir nicht gehorchen; es wird ſchweigen — aber brechen.“ . . .

„Der König,“ fuhr Herr Wülfling von Göſting, die Rede der Jungfrau nicht beachtend, fort, „der König drang darauf, daß ich Dich mit dem — dem Klosterknappen, den er nun allermaßen in Schutz nimmt, weil er in dem bartloſen Geſellen einen künftigen Feldhauptmann herausgefunden zu haben glaubt, verbinden ſolle; er verlangt, daß dieß in nächſter Friſt geſchehe.“ —

Anna's Augen leuchteten — ein neuer Hoffnungsſtrahl zog durch ihre Seele, aber der Ritter fuhr mit ſchwerer Betonung fort:

„Ich aber, Wülfling, Ritter und Herr auf Göſting, Gebieter und Herr in meinem Hauſe, Freiſaſſe auf meinem Grunde und Boden, turnirfähig und makellos auf meinem Schilde, erkläre hiermit feierlich und für alle Zeit, daß ich mein Hausrecht wahren werde, und daß ſelbſt königliches Wort meinem Wappen keinen Flecken aufbürden ſoll.“ —

„Der Name und die That eines jungen Ritters, der ſchon in ſeiner erſten Schlacht ſo Großes vollbrachte,“ fiel Anna ein, „kann kein Mackel für Deinen Stammbaum werden, mein Vater.“ —

Herr Wülfling von Göſting beachtete dieſe Einwendung des liebenden Mädchens nicht. „Dieweilen aber,“ fuhr er jetzt mit eiſiger Kälte fort, „dieweile ich, ohne mit dem eigenfinnigen und übermüthigen Böhmenkönig, der jedem feiner steirischen Vafallen Haus- und Familiengefetze vorfchreiben zu können glaubt, nicht in offenbare Fehde treten will und darf, ohne meinen Leib und mein Gut zu gefährden, fo habe ich den Ausweg gefunden und einen Zweikampf auf Tod und Leben zwifchen deinem Bewerber, dem ftarken und jungen Ritter Achaz von der Au und dem Klofterknappen vorgefchlagen, in welchem diefer Letztere ohne Zweifel dem ftarken und gewandten Gegner zum Opfer fallen wird. —

„Vater!" rief Anna wieder erbleichend, „Deine Anna erkennt Dich nicht mehr! Du, der ehrenhafte rechtliche, im weiten Gaue geachtete Ritter und Gebieter auf Göfting finn'ft auf hinterliftige Tödtung eines jungen Ritters, der Dir nichts zu Leid that, als daß er deine Tochter liebt." —

Aber auch diefer Wehruf der gekränkten Liebe fchien an dem tauben Ohre des Ritters von Göfting zu verhallen. - „Fällt aber der Klofterknoppe nicht," fuhr er mit gleichmäßiger eifiger Kälte fort, „und muß ich, gezwungen durch mein Wort und den Machtfpruch des Königs, den Flecken in meinem Stammbaume dulden — fo wandere dann, mißrathene Tochter, mit deinem Erwählten aus meiner Burg — ich will den Zweig dann reißen von meinem Stammbaume und das Erbe meines ahnenreichen Namens und meines Gutes foll einzig werden deiner Schwefter, Katharina, der Burgfrau von Thal — Du aber bleibft dann geächtet von mir fammt deinem künftigen Gemal und Kindern und Kindeskindern, fo wahr mir Gott helfe!"

Herr Wülfling von Göfting hob bei diefen Worten feine rechte Hand wie zum heiligen Eidfchwur empor.

Anna aber erhob fich jetzt ruhig und ftolz; Todtenbläße bedte ihr edelfchönes Antlitz, aber fefte Entfchloffenheit und Seelenftärke ftrahlte aus demfelben.

„Vater," rief fie mit einem Tone, der aus dem Innerften ihres Herzens kam; „Vater! dein Auge ruht nun finfter und feindlich auf mir, weil ich das heilige Gefühl der erften und reinften Liebe zu dem Erwählten meiner Seele nicht zu bezwingen vermag, weil ich mein junges Herz nicht einem fremden Manne zuwenden kann, den ich nie gefehen, den ich nie lieben gelernt habe — Vater! dein Auge ift umflort, dein Herz ift umftrickt von den Schlingen, welche dein Rathgeber, Kunz von der Rofe, um Dich legt — um Dich und mich arger zu verderben." —

„Mein Leibknappe," fiel der Herr von Göfting ein, „that feine Pflicht, indem er mir deinen Verkehr mit dem Klofterknappen hinter meinen Rücken, kund gab — er ift der einzige Pflichtgetreue auf meiner Burg!"

„Der Dich und mich — ich wiederhole es," rief Anna, verderben wird . . . „und fo fage ich Dir, Vater, daß Du in dem Augenblicke, da Ritter Eberhard für mich fterbend zu Boden finkt, auch dein Kind verlieren wirft! — und nun höre mich noch einmal" — fetzte fie mit angftvoller bittender Stimme hinzu, indem fie auf das Bild des Erlöfers wies, welches an der getäfelten Wand des Wappenfales hing, und ihre weiße Hand, wie zum Schwure emporhob, „höre mich Vater! ehe die Tochter des Ritters von Göfting Blutfchuld auf die Seele ihres Vaters laden läßt, ehe fie zugibt, daß der Mann ihres Herzens, den fie sich erwählen zu können glaubte für's ganze Leben, im ungleichen Kampfe, wie Du sagst, sein Blut, sein Leben für sie opfere, eher mag das Herz brechen, das durch seine Liebe glücklich sein wollte." —

Anna von Gösting preßte bei diesen Worten ihre Hände krampfhaft auf ihr hochpochendes Herz, als wollte sie das ungestüme zum Schweigen zwingen — wieder traten zwei große Perlen auf ihre Wimpern, aber sie unterdrückte ihre Thränen; sie preßte ihre Seufzer zurück — noch einen Blick der schmerzlichsten Entsagung warf sie auf das Bild des dorngekrönten Heilandes gegenüber — dann warf die herrliche Jungfrau ihr schönes Lockenhaupt stolz zurück — der große Kampf ihres schönen Herzens war ausgekämpft, die Stunde des Streites mit sich selbst war vorüber — das reine engelgleiche Mädchen fühlte, daß der Liebenden das Leben des Geliebten höher stehen müße als ihre Liebe —. noch fiel eine große Thränenperle, die letzte, auf das verdorrende Vergißmeinnicht, welches sie, als das heilige Erinneruugszeichen der ersten Begegnung mit Eberhard im Gürtel trug — dann trat Anna ihrem Vater, welcher jetzt schweigend und nachdenkend vor sich hinstarrte, näher und legte ihre feine weiße Hand in seine Rechte. —

„Vater," sagte sie mit klangvoller fester Stimme, „Anna von Gösting entsagt feierlich ihrer Liebe zu Eberhard und wird nach Deinem Willen die Gattin des Ritters von der Au werden, den Du für sie erwählt hast. — Hier die Hand Deiner Tochter; Du weißt, mein Vater, daß eine Gösting noch nie ihren Schwur gebrochen hat!" . . .

Herr Wülfling von Gösting blickte finster vor sich hin. „Zu spät," sagte er, mit seiner Hand über die heiße Stirne fahrend; „der König und die gesammte steirische Ritterschaft wollen den Zweikampf des Herrn von der Au mit Deinem Erwählten, und wollt' ich ihn auch hindern, so werden die beiden Kämpfer darauf nicht eingehen: der Ritter von der Au nicht, weil er Deine Hand nicht der Gnade seines künftigen Schwiegervaters wird verdanken wollen, der andere, weil er, ohne für feige zu gelten, dem Kampfe, den der König billigt und die ehrenhafte Ritterschaft überwachen wird, nicht ausweichen kann und sicher das Opfer, das Du für sein Leben bringen willst, nicht annehmen wird. Auch traue ich, ein alter Mann der Erfahrung, nicht den Zusicherungen jener liebenden Entsagung, die heute das Opfer bringt, aber morgen schon es wieder bereut. Ein Kampf zwischen Nebenbuhlern ist stets ein Gottesgericht. Es bleibt also bei dem Zweikampfe auf Leben und Tod, und was seine Folge ist, weißt Du bereits. — Der Sanct Margarethentag bringt uns Entscheidung." —

So redete der Herr auf Gösting; aus seinem Munde redete eigentlich sein Rathgeber der Leibknappe Kunz, der dem ihm so tief verhaßten jungen Ritter Eberhard um jeden Preis den Untergang geschworen hatte und — er wußte wohl warum — mit Sicherheit darauf rechnete, daß dieser im Zweikampfe mit dem Ritter von der Au unterliegen werde. —

Auf Anna's klarem Antlitze aber strahlte jetzt eine Würde und Entschlossenheit, wie sie die Stirne jener Märtyrer mit einem Heiligenschein umgeben haben mag, welche einst, fertig mit ihrem Leben, in die Arena hinab stiegen, um ihren

9

irdischen Leib dem Zahne der wilden Thiere preiszugeben, nicht mehr rückwärts, sondern opferwillig allein nach oben schauend. . . . .

„Nun denn!" rief sie; „so höre, mein Vater, noch einmal die Stimme Deiner Tochter: mit Eberhard, dem Manne meines Herzens, fällt, wenn er in diesem schrecklichen Zweikampfe erliegt, auch Deine Tochter — unser Blut komme aber nicht über Dich, sondern über jene, die Dich zum unbarmherzigen Richter Deines Kindes machten!"

Nach diesen angstvoll herausgestoßenen Worten bedeckte Anna ihr bleiches Antlitz mit beiden Händen, heftiges Schluchzen erstickte ihre Stimme und rasch verließ sie den Wappensaal, in welchem Herr Wülfling von Gösting, das sorgen schwere Haupt auf die Hand gestützt, noch lange in tiefem Sinnen sitzen blieb. —

Draußen am weiten Himmel stieg der Vollmond hinter den entfliehenden Wetterwolken wie ein riesiger rother Blutstropfen am Nachthimmel empor, als wollte der Rächer über den Sternen andeuten: daß nun bald ein Tag der blutigen Entscheidung für Schloß Gösting aufgehen würde. . . .

VIII.

Der Zweikampf und der Jungfernsprung.

Prachtvoll und gewaltig ragten einst die hohen Mauern der Burg Gösting empor. Aus den Erkern derselben übersah man das reizende Murthal. Von schwindelnder Höhe schweifte dort der Blick in die Tiefe, wo das Brausen des Mur-Falles wie fernes Donnerrollen herauftönt und der silberfarbene Fluß zwischen grünen Auen das reizende Thal durchzieht, wo emporsteigende Felsenwände das Thal umschließen und ihre riesenhaften Schatten weithin strecken.

Weithin gegen Westen dehnen sich auch mächtige Wälder, durch welche der Wildbach zieht und die nach der Thalburg führende Straße sich schlängelt, jene Burg, auf welcher das schon zu den Zeiten Carl Martells, des Großvaters Kaiser Carl des Großen, in Bayern blühende Geschlecht der Edlen von Thal haus'te, deren Ahnherr, Emmerich von Thal, im Jahre 727, als die Bayern-Herzoge Lentfried und Utilo sich den Franken widersetzten, in der Schlacht am Eulensorste fiel, und deren Namen in der steirischen Geschichte noch öfters vorkommen: indem die Ritter Friedrich, Otto, Armand und Walter von Thal um das Jahr 1220 genannt werden, und ein Sohn Friedrich's, Otto von Thal, Catharina von Gösting ehelichte und der Vater Armand's und Walther's von Thal wurde, welche noch im Jahre 1271 als nobiles milites Styriae (adelige Krieger Steiermark's) genannt werden und deren Geschlecht bald nach dem Erlöschen der Göstinger gleichfalls ausstarb.

In der Richtung nach Süden vor der Burg Gösting strecken sich neben Wald-Partien Weinpflanzungen und liegen einige Maierhöfe, von deren letztem in einer gemauerten Nische eine hölzerne Statue der heiligen Anna steht, eines Bildes, das einst die alte Schloßkapelle zierte und nun die Inschrift trägt:

Schon fern verehrt ich einst war
Jahrhundert lang am Altar
Nun nahm ich Sitz zu Berges Schooß
Wo im zerfallenen Ritter Schloß
Eine Kirche schon, wer zählt die Jahr
Zur Annen's Ehre geweiht war.

Vor diesem Bilde lag einst am Sanct Margarethentage des Jahres 1260 ein schönes aber todtenbleiches Mädchen auf den Knieen in Thränen. —

Anna von Gösting war es, welche, wie bereits erzählt wurde, mit ihrem Vater einen schweren Kampf bestanden und ihm vergeblich unter heißen Thränen, erklärt hatte: daß sie nie einen andern Mann als Eberhard lieben, daß sein Untergang der ihrige sein werde; — Anna war's, welche jetzt hier im heißen Gebete zur Mutter der Gnaden flehte, während draußen auf dem Turnplatze des Schlosses ein Kreis von Rittern des Landes im prächtigsten Waffenschmucke um einen Turnierschranken stand, in dessen Mitte der Kreiswärtel Licht und Sonne theilte und zwei junge Ritter mit Schild und Streitäxten bewaffnet zum Kampfe auf Leben und Tod vertraten.

Zwei junge schlanke Gestalten waren es. Der eine trug eine bläuliche Rüstung, reich mit Silber verziert und sieben hellgrüne Bäume im Wappen seines Schildes. Er nannte sich dem Wappenherolde „Ritter Achaz von der Au und Hinter-Dobbl"*); der andere, in eine schwarze Rüstung gehüllt, trug im Wappen seines Schildes das Bild des Rußbaches und die böhmische Königskrone darüber — er nannte sich Eberhard Ritter vom Rußbache und war der frühere Knappe vom Kloster Rein und Auserwählte Anna's von Gösting, der nun mit seinem Neben-Bewerber, nach dem Ausspruche des Ritters Wülfling von Gösting um den Besitz des Fräuleins auf Leben und Tod kämpfen sollte. —

Auf dem Söller des Schlosses stand Herr Wülfling von Gösting selbst, neben ihm sein Eidam Otto von Thal, der Gatte Catharina's, der Schwester Anna's von Gösting.

Jetzt schmetterten die Trompeten, denn der letzte der Ritter, die nun dem furchtbaren Kampfe auf Leben und Tod beizuwohnen aus Peggau, Pfannberg, Grätz und anderen Orten auch weit hergekommen waren, war eingeritten, die Zugbrücke rasselte zum letzten Male empor und die beiden jungen Ritter betraten, wie wuthentbrannte Leuen, den Sand des Kampfplatzes.

Wieder gab der Kampfesherold ein Zeichen und in die Schranken trat Kunz von der Rose, der Leibknappe des Ritters Wülfling von Gösting, und überreichte den beiden Streitern nach herkömmlicher Weise ihre Ritter-Waffe, jedem ein kurzes Schwert — — hätte der junge Leue, Eberhard, diese Waffe rasch ge-

---

*) Einer seiner Nachkommen ebenfalls Achaz von der Au und hindern Dobbl — wie er sich selbst schrieb — war nachmals im oberösterr. Bauernkriege 1626 ein Parteigenosse des berüchtigten Stefan Fadinger, später selbst Anführer der Bauern und fiel nach Bewältigung des Bauernaufstandes durch die Hand des Scharfrichters am Hauptplatze zu Linz am 27. Februar 1627.

nauer ins Auge gefaßt, so würde er wahrgenommen haben, daß sie nicht ritter-
mäßig war — denn an Griff und Klinge stand sie der seines Gegners nach. —

Aber der kampf- und liebeglühende junge Ritter erfaßte sie mit Begier —
sein Visir und das seines Gegners schloß sich — der Kampfesherold gab mit
seinem Stabe wieder das Zeichen. Todtenstille herrschte ringsherum und die
beiden Kämpfer auf Leben und Tod umkreisten sich nun, gleich blutgierigen Leuen,
auf dem Sande des Turnier-Platzes.

Jetzt fielen sie auf einander aus — jetzt schwangen sie ihre Streitäxte —
ein gewaltiger Schlag klirrte nieder — Eberhard, der junge Ritter voll Kraft
und Leben, hatte seinem Gegner die Streitaxt aus der Faust geschlagen, daß sie
weit in den Sand hinausflog. —

Ein Trompetentusch ertönte. —

Rasch griff dieser zu seinem im Gürtel steckenden Schwerte — mit ritterlicher Schonung seines Gegners warf nun auch Eberhard seine Streitaxt in den
Sand und erfaßte sein Schwert.

Wieder schmetterten die Trompeten. Der zweite Gang auf Tod und Leben
begann. —

Schlag auf Schlag klirrte jetzt auf die Rüstungen der Ritter nieder —
aber schon nach wenig Minuten flog die schwächere Klinge des Schwertes Eberhards, von dem gewaltigen Eisen seines Gegners getroffen, in den Sand. — Hieb
auf Hieb fiel nun auf ihn nieder — noch ein furchtbarer Klang, dann barst sein
Helm in zwei Stücke — ein breiter Blutstreifen quoll über seine Rüstung — er
wankte — ein Fall — und schauerliche Stille verkündete: daß der Kampf auf
Leben und Tod beendigt sei. . . .

Von fürchterlicher Ahnung getrieben, stand jetzt hoch oben auf dem Söller
des Schlosses das todtbleiche Fräulein Anna von Gößling. Die Jungfrau warf
einen flüchtigen Blick auf den Kampfplatz, wo die anwesenden Ritter sich um den
seinen letzten Athem aushauchenden jungen Kämpfer Eberhard reihten — dann flog
sie herab, riß, stark durch die entsetzlichste Verzweiflung, die Zugbrücke aus ihrer
Kettensperre und flog, nicht mehr hörend die Stimme ihres Vaters und den Ruf der
ihr nacheilenden Schloßleute, auf jene schwindelnde Höhe vor dem Schlosse, auf
welcher sie dem nun hingeschlachteten Geliebten bei ihrer ersten Begegnung mit
demselben das bedeutungsvolle Vergißmeinnicht gereicht hatte, warf noch einmal
einen letzten Blick der Verzweiflung auf die Unglücksstätte des Kampfes — und
stürzte dann in die Fluten hinab, welche sich über ihren Leichnam schlossen. . . .

Anna von Gößling und Eberhard waren nun im Tode vereinigt; der
Sieger Achaz von der Au hatte sich die Braut nicht erstritten. —

Der Ritter Wülfing von Gößling aber brach mit dem Schreckensrufe:
„Anna! meine Tochter!!" auf dem Söller des Schlosses zusammen.

Seine Knappen trugen ihn in die Kammer der Burg. Dort erwachte er
wieder zum neuen schrecklichen Leben — aber nur um im entsetzlichsten Schmerze
seine Anna zu beklagen, und seinem teuflischen Rathgeber, dem rothen Kunz zu fluchen,
der, wie er dem Ritter kurz vor dem Beginne des Kampfes auf dem Söller entdeckte,
die guten und starken Waffen des jungen Ritters Eberhard ausgetauscht und diesem ein

abgewetztes Schwert aus schlechtem brüchigen Stahle in die Hand gespielt hatte, welches bei dem ersten Gange des Kampfes zersplittern mußte, so, daß der junge Ritter seinen, ein festes gewaltiges Schwert aus gutem norischen Stahle handhabenden Gegner zweifelles zum Opfer fallen mußte.

Der rothe Kunz hatte von seinem Herrn und Gebieter Lobsprüche zu ernten gehofft und erntete nun Flüche — seine scheußliche That wurde in der Burg nun ruchbar und der feile Schurke hatte eben nur noch Zeit durch die Hinterpforte in's Gebirg zu entspringen, wollte er nicht von den über den Jammer ihres Gebieters entsetzten Knappen auf Schloß Gösting, welche den ihren Herrn beherrschenden elenden Knecht längst bitter gehaßt hatten, in Stücke gerissen werden. . . .

Auf der Burg Gösting zog nun der Jammer ein. — Bleich wie der Tod, starrte Ritter Wülfling von Gösting vor sich hin, als noch in der folgenden NachtHirten des Thales den zerschmetterten Leichnam Anna's, welchen die Wellen ans Ufer gespült hatten, in die Schloßkapelle trugen -- da brach er zusammen — der Schlag hatte ihn gerührt.

Am Tage des heiligen Cajetan, den 7. des Erntemonates 1260, senkte man auch seine Leiche in die Gruft der Annen-Kapelle seiner Burg und der Herold zerbrach mit den Worten: „Gösting jetzt, und Gösting nimmer" das Wappen der Ritter von Gösting; — ihr Erbe ward König Przemisl Ottocar von Böhmen, welcher die Burg fortan durch Pfleger und Vögte verwalten ließ.

Die Felsenspitze aber, wo Anna von Gösting sich in Verzweiflung über den Tod ihres einzig Geliebten hinabstürzte, trug mehr als einhundert Jahre lang eine Steinsäule, „das Annenkreuz" genannt, und trägt seit jener Zeit den Namen t „Jungfernsprung."

Der mordlustige Geselle Kunz von der Rose wurde von seinem erwachenden Gewissen in den Schluchten der Berberge bei Grätz herumgetrieben; dort irrte er wie Kain nach dem Brudermorde herum, bis Gebirgsjäger auch seinen zerschmetterten Leichnam in der wilden Einöd am Schöckel fanden — die Chronik erzählt nicht, ob er, als vogelfrei, von dem über seine Unthat erbitterten Landvolke erschlagen wurde oder sein Leben als Selbstmörder endete; — jedenfalls fiel er dem Fürsten der Hölle, dem er im Leben stets gedient hatte, als Beute anheim. —

Im Stifte Rein findet sich aber noch eine uralte Reimchronik, deren Verfasser ein unbekannter Mönch war und welche die Trauerbegebenheit des Jungfernsprunges mit den Worten erzählt:

> „An Sand Margariter-bacz geschach
> Man bey der Purkh zu Gösting sach
> Um Herrn Wulphings Jungfrawe strelten
> Zween Ritter Menniglichen" u. s. w.

Als die Türken im Jahre 1532 Steiermark überflutheten, versuchte auch eine Truppe Janitscharen das feste Schloß Gösting zu erstürmen; aber die wackeren Ritter Graßwein von Weyer wiesen sie mit ihren Donnerbüchsen und Doppelhacken mit blutigen Köpfen zurück und seit jener Zeit stand auf Gösting immer

eigenes Geschütz, welches, wie Freiherr von Kalchberg erzählt, stets abgefeuert wurde, wenn der Landesfürst von Steiermark über die Weinzettelbrücke
herein zog.

Später ging die Göstinger Burg pfandweise auf die Ritter von Minn-
dorfer, Weißenegg, Trautmannsdorf, endlich als Eigenthum auf die gräfliche
Familie von Schrottenbach über, die jedoch als Anhänger der lutherischen Lehre
unter Kaiser Ferdinand II. auswandern mußte. Im Jahre 1622 wurde Gösting
dem neuen Fürstenthume Eggenberg einverleibt, im Jahre 1747 an Ignaz Maria
Grafen von Attems verkauft, wornach die Burg am 10. Juli 1723 während eines
furchtbaren Gewitters vom Blitze getroffen, größentheils abbrannte.

Am Fuße des Berges mit der Richtung nach Norden erhebt sich nun seit
1728 Schloß Neugösting mit seinem palastähnlichen Gebäude und mancher Wanderer, der diese merkwürdige Stätte besucht, denkt mit einem frommen Wunsche:
„der ewigen Ruhe," des unglücklichen Burgfräuleins Anna von Gösting.

P.

Der Botaniker von Maria Grün
und
Der Bergschütz von der Andritz.
Ein Stücklein aus dem steiermärkischen Volksleben.

I.

Der Botaniker.

Ueberall, wohin der Blick des Wanderers in der schönen Steiermark sich wendet, findet er einen herrlichen Garten Gottes. Da ragen die prachtvollen Felsenwarten der Hochgebirge mit ihren beschneiten Spitzen in die reinen Lüfte empor; da strecken sich dunkle Wälder und breite Wiesenteppiche hin, durch welche sich wie ein blaugraues Band die schnelle Mur zum alten Schloßberge von Graz hinabschlängelt und liebliche Auen und Fruchtgärten liegen zwischen den Straßen der freundlichen Murstadt und in ihrer Umgebung, über welche selbst der in seinen Anforderungen von Schönheit schwer zu befriedigende Franzose, der Anno 1797, 1805 und 1809 seinen Adler durch die Steiermark trug, das bezeichnete Wort-spiel hinterließ: La ville de grace sur le bord de l'amour (de la Mur) die Stadt der Anmuth am Ufer der Liebe (der Mur).

Da streckt sich auch an der östlichen Seite der Stadt Graz, da wo die Pfarre St. Leonhard liegt, eine herrliche Flur von Wäldern und Auen hinter der Vorstadt Gaydorf empor. In dieser Gegend soll in alten Zeiten ein festes Schloß des wackern Ritters Pilgrim von Gaydorf gestanden sein, eines steimärki-schen Edlen, welcher bei dem damaligen Herrscher des Landes, Kaiser Friedrich IV. in hohen Ehren stand und diesem im Jahre 1452 mit vier gewappneten Reitern nach Rom folgte, als der Monarch in Begleitung seines zeitweiligen Kanzlers des berühmten Aeneas Sylvius, welcher nachmals als Papst Pius II. selbst den Stuhl Petri bestieg, mit einem glänzenden Gefolge von Kronvasallen, Rel-sigen und Knappen nach Rom ging und sich durch Papst Nicolaus VI. zum römisch-deutschen Kaiser und Könige der Longobarden krönen ließ. Die Burg der

Ritter von Gaydorf ist wohl in den Stürmen der Jahre 1480 oder 1532, wie so viele andere Burgen der Herren und Ritter Steiermarks, zerstört worden. Aber die Vorstadt Gaydorf erhält noch den Namen der mächtigen Ritter von Gaydorf in Andenken, und in dankbarster Anerkennung der Huld und Güte, mit welcher der edle Prinz Heinrich von Oesterreich in den letzten Jahren in der steiermärkischen Landeshauptstadt waltete, benannten die Bürger der Stadt die schönste Straße der Vorstadt Gaydorf nach dem Namen dieses edlen Prinzen die „Heinrichsstraße."

Auf dieser Seite ragt auch das stattliche Gebäude der Zuckerraffinerie der Freiherren v. Arnstein und Eskeles empor, worin der stärkste Meister unserer Zeit, der Dampf in großartiger Weise arbeitet.

Weiter, immer weiter ins Gewälde hinauf strecken sich lange Alleen von hohen Linden und Kastanienbäumen und dunkle Bergwege zwischen Tannen und Buchen führen endlich auf einen Platz, auf welchem ein nettes Kirchlein steht — Maria in der Grüne, oder Maria Grün genannt, einer der lieblichsten Wallfahrts-örter in der Steiermark, wohin wohl tausende und tausende von frommen Betern ihr Leid tragen. Wie dieses freundliche Kirchlein entstand und welche schöne Sage hievon im Munde des Volkes lebt, will ich später einmal erzählen. —

Es war im schönen Frühlinge des Jahres 1811; der prächtige Cometen-Wein dieses Jahres begann zu reifen, die wackern steirischen Schützen stiegen in ihren grauen Loden-Röcken mit dem Gemsbarte am Hute und der Kugelbüchse unter dem Arme auf die Hochgebirge des Landes, um das Alpenwild wegzubürsten; der Landmann im Thale zog seinen Pflug durch das Feld und friedlich sah es wieder in der schönen Steiermark aus, gährte und kochte es auch im übrigen Europa wie in einem Kessel, an dem noch immer der kleine Corse saß, der mit seinem Degen das Feuer schürte, das demnächst, nach seiner Rechnung in Rußland auflodern sollte, ihm selbst aber gar bald bei Moskau die Finger verbrannte. —

An einem schönen Abende des Frühlings im Jahre 1811 war es, als im Gewälde von Maria-Grün eine junge bildhübsche Steiermärkerin zur kleinen Ka-pelle hinaufstieg und, ein wenig ermüdet, unter einer hohen Birke Rast hielt, wo sie nun an einem großen Blumenkranze, den sie mit sich trug, einiges richtete. —

Eine liebliche Jungfrau war's von etwa achtzehn Jahren, schlank wie eine junge Tanne, mit einem schönen Ovalkopfe und pechschwarzen Haaren, die sich in breiten Locken hinter einem zierlich geschlungenen Kopftuche von blaugrauer Wolle, hervorringelten; ihre frischen dunklen Augen ruhten funkelnd wie ein paar Sterne auf dem Kranze, der über ihrem runden Arme hing und aus Lilien, Tulpen, kleinen Sonnenblumen, Immergrün und Vergißmeinnicht geflochten war. Ein kurzes Röckchen von grauem Loden und ein enganschließendes braunes Mieder umhüllten den üppigen Gliederbau der jungen Dirne; hellgrüne Strümpfe deckten ihre feingeformten Füße; ziemlich ärmlich aber reinlich und nett war ihr ganzer Anzug; sie blickte aus ihren dunkeln Augen so freundlich auf den Kranz, als hielte sie den größten Schatz des Landes in ihren Händen.

Die milde Frühlingsluft wehte lieblich durch die Wipfel der Tannen und die scheidende Sonne streute von den Bergen herüber noch ihr letztes Gold auf das Gewälde, in welchem die Sänger der Lüfte ihre verschiedenen Stimmen zum Himmel schallen ließen, während der sanfte Klang der Abendglocke vom nahen Kirchlein das Scheiden des Tages verkündete.

Jetzt drang dieser Glockengruß auch zum Ohre der Jungen, an ihrem Kranze nestelnden Aelplerin; sie ließ ihren Kranz auf den Rasensitz fallen und faltete die weißen Hände, um mit halblauter Stimme den Gruß des Engels zu beten — der Wald rauschte so prächtig darein und von dem Aste einer schlanken Birke, auf deren Gezweige die letzten Strahlen der scheidenden Abendsonne zitterten, ließ eine niedliche Grasmücke ihr Abendlied erschallen, als wollte sie, die letzte der noch wachen Sänger im Walde, dem Schöpfer der Natur, der heute wieder Alle, Alle an seiner großen Tafel gespeist hatte, zum Danke noch ein Abendlied darbringen. —

Jetzt blickte die junge Aelplerin mit feuchtem Auge noch einmal auf den Kranz, der auf der Rasenbank neben ihr lag. „Maria, Du gnadenvolle," lispelte sie mit weicher Stimme, „segne, o segne meine Mutter!"

„Amen!" erschallte eine klangvolle Stimme an ihrer Seite; die junge Dirne blickte auf und schrak ein wenig zurück. — Vor ihr stand ein mittelgroßer Mann in schwarzer feiner Kleidung eines Städters mit einem breitkrämpigen Castorhute auf dem Haupte, ein Buch in seiner Hand haltend. Sein schönes längliches, fast viereckig geformtes Antlitz war bleich, von einem mäßigen dunklen Barte beschattet; seine bläulichen Augen blickten sanft, sein ganzes Aeußeres hatte im ersten Augenblicke seiner Begegnung etwas Einnehmendes, Vertrauenerweckendes; seine hohe Stirne und alle Züge seines Gesichtes schienen den Mann von Geist und Bildung zu verrathen. — „Was thust Du hier," fragte er die junge Dirne in fremdartig klingendem Tone.

Das Mädchen schlug fast schüchtern, wie es sonst die Art der frischen steirischen Aelplerinen nicht ist, ihre schönen dunklen Augen empor. „Einen Kranz habe ich mir geflochten," sagte sie nach einigem Zögern, indem sie auf die Blumen an ihrer Seite wies. —

„Oh, wie schön!" rief der Mann den Kranz betrachtend; — „par dieu! Damit wirst Du wohl das Haupt deines Liebsten schmücken."

Die Dirne schlug ihre schönen Augen wieder empor, ein leichtes fast spöttisches Lächeln zog über ihre frischen Lippen. „Wer wird denn so was glauben," sagte sie, „bei uns zu Lande tragen die jungen Bursche keine Kränze auf den Köpfen; der steirische Jägerhut mit dem Gamsbarte und dem Edelweiß, der steht ihnen gut!"

Der Mann im schwarzen Kleide lächelte. „Eh bien," sagte er, „hast recht, hübsches Kind, meine Frage war abgeschmackt; aber sag', willst Du mir nicht den Kranz da überlassen?"

„Der gehört für unsere liebe Frau in der Kapelle oben," entgegnete das Mädchen, — „damit sie mein Mütterlein wieder gesund mache," setzte sie mit leiserer bewegter Stimme hinzu.

„Schön," sagte der schwarze Mann; „Du bist also eine fromme Tochter, mein Kind, und diese Blumen sind eine Gabe der Liebe, die Du für Deine kranke Mutter auf den Altar der Gottesmutter legst — sie haben wohl auch jede ihre Deutung?"

„Das will ich meinen," entgegnete die hübsche Dirne, jetzt immer zutraulicher werdend; „da, die welke Tulpe und die reine Lilie: seht, wenn die geschlossen ist, so gleicht sie einem betenden Händepaare und wenn sie sich öffnet, bildet sie einen herzförmigen Stern: so, sagt meine liebe Mutter, öffnet das Gebet zu Gott das Herz des Menschen, daß der Thau der himmlischen Gnade darauf träufeln kann — und hier seht dies Immergrün; das soll, wie meine Mutter sagt, das Bild der Hoffnung sein, welche immer in unseren Herzen leben soll, wenn es uns auch noch so schlecht geht; hier das blaue Vergißmeinnicht, das — setzte sie mit tiefem Ernste hinzu — soll uns mahnen, daß wir den Vater im Himmel oben nie vergessen sollen; und darum hat auch — schloß sie ihre Rede — meine liebe Mutter mich die schönen Sonnenblumen in das Kränzlein flechten lassen, weil diese Blume ihr Haupt immer der Sonne zuwendet, wie der Mensch alle seine Gedanken und Gefühle dem lieben Gott, als der Sonne seines irdischen Lebens, zuwenden soll." —

Der Mann im schwarzen Kleide blickte jetzt dem schönen Mädchen mit tiefer Rührung in's reine Auge. — „Kind," sagte er, die weiche Hand der lieblichen Jungfrau fassend, „wer sind deine Eltern? — Für ein einfaches Landmädchen klingt deine Sprachweise viel zu erhaben; — wie nennst Du dich? — bist Du in diesen Thälern geboren?" —

„Ich heiße Maria," entgegnete das Mädchen, dem die Worte des unbekannten Mannes jetzt ein Paar Rosen der reizenden Scham, ob des noch von Niemanden anderen vernommenen Lobes ihrer Sprachweise, auf die feinen Wangen zauberten, „meine Mutter ist eine arme Häuslerin in der Andritz unten," fuhr sie fort, „mein Vater war einst ein wohlhabender Mühlenbesitzer im Gebirge — bei den Durchmärschen der Franzosen in den Jahren 1805 und 1809 haben wir, was wir hatten, verloren und mein guter Vater ist seit einem Jahre todt; nun leben ich und die Mutter, wie wir es eben können, — wir sind arm aber alle drei immer recht seelenvergnügt, denn wir lieben uns und hoffen auf bessere Zeiten." —

„Alle drei sagst Du?" fiel der Mann im schwarzen Kleide ein; „wer ist denn der Dritte in eurem armen glücklichen Bunde?"

Die hübsche Maria ward jetzt purpurroth im Antlitze; — sie fühlte augenblicklich, daß ihr das junge Herz mit der flinken Zunge davongelaufen war — sie zupfte verlegen an der kleinen hellblauen Schürze, die sie über dem Röckchen trug. —

Der unbekannte Mann lächelte, „Ah mon enfant," sagte er, die Jungfrau wieder zutraulich bei der Hand fassend; „Du hast Dich schon verrathen; — helas! wie sollte ich auch daran zweifeln, daß ein so reizendes Kind des Alpenlandes außer ihrer lieben Mutter nicht einen Dritten noch im Bunde habe." —

Jetzt faßte der Unbekannte die Jungfrau am Kien und richtete ihr schönes gesenktes Köpfchen empor. „Nun," fragte er in sanftem herzgewinnenden Tone, „sprich Kleine, wie heißt denn der dritte in deinem Bunde?"

„Der Toni," lispelte das Mädchen mit noch immer niedergesenkten Augen. —

„Der Toni? — also Anton heißt dein Erwählter," sagte der Fremde lächelnd; „muß ein schmucker Bursche sein, der einem so schmucken Mädchen das Herz abgewann," fuhr er fort, „wer ist er denn?" —

„Ein Schütz von der Andritz," entgegnete die Jungfrau. —

„Und könnt ihr euch nicht heirathen?" fragte der Mann im schwarzen Kleide weiter. —

Das schöne Kind blickte dem Unbekannten, dessen freundliche Ansprache und ganzes Wesen ihrem jungen Herzen Vertrauen einzuflößen begann, jetzt recht treuherzig ins Gesicht.

„Der Toni hat nichts und ich hab' auch nichts," sagte sie mit gepreßter Stimme; „und so kann halt aus uns beiden nicht eher ein Paar werden, als bis wir," setzte sie mit komischer Wendung ihrer Rede lächelnd hinzu, „den großen Schatz im Schöckel aufgefunden haben." —

„Also die Armuth ist hier wieder die Scheidewand des Glückes," entgegnete der Unbekannte; das ist freilich eine arge Sache."

„Nicht so arg, als Ihr denkt," sagte die Jungfrau, jetzt ihren Kranz aufnehmend und sich zum Fortziehen anschickend. „Ich weiß doch jemanden, der uns helfen wird, so gewiß als auf die Nacht der Tag folgt?" —

„Und der ist?" fragte der Mann im schwarzen Kleide.

„Unsre liebe Frau, Maria in der Grüne," erwiederte das Mädchen, dessen Augen jetzt so glanzvoll leuchteten, als sähe es die Mutter Gottes im Sternenkleide vor sich stehen. — „Unsre liebe Frau Maria in der Grüne," fuhr die Jungfrau mit festem Tone, der die Zuversicht ihres Herzens bewies, fort, „hat schon vielen geholfen, die sich vor ihrem Altare bittend eingefunden haben, sie wird auch uns helfen. —

„Lebt wohl, lieber Herr," setzte sie freundlich hinzu; „ich muß jetzt zum Kirchlein hinab, ehe es vor Nacht geschlossen wird, um der Gebenedeiten meinen Kranz zu Füßen zu legen. Gott sei mit Euch." —

„Und auch mit Dir! liebes frommes Kind," entgegnete der Mann im schwarzen Kleide mit tiefer Rührung, „aber höre ma chéro fille", setzte er hinzu, „unsere Begegnung von heute darf nicht die letzte sein; — ich will Dich und Deine Mutter näher kennen lernen; ich bin zwar selbst nicht reich, bin nur ein reisender Botaniker, aber da ich schon meines Geschäftes wegen ein großer Blumenfreund bin, so kann ich Dir, wenn Du mir einen recht großen Strauß so schöner Blumen, wie sie Dein Kranz da enthält, liefern willst, Einiges in Euren kleinen Haushalt beisteuern. — Kömmst Du öfters in diese Gegend herauf?"

„Meine Mutter," entgegnete Maria, „sendet mich zuweilen auf die Platte hinauf und nach Maria Trost, wo ich in den Wäldern Kräuter sammle, die wir in den Apotheken der Stadt verkaufen." —

„Eh bien," entgegnete der Mann im schwarzen Kleide. Ich werde Dich am nächsten Sonnabende vor Sonnenuntergang auf der Platte erwarten — bringe von Deinen schönsten Blumen mit, ich werde sie Dir ablaufen und gut bezahlen." —

Jetzt trat plötzlich ein Zug des Mißtrauens auf das hübsche Antlitz der jungen Steiermärkerin; die Aufforderung des fremden Mannes, sich bei ihm am Sonnabende vor Sonnenuntergang auf der einsamen Platte im Gewälde einzufinden, schien ihr sonderbar; es ward dem guten Märchen auf einmal ganz unheimlich zu Muthe; denn nicht unbekannt war der jungen Dirne, was man dort und da von der Keckheit der „Stadt-Herren" und fremden Reisenden erzählte. . .

„Wer seid Ihr denn aber?" fragte sie jetzt sich zum Gehen anschickend.

„Ich sagte Dir schon, erwiederte der Fremde, daß ich ein Botaniker, oder wenn Du das nicht recht verstehst: ein Blumenfreund, ein Kräutersammler von Profession bin, der in diesen Bergen nach schöne Pflanzensorten für seine Sammlung sucht." —

„Und woher kommt Ihr denn?" fragte das Mädchen wieder schüchtern.

„Ich komme — aus Holland," entgegnete der Botaniker etwas zögernd, als wäre das, was er eben sagen wollte, nicht so ganz richtig.

„Das ist wohl sehr weit von hier," fragte die junge Steiermärkerin.

„Allerdings, meine Kleine," entgegnete der Botaniker freundlich; „Holland liegt schon am Meere; aber es wohnen reiche Leute und große Blumenfreunde dort, welche für eine einzige schöne Blumenzwiebel oft hundert Thaler und mehr bieten." —

„Nicht möglich!" rief die junge Dirne, ihre Hände faltend.

„Und darum," setzte der Fremde, lächelnd hinzu, „will ich, da ich auch ein großer Blumenfreund bin, Dir auch Deine Blumen gut bezahlen, wenn Du Dich am Sonnabende auf der Platte einfinden willst; und ganz besonders darum: damit Du siehest, daß unsere liebe Frau in Maria Grün Dein Gebet erhört und Dir einen Mann zugeführt hat, der Dir helfen kann für Deine ganze Zukunft." —

Der Mann im schwarzen Kleide nickte der jungen Dirne jetzt noch einmal recht freundlich zu und schritt dann rasch der östlichen Seite des Gebüsches entgegen, wo er verschwand, während Maria, dem seltsamen Manne lange nachblickend, die andere Seite des Bergabhanges hinabstieg.

II.

In der Andritz.

Unterhalb des Altvaters der steirischen Vorberge, des mächtigen Schöckel, liegt eine der ältesten Kirchen des ganzen Steierlandes Sanct Veit am Aigen. Ihre Erbauer waren, wie man glaubt, die einstigen im Jahre 1400 ausgestorbenen

Ritter von Stattegg, deren Burg nun in den Waldschluchten am Fuße des Schöckels im Schutte liegt. Im Mittelalter war diese Kirche befestigt, nun ist sie seit dem Jahre 1662 ein stattlich Gebäude, zu dessen Ausstattung die Fürsten von Eggenberg vieles beitrugen und dessen schönes Altarblatt, den heiligen Veit darstellend, ein Meisterwerk des vaterländischen Künstlers Weißkircher ist.

Nicht weit von dieser Kirche ist die prächtige Andritz, wo aus einer Felsenspalte die reichste Quelle der ganzen Gegend in ein großes Becken sprudelt, welches schwärzlich grün wie die großen Seeen des Alpenlandes schimmernd, die Riesenformen von starr emporsteigenden Klippen umspielt und in dessen kühlender Fluth der Salm und die flinke Forelle sich herumtummeln, während üppiger Graswuchs den Rand des Beckens umgiebt, in dessen Hintergrunde auf dem Felsen eine große Inschrift mit vergoldeten Lettern besagt: daß am 23. Juni 1830 der unvergeßliche Kaiser Franz I. diesen Platz besuchte.

An dieser kühlen Stätte lag an einem Frühlingsabende des genannten Jahres 1811 im hohen Grase ein junger kräftiger Bursche; er mochte einige zwanzig Jahre zählen; seine funkelnden Augen, sein trotziges Gesicht, sein kräftiger Körperbau, die graue grünangeschlagene Lebenjacke, der graue Jägerhut mit dem Gemsbarte und einem Büschlein Edelweis, endlich die kurze Büchse und Waidtasche an seiner Seite kennzeichneten ihn als einen jungen Steirer-Schützen, der eben, vom Jagdgange ermüdet ausruhend, sich an dieser kühlen Stätte ein Plätzchen zum Mittagsschläfchen aufgesucht hatte, das auch sein, einige Schritte weiter liegender, buntgefleckter Jagdhund, theilte.

Der junge Steirer-Schütz mußte keinen angenehmen Traum haben, denn er zuckte im Schlafe ein paarmal auf — dann erwachte er und starrte verwundert vor sich hin, denn die Gestalt, die er eben im Traume gesehen hatte, stand jetzt leibhaftig vor ihm. —

„Maria!" rief er aufspringend.

„Bin's Toni," entgegnete eine junge hübsche Dirne in steirischer Kleidung, mit einem Körbchen am Arme, welche Niemand anderer war, als dieselbe junge Steiermärkerin, welche acht Tage vorher im Walde bei Maria Grün die Begegnung mit dem reisenden Botaniker aus Holland hatte.

Der junge Schütz, vor dem sie jetzt stand, war aber ihr „Herzallerliebster," der hübsche Bergschütz, Anton Walter, insgemein der Toni aus der Andritz genannt, jener muntre Bursche, von welchem Maria dem Botaniker aus Holland erzählt hatte, daß sie gar so gerne sein Bräutlein werden möchte, wenn nur die leidige Armuth beider nicht im Wege stünde.

Aber der „Herzallerliebste" schien eben keinen angenehmen Traum von seiner Erwählten gehabt zu haben; er bot ihr weder, wie sonst die Hand, noch zeigte sich auf seinen von einem schwachen Bärtlein beschatteten Lippen, jenes freundliche Lächeln, mit welchem er seine Maria sonst zu empfangen pflegte. —

Das Auge der Liebe nahm dieß sogleich wahr: „Was ist Dir denn, Toni," fragte das schöne Mädchen leicht erblassend, „was hast Du denn, daß Du mich so anstarrst, statt mir wie sonst deine Hand zu reichen?" —

„Das wirst Du wohl selber am besten wissen," entgegnete der junge Schütz, finster vor sich nieder blickend.

Maria schüttelte das Köpfchen; „Was soll ich denn wissen?" fragte sie mit gepreßter Stimme.

„Daß Du eine Heuchlerin bist, Marie!' entgegnete der Schütz. —

„Toni!" rief das Mädchen, und eine glühende Röthe trat auf das Antlitz der Gekränkten.

Der junge Schütz aber raffte jetzt seine Büchse und den Waidsack vom Grase auf und winkte seinem Hunde; „komm, Tiras," rief er, „du allein bist der Treue, laß uns mit einander auf die luftige Höhe des Schödels wandern, dort giebt es keine Dirnen, die mit fremden Tagdieben am Abend in den Wäldern herumlaufen."

Jetzt ward es der jungen Dirne augenblicklich klar, welche Mücke dem Schützen auf dem Auge saß, daß er so trübe dareinsah.

„Du thust mir unrecht, Toni," sagte sie, „ich wollte Dir eben heute erzählen, welch' seltsame Begegnung ich mit einem unbekannten Reisenden aus Holland im Walde bei Maria Grün vor acht Tagen hatte, als ich unserer lieben Frau einen Kranz in das Kirchlein trug, damit sie meine Mutter wieder gesunden lasse." —

„O Du kannst dir deine süßen Worte sparen, schlaue Dirne," entgegnete Anton mit Bitterkeit, „hab schon Alles von anderen Leuten erfahren. Mein Camerad, der Mathes, der Schütz von Waltendorf, hat es mit eigenen Augen gesehen, wie Du mehr als eine halbe Stunde mit dem schönen Reisenden allein unter der großen Birke im Walde standest und dir deine Blumen bewundern ließest." —

„Das ist wahr," fiel Marie in etwas gereiztem Tone ein. —

„Seht doch, die lecke Steirerdirne," spottete der junge Schütz, „sie findet es nicht einmal der Mühe werth, ihre Schuld in Abrede zu stellen." —

„Schuld?!" rief das Mädchen in immer mehr gereiztem Tone; „wenn Du an eine Schuld von meiner Seite glaubst, Toni, so hast Du mich nie geliebt — wenn aber der Mathes von Waltendorf im Dickicht gelauscht und mich mit dem Fremden gesehen hat, so wird er wohl auch gehört haben, wie mich der fremde Herr, der sich übrigens für einen, wie soll ich nur sagen — Botaniker ausgab und versicherte, daß er ein großer Blumenfreund sei und aus Holland komme, wo sie oft eine einzige Blumenzwiebel um hundert Thaler kaufen, für den nächsten Sonnabend mit meinen Blumen, die er mir reichlich bezahlen wolle, auf die Platte bestellte." —

„Ho, Ho, nun gar schon eine Bestellung!" fiel der junge Schütz glühend vor Aerger ein; — „nun da wird die Jungfer doch wohl nicht ausbleiben." —

„Justament nicht!" rief Marie, welche der bittere Ton des an ihrer Treue zweifelnden jungen Mannes nun auf's Tiefste verletzte. „Warum soll ich nicht," setzte sie mit einem spöttischen Lächeln hinzu, „ein paar Gulden für meine kranke Mutter zu verdienen suchen?" —

Jetzt hatte aber die erkünstelte Geduld des jungen eifersüchtigen Schützen ein Ende; in seinem Innern kochte es wie in einem siedenden Kessel. „So fahre hin, leichtfertige Dirne," brach er los, „aber sag auch keinem lecken Botaniker aus Holland," der in unsere Thäler hineinstieg, um unsern Dirnen die Köpfe zu verdrehen, daß wir jungen Bursche von der Andritz und am Schöckel ihm das Botanisiren in unsern Wäldern bald verleiden werden; der erste, der ihm begegnet, wird ihm den Weg aus unsern Bergen weisen, wie er noch keinem vor ihm gewiesen worden ist; Du kennst die Art der Steirer-Schützen, Marie, ehrlich ist sie und gerade, aber kurz und rauh in Wort und Hand gegen jeden, der uns nahe tritt im Land — so ist's Steirer Art gewesen und alleweil." —

Marie stand schweigend vor dem Erzürnten; jetzt zitterten ein paar große Perlen auf ihren Wimpern; das Gefühl tiefer Kränkung tauchte jetzt in ihrer Seele auf, unnennbarer tiefer Kränkung, daß der junge Bergschütz ihrer Vertheidigung so wenig Glauben schenkte und sie, ohne sie nun genauer hören zu wollen, so ohne weiters verurtheilte; dazu kam nun auch ein anderes Gefühl der bangen Sorge, daß Anton, der, wie sie ihn kannte, nie mit sich scherzen ließ, wo er sein Recht verletzt glaubte, dem guten Botaniker aus Holland wirklich auf der Platte, wo dieser am Sonnabend sich einfinden wollte, entgegentreten und ihm in der Raserei der Eifersucht auf eine Weise begegnen würde, welche für beide sehr traurig enden konnte. — Das gesunde Urtheil des Mädchens ging daher schon in diesem Augenblicke dahin, daß Anton keinen Zweifel an der Treue Marie's und keinen Groll gegen den schuldlosen reisenden Botaniker aus Holland mit sich nehmen durfte, weil er diesem ja schon am nächsten Morgen begegnen und ihn beleidigen konnte.

„Toni, lieber Toni!" bat daher die Liebliche jetzt mit sanfter Stimme und so innigem Gefühle, daß ihr der junge Schütz zu jeder andern Stunde um den Hals gefallen wäre und Alles, Alles versprochen haben würde; „laß Dir doch Alles erzählen, lieber Toni," bat sie, seine Hand erfassend, „wie es gekommen ist und laß Dich nicht von andern bethören; hast Du denn, mein Toni, für Deine treue Marie keinen Glauben, keine Liebe mehr?"

Aber schon war der junge Schütz, ohne die tief Gekränkte weiter eines Wortes zu würdigen, im Waldabhange verschwunden, und Marie blickte ihm eine Weile, blaß bis zur Stirne, nach; dann aber kehrte mit einem Male der ganze Stolz, der ihrer Unschuld bewußten Jungfrau, zurück; eine Flammenröthe wechselte mit der Blässe ihres Antlitzes; sie fühlte, daß sie und nicht Anton im Rechte sei, Vorwürfe zu machen: „Merk dir's, Toni!" rief sie ihm mit allem Nachdrucke, deren ihre klangvolle Stimme fähig war, nach, „das ist nicht steiermärkische Sitte, Jemanden zu verurtheilen, ehe die Schuld klar ist; Merk dir's, Toni, wir sehen uns nicht wieder!"

III.

Auf der Platte.

Mehr als zweitausend Fuß über der Meeresfläche liegt an der Ostseite der schöner Stadt Graz zwischen den Kirchen Maria Trost und Maria Grün ein mit Nadelholz bedeckter Berg, dessen Höhenpunkt „die Hochplatte" ist. Eine wahrhaft reizende Fernsicht öffnet sich auf dieser Stelle dem Auge des Natur-freundes; denn hier liegt offen vor dem Blicke des entzückt Schauenden das prächtige Murthal mit seinen Wiesen und Feldern, seinen Schlössern, Landhäusern und Dörfern, durchzogen von dem schwimmenden Bande des Flußes; da strecken sich die Höhen des Sausaler- und Remschnigger-Gebirges, das Urgebirge des mächtigen Bacher, weiterhin das kärnthnerische Ursulagebirge, zur linken Seite, dann der Donatiberg bei Rohitsch und das Matzelgebirge an der kroatischen Grenze; gegen Morgen aber liegt das Hügelmeer der östlichen Steiermark, aus welchem in weiter Ferne die vulkanischen Berggebilde von Gleichenberg und Hoch-straden und die hohe Riegersburg emporleuchten. Gegen Nordwesten aber thront der Simson unter den kleineren Bergen, der gewaltige Schöckel wie der König der andern Berge und von ihm aus strecken sich die dunkelgrünen Streifen der prächtigen Wälder bis hinüber zu dem Hochgebirgezuge der Kleinalpen und Stu-benalpen, zum Plabutsch, hinter welchem die Spitzen der Schwainbergeralpen dies prachtvolle Rundgemälde abschließen.

Am Fuße des obenerwähnten steilen Plattenberges, wo der Gangsteig zur Hochplatte führt und als frommes Wahrzeichen des im Lande Steiermark so innig gepflegten Glaubens eine Marien-Säule emporragt, stand acht Tage nach der er-zählten Begegnung Maria's mit ihrem erzürnten Anton in der Andritz, ein ha-gerer hochgewachsener Mann in einem schwarzen Priesterrocke. Die milde Abend-luft spielte in seinen mit einem Sammetkäpplein bedeckten spärlichen grauen Locken und in den Blättern eines kleinen Gebetbüchleins, welches er nebst einem kleinen Fernrohr in der Hand trug.

Der Mann im Priesterrocke war der edle in seiner Gemeinde hochgeehrte Pfarrer von Maria Trost, der hier eben sein Brevier betete und sich, obwohl er die schöne Gegend in seinem Leben schon viele hundert Male geschaut hatte, dennoch wieder an der prächtigen Aussicht ins Land hinab, erfreute. — Vor seinem geistigen Auge schwebte aber das Bild jener denkwürdigen Treffen, als Anno neun die Franzosen den Grazer Schloßberg erstürmen wollten, jedoch von dem wackeren Major Hacker von Hart mit blutigen Köpfen zurückgewiesen wurden; das war an dem prächtigen Siegestage am 13. Juni 1809, von dem ich später einmal recht Vieles erzählen will.

In dieser Erinnerung an die heldenmüthige Vertheidigung des vaterländischen Herdes gegen die fremden Dränger vertieft, schritt der Pfarrer bis zur
erwähnten Kapelle vor, wo er plötzlich stille stand und aufhorchte; denn leises
Schluchzen, wie schwere Seufzer aus einer gepreßten Menschenbrust, tönten in
sein Ohr. In der That! an dem Stiegensteine der Kapelle saß ein weinendes
Mädchen, schön wie eine junge aufgeblühte Knospe, aber auch benetzt vom Thaue
der Thränen. . . .

Maria war's, die junge Dirne aus der Autritz, dem Pfarrer wohl bekannt. — Sie hatte ihre feuchten Augen zu Boden gesenkt und ihre weißen
Hände lagen gefaltet in ihrem Schooße.

„Maria!" rief der Pfarrer, „was führt Dich so spät zur Kapelle?"

Die Jungfrau schrak wie aus einem Traume auf, richtete sich sogleich
empor und küßte dem Pfarrherrn ehrerbiethig die Hand. — „Ich — ich habe
hier gebetet," stammelte sie verwirrt.

„Und geweint," fiel der Pfarrer ein, „was drückt Dich denn, gutes Kind,
ist der Zustand deiner Mutter wieder schlechter geworden?" —

Maria schüttelte das Köpfchen — reden konnte sie nicht, sonst würde ein
Strom von Thränen aus ihren Augen hervorgeschossen sein — und sie wollte nicht
kleinmüthig erscheinen.

Aber der gute Pfarrer merkte bereits, daß die kleine Aelplerin etwas
Großes am Herzen habe. „Was fehlt Dir denn, Marie," fragte er mit der ihm
eigenthümlichen Sanftmuth, „sprich nur, Du weißt ja, wie gern ich helfe, wenn
ich nur helfen kann."

Jetzt richtete die junge Dirne ihren Blick recht vertrauungsvoll auf das
offene sanfte Antlitz des Pfarrherrn, den sie schon oft auf ihren Gängen zur
Kapelle in Maria Grün getroffen hatte und wie alle, die ihn kannten, als einen
Vater der Hilfsbedürftigen und edelmüthigen Helfer und Rather hoch verehrte.

„Ich habe Euch gesucht, Ehrwürden," sagte sie mit gepreßter Stimme.

„Ei, hast Du ein Anliegen?" fragte der Pfarrer freundlich, „rede, mein Kind,
womit kann ich Dir helfen?" —

„Freilich muß ich reden, weil ich mir selbst nicht zu helfen weiß," entgegnete Marie, „ich muß Euch alles sagen, Ehrwürden, sonst geschieht heute noch
ein Unglück." —

Das Antlitz des Pfarrers nahm jetzt einen ernsten Ausdruck an. „Nun,
was ist es denn?" fragte er, „was hat es denn gegeben." —

Jetzt rückte das Mädchen allmälig mit der Sache heraus; sie erzählte in
ihrer schlichten ehrlichen Weise dem Pfarrherrn ihre Begegnung im Walde bei
Maria Grün mit dem Botaniker aus Holland und wie dieser Blumen bei ihr
bestellt habe, die sie eben heute Abends auf die Hochplatte bringen sollte, und
wie ihr Herzallerliebster, der Anton, darüber in der Autritz unten mit ihr ein
gar hartes Wort gewechselt habe, und wie sie mit allem Ernste fürchten müsse,
daß sich der heißblütige Toni an diesem Abende auf der Hochplatte einfinden werde,
um mit dem fremden Botaniker anzubinden — wie sie hiebei das Allerärgste be-
sorgen müsse und sich daher in ihrer Angst nicht anders zu helfen gewußt habe,

als daß sie beschloß den Herrn Pfarrer aufzusuchen und ihm Alles zu sagen und ihn zu bitten, daß er rathe, helfe und auf den Toni einwirke, damit dieser sein Unrecht einsehe und Unglück verhütet werde."

So redete die geängstigte Dirne in ihrer schlichten Weise und der Pfarrherr hörte ihr aufmerksam zu — jetzt aber schrak sie zusammen: „Seht, seht, Ehrwürden!" rief sie, „dort steigt der fremde Herr aus Holland schon zur Hochplatte hinauf! ja, ja, er ist es, o mein Gott! wenn nun der Toni nachkömmt!"

Der Pfarrer zog das kleine Fernrohr, welches er in der Hand hielt, an sein Auge und blickte eine Weile durch dasselbe dem Manne im schwarzen Kleide, welcher den Berg von der andern Seite emporstieg, nach.

„Der ist es?" rief er.

„Ja, er ist es!" lispelte Marie. — „Jesus Maria!" rief sie dann mit halbunterdrückter Stimme, „dort kömmt auch schon der Toni mit seinem Kameraden, dem Schützen von Waltendorf herauf; beide haben ihre Büchsen umgehängt, das bedeutet, daß sie auf das Aeußerste vorbereitet sind!"

Das Mädchen bedeckte bei diesen Worten sein hübsches Gesichtchen mit beiden Händen, als wollte es das Bild verscheuchen, das sich nun bald entrollen würde. —

Aber der Pfarrherr lächelte. „Sei ruhig, mein Kind," sagte er; „die Sache wird ganz gut ablaufen; ich kenne den fremden Herrn genau; dem werden die beiden jungen Schützen kein Haar krümmen . . . komm", setzte er hinzu, „wir wollen vorläufig der Sache aus kleiner Entfernung zuschauen und uns erst später, wenn es eben nöthig werden wird, in den Handel mengen." —

Während der bedachtsame Pfarrherr die bangende Dirne also tröstete und beruhigte, schritt Anton Walter, der Schütz von der Andritz, schon hoch oben gegen die Platte zu, wo sich der fremde Botaniker auf einen Stein gesetzt hatte, um die prächtige Abendlandschaft zu seinen Füßen recht gemüthlich zu beschauen. —

Jetzt wendete er seine schönen blauen Augen wieder zur Seite und vor ihm stand Anton, der Schütz von der Andritz, einige Schritte weiter dessen Kamerad Mathes, der Schütz von Waltendorf.

„Seid Ihr der Kräutersammler aus Holland?" fragte der Schütz von der Andritz.

Der Angeredete maß den jungen Schützen vom Kopfe bis zum Fuße. „Was willst Du von mir?" fragte er, „wer bist Du?"

„Ich bin der Toni, der Steirer-Schütz von der Andritz," entgegnete dieser „und will eben wissen, ob Ihr der Kräutersammler aus Holland seid, der seit einigen Wochen in unsern Wäldern herumschleicht?"

Auf das Antlitz des Botanikers trat eine flüchtige Röthe; das plötzliche kecke Entgegentreten des jungen Burschen überraschte ihn. „Ja," sagte er, „ich bin ein Blumenfreund und komme aus Holland; aber was geht das Dich an, mon ami?"

„O sehr viel," entgegnete der Schütz; „ich möcht' auch wissen, was Ihr heute hier oben auf der Platten zu suchen habt?"

„Das kann Dich gleichfalls wenig kümmern," entgegnete der Botaniker, „jedermann, den seine Füße tragen, hat das Recht, diese Berge zu besteigen."

„Es kommt eben darauf an," sagte der junge Schütz, „warum man die Berge besteigt." —

Der Botaniker schüttelte sein Haupt — er mußte sich das seltsame kecke und gleich anfangs herausfordernde Benehmen des jungen Burschen nicht zu deuten. —

„Nun," sagte er, nach einer Weile, den Schützen wieder fest in's Auge fassend, „man besteigt in meiner Heimath die Berge, um eine schöne Aussicht zu genießen, um Kräuter, Steine und Blumen zu sammeln." —

„Und sich diese auch von schmucken Dirnen herauftragen zu lassen," fiel der junge Schütz, dem Botaniker näher an den Leib tretend, ein. —

Jetzt ging diesem ein Licht auf. —

„Ah mon ami!" rief er lächelnd, „Du sagtest ja vorhin, daß Du der junge Anton, der Schütz von der Anbritz bist." --

„Der bin ich," entgegnete Anton barsch — „und somit werdet Ihr, hergelaufener Holländer, schon merken, warum ich eigentlich Euch in's Gehege da nachgestiegen bin." —

Jetzt schien der Fremde etwas ärgerlich zu werden. „Deine Sprache, Bursche, und deine Art mir entgegenzutreten, ist eben nicht einnehmend," sagte er.

„S'ist Steirer Art das," entgegnete der Schütz, „wir Bergschützen vom Schädel reden, wie es uns der Zunge liegt."

„Was willst Du also von mir?" fragte der Botaniker jetzt wieder gereizt. —

„Daß Ihr mir sagt, wer Ihr seid," entgegnete der junge Schütz, „und was Ihr mit meiner Marie vorhabt, daß ihr das Mädel im Walde aufgefordert habt, Euch da auf die Platten Blumen heraufzuschleppen." —

Der Botaniker lächelte wieder. „Ah mon ami!" sagte er, „Du bist also der Erwählte der schönen Aelplerin, von dem sie mir erzählte. — Du bist also der Dritte in ihrem Bunde?" —

„Was habt Ihr mit dem Mädel vor?!" rief der Schütz jetzt aufflammend, indem er dem Botaniker wieder einen Schritt näher trat.

„Ich will sie glücklich machen," entgegnete dieser.

„Das heißt wohl, Ihr wollt sie heirathen," rief der Schütz auflachend, „ha, ha, ha, so ein alter Buschklepper will sich eine junge frische Dirne aus der Steiermark aufreden."

„Deine Sprachweise, Bursche, wird mir eben zu derb," entgegnete der Botaniker von seinem Rasensitze aufstehend.

„S'ist Steirer Art das," entgegnete der Schütz wieder, „ich sagt' Euch schon, grad und kurz herum, das ist Schützenbrauch in unserm Lande — und darum frag ich Euch, jetzt noch einmal, wer seid Ihr? was wollt Ihr hier, was habt Ihr mit meinem Mädel vor?"

„Ich sagte es Dir auch schon," entgegnete der Botaniker ruhig, „ich will die schmucke Dirne glücklich machen."

„Ihr seid doch ein rechter Holländer!" rief der Bergschütz jetzt erhitzt; „ja, ich verlaß' Euch, das Mädel beschwatzen wollt Ihr, wie so manche Stadt-herrn Eures Gleichen, wenn sie zu uns in's Gebirge kommen – und dann kann Euch auf gut holländisch empfehlen; aber fehlgeschossen, Herr Kräutersammler! – wir haben auch noch ein Wörtlein drein zu reden. Ich will jetzt wissen: wie heißt Ihr? und was seid Ihr? – denn s' ist auch Steirer Art, daß man den Mann kennt, mit dem man eben ordentlich anbinden will. . . .

„Wie ich heiße?" fragte der Botaniker lächelnd.

„Na, Ihr wißt wohl nicht einmal Euren eigenen Namen?! rief der Schütz auflachend; „vermuthlich seid Ihr einer, der gar nichts heißt." –

„Ich heiße Ludwig," entgegnete der Botaniker.

„Und waret vermuthlich Käsehändler in Holland, ehe Ihr herkamt," fuhr der junge Schütz fort.

„Nein," entgegnete der Botaniker wieder lächelnd; „ich war König." . .

„Wa — was?" -- rief der Schütz auflachend; „König?" —

„König von Holland," entgegnete der Andere, „und sollte auch König von Spanien werden; aber Du siehst, junger Alpen-Schütz, daß es mir in Eurem Lande, in der herrlichen Steiermark, besser gefällt als irgendwo anders — darum will ich vor der Hand hier bleiben und — Dich und Deine Marie glücklich machen." . . .

Der Schütz von der Andritz wußte jetzt nicht, was er sagen sollte; Scherz war es nicht — Scherz war es wahrlich nicht, was auf der Stirne des Mannes lag, der jetzt vor ihm stand — und für baaren Ernst war die Sache denn doch zu seltsam. —

Aber jetzt stand schon der greise Pfarrherr von Maria Trost mit Marie vor den beiden.

„Es ist richtig so, Anton Walter," sagte er, sich vor dem vermeintlichen Botaniker im schwarzen Kleide verneigend; „dieser Herr ist mir wohlbekannt, und ist Seine Hoheit der Prinz Ludwig Buonaparte, gewesener König von Holland, der sich nach der freiwilligen Niederlegung der holländischen Königs-Krone, die er mit so hohen Ehren trug, und nachdem er auch die spanische Krone ausge-schlagen hat, unsere friedlichen Wälder zu seiner Ruhestatt wählte und unten im Thale ein Landhaus hat. — Du wirst nun begreifen, daß der lede Berg-Schütz aus der Andritz mit seiner Büchse bei Fuß machen muß, wenn er gut machen will, was er, von Eifersucht geblendet, durch sein ledes Auftreten an der königlichen Majestät begangen hat." . . .

Anton Walter, der Schütz von der Andritz, stand jetzt glühend wie eine Klatschrose neben seiner Marie. — Diese aber stand leichenblaß vor Ueberraschung da und der gute Er-König weidete sich einen kurzen Augenblick an der Verlegenheit beider. — Aber schon hatte der junge Steirer-Schütz seine Fassung wieder gewonnen; er trat dem einstigen König näher. —

„Nichts für ungut, Majestät," sagte er, „wir Steirer-Schützen haben halt ein rauhes Wort, aber ein ehrliches Gemüth, und so reden wir immer wie es uns um's Herz ist; und wenn der Schütz von der Andritz zu led geredet hat,

so wollt Ihr ihm deßhalb nicht zürnen, Herr König; der Anton Walter von der
Andritz hat halt sein Dirndl lieb und versteht es jetzt freilich besser, was Ihr
damit sagen wollet: daß Ihr das Glück seiner Erwählten machen wollt. —

„Par dieu! das will ich!" rief Ludwig Buonaparte; „ist es doch ein
gutes Vorzeichen für Dich, lieber Berg-Schütz, daß schon der Pfarrer in unserer
Mitte steht." . . .

. . . . Und so geschah es. Sechs Wochen später ward Anton, der junge
Schütz aus der Andritz, mit seiner Maria in der Kirche zu Maria Trost vom
Pfarrer getraut; die junge Braut trug einen eben so schönen Blumenkranz, wie
sie vor Kurzem unserer lieben Frau Maria in der Grün geflochten hatte; das
Brautgeschenk spendete Ludwig Buonaparte, der gewesene König von Holland, mit
einer Rolle blanker Holländer-Ducaten, wie sie in der Steiermark nur in den
Kästen der Reichsten gesehen wurden — der schönste Schmuck Mariens, der jungen
Braut, waren aber die Thränenperlen, welche ihre glückliche Mutter weinte, als
sie ihrer geliebten, nun so glücklichen Tochter vor dem Gange zum Altare den
reinsten Muttersegen ertheilte. . . .

Ludwig Buonaparte, der in der Geschichte der damaligen Zeit so ehren-
voll genannte Vater des jetzt regierenden Kaisers der Franzosen,
Napoleon III., lebte, wie Wilhelm Freiherr von Kalchberg in seinem trefflichen
Werke: „der Grazer Schloßberg" erzählt, unter dem Namen eines Grafen von St. Leu
noch mehre Jahre in stiller Zurückgezogenheit in jener Gegend, wo jetzt die obgenannte
Zuckerfabrik an der Ostseite von Graz steht, war ein Förderer der Wissenschaft,
ein Wohlthäter der Armen, und schrieb in dieser selbstgewählten Einsamkeit mehre
Werke. Ludwig Buonaparte ließ sich in Maria-Grün eine Laube errichten, oder welcher die von ihm selbst verfaßte Inschrift in französischer Sprache angebracht war:
„En cette contrée riante, où l'on ne connait pas ma douleur, souvent mon
esprit rodant a songé la tranquillité la plus douce", deutsch: „In dieser lachenden Gegend, wo man meinen Schmerz nicht kennt, hat oft mein träumender Geist an
die süßeste Ruhe geglaubt."

Als ein hochinteressantes Erinnerungsmal seines Aufenthaltes in Graz
findet der Reisende nächst dem Kirchlein Maria in der Grüne ein von Ludwig
Buonaparte selbst verfaßtes Gedicht in französischer Sprache auf einer an der
Stelle der von ihm errichteten Laube stehenden Säule geschrieben, dessen Wort-
laut nach einer Uebersetzung des Carl Freiherrn von Braun folgender ist:

Louis Napoleons, Grafen von St. Leu, vormals Königs von Holland,
Abschied von Graz, am 1. Januar 1814.

Lebt wohl, ihr blühenden Gefilde,
Die oft mir meinen Schmerz gestillt,
Mit Ruheträumen mir so milde
Die wundenvolle Brust erfüllt.

Es läßt Natur uns Schätze schauen,
Die oft wohl mancher kaum erkennt;
Ihr schönen, dufterfüllten Auen,
Bald bin ich nun von euch getrennt.

Die Stürme hör' ich in den Lüften,
Des Kampfes Stimme droht mir Qual;
Fort muß ich nun, ihr üpp'gen Triften,
Lebt wohl, lebt wohl, zum Letztenmal!

Ein anderes Asyl erstreben
Und suchen soll mein irrer Stern!
Jetzt, wo die Ruhe meinem Leben
Gelächelt, bleibt der Hafen fern.

Doch nichts ist hier von fester Dauer
In dieser wechselvollen Welt,
Und auf den Frohsinn folget Trauer,
Der Mensch und auch sein Glück zerfällt.

Ihr Bäume, meiner Pfleg' entnommen,
Mögt, Kühle spendend, ihr besteh'n,
Wenn andere Verbannte kommen
In euren Schatten sich ergeh'n.

Vereinzelt, ohne Hoffnungsschimmer,
Verfolg ich blindlings meine Bahn;
Jedoch verzagen will ich nimmer,
Der Vorsehung gehör ich an!

Durchschiffend wunderbare Räume,
Schwebt stets die Erd' und ihr Geschick,
Und führt die Menschen, wie durch Träume
In ihren Schooß zuletzt zurück.

Leb wohl du Stadt, die ich erschaute,
Wo meinen Schmerz ich überwand,
Und wo ich neu zu finden wähnte
Verlorne Freunde, Vaterland!

Nun fort! — soll Furcht in mir sich regen?
Der feste Glaube bleibet mir:
Die Vorsicht wacht auf unf'ren Wegen
Und mit Vertrauen folg' ich ihr!

P.

Ein Hochverräther in der Herrenstube.

Historische Erzählung aus dem 17. Jahrhundert.

I.

Ein treuer Staatsdiener.

Das herrliche Alpenland mit seinen gewaltigen Bergen, auf deren Rücken einst der unvergeßliche deutsche Fürst, Erzherzog Johann von Oesterreich, so gerne dem edlen Waidwerke nachging, das herrliche frische Alpenland mit dem silbernen Panther in seinem Wappenschilde, die prächtige Steiermark birgt, wie wir in unsern im Vaterlande bereits so freundlich aufgenommenen Volksbüchern schon mehremals zu bemerken Gelegenheit fanden, in ihren Thälern und auf ihren Bergen und Hügeln, auf ihren Felsengrotten und in ihren Klüften und reichen Wäldern der Naturschönheiten wie der uralten Denkmale der Vorzeit gar viele, und auch aus ernsten Tagen unseres laufenden Jahrhunderts bliden uns hier noch manche Denkmale entgegen, welche uns von Männern erzählen, die einst an diesen Stätten wohnten und die der Erinnerung der Nachwelt würdig waren.

So schweift das Auge des Naturfreundes an der östlichen Seite der Hauptstadt Graz in einem prachtvollen Naturgarten, an dessen äußerstem Gesichtskreise eine weiße Kirche mit zwei Thürmen im Gewölke emporragt, die schöne Wallfahrtskirche „Maria Trost" genannt. Rings um dieselbe dehnen sich weite dunkelgrüne Wälder wie die frischgewobenen Teppiche im Tempel der Natur, über welche sich die große blaue Glocke des weiten Himmels mit der ewigen Ampel des goldenen Taggestirnes herab senket.

Auf den schönen bewaldeten Fluren dieser Stätte wandelte an einem Abende im Spätherbste des Jahres 1669 ein seltsamer Pilger dem Kirchlein von Maria Trost entgegen.

Ein schöner junger Mann war's von ansehnlicher Größe mit hoher Stirne, dunklen Haaren und ausdrucksvollen Zügen, in denen sich aber etwas Unsicheres und Unstätes kennzeichnete. Ueber seinem feinen Wamse von grüner Seide hing eine breite goldene Kette und seinen rechten Arm dedte ein kurzer spanischer Sammtmantel, während der linke auf die Schulter einer bleichen Frau gestützt war, die,

in der Tracht der damaligen Edelfrauen, einen kostbaren Seidenschleier mit silbernen Häckchen verziert, und eine feine Halskrause von Spitzen trug und sorgsam
auf den von ihr geführten Mann emporblickte; denn dessen ganzes todtenbleiches
Aussehen und sein Schwanken bei jedem Tritte, den er vorwärts machte, deuteten
an, daß er krank sei und eben den ersten Gang in die frischen Lüfte unternahm,
um hier den Balsamduft der Genesung in seine Brust zu saugen.

So war es auch. Der bleiche Mann, welcher etwa 38 Jahre zählen mochte,
war erst vor wenigen Tagen dem schmerzlichen Krankenlager entstiegen und wandelte nun an der Seite seiner treuen Gattin dem Kirchlein Maria Trost entgegen,
um dort ein frommes Gelübde zu lösen, welches er für den Fall seiner Genesung
gemacht hatte. Hinter ihm führte ein Diener zwei Saumrosse mit breiten
Sätteln, damit der kranke Herr sich ihrer bedienen möge, wenn ihm die Füße
den Dienst versagen sollten.

Jetzt schritt der Kranke an dem sogenannten Silberloche, einem unter-
diluvianischen Schachte, von dem wir bereits einmal erzählten, vorüber — jetzt
stand er im reinsten Aether der Bergluft auf der in das dunkelste Grün gekleideten Höhe, von welcher das kleine Gotteshaus wie ein Luftgebilde herabblickte.

Damals war diese Stätte des Friedens noch ein kleines Waldkirchlein; erst
Kaiser Karl VI. und seine große Tochter Maria Theresia erweiterten sie zu jener
stattlichen Kirche, als welche sie jetzt ins Land herabblickt. Aber schon zur Zeit
der ersten Kreuzzüge, als Peter von Amims, „der Einsiedler" genannt, im Jahre 1088
die Christenheit zu den Zügen ins heilige Land entflammte, stand diese Kirche,
wurde aber „Heiligenkreuz" genannt, weil sie als größten Schatz die von Pilgern
dahin gebrachte Relique, eines Stückes des Kreuzes Christi enthalten haben soll;
diente dann später als Zufluchtsstätte, als die Schwärme der barbarischen Ungarn
ins Land fielen und die Bewohner der Umgegend mit Weib und Kind sich hier
um ihren Seelenhirten versammelten, und die Landesgeschichte der Steiermark erzählt, daß im Jahre 1480 große Horden von Ungarn, Raizen und Tartaren ins
Land eindrangen und auch die genannte Kirche, dies Asyl für kranke Pilger und
Reisende, damals „Heiligenkreuz zum Landestrost" genannt, mit Feuer und Schwert
angriffen, mit Sturm einnahmen und ein furchtbares Blutbad unter den hier verborgenen Steirern anrichteten, — das kleine Gotteshaus untergruben und in Asche
legten, bis es später in neuem Glanze wieder erstand und unter Anderem auch
den in der Umgegend wohnhaften Eremiten vom heil. Paul mit seiner Gruft als
Grabstätte diente. Noch zeigen die alten Särge daselbst die mumienartigen, asch-
grauen, zusammengeschrumpften Leichname, die wie Pergament anzufühlen sind,
und neben welchen auch der riesige, im Wahnsinn verstorbene steierische Graf Galler
seine Ruhestätte fand. —

An dieser Stätte stand nun der erwähnte „fromme Pilger" mit seiner
treuen, ihn sorgsam geleitenden Gattin, und beiden trat jetzt ein alter hochgewachsener Priester im Ordenskleide der Kapuziner entgegen, welcher an seiner
Hand einen kaum den Kinderschuhen entwachsenen Knaben führte. Es war Pater
A n g e l u s, der Quardian der Kapuziner und der Knabe an seiner Seite sprang
sogleich den Kommenden entgegen; jetzt hing er am Halse der schönen Edelfrau

die er mit dem aus seinem innersten kindlichen Herzen kommenden Rufe „meine Mutter!" umhalste, worauf er fast schüchtern auf den bleichen kranken Mann zu- trat und diesem einen leisen Kuß auf die Hand drückte.

„Willkommen mein Sohn", begrüßte ihn dieser, indem er dem Kleinen ebenfalls einen Kuß auf die Stirne drückte; dann reichte er dem Geistlichen die Hand. „Seid mir hochgegrüßt, Herr Quardian", sagte er, indem sein Auge auf der frischen jugendlichen Gestalt des Knaben ruhte; „es ist der erste Ausgang, welchen ich nach meinem vollen sechsundzwanzig Wochen andauernden Krankenlager heute in diese lieblichen Gewölbe unternehme, um aus Euren Händen unsern lieben Sohn, meinen kleinen Anton da, den Ihr während meiner Erkrankung in Eure Obsorge und in Euren Unterricht nahmt, dankbar von Euch zurückzuempfangen, und um von Euch beiden geleitet das kleine Kirchlein dort oben zu betreten und dem Herrn über Leben und Tod, der mich von schwerem körperlichen Leiden er- löset, als frommer und dankbarer Pilger vor den Stufen seines Altares den heißesten Dank darzubringen." —

„Inniger Dank sei dem Herrn gebracht", erwiederte der Priester gerührt, „er hat Euch die Genesung wieder gewährt, edler Herr, und voll der innigsten Freude und der Befriedigung erfüllter Pflicht, lege ich nun den theuren Sohn wieder in die Arme des Vaters, der ihn mir anvertraute. — Ihr seht, edler Herr, daß er frisch erblüht ist, wie eine junge Rose; stark und lieblich emporwachsend zur Freude seiner Eltern" —

„Gott segne Euch, ehrwürdiger Mann", fiel die Edelfrau ein; „Gott segne Euch reichlich für die Pflege, die Ihr, während wir mit der Sorge der Krankheit kämpften, unserem kleinen Anton erwiesen habt — auch wir werden es an Be- weisen unseres Dankes nicht fehlen lassen."

„Nicht so, edle Frau", entgegnete der Mönch, „was ich that, ist aus hoher Verehrung für Euer edles Haus geschehen und so ich und meine Ordensbrüder zur Pflege und zum Unterrichte Eures Söhnlein Einiges beigetragen haben, so lohnt uns das süße Bewußtsein, Gutes gethan zu haben, einen andern Lohn be- gehren wir nicht; laßt uns also jetzt in das Kirchlein treten und dem Herrn innig und aufrichtig danken für die Genesung Eures edlen Eheherrn, denn das ist die einzige heilige Pflicht der Dankbarkeit, die Ihr zu üben habt.

„Und die wir nicht bloß in diesem Kirchlein üben wollen", fiel der Kranke ein; „wißt, ehrwürdiger Herr, wir haben uns außerdem auch nach St. Loretto und zum heiligen Anton von Padua verlobt, und mein gnädiger Herr und Kaiser hat mir einen viermonatlichen Urlaub bewilligt, um diese Wallfahrtsreise baldigst antreten zu können."

„Was seid Ihr doch für ein edler und frommer Herr!" rief der Quardian begeistert; „wahrlich Ihr, seid ein Muster der christlichen Frömmigkeit für alle Edle im Lande und Gott muß Euch segnen bis in das vierte Glied!"

„Euer Lob beschämt mich", entgegnete der Kranke, an der Seite des Geist- lichen zur Kapelle schreitend, in welche seine Gemalin mit dem Söhnlein rasch eintrat, indem ein kaum merkbares Lächeln auf seine bleichen Lippen trat.

„Ist aber wohl verdient", fiel hier eine tiefe Stimme ein — Sie gehörte

einem hohen, stattlichen Manne, der mit dem schweren Elens-Koller eines kaiserlichen Reiteroffiziers bekleidet, einen langen Haudegen mit stählernem Handkorbe
an der Seite und einen Federhut auf dem ergrauten Haupte tragend, jetzt das
Gebüsch heraufstieg. —

Es war Herr Thomas Sahler von der Windmühlen, kaiserlicher
Oberstlieutenant des Jaques Gerard'schen Dragoner-Regimentes, der mit einem
anderen, nicht minder stattlichen Herrn, welch' letzterer das Wehrgehänge um die
Schärpe eines kaiserlichen Trabantenhauptmannes trug, und Niemand anderer als
der kaiserliche Schloßhauptmann in Grätz, Phillpp Graf Breuner war, vor
den Kranken hintrat und sich achtungsvoll vor ihm verneigte.

„Wir sind Euch, Herr Erasmus Graf Tattenbach", redete er den Letzteren
an, „da wir in Grätz von Eurem ersten Ausgange nach Eurer Genesung Kenntniß erhielten, hierher gefolgt, um Euch vor Allem unsern aufrichtigen Glückwunsch
zu dieser Eurer Wiedergenesung darzubringen; dann aber Euch einen hohen Besuch anzukündigen, den Ihr in Grätz unten zu erwarten habt, so uns nicht vielleicht derselbe, wie wir vermeinen, bereits auf dem Fuße gefolgt ist."

Herr Johann Erasmus Graf von Tattenbach reichte den beiden die Hände.
„Wir danken Euch, Ihr Herren", sagte er freundlich lächelnd, „Wir danken Euch
herzlich für Eure Theilnahme an unserem leiblichen Wohle; Gott gebe, daß wir
nunmehr unsere ganze Kraft wieder seinem Dienste und dem unseres hocherlauchten Monarchen widmen können; — aber sagt nun, welcher Besuch in Grätz unserem Hause bevorsteht?"

„Dort naht er bereits", entgegnete Graf Breuner, indem sein beringter
Finger auf einen hageren Mann wies, der von einem Diener geleitet, den Hügel
heraufstieg, während unten im Thale zwei andere Diener beschäftigt waren, das
prächtige Pferd, von welchem er eben abgestiegen war, in den Schatten einer
großen Tanne zu führen.

„Seh' ich recht?" rief der Graf von Tattenbach, „das ist ja mein alter
Freund, der kaiserliche Hofkanzler Christof Abele Freiherr zu Lilienberg. —

„Er ist es!" rief der Emporsteigende, indem er auf den Grafen zutrat
und ihm die Hand zum Gruße entgegenstreckte. „Ja, ja, es ist der alte Haus-
und Hofkanzler Seiner römisch-kaiserlichen Majestät, der Christof Abele Freiherr
von und zu Lilienberg, der via recta vom kaiserlichen Hoflager zu Wien her-
kömmt, um den kaiserlichen Regierungsrath Johann Erasmus Grafen von Tattenbach feierlich zu begrüßen und ihm Glück zu seiner Wiedergenesung zu wünschen".

„Regierungsrath!?" fragte der Graf lächelnd; „mein edler Freund scheint,
obwohl noch nicht die Vesperglocke geläutet, schon im Reiche der Träume zu wan-
deln, da er Uns einen Titel beimißt, der uns nach unserem bisherigen beschei-
benen Wirken im Staate nicht gebührt." —

Jetzt trat Herr Christof Abele Freiherr zu Lilienberg einen Schritt zurück,
und ein seltsames Lächeln trat auf sein sonst nur Ernst zur Schau tragendes
Antlitz. Seine Hand zog eine Pergamentrolle unter dem Brustlatze seines goldgestickten Wammses hervor; an derselben hing eine Holzbüchse mit dem kaiserlichen Siegel.

„Seine römisch-deutsche kaiserliche Majestät, Leopold der Erste", begann er mit erhöhter Stimme im feierlichen Tone, „ernennet Euch, Herr Johann Erasmus Graf Tattenbach, Herrn der Herrschaften und Burgen Kranichsfeld, Poboda, Nußendorf, Triebenet, Gonobitz, Windisch-Landsberg und der Grafschaft Rheinstein wie auch anderer Güter und Gehöfte, in Allergnädigster Würdigung Eurer bisher dem Staate und der Religion mit sonderlicher Treue und Hingebung geleisteten Dienste, insonderheit aber wegen Eurer stets bezeugten Anhänglichkeit an dies hocherlauchte Kaiserhaus und Seine Majestät glorreiche Regierung, durch dieses recht und ordentlich ausgefertigte und sigillirte Diplom zum wirklichen innerösterreichischen Regierungsrathe; und ich Christof Abele Freiherr von und zu Lilienberg habe als wohlbestellter Haus- und Hofkanzler Seiner Majestät die Ehre, Euch dieses Diplom in eigener Person hiemit zu überreichen." —

Nach diesen Worten legte der Freiherr von Lilienberg das Diplom, mit welchem Graf Tattenbach zum niederösterreichischen Regierungsrathe ernannt war, in dessen Hände.

Ein Zug der höchsten Ueberraschung trat jetzt auf das Antlitz des Beglückten; seine Augen hafteten starr auf dem Pergamente, welches seine leise zitternden Hände hielten; es schien, als fürchte er das Diplom zu berühren, kein Wort floß von seinem bleichen Munde. —

„Nun", fragte der kaiserliche Hofkanzler lächelnd, „glaubt mein Freund Tattenbach sein Todesurtheil aus meinen Händen zu empfangen, daß sein Antlitz erblaßt, indem ich ein wohlverdientes kaiserliches Gnadengeschenk in seine Hände lege?"

„Die Ueberraschung! — — Diese allerhöchste Huld und Gnade! — —" stammelte der Graf — „in der That! des Kaisers Gnade ist größer als mein Verdienst — ich weiß, nur Freundeshand konnte mir diese allerhöchste Auszeichnung erwirken." —

„Ja, Freundeshand!" rief der Hofkanzler; „aber die Hand eines wahren aufrichtigen Freundes, eines Freundes der Wahrheit und des Rechtes, der stündlich bemüht ist, seinem Herrn und Kaiser die wahren Verdienste treuer Staatsdiener zur allerhöchsten Kenntniß zu bringen, der das Recht und die Gerechtigkeit liebt und seinem Freunde, fände er ihn untreu und schuldbar eines Verrathes an kaiserlicher Majestät, ebenso rasch in Trauer das Todesurtel überreichen würde, als er ihm jetzt in Lust und Freude dieses Ehrendiplom überreicht." —

Graf Tattenbach zuckte jetzt empor, als ob ein tiefer Schmerz sein Herz getroffen hätte. — Leichenbläße deckte wieder sein Antlitz, sein Athem schien zu stocken, er mußte sich an den Stamm der nahestehenden Eiche lehnen; — rasch faßte ihn der Herr von der Windmühlen unter den Armen; „Eure Freudenkunde, Herr Kanzler", sagte er, „hat die kranken Nerven des edlen Grafen zu sehr erschüttert; kommt, laßt uns ihn zu jener Rasenbank führen und seine Gemalin aus dem Kirchlein holen, damit ihm sorgsame Pflege werde. —"

„Nicht doch, Ihr edlen Herren", rief Graf Tattenbach, „es war nur eine augenblickliche Annäherung von Schwäche; ich bitt' Euch, begebt euch alle in das Kirchlein, wo meine Gemalin, die gute Anna Theresia, bereits für meine Genesung

dem Herrn ihr Dankopfer bringt; mich aber laßt noch ein wenig die frische Abend-
luft hier einathmen; ich sehe dort eben den Bergabhang herauf meinen Leibdiener,
den guten Balthasar, kommen, der bei mir harren wird, bis Ihr Eure Andacht
da drinnen vollendet habt; und diese ist, meine ich, unsere erste Pflicht, sobald
die Stimme der heiligen Kirche uns dazu mahnt — hört Ihr sie, Ihr Herren?"

In der That schallte jetzt der liebliche Silberklang des Vesperglöckleins
von dem kleinen Kirchthurme, in welchen sanften Friedensklang das ferne Geläute
der Glockenthürme von Grätz einstimmte, deren harmonische Töne die Wellen der
reinen Lüfte herübertrugen.

„Wahrlich!" rief der Schloßhauptmann Graf Trenner, indem er das
sammtene Barett von seinem grauen Haupte zog, „wahrlich, Graf Tattenbach,
Ihr seid nicht nur ein treuer Staatsdiener, sondern auch ein wahrhaft frommer
Christ! Gott segne Eure ferneren Wege."

Nach diesen Worten reichte er dem Grafen die Hand und schritt auf die
Kapelle zu. —

„Auch ich rufe Euch das Gleiche zu", sagte der Hofkanzler, dem Grafen
herzlich die Hand schüttelnd, indem er dem Schloßhauptmanne folgte.

„Ich bin zwar ein rauher Soldat", bemerkte der Obristlieutenant Thomas
Saßier von der Windmühlen, „und Soldaten haben nicht Zeit zu langen Gebeten; dennoch betrete ich, Eurem Wunsche zu genügen, gerne diese heilige Stätte
um für Euer Wohl, Herr Graf, ein Paar Stoßseufzer zum Himmel zu schicken. —
Ihr seid wahrlich ein Ehrenmann, Graf Tattenbach!"

Ein lebhafter Händedruck folgte diesen warmen Worten und in nächster
Minute stand der „Ehrenmann" Graf Johann Erasmus Tattenbach allein unter
der himmelhohen Eiche, und wieder in nächster Minute stand an seiner Seite —
der Treueste der Treuen . . . . . .

～～～～～

II.

Johannes, der Lieblingsjünger — Glückwünsche.

Dieser Treuester der Treuen war ein Männlein von etwa fünfzig Jahren,
klein und hager, mit einem Glatzkopfe, kugelrundem Gesichte und pfiffigen Augen,
die wie ein Paar Feuerräder in seinem runden Kopfe herumrollten; sein ganzes
Wesen hatte etwas Lauerndes und Unheimliches, sobald er aber seinen Herrn und
Meister ins Gesicht blickte, malte sich auf seinem Gesichte ein Ausdruck des tiefsten
Gefühles, der innigsten Hingebung und Treue; er schien nur zu athmen, um für
den zu leben, den er eben wieder gegenüber stand und dessen silberverbrämte Dienst-
kleidung er trug.

Dieser Mensch war Johann Balthasar Riebl, der Leib- und Lieblingsdiener des Grafen Tattenbach, seine zweite Seele, sein anderes Ich, dem er un-

bedingtes Vertrauen schenkte und den er nicht anders als „Johannes, seinen Lieblings-
jünger" nannte, während die übrigen Dienstleute des Grafen dieses Männlein
als ihren wohlbestallten geheimen Oberaufseher, als den selbstsüchtigen Rathgeber
des Grafen fürchteten wie den Bösen und, weil sie ihn fürchteten, auch haßten
wie den Bösen, ihm daher alles Böse, was je im Hause geschah, zuschoben und
seinen zweiten Namen Balthasar gar gerne in den Spottnamen Belzebub um-
wandelten. *)

Aber jemehr Hanns Balthasar im Hause des Grafen Tattenbach gefürch-
tet wurde, desto höher stieg das Vertrauen des Letzteren zu ihm, und auch jetzt
glänzte das Auge des Grafen, als der treue Diener wieder vor ihm stand und
vorsichtig um sich herumblickend, als er Niemanden in der Nähe erspähte, zwei
blauversiegelte Schreiben unter seinem Wammse hervorzog und sie dem Grafen
überreichte. —

„Von ihr?" fragte der Graf leise.

„Von i h r und von i h m", entgegnete der Diener eben so leise, indem
er wieder sorgfältig herumblickte, ob Niemand lausche. —

„Du darfst nicht sorgen, Balthasar", sagte der Graf, „es ist Niemand in
unserer Nähe; ich habe die lästigen Gratulanten sammt und sonders meiner über-
frommen Anna in die Kapelle dort nachgesandt — das fromme Spiel langweilte
mich bereits, jetzt gib', was schreibt meine angebetete Gräfin? —"

„Die Frau Gräfin Anna Katharine von Zrinhi", berichtete der Diener
leise, „erwartet Euch, gnädigster Herr, am nächsten Allerseelentag im Freihause
zu Marburg, wo sie Euch wichtige Dinge mittheilen wird. Inzwischen habe ich
Euch dieses Schreiben von ihr zu übergeben."

„Und was berichtet ihr Gemahl, Graf Peter Zrinhi, der Banus von
Croatien?" fragte der Graf.

Hanns Balthasar, der Leibdiener des Grafen, deutete auf das zweite
Schreiben, welches er seinem Herrn eben übergeben hatte.

„Sein Stallmeister, der Rudolfi", berichtete er, „überbrachte dies Schreiben; es enthält so dringende und wichtige Nachrichten, daß ich keinen Augenblick
zögern durfte, Euch dieselben zu überbringen; der Stallmeister wartet Eurer in
Grätz; es ist sehr wünschenswerth, gnädigster Herr, daß Ihr sobald als möglich
in Euer Haus zurückkehrt. — Ueberdieß ist auch die ganze Schaar des Stadt-
Rathes angesagt, die Euch, da sie Eure Ernennung zum Regierungs-Rathe bereits
erfahren hat, noch vor Nacht ihre Glückwünsche darbringen will."

Graf Tattenbach wollte jetzt die beiden Briefe rasch erbrechen; aber er
verbarg sie eben so schnell unter seinem Koller, denn schon trat seine Gemalin
Anna mit dem kleinen Anton an der Hand, und den drei obgenannten Herren
aus der Kapelle.

„Wir haben unsere Andacht verrichtet", sagte der Herr von Lillenberg,
„und wollen nun mit Euch, Herr Regierungsrath, nach Grätz zurückkehren, um

---

*) Sämmtliche obgenannte Personen sind historische Namen.

Morgen mit dem frühesten uns die herrliche Umgegend der Murstadt zu beschauen, dann aber wieder unsere Rückreise in das kaiserliche Hoflager anzutreten."

Graf Tattenbach verbeugte sich und gab seiner Gemalin den Arm und die kleine Gesellschaft trat den Rückweg nach Grätz an, während Balthasar Riebl, der Leibdiener des Grafen, langsam und nachdenkend hinter ihnen herschritt.

Am Fuße des Schloßberges angelangt, verabschiedete sich der Graf von seinen Begleitern und stieg mit dem Schloßhauptmanne langsam den Berg hinauf, weil ihn dort, wie Graf Breuner bemerkte, noch in dieser späten Stunde einige Herren des Adels und der Bürgerschaft von Grätz erwarteten, um ihm ihre Glückwünsche zu seiner neuerlangten Rangeserhöhung darzubringen.

In der That standen im großen Saale der Schloßkanzlei die Herren Johann Friedrich Freiherr von Thrndl und Kaspar von Kellersperg, dann der Stadtrichter von Grätz, Peter Voll mit dem Bürgermeister Melchior Geld, dem Sindicus Jakob Kodrus und den zehn Beisitzern und Mitgliedern des Stadtrathes, Doctor Georg Sigmund Hinl, Georg Paumann, Georg von Dernau, Paul Poiz, Friedrich Hingerle, Martin Vermetinger, Michael Sigmund Hadl, Johann Pinter und Johann Georg Wertl.

Sie standen in einem Halbkreise und an ihrer Spitze Herr Johann Max Herberstein, welcher das Wort ergreifend, dem Grafen Tattenbach den herzlichsten Glückwunsch brachte und ihm auch im Namen des steiermärkischen Adels und der Bürgerschaft für die treuen Dienste dankte, welche der edle Graf dem Lande und den Bewohnern der Hauptstadt bisher erwiesen habe.

Graf Erasmus Tattenbach erwiederte diese Ansprache nicht ohne sichtliche Bewegung. — „Religion und Unterthanstreue", sagte er, seien die ersten Zierden eines guten Staatsbürgers und keinen größeren Ruhm gebe es, als ein treuer Staatsdiener und Diener seines kaiserlichen Herrn zu sein!"

Nicht lange dauerte diese Formalität und ein aufmerksamer Beobachter konnte es an den Gesichtern der Theilnehmer derselben lesen, daß diese Glückwünsche im Herzen vieler der Anwesenden eben nicht saßen — denn es waren unter diesen Männern gar Hochanständige und wie der Chronist sagt „fürsüchtige Herren", die nicht bloß auf die glatte Außenseite des Gefeierten, sondern auch auf die vielfach wechselnde Gesichtsfarbe schauten, welche die innere Bewegung des Grafen kennzeichnete, indem er diese Ehrenbezeigungen entgegennahm — er: der treue Staatsdiener.....

Eine Stunde später aber sank er, von dem Zwange, den ihm — dem kranken, treuen Staatsdiener — diese einfachen Beglückwünschungen anthaten, erschöpft auf seinem Zimmer in den Lehnsessel und hörte schweigend dem weiteren Berichte seines treuen Balthasar zu, welcher ihm mehrfache Nachrichten aus Wien und Ungarn brachte und seine Mittheilungen mit den Worten schloß: „Glaubt es, gnädigster Herr, der kaiserliche Hofkanzler ist nicht umsonst in eigener Person mit Eurem Diplome nach Grätz gekommen — seid vor ihm und all' den andern hohen und niederen Herren, die Euch an diesem Abende ihren Glückwunsch brachten, auf Eurer Huth — wer allzu sicher vorschreitet, fällt leichtlich in die Fuchs-Falle".....

III.

Am Karfunkelthurm — In Erdbeer — und Rosa.

Schaurig schön sind die hohen Felsenwarten der gewaltigen Karpathen Hoch oben über den Felsenzinken schwimmt der braune Geier durch die Lüfte und wirft sein scharfes Auge in die Tiefe, wo üppiges Hochgras und Blattgeflecht des Krummholzes, dann hohes Nadelholz und frische Weidenbüsche den Gegensatz zu den starren himmelhohen Felsenwänden bilden. Aetherische Lüfte wehen dort oben, tiefe Stille waltet hier, nur der Schritt des kühnen Bergjägers, welcher der flinken Gemse oder dem kleinen Murmelthiere nachjagt, oder des armen kräuter-sammelnden Karpathenbewohners, welche sich hier Bitterklee und Nießwurz für die Apotheken des Landes herabholt, erschallen zwischen den zerrissenen kahlen Felsenmassen und weit klaffenden Schlünden, zwischen welchen die kristallene Welle des sogenannten „grünen See's" gegen Nordost von Käsmark, ein sanftes immergrünes Licht zurückwirft und wie ein ungeheurer Schleier der breite Berg-nebel über den Felsen liegt. — Noch weiter aufwärts, wo außer dem Geplätscher der unter einer Brücke von ewigem Schnee herabfallenden Wässer nur das Pfei-fen des Murmelthieres und Steinbockes und das Gezwitscher der Alpenvögel er-tönt, ragt, einsam und großartig, von einer nie zerfließenden Wolke umgeben, die höchste Spitze der Karpathen über den hingestreuten Hügeln, offenen Thälern, Städten und Dörfern und Fluren empor; dort starrt der ewige Granit der bei-den Rotzenberge, hier die Käsmarker und drüben die Lommitzer-Spitze. — Keine Blume blüht mehr auf dieser Felsenhöhe, kein Gesträuch wuchert hier mehr, starre Felsenzacken, die sogenannten fünf Thürme, ragen wie graue Warten der Vorzeit empor, ein breiter Kupfergang streckt sich hier ins Gebirge, und unten an der Mündung einer Felsenvertiefung liegt der gelb- und silberhältige Lazurgang. Dann führt eine sogenannte Schneebrücke, nämlich eine mit ewigem Schnee aus-gefüllte Felsenvertiefung über einen durch das hundert Klafter tief herabstürzende Wasser eines Bergstromes ausgehölten Kanal, zur rechten aber in das sogenannte Eeethal, wo der gewaltige Karfunkelthurm liegt, ein cylindrischer Felsen, von welchem die altungarische Sage berichtet: Dieser Fels habe an seiner dem grünen See zugekehrter Außenseite einen ungeheuren Karfunkel enthalten, welcher mit prachtvollem Glanze des Nachts das Mond- und Sternenlicht zurückstrahlte und dadurch in wahrhaft feenartiger Weise den ganzen Thalkessel des grünen See's beleuchtete, bis endlich dieser Riesenkarfunkel mit einem Stücke des Felsens, worin er stak, in den grünen See hinabstürzte, wo er jetzt noch begraben liegt.

An dieser geheimen Ruhestatt der Natur, umgeben und verborgen durch die Nebelschichten der Karpathen, unbelauscht von ihren Feinden, saßen an einem Herbsttage des Jahres 1669 mehre baumhohe und starke Männer, deren dichte Vollbärte und beschnürte Jagdröcke sie als Vollblutmagyaren kennzeichneten.

In der That waren es auch Angehörige des höchsten Adels Ungarns und Croatiens, die hier mit ihren Luntenflinten und anderem Jagdgeräthe versehen, um ein kleines Feuer saßen, bei welchem zwei braune Haiduken beschäftigt waren, Waidflaschen mit echtem Ungarwein zu entpfropfen und mit großen Waidmessern kaltes Wildpret für die müden und hungrigen Jäger zu zerlegen.

Die drei Herren, welche hier Jagdruhe hielten, schienen sich aber nicht viel um ihre Jagdgeräthe zu kümmern, — ihr unbelauschtes Gespräch galt ganz anderen Gegenständen.

„Der Augenblick ist kostbar", bemerkte einer dieser Herren, dessen reich mit Silber besetztes Jagd-Kleid seinem hohen Stande angemessen war, — denn er war Niemand anderer als der Vice-Palatin und judex curia Ungarns Franz Graf Nadasdy, — „der Augenblick ist kostbar; wir können unsere Zusammenkunft in diesen Bergen unter dem Vorwande der Hochjagd nicht länger als einen Tag noch ausdehnen, — es gilt also, bevor wir uns trennen, rasche Entschlüsse zu fassen!" —

„Rajta, Rajta" *) rief der zweite der vornehmen Jäger, Graf Peter Zrinyi, derzeit mächtiger Banus von Croatien. „Ich kann die Herren versichern, daß der mächtigste Stein des Anstoßes, den wir zu heben haben, die Hartnäckigkeit des Großherrn in Konstantinopel ist, der Türke will nicht losschlagen, bevor wir ihm nicht volle Sicherheit bieten können."

„Ich habe", berichtete der dritte im Bunde, Herr Christof Frangipani, Markgraf im Küstenlande, „dem Bassa von Bosnien unseren ganzen Plan entwickelt, ich habe ihm, ohne unsere Unterschriften preiszugeben, auseinandergesetzt, daß unsere große und entschiedene Absicht sei: Ungarn vom Hause Oesterreich loszuschälen und gegen Entrichtung eines jährlichen Tributes unter türkischem Schutz zu stellen, daß wir auf die Hilfe des Großherrn in Stambul rechnen und daß die Steiermark und der Schloßberg von Grätz die nächsten Punkte seien, wohin die Fahne des Profeten und unsere Fahne getragen werden müsse."

„Und was antwortete der Bassa?", fragte Graf Nadasdy gespannt.

„Er zögert", — entgegnete Frangipani — „und ich fürchte, daß seine Spahis vielleicht schon auf dem Wege nach Wien sind, um unsere Pläne an den Kaiser zu verrathen —"

„Und der Tattenbach?" fragte Graf Zrinyi. —

„Schwankt", entgegnete Frangipani, „wie ein Rohr, bald hingerissen von der kaiserlichen Gunstbezeugung, durch welche er zum Rathe der Regierung ernannt wurde, bald wieder voll des nagenden Ehrgeizes über die Grenzen der Steiermark hinausblickend, und Größe und Macht ersehnend durch den Bund mit unserem Wagnisse. Hier sind Briefe, worin er uns nach Pottendorf in Oesterreich, dann wieder in sein Freihaus nach Marburg, endlich auf sein Schloß Kranichsfeld beruft, um mit uns den letzten Schlag zu verabreden, der rasch geführt werden muß, wenn nicht unsere Häupter früher fallen sollen, ehe unsere Pläne noch zur Ausführung gelangen." —

---

*) Darauf los!

Graf Frangipany hatte mit dieser Rechnung durchaus nicht unrecht; denn eben in dieser Stunde, da sich die drei Vollblutungarn am Karfunkelthurme über die Durchführung ihrer verbrecherischen Pläne beriethen, saß in Erdbeer ein Mann, der Bericht über ihr Treiben empfing. —

Erdbeer, oder Erdberg oder auch Erdburg, jener Grund, welcher sich gegenwärtig an die Vorstadt Weißgärber in der Reichshauptstadt Wien anschließt und von den vielen daselbst wachsenden Erdbeeren seinen Namen erhalten haben soll, war damals noch wenig mit Häusern bebaut, war aber früher, wie alte Urkunden besagen, „unter den Tempelherrn ein namhafterer Ort, wo glaublich von Manswörth her aus Hungarn die Altrömische Hauptstraßen durchgegangen und Richard, der König aus Engeland in verstellter Kleidung allda sein Einkehr genohmen und sich unter die Kuchel-Leute mischte, aber erkannt und vom Herzog Leopold in die Verhaft gebracht ward, dahero das Chronicon von Zwittl meldet, Anno 1212 ist der König aus Engeland zu Erdpurch nächst Wien vom Herzog Leopold gefangen und dem Herrn Hadmar von Chuenring nach Thernstayn in die Verwahrung übergeben worden." —

In dieser Vorstadt, deren Einwohner später bei der Belagerung Wiens durch die Türken vor Allen sehr bedrängt und niedergemetzelt wurden, saß in derselben Stunde, als sich die drei Herren am Karfunkelthurme beriethen, in einem zierlichen Gartenhause ein schmächtiger, kränklicher Mann im goldverbrämten Mantel vom feinsten Sammt. Würde und Hoheit thronte auf seiner Stirne und trüber Ernst lagerte auf seinem länglichten Gesichte — denn ernst und trübe war auch, was der Mann, der vor ihm stand, ihm berichtete.

Dieser Berichterstatter war Herr Christof Abele, Freiherr zu Lilienberg, der kaiserliche Hofkanzler, — und der bleiche Mann auf dem prächtigen Lehnsessel, dem er seinen Bericht erstattete, war der römisch-deutsche Kaiser Leopold der Erste; der Bericht aber, den er von seinem Hofkanzler eben entgegen nahm, betraf Nachrichten über Ungarn und Steiermark, welche der genannte Hofkanzler über Constantinopel erhalten hatte. —

„Es ist also ein geheimer Plan im Zuge, der unsere Machtstellung in Ungarn gefährden soll?" fragte der Kaiser.

„So ist es, kaiserliche Majestät", schloß der Kanzler seinen Bericht. „Ich habe einzelne Fäden der Verschwörung, die anjetzt noch im Dunkeln schleicht, bereits in den Händen. Die Sache geht von Ungarn selbst aus und fußt in der Steiermark — der Bassa von Bosnien soll bereits Anträge von ungarischen Edelleuten erhalten haben und man nennt Namen, die ich, ohne nähere Bestättigung der Sache vor Eurer Majestät kaum zu wiederholen wage. —

„So die Sache noch nicht gewiß ist, soll Niemand vor unserem Throne verdächtigt werden", bemerkte der Kaiser, „ich will sie nicht hören die Namen der Verdächtigten — aber Du wirst ein wachsames Auge auf sie haben, Kanzler!"

„Was die Fäden, welche in der Steiermark anknüpfen, betrifft", berichtete der Kanzler, „so habe ich den Schloßhauptmann zu Graz und den Vorsteher des geheimen Rathes, Grafen Breuner insonderheit zur Beobachtung angewiesen, nachdem ich mich durch meine eigene Anwesenheit daselbst überzeugt habe, daß eine solche Beobachtung dringend nothwendig ist." —

„Thue Niemanden Unrecht, Kanzler!" rief der Kaiser, sich emporrichtend, und der gewohnte Zug seines edlen Gerechtigkeitsgefühles trat auf sein Antlitz.

„Niemals", entgegnete der Kanzler bestimmt; „aber Vorsicht ist durchaus nothwendig, Majestät, darum rathe ich Euch, daß Euer tapferer General Sporl mit einem Truppencorps sogleich nach Oberungarn, der General Sponlan aber mit einem zweiten nach Kroatien abgehe." —

„Warum willst Du nicht gleich unsere ganze Armada flügge machen", fuhr der Kaiser empor: „Mann des Verdachtes, Du siehst zu schwarz!" —

„Gnädigster Herr und Kaiser!" rief jetzt der Kanzler, „in einer Sache, bei welcher selbst ein Zrini als ein Feind und Verschwörer gegen seinen Monarchen genannt wird, kann man nicht schwarz genug sehen."

„Lüge und Verleumdung!" rief der Kaiser aufstehend. „Ein Nachkomme des Helden von Szigeth kann an seinem Könige nicht verrätherisch handeln! — Und wäre es", setzte er ruhiger hinzu, „so kann er nur aus Irrthum und augenblicklicher Verblendung fehlen; Wir wollen, daß ihm Zeit zur Besinnung gegeben werde, denn auch der Allgerechte in seinem Himmel will nicht, daß der Sünder sterbe, sondern daß er sich bekehre und lebe."

„Mit dieser Politica, Majestät", bemerkte der Kanzler, „werden wir das aufglimmende Feuer nicht dämpfen — dies Unkraut des Verrathes wuchert bereits zu sehr und ich fürchte meinem eigenen alten Freunde entgegentreten zu müssen, wenn die Berichte des Schloßhauptmannes, Grafen Breuner und unseres Kanzlers Hoder zu Grätz noch weiterer Gravamina gegen ihn enthalten." —

„Unsere Politica ist die der Gerechtigkeit und Unpartheilichkeit", bemerkte der Kaiser, „und darum sage ich Dir, Kanzler, ehe ich dieses Dein Landhaus heute verlasse, handle nicht im Argwohne, sondern bringe Gewißheit, dann wollen Wir, so wahr uns der Herr über Leben und Tod das Schwert der Gerechtigkeit in unsere kaiserlichen Hände gelegt hat, dieses handhaben wie ein gerechter Richter — auf bloße Gerüchte hin werde aber Niemanden in unseren Reichen ein Haar gekrümmt." —

Nach dieser entschiedenen Rede verließ der Monarch rasch das Zimmer im Landhause seines Kanzlers und bestieg, von diesem ehrerbiethigst geleitet, die vergoldete Kutsche, welche vor dem Hause hielt, um rasch in die Hofburg zurückzufahren. —

Der gute Monarch hatte noch gar vielen Glauben an die Menschheit; er wollte keinen Schatten sehen, wo noch ein kleiner Lichtstrahl zu schauen war; aber sein ernster und besonnener Hofkanzler dachte anders. Er baute auch nicht mit Sicherheit auf die geheimen Berichte, die er aus Constantinopel erhalten hatte, aber er hatte sich in Grätz persönlich eingefunden, er hatte, wenn auch nur kurze Zeit beobachtet, und dem Scharfsinn des greisen Ehrenmannes war es nicht entgangen, daß seine Freundschaft an einen Mann des Wankelmuthes und der Genußsucht verschwendet sei. —

Und der bedachtsame Kanzler irrte sich nicht.

Zwei Wochen nach seiner Unterredung mit dem Monarchen saßen dieselben Herren, welche in der ewigen Stille am Karfunkelthurme der Karpathen ihre Pläne gegen den rechtmäßigen König von Ungarn besprochen hatten, in einem matt erleuchteten Saale auf Schloß Kranichsfeld, dem Besitzthum des Grafen Johann Erasmus Tattenbach um eine große eicherne Tafel, über welcher das Symbol des Schweigens, eine künstliche Rose hing, und an welcher drei andere Männer: Carl Graf Thurn, Landeshauptmann in Görz, der Freiherr von Locatelli und Hauptmann Cialdi saßen, während vor der Thüre des Saales der Treueste der Treuen, Johann Balthasar Riebl, der Leibdiener des Grafen, Wache hielt, auf daß kein Sterbenswörtchen von dem, was die hier Versammelten verhandelten, nach auswärts dringe.

Und sie verhandelten hier die eine große Sache, die sie im Schilde führten, den Einfall in die Steiermark mit türkischer Hilfe und mit Hilfe des Grafen und nunmehrigen kaiserlichen Regierungsrathes Tattenbach, den sie aber vergebens heute in ihrer Mitte erwarteten — denn der Mann von Rohr stand eben an einer ganz anderen Stelle . . . . .

<hr />

IV.

Das Pröpstlein von Straßengel. — Engel und Dämon.

Oberhalb des schönen Murthales, da wo der Murfluß sich wie ein helles Silberband zwischen den letzten Vorbergen zum berühmten Schloßberge in Graz herabschlängelt, liegt ein weiter von diesem Flusse durchschnittener Thalboden und von einem der lieblichen Waldberge herab grüßt freundlich eine uralte Wallfahrtskirche, genannt Maria Straßengel. Sie stand bereits im zwölften Jahrhundert. Markgraf Ottocar der Traunganer, welcher im Jahre 1149 das heilige Land besucht hatte, brachte von dort ein Madonnenbild mit, welches in dieser kleinen Holzkapelle aufgestellt wurde. Seit jenen Tagen und als später statt der hölzernen eine steinerne Kirche an dieser Stelle erbaut wurde, wallfahrteten viele Beter von Graz; an diese Stätte und diese Wallfahrten mehrten sich noch mehr, als das erwähnte Kirchlein um die Mitte des sechzehnten Jahrhunderts eine der größten Naturmerkwürdigkeiten in sich schloß, welche Steiermark besitzt und welche sich noch daselbst befindet. Es ist dies gar ein sonderbares Gebilde, welches im Jahre 1255 auf einer alten Tanne nächst der genannten Kirche aufgefunden wurde; es ist ein natürliches Kreuzbild, nicht von Menschenhänden gemacht, sondern aus einem Baumstamme hervorgewachsen, wo es von Hirten entdeckt, auf Befehl des Abtes des nahen Cisterzienser Stiftes Rein abgelös't und in das erwähnte Kirchlein übertragen wurde. Kaum wird man ein anderes Naturgebilde einem von Menschenhänden verfertigten Kunstwerke ähnlicher finden, so überaus kenntlich sind die Theile des Gesichtes, die Finger, die Haare, das ganze Ebenmaß des Körpers

11*

des Heilandes. Die Stelle, wo der Baum stand, der die es seltene Gewächs in sich schloß, ist neben der Kirche. Einst lagen an dieser Stelle römische Cohorten und zahlreiche Spuren zeugen von ihrem einstigen Dasein. Schon im siebzehnten Jahrhundert war aber die Kirche daselbst zu einer Probstei erhoben und ist nun eine Filiale der Pfarre Gratwein.

An dieser Stätte stand ebenfalls an einem Herbstabende des genannten Jahres 1670, eine zärtliche Mutter mit ihrem Sohne. Frau Anna Theresia Gräfin Tattenbach, geborne Gräfin Forgacz, war es, welche mit ihrem einzigen Sohne, dem kleinen Anton hier ihre Abendandacht verrichtet hatte und sich eben von ihrem Seelenarzte, dem Priester Georg Bitner, damaligen Kanzler der Grätzer Universität und seinen Freunden dem Pater Saegl und dem Rector des Jesuiten-Collegiums zu Grätz, Pater Sicuten verabschiedete, um in die Stadt zurückzukehren. Aber wohl zehnmal hatte sie ihr liebes Söhnlein, den kleinen Anton ermahnt, ihr zu folgen und den im Thale stehenden Wagen zu besteigen; der kleine Junge hatte noch immer Fragen zu stellen.

Insbesondere hatte Pater Sicuten, Rector des Collegiums der Jesuiten in Grätz große Freude mit dem Knaben, welcher alle Fragen, die ihm von den gelehrten Herren vorgelegt wurden, mit für sein Alter großem Scharfsinn und seltener Geschicklichkeit beantwortete.

„Und so sage mir nun zuletzt, mein Söhnlein", fragte der Rector, „da du von dieser heiligen Stätte nicht scheiden willst, möchtest Du Deinen Vater nicht verlassen und für immer hier verbleiben?" —

Der Kleine zögerte eine Weile mit der Antwort, dann blickte er, wie fragend seine Mutter an und nickte leise mit dem Köpflein.

„Ich verstehe Dich", sagte der Geistliche — „Deinen Vater zu verlassen würdest Du Dich des lieben Gottes wegen, wohl entschließen, aber Deine Mutter, die edle Frau, welche vor uns steht — würdest Du wohl diese auch verlassen?

„Nein! Nein!" rief der Knabe, indem er auf seine Mutter zusprang und seine beiden kleinen Händchen um ihren blendenden Nacken schlang.

„Seht, seht, hochedle Frau", sagte der Universitäts-Kanzler Georg Bitner mit tiefer Rührung, „seht, im Kindesherzen ruht die Wahrheit; die Liebe des Kindes spricht sich doch in Allem aus; wie kommt es aber, daß euer Söhnlein für Euch eine weit größere Anhänglichkeit hat, als für Euren edlen Gemal?"

„Ich weiß es nicht", entgegnete die Gräfin mit gesenktem Blicke; aber ihr Herz schlug hörbar, und hätte der liebe Gott ein Fenster vor das Menschenherz gemacht, so würde der Geistliche darin gelesen haben, welch' großen Schmerz die edle Gräfin in diesem schönen Herzen barg — ach der ernste Frager mußte es gar wohl, daß Graf Tattenbach, der wankelmüthige und genußsüchtige Edelmann die Perle nicht zu würdigen verstand, welche er in seinem edlen Weibe besaß."

Der gelehrte Priester, wohl fühlend, welch' zarte Seite er eben im Herzen der edlen Gräfin berührt habe, ließ seine Frage jetzt schnell fallen und wandte sich wieder zu dem kleinen Anton; „Nun, mein Kind", fragte er, „wenn Du also an dieser Dir so sehr gefallenden heiligen Stätte Dein Verbleiben hättest, welchen Dienst würdest Du hier wohl übernehmen?"

Da lächelte der Kleine schelmisch. „Welch' andern als den des Herrn Propstes", antwortete er.

Jetzt lachten die gelehrten Herren aus vollem Halse. „Ei, kleiner Schelm", bemerkte der Rector des Jesuiten-Collegiums, Pater Sicuten, „Du wärest allerdings ein niedliches Pröpstlein von Straßengel; und wer weiß, ob das Schicksal, das mit uns Menschen gar seltsam spielt, nicht einmal Deine Worte zur Wahrheit machen wird." —

„Hört, edle Frau", fiel der Kanzler Pitner ein, „den muntern Jungen müßt Ihr bald in unsere Studia übergeben; er soll Theologe werden und gelehrt er in diesem Stande, so kann ihm die Würde des Propstes von Straßengel einmal auch nicht ausbleiben."

So scherzten die geistlichen Herren mit dem kleinen Anton, den sie von nun an das Pröpstlein von Straßengel nennen wollten, und wollten in ihrer gutmüthigen Weise die trüben Wolken verscheuchen, die auf der sonst so reinen Stirne der edlen Gräfin lagen, die, als sich die Herren bereits entfernt hatten, mit ihrem Sohne noch einmal in die Kirche trat und sich leise schluchzend vor dem Madonnenbilde niederwarf, welches am Hochaltar prangte und seither nun schon durch sieben Jahrhunderte als ein Trostbild bedrängter Beter an dieser Stelle verehrt wird; rasch trocknete sie aber ihre Thränen, als vor der Kirche eine bekannte Stimme erschallte, und mit scheinbar heiterer Miene trat sie jetzt ihrem eben angekommenen Gemal entgegen, welcher, von der Jagd im benachbarten Gebirge zurückkehrend, sie an dieser Stätte abzuholen und nach Hause zu geleiten versprochen hatte.

Herr Johannes Erasmus, Graf Tattenbach hatte die nassen Wimpern seiner Gemalin bereits wahrgenommen. Ein finsterer Zug strich über sein Antlitz. „Anna", sagte er mit ernstem verweisenden Tone, „Ihr habt wieder geweint?"

Die Gräfin schüttelte, ein freundliches Lächeln erzwingend, ihr Haupt, aber zu reden vermochte sie nicht. — Der Graf blickte ihr fest ins nasse Auge. „Immer und immer diese Thränen", schalt er, „werdet Ihr nie diese kindische Sorge, diese thörichte Angst um unser künftiges Schicksal ablegen, Anna Theresia? wer hat euch wieder aufgestachelt zu dem ewigen Mißtrauen, welches Ihr gegen die Aufrichtigkeit Eures Gemals fortwährend in Euerem Herzen nährt."

„Niemand, Niemand, mein Gemal", entgegnete die Gräfin sanft — „die Gräfin Anna Theresia von Tattenbach besitzt Selbstständigkeit genug, um sich nicht von Anderen zu ihren Meinungen und Handlungen bestimmen zu lassen"

„Ha!" fuhr der Graf jetzt empor, das ist ein Wort, dessen Stachel mich verwunden soll; o ich habe sie eben gesehen, die gelehrten und frommen Herren, die Euch wenige Minuten verließen; die Schüler des heiligen Loyola, das sind die Männer, die, Euch, Frau Gräfin, fortwährend beeinflußen, die Euch von dem Wankelmuth und der Genußsucht Eures Gemals vorschwatzen, die Schuld an Euren Thränen sind, indem sie Euch weiß machen, daß Ihr Euch in den Händen eines leichtsinnigen und veränderlichen Mannes befindet, der Euch nicht zu schätzen wisse. — Aber ich will mir die Schwarzröcke vom Halse schaffen, so wahr ich ein Tattenbach bin."

Ein blutender Seitenblick der Gräfin auf ihren zitternd neben dem erzürnten Vater stehenden Sohn Anton belehrte den Grafen, daß er seiner Gattin in Gegenwart des Kindes Achtung schuldig sei; er trat jetzt einen Schritt zurück und winkte seinen Diener herbei, welchem er befahl, mit dem kleinen Anton in die Stadt vorauszureiten, während er jetzt seiner Gemalin den Arm bot und sie zu dem Saumrosse führte, welches für sie zum Rückritte bereit stand und neben welchem er schweigend und in sich gekehrt einherritt.

Kaum war der Graf in der Stadt mit seiner Gemalin angekommen, als er, von seiner Aufregung zurückkommend, sich von derselben zur Nachtruhe beurlauben wollte, aber ein bittender Blick der edlen Frau hieß ihn bleiben.

„Johannes", sagte die Gräfin, „wenn ich Deine sanfte Stimmung am Tage unseres neulichen Ausganges nach Maria Trost nach Deiner Genesung, mit Deiner heutigen gereizten Stimmung vergleiche, so preßt mir der Schmerz das Herz zusammen. —

„Damals war ich ein Kranker", entgegnete der Graf kurz, und heute ist meine Kraft wiedergekehrt."

„Und auch Dein böser Genius, den Deine Krankheit von Dir ferne hielt, Johannes", sagte die Gräfin sanft; „o höre nicht auf ihn."

Der Graf trat einen Schritt zurück. „Da meint Ihr wieder meinen treuen Balthasar" rief der Graf aufstehend, „ja, ich weiß es, der Mann wird gehaßt von Jedermann in unserem Hause, weil er mir allein ergeben ist." —

„Seid Ihr deß so gewiß, Graf Tattenbach?" fragte die Gräfin, einen Augenblick lang in die kalten Förmlichkeiten des Grafen eingehend. —

„Was habt Ihr gegen den Mann?" entgegnete der Graf; „er ist der Einzige im Hause, der es redlich mit mir meint."

„So lange Ihr ihn dreifach bezahlt", sagte die Gräfin — „man sagt in unserem Hause, Balthasar Riebl habe dem Hofkanzler von Lilienberg, als dieser in Grätz war, von einem Gewölbe erzählt, in welchem der Graf von Tattenbach mehrere tausend Gewehre aufbewahre, um damit eine Armata gegen den Kaiser auszurüsten."

Der Graf erblaßte. „Was sagt Ihr da?" fuhr er empor.

„Man spricht ferner davon", fuhr die Gräfin fort, „daß eben dieser Balthasar, Euer treuer Diener, eine bedeutende Anzahl solcher Gewehre entwendet und sie gegen gute Entlohnung nach Wien gesendet habe." —

„Wer spricht das?" fuhr der Graf empor.

Aber die edle Gräfin richtete sich jetzt entschlossen empor; sie trat dem überraschten Gemal näher. — „Johannes", sagte sie, „in dem treuen Herzen Deiner treuen Gemalin ruhen alle Deine Geheimnisse wie im tiefsten Grabe. Aber höre, o höre, Du stolzer kühner Mann, die flehentlichen Bitten Deines liebenden Weibes — Johannes! Du stehst umgarnt von fremden Fallstricken auf der schwachen Decke eines Abgrundes, der bald unter Deinen Füßen einbrechen und uns, Deine arme Gattin und Deinen einzigen Sohn mit Dir verschlingen wird!"

„Was soll das!" rief der Graf.

„Ruhig, Johannes", bath die Gräfin; „weißt Du denn nicht mein theures,

Freund, daß es die heiligste Pflicht der liebenden Gattin ist, jede Falte auf der Stirne des geliebten Gatten aufzufinden und wegzuküssen. O Johannes! seit vielen Monden schon trägt Delue sonst so reine Stirne die tiefsten Furchen — Dein Herz birgt ein schweres Geheimniß — Du bist umgarnt von selbstsüchtigen Leuten, welche Deine Ehre, Dein Leben für nichts achten, wenn sie durch Preisgebung beider ihre Pläne fördern können. —

„Anna!" rief der Graf, „wer quält Deine Seele mit diesen tollen Träumen?"

„Keine Träume, mein Gemal"; entgegnete Anna Theresia sanft, indem sie ihre Hand auf die Schulter des geliebten Mannes legte; — o, das Auge der Liebe ist scharf und sieht vor Allem den Abgrund, vor welchem der geliebte Gatte, der edle Vater seines einzigen Kindes steht." —

„Der Vater!" rief der Graf. —

„Ja, der Vater!" wiederholte die Gräfin; „sieh', Johannes, dieses Wort macht Dein Herz zittern; Du fühlst in diesem Augenblicke, daß Du Pflichten hast — und kann Dich die Liebe zur Gattin nicht bewegen, so thue es die Liebe zu Deinem einzigen Sohne . . . .

Ein vorwurfsvoller Blick der gekränkten Liebe fiel jetzt aus dem Auge der treuen Lebensgefährtin auf das bleiche Antlitz des Grafen, dessen wechselnde Züge den inneren Kampf, den jetzt seine Seele kämpfte, deutlich verriethen.

Anna Theresia kannte das Herz ihres Gatten. — Sie wußte, daß sein reizbares veränderliches Wesen häufig sich nach dem Eindrucke des Augenblickes gestaltete, — und daß meist nur die Ueberredung durch seinen falschen Freund den Grafen zu Schritten bestimmte, die er später bereuen mußte.

Sie schwieg jetzt. —

Graf Tattenbach ging jetzt mit weiten Schritten im Saale auf und nieder. —

Das eintönige Picken der großen Schlaguhr an der Tapetenwand, von welcher die Ahnenbilder des Grafen bleich und ernst auf denselben herabschauten, folgte seinen Schritten.

Es war einer jener ernsten Augenblicke seines Lebens, in welchem ihn sein guter Genius zur Rückkehr mahnte und sein wankelmüthiges Herz fühlte, daß diese Mahnung in der That eine wohlgemeinte und dringende war. —

Seine Augen ruhten jetzt auf den Bildern seiner Ahnen, die ihm zuzuschreien: was zögerst Du mit der Rückkehr . . . . hoch pochte sein Herz, jetzt wandte er sich um, und siehe — wie ein betender Engel vor dem Throne der ewigen Erbarmung, bleich und schön wie eine vom Morgenthaue befeuchtete Lilie, lag vor ihm seine treue Gattin jetzt auf den Knien, von ihren schönen Augen perlten klare Tropfen, ihre weißen Hände waren zu ihm emporgestreckt, an ihrer Seite kniete das einzige Pfand ihrer Liebe, der kleine Sohn, welcher vom Vater unbemerkt in den Saal gekommen war; auch das liebliche Kind hatte die Händchen gefaltet und Anna Theresia lispelte dem Manne ihrer Liebe aus tiefster Brust die Worte entgegen: „Vater, gedenke der Deinen!"

Da brach die Rinde um das Herz des eigensüchtigen Mannes. Sein Auge glühte, seine Brust hob sich, er athmete tief auf, als ob er aus einem langen bangen und schweren Traum erwache, als ob ein enger Bann gelöst würde, in welchem er schmachtete. — „Anna, meine Gattin", rief er, „in meine Arme mit Deinem Kinde!"

Anna Theresa brach in einen Strom von Thränen aus; „Ich wußte es", rief sie unter Thränen lächelnd, sich an die starke Brust ihres Erwählten anschmiegend, „ich wußte es, daß Dein Herz, mein Johannes, Deiner Anna gehört, nun bist Du wieder unser; vor Dir werden weichen die Versucher, die Dich so lang umgarnten und sieh', Deine Engel werden kommen, um Dir zu dienen."

„Ja", rief der Graf, von der Gewalt des Augenblicks bezwungen, der Versucher wich von ihm und die Engel kamen und dieneten ihm. — Es soll geschehen, wie Du es willst, meine Anna, der Herr hat zu mir in dieser Stunde gesprochen, und ich will mich lossagen von allen Denen, die zwischen uns und unserem Glücke stehen."

„Allmächtiger! Dich loben wir!" jubelte die Gräfin empor, „nun wird wieder Glück und Freude in Tattenbachs Hause einziehen! und nicht wahr, mein Freund", setzte sie mit zitternder Stimme leiser hinzu, „kein Störer unseres Glückes darf mehr unsere Schwelle betreten und käme er auch in Frauengestalt aus dem Lande, wohin unsere Flüsse ziehen. . . . "

Graf Tattenbach zuckte empor — er fühlte, daß seine treue Gattin mehr wisse, als er geglaubt hatte; er wollte antworten, aber in diesem Augenblicke ging die Saalthüre auf und einer seiner Diener trat herein und überreichte dem Grafen ein versiegeltes Packet.

„Seine Hochwürden, der Rector des Jesuiten-Collegiums Sicuten übersendet Euch, gnädigster Herr", berichtete er, „hier Euer Gebetbuch, welches Ihr heute in der Kapelle zu Straßengel zurückgelassen habt, als Ihr hinausrittet, die Frau Gräfin abzuholen."

Der Graf blickte verwundert auf. „Mein Gebetbuch?" fragte er, indem er das Packet an sich nahm und rasch den Umschlag herabriß.

„Ei sieh, ein Gebetbuch" rief die Gräfin herzutretend.

Aber das bleiche Antlitz des Grafen ward jetzt glühend roth; rasch schob er das Büchlein in die Brustfalten seines Koller. „Der Pfaffe will mich höhnen!" rief er, und im nächsten Augenblicke verließ er den Saal. —

Draußen auf der Hausflur trat ihm ein Anderer entgegen. Johann Balthasar Riebl, sein Leibdiener war's, — der erste Blick, den der schlaue Diener von seinem Herrn erhielt, belehrte ihn, daß alle Pulse desselben fieberten. — Ohne ein Wort zu sprechen, trat er dem Grafen in den Weg.

„Was willst Du, Balthasar", donnerte dieser ihm entgegen.

„Einen Backenstreich in Empfang nehmen von Eurer Hand", sagte der Leibdiener", „für die Keckheit, daß ich es wagte, Euch das Faschingsbüchel in dem Augenblicke zu übersenden, da Ihr Euch zur Ruhe begeben wollt, um Euch noch vor Nacht einen Aerger zu bereiten."

„Also Du hast das Büchlein gefunden?" rief der Graf zornig.

„Nein", entgegnete Balthasar. Ihr habt es wirklich bei dem heutigen Besuche in Straßengel in der Sakristei der Kapelle liegen gelassen; die Herren Je suiten haben es gefunden und mir behändigt, daß ich es Euch zurückstelle. Pater Sicuten versicherte mir, daß er außer dem Titel keine Zeile darin gelesen — s'ist Schade, hätte der fromme Herr die artigen Reimlein von Eurer Hand darin gelesen, so hätte er auch einmal einen Begriff bekommen, wie es im Reiche der Galanterie und Liebe zugeht, wo Venus und ihr Sohn die Herrscher sind. *) — Uebrigens"; setzte er lachend hinzu, „liegt wenig daran, ob die geistlichen Herren in Euer sauberes Büchlein hineingucken oder nicht, — daß Ihr kein Josef aus Aegypten seid, weiß männiglich und darum reden wir von dem Büchlein nichts weiter und nehmt hier, gnädigster Herr, lieber das Schreiben von feiner Hand, die Euch wohl bekannt ist; der Reiter, der es brachte, sagte, es sei sogleich zu öffnen." —

Graf Tattenbach ergriff rasch das Briefchen. — „Von ihr!" sagte er, indem sein Auge aufflammte.

„Ja, von der hochedlen Gräfin Anna Katharina von Zriny, Gemalin des Herrn Peter Zriny, Banus von Croatien", bemerkte der Diener mit Betonung, indem ein feines Lächeln über seine Lippen strich.

Der Graf riß das braune Siegel entzwei und durchflog beim Scheine der Lampe der Vorhalle das Schreiben. „Sie erwartet mich in Marburg, — rief er, — dann warf er sein Haupt gegen die Saalthüre: „Anna Theresia!" lispelte er, seines eben mit der geliebten Gattin geführten Gespräches eingedenk. —

Balthasar folgte mit stechenden Blicken den Bewegungen seines Herrn — der schlaue Diener kannte den schwankenden Charakter des Grafen nur zu wohl; so lange hatte der Graf seit Monden keine Unterredung mehr mit seiner Gemalin; Balthasar schloß alsogleich ganz richtig, daß „der Hausfriede" zwischen Mann und Frau verhandelt worden sei, dessen Grundbedingung die Entfernung, die Verabschiedung des der Gräfin verhaßten Dieners sein mußte . . . . Hier galt es rasch zu handeln, wenn Balthasar Riebl nicht sein Spiel verloren geben wollte. —

„Gnädigster Herr", sagte er jetzt, „wie schön ist doch die Gemalin des Banus, seit wir sie zum letztenmale in Kranichsfeld sahen, wieder geworden, ich habe sie vor zwei Tagen in Marburg gesehen, wohin ich in Eurem Auftrage gereist war, und wo sie Euch übermorgen erwartet, so Ihr nicht vielleicht von Pater Sicuten im Beichtstuhle das Verbot erhaltet, ihr entgegenzureiten. —

Was erfrechst Du Dich zu spotten, Bursche!" rief der Graf, „ich will die Gräfin nicht wiedersehen!"

„Dann wird sie sterben, — entgegnete Balthasar; „und Ihr mögt für diesen Fall das Andenken da aufbewahren, das sie mir für Euch behändigte. —

Bei diesen Worten zog der Leibdiener ein kleines Bildniß hervor, welches er dem Grafen in die Hand legte und dieser mit leuchtenden Blicken betrachtete; „sie ist es, wie schön!" rief er, „o wie schön sie ist, diese herrliche Dame, eine vollendete Rose im Garten des Lebens!" —

---

*) Dieses handschriftliche Faschingsbüchel des Grafen Tattenbach mit äußerst frivolen Reimen war bei der Familie Reiner von Lindenbüchel noch vor zwanzig Jahren im Schlosse Kranichsfeld aufbewahrt.

Er küßte das Bild. Balthasar nickte hochbefriedigt dazu. — „Ihr werdet also, trotz dem Verbote Eurer Herren Beichtväter, die Gräfin übermorgen im Freihause zu Marburg sehen?" fragte er. —

Der Anblick des reizenden Bildes hatte in dem Herzen des Mannes von Rohr und Binsenkraut schnell wieder einen Umschwung hervorgerufen; er vergaß im Augenblicke das Wort, welches er seiner treuen Gemalin vor wenigen Minuten gegeben hatte, — er versank nur in die Betrachtung der herrlichen Züge des reizenden Bildes. — „Ich werde sie sehen!" sagte er mit bebender Stimme, — „aber nur noch einmal!" setzte er mit einem Blicke auf die Thüre des Saales, hinter welcher seine Gattin und sein Söhnlein weilten, hinzu. „Zum letzten Male, dann wird Graf Tattenbach die Pflicht erfüllen, welche ihm, als treuen Gatten, als treuen Vater und treuen Staatsdiener obliegt!"

Er stieg, das Bild vor seinem glühenden Auge haltend, langsam die Treppe der Halle hinab, um sich in seine Gemächer zu begeben.

Hinter ihm schritt, mit dem Glanze der Siegesfreude auf dem verschmitzten Gesichte, Balthasar, der Mephisto, als wollte er sagen: „Mein Reich ist gepflastert mit guten Vorsätzen — und mein bestes Wurfgeschoß ist das Antlitz eines schönen Weibes!" —

V.

Im Freihause zu Marburg.

Das Geschlecht der Grafen von Tattenbach war ein altes, in der Geschichte Deutschlands gar wohl bekanntes. Schon im Jahre 1290 wird es genannt und Christof Tattenbach, kaiserlicher Rath, besaß im Jahre 1627 in der Steiermark die Herrschaften Genobitz, Wisell, Hörberg, Triebenek und bedeutende Güter im Rheingau. Herr Johann Erasmus Graf Tattenbach aber war zugleich Besitzer des schönen Freihauses zu Marburg. Hier hatte er sich mit aller Pracht eines reich begüterten steiermärkischen Edelmannes eingerichtet. Nicht nur das Wohngebäude selbst enthielt allen Luxus einer prächtigen Landwohnung, sondern ganz besonders der Garten des Hauses war mit verschwenderischer Pracht ausgestattet und seit lange ein Lieblingsaufenthalt geworden. Dunkle Laubgänge mit prächtigen Blumenbeeten und schattigen Baumgruppen, dann kunstreiche Marmerstatuen füllten ihn. Im tiefen Hintergrunde desselben, da wo hohe Ulmen als riesige Wächter emporragten, stand eine zierliche Statue des Harpocrates, welche andeutete, daß hier der Eingang zum Tempel der Verschwiegenheit sei. Tiefer hinein war das Rauschen und Plätschern eines kleinen Wasserfalls vernehmbar, welcher aus dem Füllherne eines steinernen Meergottes in eine Riesen-Muschel aus rothem Salzburger Marmor herabstürzte und mit seinen tausend und tausend Wasserperlen den **Eingang** einer tiefen Grotte verhüllte, zu welcher man unter dem Wasserstrahl gebückt gelangen konnte und in welcher die Königin der Najaden ihren Palast zu haben schien; denn kleine farbige Lämpchen bestrahlten die mit flimmernden Erz bedeckten Wände, welche wie mit Diamanten und Rubinen übersäet schienen. —

Aber diese natürliche Grotte mündete keineswegs tiefer in einen Berg, sondern an ihrem entgegengesetzten Ende war eine kleine Thüre angebracht, welche in einem niedlichen Gartenpavillon führte, der von außen mit Moos und Stein überdeckt, der Waldhütte eines Einsiedlers zu gleichen schien. Der ganze Platz um die Grotte war von hohen Lindenbäumen und Pappeln umstellt, so daß er dem Auge eines flüchtigen Beschauers des Gartens nicht auffiel. —

Darum konnten auch jene beiden, in dunkle Mäntel gehüllten Männer, welche, einige Tage nach der erzählten Begebenheit in Straßengel, am späten Abende zwischen den bergenden Baumgruppen in die erwähnte Grotte schlüpften, fast mit Bestimmtheit darauf rechnen, von Niemanden im Schlosse bemerkt zu werden.

Diese beiden Männer waren Herr Hanns Erasmus Graf Tattenbach und sein Leibkammerdiener Hanns Balthasar Riebl, der Schlaueste der Schlauen, von denen der erste durch die Grotte schlüpfte, während der Diener am Eingange derselben zurückblieb und unter dem dunklen Laubdache der Bäume so lange Wache hielt, bis er die Ueberzeugung gewonnen hatte, daß sein Herr und Gebieter von Niemanden bemerkt worden war, dann aber vorsichtig durch die Windungen der Laubgänge des Gartens schlich, um sich ungesehen zu entfernen.

Graf Tattenbach aber drang durch die Grotte in den auf der anderen Seite versteckt liegenden Pavillon.

Der Graf stieg leise die drei kleinen Marmorstufen, welche in den Pavillon emporführten, hinauf und schlüpfte durch eine enge Thür in das Innere. Hier nahm ihn ein kleines ovales Gemach auf, welches in der That dem Schlafkabinete eines Fürsten glich. Hochrothe, mit schweren Goldfransen verzierte Seidentapeten bedeckten die Wand; ein schwerer silberner Luster hing von der Decke herab und verbreitete aus dem feinen Lämpchen von hellblauem Glase ein sanftes bläuliches Licht. Von der bogenförmigen, reich mit goldenem Schnitzwerk verzierten Decke blickte das frische Bild einer dem Meere entsteigenden Aphrodite herab; an den gleichfalls mit goldenen Zierathen ausgelegten Wänden hingen die mythologischen Bilder der vor dem Sonnengotte fliehenden Daphne und Jupiters mit der Leda; an dem vergoldeten Schnitzwerke in den Ecken des Gemaches wiegten sich kleine Genien und Liebesgötter, — auf dem prächtigen Fußboden von italienischer Mosaik aber standen an die Wand gereiht die ausgesuchtesten Blumen des Gartens, deren Wohlgerüche das kleine Gemach erfüllten. Auf einem Marmortischchen in der Ecke glänzte prächtiges Silbergeschirr mit Backwerk und kristallhelle langhälsige Flaschen bargen den feurigsten rothen Ungarwein. In der andern Ecke des ovalen Gemaches lehnte eine kleine Harfe, durch deren Saiten der Zugwind vom geöffneten Fenster strich; — im Hintergrunde des Gemaches aber schimmerten hinter einem auseinandergeschlagenen, mit schweren Goldborden verzierten Vorhange die prächtigen Damaſtüberzüge eines Ruhebettes, auf welchem eben die Göttin dieſes kleinen Feentempels lag. —

Eine herrliche ſtattliche Frauengeſtalt war's, eine Dame, nicht mehr ganz jung, aber ſchön wie der aufgehende Morgen und ſtrahlend in voller Kraft und Ueppigkeit. Ihr ebenmäßiges bleiches Geſicht trug die Züge des Stolzes und der Entſchloſſenheit; in ihren großen dunklen Augen ſtrahlte die Gluth ihres feurigen Herzens wieder; dunkle Locken fielen von ihrem ſchönen Haupte auf ihre weißen Schultern nieder und wurden am Scheitel von einem über ihre hohe reine Stirne laufenden breiten Kranze von rothen Perlen mit einer Diamantagraffe zuſammengehalten; ſie trug ein leichtes, enganſchließendes Kleid von rother Seide, über welchem ein hellblauer mit vergoldeten Schnüren reich beſetzter kurzer Jagdrock die üppigen Glieder des ſchönen Weibes umſpannte; ihre ſchönen weißen Hände ſtrahlten von funkelnden Ringen; ihre niedlichen Füßchen ſtacken in hellrothen reich mit Perlen beſetzten Schuhen; die ſchöne Dame hielt ein kleines Porträt-Medaillon in der Hand, in deſſen Anſchauen ſie vertieft war.

Dieſe ſchöne, in allen ihren Zügen und Bewegungen einer weltgebliethenden Königin gleichende Dame, war eine Ungarin: ſie war die Gräfin Anna Katharina von Zrinyi, die ſtolze und ehrgeizige Gemalin des nicht minder ſtolzen und ehrgeizigen Grafen Peter Zrinyi, des damaligen Banus von Croatien.

Aber nicht ihrem ſtolzen Gemale war in dieſer Stunde ihr Herz zugewendet; zu ihren Füßen lag der eben von ſeiner Krankheit erſtandene bleiche oder im Innern glühende Graf Hanns Erasmus Tattenbach und ſeine feurigen Küſſe brannten auf der weichen Hand der ſchönen Gräfin Anna Katharina von Zrinyi. Der Mann aus Rohr und Binſen hatte in dieſem Augenblicke alle Vorſätze vergeſſen, welche er noch vor wenigen Tagen ſeiner ſanften Gemalin gegenüber gemacht hatte . . . .

„So ſehe ich Dich wieder, Weib meines Herzens!" rief er, ſich an der Seite der ſchönen Gräfin niederlaſſend; „Anna Katharina von Zrinyi hat meinen heißen Wunſch erfüllt und mich durch ihr Erſcheinen in meinem Hauſe zum Glücklichſten der Sterblichen gemacht!"

Aber die Gräfin blickte ihm mit ernſter Miene in's blaſſe Antlitz. „Nicht ſo ſtürmiſch, Graf Tattenbach", bat ſie; „nicht bloß um Euch nach Eurer Gottlob überſtandenen Krankheit wieder zu ſehen, bin ich von Agram hieher gekommen; — nicht dem ſüßen Worte der Liebe, die Ihr mir in Eurem Briefe ſo reichlich betheuert, gilt mein heutiges Erſcheinen; ich bin hier, um zu fragen: ob Graf Tattenbach während dem dunklen Traume ſeiner Krankheit auf ſeine weitausſehenden Pläne des edlen Ehrgeizes vergeſſen hat, die wir beſprachen, als wir uns auf Kranichsfeld das letztemal ſahen?" —

„Katharina!" rief der Graf — „ſoll ich jetzt ſchon, ſtatt die Freuden der ſtillen Schäferſtunde des Wiederſehens zu genießen, die Geiſter heraufbeſchwören, die mir ſeit Jahren den Schlaf meiner Nächte verſcheuchen?"

„O ſeht doch den Mann der That!" entgegnete die Gräfin mit einem bitteren, faſt ſpöttiſchen Lächeln. „In Worten groß, zögert er nun mit der That, da die Stunde gekommen iſt, in welcher er handeln ſoll."

„Gräfin", entgegnete der Herr von Tattenbach, „Ihr wißt, daß ich mehrere Monate erkrankt darnieder lag und nicht handeln konnte; sagt: was haben unsere Freunde inzwischen vorbereitet?" —

„Der Palatin, Franz von Wesseleny, mein Gatte, Graf Peter Zrinyi, der Vicepalatin Graf Franz Nadasdy und der Markgraf im Küstenlande, Christof Frangipany", — berichtete die Gräfin, „haben den vollständigen Plan der Action entworfen, sie werden sich", setzte sie hinzu, „am nächsten Sonnabend auf Kranichsfeld einfinden und erwarten Euch, Graf Tattenbach, so Ihr es ernstlich meint und den Gang zum Ruhme und zur Macht wagen wollt, „mein kranker Regierungsrath." —

Die Gräfin begleitete die letzten Worte wieder mit einem spöttischen Lächeln; sie wußte, daß sie damit die Wirkung auf das wankelmüthige Gemüth des ihren Reizen blind huldigenden Mannes nicht verfehle. —

In der That wechselte jetzt die Gesichtsbläße des jungen Grafen mit hoher Röthe — „Ah, Ihr wißt bereits, Katharina", sagte er, „daß mich der Kaiser zum Regierungsrath ernannt hat —"

„Und daß Ihr" fiel die Gräfin ein, „folglich ein treuer Staatsdiener bleiben und all' Eure hochfliegenden Pläne von Macht und Größe aufgeben — Ja, daß Ihr, wenn Ihr wirklich ein treuer und dankbarer Staatsdiener bleiben wollt, nun Eure Bundesfreunde selbst an's Messer liefern müßt, und die goldene Gnadenkette wird nicht ausbleiben." —

„Katharina!" rief der Graf, „wie niedrig denkt Ihr von mir!" —

„So handelt!" rief die Gräfin; „Thaten, Thaten will ich sehen von dem Manne des Zweifels und der Unentschlossenheit — der Aufschub ist ein Dieb der Zeit; Graf Tattenbach, Eure Freunde harren — der Osmane erwartet Eure Anträge, zögert Ihr noch länger, so wird sich bald irgendwo ein Verräther finden, der, in's kaiserliche Lager schleichend, Alles enthüllt, ehe noch Eure Schachzüge begonnen haben."

. Graf Tattenbach betrachtete das schöne Weib, das ihm, so mit flammender Sprache vor ihm stehend, noch reizender erschien, mit glühenden Augen. „Eure Worte, Katharina", sagte er, „fallen auf kein dürres Erdreich; Graf Tattenbach wird zu handeln wissen, wenn es an der Zeit ist, und weder Titel noch Gnadenkette werden ihn zurückhalten vom Gange zum Ruhme und zur Macht, wie Ihr sagt, — allein wer kann sagen, daß die Leiter, auf der wir emporsteigen, nicht von der starken Hand unserer Gegner umgestoßen werden, oder statt zur Pforte des Ruhmes und zum — Blutgerüst führen wird. O, daß ich nur einen Augenblick hinter den Schleier der Zukunft blicken könnte, daß ich einen weisen Propheten fände, der mir die Cabala aufschlüge und mich das letzte Fazit unserer Rechnung schauen ließe", setzte er düster vor sich hin blickend, hinzu.

„Mann des Zweifels und der Unentschlossenheit!" rief die Gräfin, „Ihr fordert also, daß Euch vor Allem das Schicksal einen Freibrief gebe, ehe Ihr Euch demselben blind in die Arme werft — nein, Herr Graf! — wer nichts wagen will, wird nimmer etwas gewinnen — wer seinen Lauf im blinden Aberglauben

und nach den Gestirnen richten wird, der, mein Freund, wird mit ihnen unter-
gehen — denn kein Stern vermag ja immer am Himmel zu stehen." —

„Dennoch", entgegnete Graf Tattenbach mit leiser fast schüchterner Stimme,
als fürchte er das, was er eben sagen wollte, von seinen Lippen zu lassen, —
„dennoch gibt es Mittel und Wege, auf denen der Sterbliche über die Grenzen
des Irdischen hinüberschreiten und einen Blick in die Zukunft thun kann, — habt
Ihr niemals, Katharina, von jenen weisen Frauen und Prophetinen gehört, denen
die Gabe, in die Zukunft zu schauen, innewohnt?"

Anna Katharina von Zrinyi lächelte. „Wohl kenne ich den Wahnglauben
an derlei Prophetinen", entgegnete sie, „und weiß, daß das Volk in unseren Tagen noch festhält an diesem Glauben an Zauberer, Wahrsager und dergleichen. —

„Und nicht mit Unrecht", fiel der Graf ein; „Ihr lächelt, Katharina;
dennoch sage ich Euch, daß Ihr mich hier noch an Eurer Seite sitzen seht, ver-
dankt Ihr eben nur einer jener weisen Frauen, durch deren Kunst allein ich von
meiner schweren Krankheit geheilt worden bin." —

Katharina von Zrinyi blickte dem Grafen erstaunt ins bleiche Antlitz, dieser aber fuhr fort: „Seht Katharina, als ich vor zwei Monaten so zum Tode
ermattet auf meinem Leidensbette lag und meine Aerzte die Häupter schüttelten
und selbst der hocherjahrene Doctor Kaspar Eisenschmied mich als rettungslos dem
Knochenmanne, der schon an meiner Thüre pochte, verfallen erklärte: da war's
mein treuer Diener Balthasar, der mir, nachdem alle Mixturen der gelehrten
Herren meine Lebensgeister nicht mehr anfachten, in einer winzigen Phiole ein
braunes Tränklein brachte, welches ihm die weise Frau bei Thurnisch am Pettauerfelde für mich gegeben hatte. Wenige Tropfen von diesem kostbaren Lebensöl ge-
nügten und schon fühlte ich meine Pulse frischer schlagen und meine Kraft wiederkehren — und als ich hierauf zum großen Staunen meiner Aerzte allmälig
wieder genas, da schrieben es diese ihrer Kunst zu, ich aber belohnte meinen
Diener reich als den Retter meines Lebens und nahm mir vor, auch die weise Prichta
vom Pettauerfelde aufzusuchen und ihr meinen goldenen Dank in die Hand zu
legen." —

„Ich habe von dieser Prichta bei Thurnisch am Pettauerfelde gehört", fiel
die Gräfin ein, „sie behauptet, von dem Geschlechte der Rosenberge abzustammen
und eine Verwandte jener Prichta von Rosenberg zu sein, welche vor mehr als Zweihundert Jahren als Gemalin des Johann von Lichtenstein in der Steiermark kurze Zeit
lebte — sie soll bei dem Landvolke in hohen Ansehen stehen und als Zauberin
und Prophetin gelten — hütet Euch, Graf, daß Ihr nicht mit der Geistlichkeit in Zwiespalt gerathet, wenn Ihr mit der Zauberin am Pettauerfelde
anbindet." —

Der Graf lächelte. „Dafür ist gesorgt", sagte er, „Ihr wißt, Katharina,
daß Klugheit bisher die Triebfeder meiner Handlungen war und daß ich wie
Weiland Kaiser Rudolf I. stets meine Gegner kühn in's Antlitz trete und wenn
sie am ärgsten wider mich machiniren, mitten unter ihnen ganz unbefangen auf-
trete, so täusche ich sie alle über meine Ansichten und Pläne."

Das schöne Antlitz der Gräfin Zrinyi nahm jetzt einen sehr ernsten Ausdruck an: „Nun, Herr Regierungsrath", sagte sie, ihre feine weiße Hand auf den Arm des geliebten Mannes legend, seid in Eurer Kühnheit nicht maßlos — versteht Ihr auch den Wolf im Lammfelle meisterhaft zu spielen, so denkt doch an das alte Sprichwort: „Schein verfliegt, Wahrheit siegt." — Dieses Doppelspiel, Graf, kann nimmer lange dauern und ist meinem Sinne, der den raschen und offenen Kampf mit dem Gegner diesem Heuchlerwerke vorzieht, entschieden zuwider, wie soll Katharina von Zrinyi den Liebes-Schwüren eines Mannes trauen, den sie eben nicht als einen Mann der Wahrheit achten kann?!"

Da stürzte der liebeglühende Graf zu den Füßen des schönen Weibes hin und bedeckte Katharina's feine Hand mit glühenden Küssen. „Vor Dir, meine angebetete Katharina", rief er, „liegt der Mann der Wahrheit; ja, Wahrheit ist meine Liebe, meine Hingebung für Dich, für Dich, Weib meines Herzens und muß ich vor all' meiner Umgebung den Schein vor die Wahrheit stellen, weil ich in der wahren gewappneten Gestalt noch nicht hervortreten darf, so liegt allein vor Dir mein Herz offen und ohne Falte da und Du — Du meine heißgeliebte Katharina, Seele meiner Seele, Leben meines Lebens, mache aus mir, was Du willst — mein Leben, mein Athem, meine Gegenwart, meine Zukunft ist Dein — sprich herrliches Weib: was soll ich thun, um Dir zu gefallen?"

„Handeln!" sagte die Gräfin mit Betonung. — „Will Graf Tattenbach fest zum Bunde seiner Freunde stehen und seinem ahnenreichen Hause für alle Zeit Macht und Ruhm erstreiten, so muß er, statt den Doppelgänger auf beiden Seiten zu machen, fest und entschieden den Kampfplatz betreten, wo ihn der Lorbeer eines Corvin, eines Hunyad erwartet!"

„Das will ich! so wahr ich ein Herz im Leibe habe!" rief der Graf im Anschauen des schönen Weibes versunken, das wie eine strahlende Göttin des Sieges mit glühendem Antlitze vor ihm stand. —

Aber ein bitteres Lächeln spielte jetzt um den Mund der stolzen Ungarin; sie schüttelte das schöne Haupt und machte eine abwehrende Bewegung. „Nein, nein, Graf Tattenbach, sagte sie, seinen ausgestreckten Arm sanft zurückdrängend, „Ihr seid kein Mann — was soll dies Zögern und Schwanken, dies Hangen und Bangen — Ihr wollt nicht vor- und auch nicht rückwärts schreiten. Heißes Blut brennt in Euren Adern, aber in Eurer Phantasie spukt das Gespenst vor den Mächtigen, die Ihr bekämpfen sollt, um — ihresgleichen zu werden! . . . .

„Katharina!" rief der Graf, „wie niedrig denkt Ihr von mir!"

Aber die Edelfrau wandte sich jetzt zu den beiden großen Ahnenbildern, welche an der Wand des Gemaches hingen; „o seht doch herab", rief sie, „ihr stolzen Vorfahren des Mannes von Rohr und Binsenkraut, haucht ihm euren Muth ein, auf daß er sich aufraffe zu dem Werke, das ihm eine Krone bringen kann. —

Die Gräfin hielt hier inne —

Sie, die das wandelbare Gemüth des Grafen Tattenbach nur zu gut kannte, wußte, daß sie nun alle Waffen gebraucht hatte, um auf dieses Herz einzustürmen und es zu besiegen für den Zweck, — für den es eben besiegt werden sollte . . . .

Jetzt trat jenes sanfte, unendlich reizende Lächeln auf die rosigen Lippen der schönen Frau, welchem der junge, liebeglühende Graf nie widerstehen konnte; sie faßte wieder die Hand Tattenbach's. „Verzeiht, Graf", sagte sie, „wenn mir eben ein bitteres Wort entschlüpfte; nein! nein! Katharina von Zrinyi denkt höher von dem Manne ihres Herzens — o gewiß: Graf Tattenbach erfaßt seine Sendung: der Held Pannoniens zu werden!" —

Das schöne Weib breitet jetzt die üppigen weißen Arme aus. „Wird die Hoffnung der Liebe durch den Muth des Helden erfüllt werden?" fragte sie. —

„Sie wird es! meine heißgeliebte, angebetete Katharina!" rief der junge Graf zu den Füßen der schönen Siegerin über sein Herz hinstürzend — welche jetzt den lange schon Besiegten an ihr pochendes Herz zog, dann den kleinen Kranz von Lorbeeren und Eichenlaub, welcher auf dem Haupte der nahestehenden Marmorbüste des Ungarhelden Corvinus lag, rasch herablangte, und ihn, sich zu dem jungen Grafen niederbeugend, diesem auf sein Haupt drückte, indem sie ihm zulispelte „Dem Befreier Ungarns!" während ein heißer Kuß auf den Lippen des Glücklichen brannte, der in dieser nunmehr beginnenden Schäferstunde ganz vergaß: daß er „ein treuer Staatsdiener und neuernannter kaiserlicher „Regierungsrath" sei . . . . .

VI.

In der grünen Stube.

In der schönen Herren-Gasse der Landeshauptstadt Graz steht das stattliche vom Alter geschwärzte Haus, in welchem in unseren Tagen das große Wort im Lande gesprochen wird. —

Die Stände der Steiermark kauften dieß merkwürdige Gebäude im Jahre 1594 als ein altes Haus „die Kanzlei" genannt, mit noch einigen nebenstehenden Bürgerhäusern — nun heißt es das „Landhaus". —

Wie alle Gebäude dieses Zweckes war es seit seiner Erbauung eine geheiligte Stätte des Friedens und die Holztafeln am Eingange mahnten: „daß sich in diesem hochbefreiten Landhause jeder bei Leibes- und Lebensstrafe des Rumorens zu enthalten habe, daß hier die Wehr-, Dolch- oder Brobmesser nicht gezuckt werden, daß Niemand sich balgen, schlagen oder mit anderen Wehren Ungebühr übe oder Maulstreiche ausgeben dürfe." —

Man sieht hieraus, daß es in der alten, guten biderben Vorzeit, die von Manchem so über Gebühr gepriesen wird, mit der „Ritterlichkeit" nicht immer ernst gemeint, und daß das „Rumoren und Zucken der Brobmesser" damals nichts Ungewöhnliches war. —

Noch liegt in diesem merkwürdigen Hause mit seinen dreifachen Arkaden und dem kunstvollen von den alten Grazer Meistern Thomas Auer und Maxi-

milian Auer gegoſſenen Hofbrunnen, die vom 17. Auguſt 1186 datirte hoch in-
tereſſante Original-Urkunde vom 17. Auguſt 1186, welche über die freiwillige
Abtretung der Steiermark an Oeſterreich von Seite des an unheilbarem Siech-
thume dahinſterbenden Traungauer Herzogs Ottocar VI. für den Herzog Leopold
den Tugendhaften aus dem Hauſe der Babenberger ausfertigt ward; — ebenſo
liegt hier der ſteiermärkiſche Herzogshut, der früher in der Burg zu Graz bewahrt, im Jahre 1785 nach Wien gebracht, dann im Jahre 1790 wieder nach
Graz zurückgeführt wurde, und als ein merkwürdiges Erinnerungszeichen vergan-
gener Zeit nun hier aufbewahrt wird.

Der große, im Jahre 1825 neu hergeſtellte Ritterſaal hieß einſt die
grüne Stube, in welcher die Landſtände der Steiermark tagten.

In dieſer grünen Stube hatte am Chriſtabende des Jahres 1669 eben
die letzte Berathung der Väter des Landes in dieſem Jahre ſtattgefunden.

Die meiſten der Herren an der ſtändiſchen Rathstafel hatten bereits ihre
Sammtmäntel aufgenommen und ſich aus der grünen Stube entfernt, um in
den Kirchen von Grätz ihre Andacht zu pflegen, dann aber im Kreiſe ihrer Familien den Chriſtabend bei einem reichlichen Mahle nach herkömmlicher Weiſe recht
vergnügt zu feiern; nur der Vorſitzende des geheimen Rathes und Schloßhauptmann, Philipp Graf Breuner, der Freiherr Johann Friedrich von Thurnbl und
Herr Johann Kaspar von Kellersperg waren noch zurückgeblieben; denn ſie erwarteten den Stadtrichter, welcher ſich während der Sitzung bei dem Grafen
Breuner wegen Mittheilung wichtiger Nachrichten hatte anſagen laſſen.

Jetzt ging die Thüre auf und herein trat ein ſtattlicher Mann in ein-
fachem ſchwarzen Wamſe mit einem gleichfarbigen Mäntlein und dem kurzen Stahldegen an ſeiner Seite.

Dieſer Eintretende war der ehrenfeſte, redliche und allgemein geachtete
damalige Stadtrichter von Grätz, Herr Peter Voll, der nicht umſonſt dieſen
Namen führte: denn er hieß Voll und lebte für das Volk, das ihn wegen ſeiner
weiſen Strenge in Wort und Handlung hochachtete, wegen ſeiner ſteten und aufrichtigen Sorge für das Volk aber liebte und ihm anhing. — Seine Miene war
ſehr ernſt, als er die anderen beiden Herren begrüßte.

„Ei, Herr Stadtrichter", rief ihm der Schloßhauptmann entgegen, „was für
eine trübe Miene bringt Ihr uns zum Chriſtgeſchenk? gibt's Rumor im Weichbilde
der Stadt von den Rotten?"

„Die feierlichen Klänge unſerer Glocken auf dem Schloßberge und in der
Stadt," ſagte der Stadtrichter, „bedeuten zwar den Frieden für das Land — aber
braußen, jenſeits unſerer Landesgrenzen, bereitet ſich Stürmiſches vor, den ſoeben
hat ein reitender Bote aus Wien ein geheimes Schreiben des Hofkanzlers, des Herrn
Chriſtof von Abele zu Lilienfeld, überbracht, über deſſen Leſung ich erbleichte." —

„Was ſagt Ihr, Herr Stadtrichter?" — fragten die beiden Herren.

„Und ein anderes wohlverſiegeltes Schreiben des Herrn Staatsminiſters,
Wenzl Euſebius Fürſten von Lobkowitz, iſt an Euch, Herr Graf, gerichtet," fuhr
der Stadtrichter fort; indem er dem Schloßhauptmann Grafen Breuner einen
Brief mit dem kaiſerlichen Staatsſiegel überreichte, den dieſer ſchnell erbrach. —

Todtenbläſſe bedeckte aber das Antlitz des Grafen Breuner, als er das
Schreiben durchflog. „Alſo ſchon ſo weit iſt es gediehen!" rief er. —

„Ja, ſo weit," entgegnete der Stadtrichter, ein anderes bereits geöffnetes
Schreiben mit dem kaiſerlichen Staatsſiegel unter ſeinem Oberwammſe hervor-
ziehend. —

In dieſem Augenblicke flog die Thüre auf und hereintrat mit heiterem
Antlitze der lebensfrohe Graf Hanns Erasmus Tattenbach im leichten ſilberver-
brämten Mäntlein, den kurzen Stahldegen, an deſſen Griffe ein großer Diamant
blitzte, an ſeiner Seite.

„Auf, Ihr Herren!" rief er den im Saale Befindlichen zu; „laßt jetzt den Rathssitz mit der grünen Decke auf einige Tage verhüllen; das Christfest ist ausgeläutet, nun gibt's allerweg im Lande Gerichts- und Rathsferien: den Landschadenbund laßt jetzt füllen; nun gibt's Fastnacht und ich komme Euch abzuholen in den Tafel-Saal beim Landeshauptmann Grafen von Trautmannsdorf, der heute, seinem Zipperlein zum Trotze, mit uns ein paar tüchtige Flaschen echten Ungarweines ausstechen will." Aber die drei Herren blickten dem jungen gräflichen Lebemann gar trübselig entgegen. —

„Ja wohl gibt's heute Fastnacht," nahm jetzt der Schloßhauptmann Graf Breuner das Wort; „aber eine Fastnacht, in welcher es nach den Worten der Schrift heißen muß: Wachet und betet, auf daß der Böse nichts vermöge im Lande." —

„Ja," fiel der Freiherr von Thyrnbl ein, „es wird uns heute wahrlich besser anstehen, daß wir, statt uns im Tafelsaale des Landeshauptmannes zum Fastnachtsschmause zu versammeln, uns in der Aegydikirche oben einfinden und dem Herrn, der vor eintausendachthundert und siebenzig Jahren den Frieden auf die Erde brachte, recht demüthiglich anflehen, daß er in seiner Allbarmherzigkeit auch jetzt unserem guten Steyrerlande den Frieden erhalten und nicht zugeben wolle, daß der Feind, der im Stillen Verderben gegen uns brütet, etwas vermöge wider uns!"

Graf Tattenbach blickte dem Sprecher verwundert in's Gesicht; „ch, Freund Hanns Fritze," sagte er, „was sollen diese Reden." —

„Es sind Nachrichten, die Euch, Herr Graf," fiel der Schloßhauptmann ein, „um so weniger ganz unbekannt geblieben sein können, als Ihr, wie männiglich weiß, mit den hochedlen ungarischen Familien in stetem Verkehr und Briefwechsel steht." —

Graf Tattenbach erfärbte sich ein wenig — — „Nun, und was für Nachrichten sind eben eingelaufen?" fragte er nach einer Weile. —

Aber jetzt trat der Stadtrichter Peter Volk, welcher ernst und schweigend dagestanden war und das Mienenspiel des Grafen Tattenbach aufmerksam beobachtet hatte, auf ihn zu: „Verzeiht, Herr Graf," sagte er, „wenn ich geradezu behaupte, daß Euch ganz besonders die Dinge, die sich im benachbarten Ungarn vorbereiten, nicht fremd sein können; ja, daß Ihr sicher geheime Nachrichten hierüber haben müßt, dieweilen Ihr, wie die Kunde geht, auf all Euren Gütern an Zeug und Söldnern rüstet, als ob schon morgen der Feind des Landes über unsere Grenzen hereinbräche — gewiß habt Ihr, was Ihr wohl bisher nicht verlautbaren durftet, absonderlich geheime Aufträge vom allerhöchsten Hofe. — --

Graf Tattenbach erblaßte. — Seine Augen senkten sich zu Boden, sein ganzer Körper zitterte und seine Knie schienen zu wanken; er mußte sich an der vergoldeten Lehne des nächststehenden Sessels festhalten. —

„Die entsetzliche Kunde scheint Euch arg zu erschüttern, Herr Regierungsrath," sagte der Schloßhauptmann, den Grafen fest in's Auge fassend. —

„Wen würden sie nicht erschüttern!" rief dieser sich ermannend und stolz emporrichtend. „Und wer," fragte er mit schwankender Stimme, „wer hegt solch' frevelhafte und verbrecherische Pläne in seinem Hirn." —

„Das ist vor der Hand noch das Geheimniß des Hofes in Wien," entgegnete Graf Breuner — „man scheint," sagte er mit abermaliger scharfer Betonung hinzu, „noch nicht über alle Theilnehmer dieses verrätherischen Bundes im Klaren zu sein — man will," fuhr er mit immer steigender Stimme, den jungen Grafen fest in's Auge fassend, fort, „den Verblendeten ohne Zweifel noch Zeit lassen, sich von dem hochverrätherischen Bunde loszusagen und durch einen getreuen Bericht der Sache an den Kaiser, Allerhöchst dessen Gnade wieder zu verdienen . . . . . ."

Der Graf von Breuner schwieg hier — der Stadtrichter aber trat jetzt dem Grafen Tattenbach näher. „An Euch, Herr Regierungsrath," sagte er, „wäre es, meine ich, daß Ihr, als ein Vertrauensmann des allerhöchsten Hofes, all' Eure Verbindungen im Lande Ungarn benützen und nicht ruhen solltet, bis Ihr über das, was sich in Ungarn und im benachbarten Croatien entspinnt, dem Monarchen zuverläßige Botschaft zu Füßen legen könnet." —

„Das will ich!" fuhr Graf Tattenbach empor, „das will ich, so wahr mir Gott helfe! — Noch heute Nachts lasse ich meine Rosse satteln und jage über die Grenze. — Wie ein Keil will ich unter die Feinde meines Herrn und Kaisers fahren und —"

Die drei Herren schwiegen jetzt. —

Todtenstille herrschte im Saale. —

Graf Hanns Erasmus von Tattenbach stand aber glühend im Antlitze, in seinem ganzen Wesen fieberhaft aufgeregt, vor den drei ernsten Männern, wie der — Schuldige vor seinem Richterstuhl . . . .

Und ohne Gruß und Abschied schritt jetzt Graf Hanns Erasmus von Tattenbach zum Saal hinaus, während die drei Herren, ihn düster nachblickend, Blicke voller Bedeutung miteinander wechselten. . . .

Graf Tattenbach aber eilte vor Allem in seine Wohnung, dort schrieb er einen langen Brief an seine geliebte Anna Catharina von Zrinyi, in welchem er die Gräfin von dem oben stattgefundenen Auftritte in der grünen Stube zu Grätz unterrichtete, ihr Vorsicht empfahl und sie wiederholt in den zärtlichsten Ausdrücken seiner Liebe versicherte. — Um Mitternacht, als von den Thürmen zu Grätz die Mette der Christnacht eingeläutet wurde, rief der Graf seinen Leibdiener Hanns Balthasar Riebl und übergab ihm den eben geschriebenen Brief: „den bestellst du morgen früh an meine Anna Catharina am Schloßberg", befahl er, „ich gehe nach Kranichsfeld. Sorge, daß meine Abwesenheit nicht zu sehr bekannt werde." —

VII.

Die Erzzauberin zu Thurnisch am Pettauer Felde.

Uralt und merkwürdig ist die Geschichte der Stadt Pettau in Unter-steiermark.

Da, wo sich jetzt die Mauern dieser alten Stadt erheben, streckte einst eine römische Legion ihre Adler aus; es war die sogenannte pannonische Legion, welche nach einer zu Wien gefundenen Inschrift die sechzehnte doppelte Legien des Kaisers Tiberius genannt wurde, nur aus alt erprobten Veteranen bestand und einige Jahre vor der Geburt unseres Herrn und Heilandes unter Claudius Drusus, dem Stiefsohne des Kaisers Augustus gegen die Deutschen in's Felde zog, dann unter ihren verschiedenen Anführern ihren Namen in die tunische, mu-cianische und fabische änderte, endlich aber im Jahre 69 nach Christi Geburt zu Pettau und später zu Olimak überwinterte und hiervon den Namen der dreizehnten pettauischen und ollmacantischen Legion erhielt. — Schon zur Zeit des wilden Hunnenkönigs Attila, welcher gegen Rom zog, ist einer der Grafen von Pettau genannt, welchen Kaiser Romulus Augustulus mit Primitus, dem Landvogte von Noricum, dem wilden Eroberer entgegensandte, um ihn zur Einhaltung seines Raubzuges zu bewegen, aber vergeblich: denn Attila, von den Geschichtschreibern die Gobegisel (Geißel Gottes) genannt, zog mit Morden und Brennen durch

Unterstetzer und erst nach seinem Tode mußten seine Hunnen Pannonien räumen, wohin bald wieder andere wilde Gäste, die Gothen, kamen. —

Am Pettauer Felde, da wo also einst der weltgebietende Römer seine Adler aufpflanzte, führte in der zweiten Hälfte des siebenzehnten Jahrhunderts ein schmaler Waldweg in das Dickicht eines Forstes, zwischen hohen Tannen zu einer Waldhütte. Von außen mit grünem Moose überdeckt, hatte diese Hütte ein einziges Fenster und eine niedrige Thüre und lehnte an einem Felsen, in dessen lange Grotte sie mündete. Kein Kreuzchen auf ihrem kleinen Thürmchen deutete an, daß hier ein Waldbruder wohne; auch keine Jägerhütte war's, worin etwa ein Waldhüter seine Wohnung hatte; vor der schmalen Thüre lag eine große graue Katze stets zusammengerollt, mit auffallend großen Augen; sie hatte die Gestalt eines lauernden lebenden Thieres, war aber von Sandstein gemeißelt.

Vor dieser Hütte standen an einem Wintertage des beginnenden Jahres 1670 zwei hohe Frauengestalten in Marder-Pelze gehüllt; hinter ihnen stand ein Jüngling, dessen mit vielen Silberschnüren verziertes Pelzmäntlein den Ungar andeutete.

Die beiden Frauen hüllten sich dichter in ihre Pelzmäntelchen, denn der Himmel schüttelte große Flocken herab und ein schneidender Nordwind blies durch die Wälder, durch welche das krächzende Geschrei der Krähen ertönte, die über die beschneite Haide ihren Nestern zuflogen.

„Hier muß sie sein," sagte jetzt die größere der beiden Frauen in ungarischer Sprache zu der andern; „hier," setzte sie hinzu, „liegt die von unserm Stallmeister Rudolphi beschriebene graue Stein-Katze, deren Auge man betasten muß. — Die Dame drückte jetzt an einem Auge der großen steinernen Katze und im Nu knarrte es wie eine sich drehende Angel und die kleine Thüre der Hütte sprang auf.

Die beiden Frauen traten sogleich gebückt in die Hütte. —

Ein über und über an den Wänden mit bläulichem Moose belegtes Stübchen, aus welchem ihnen eine äußerst liebliche Wärme entgegen wallte, nahm sie auf. Auf einem großen Strohsessel am Ofen saß neben einem zweibeinigen Tische eine widerliche Gestalt.

Es war ein altes Weib mit grauen zottigen Haaren, welche derselben in das gefurchte Antlitz hingen, aus welchem über einer spitzig zulaufenden Nase ein paar kleine graue Augen hervorblickten; über das spitzige Kinn lief eine Art grauer Bart bis zu den tief eingeschnittenen Mundwinkeln. Auf dem hagern und stark gekrümmten Leibe des Weibes hing ein sackartiges Oberkleid von grauem Loden; in der knochenartigen Hand hatte es eine rostige Feuerzange, mit welcher es die Gluth im Ofen eben schürte, als die beiden Frauen mit dem sie begleitenden Junker eintraten, denen sogleich ein zu den Füßen des alten Weibes liegender zottiger schwarzer Hund knurrend entgegenfuhr, der sich aber sogleich zu den Füßen der Alten im Sessel wieder niederstreckte, als ihm diese mit der Feuerzange einen Schlag auf das Fell versetzte.

Die Alte erhob sich jetzt mühsam aus dem Strohsessel, nahm das auf dem Tische stehende Lämpchen auf und hielt es mit ihrer zitternden Knochenhand den beiden Frauen entgegen. „Wen sucht Ihr hier?" fragte sie mit heiserer Stimme die Eintretenden.

„Die weise Frau Prichta, die berühmte Zauberin zu Thurnisch am Pettauerfelde," entgegnete die größere der beiden Frauen sogleich. —

Auf das falbe Antlitz der Alten trat ein widerliches Lächeln. — „So nennt man mich im Lande," sagte sie mit heiserer Stimme, „ich bin aber weder weise noch eine Zauberin — der Herr wolle mich in Gnade bewahren vor diesem Rufe. —

Aber die größere der beiden Damen lächelte: „Wir kommen nicht als

Kundschafter des hochnothpeinlichen Halsgerichtes in Gräz oben," sagte sie, „um Euch, Frau Prichta, wegen Zauberei und schwarzer Kunst anzuklagen — nein, wir sind Bittende und wollen Rath und Hilfe von der weisen Frau. — . . . . . . Wer hat Euch meine Behausung verrathen?" fragte die Alte mit einem stechenden Blicke auf die beiden Frauen.

„Der Stallmeister Rudolst des Banus von Croatien, Grafen Zrinyi," entgegnete die größere der beiden Frauen.

„Der Stallmeister des Grafen Zrinyi?" fragte die Alte kopfschüttelnd; „ich habe den Mann niemals gesehen."

„Er hat es," sagte die größere der beiden Damen, „aus dem Munde des Grafen Hanns Erasmus von Tattenbach: daß Ihr in Eurer verborgenen Wald-hütte, den Grafen, den schon alle Aerzte in seiner Krankheit aufgegeben hatten, mit Eurem Tranke aus heilsamen Kräutern zum neuen Leben erweckt."

„Es ist nicht recht," entgegnete die Alte finster, „daß der Graf ausschwatzte, was er nicht sollte; künftig wird die alte Prichta Niemanden mehr einen Trunk reichen und ihre stille Klause noch enger verschließe vor dem undankbaren Menschen-volke."

Das narbige Antlitz der alten Hüttenbewohnerin nahm bei diesen Worten einen arg widerlichen Ausdruck an.

„Was wollt Ihr also hier?" fragte sie wieder, die beiden Frauen starr anblickend. —

„Rath und Hilfe," entgegnete die größere derselben, ein kleines silberge-sticktes Beutelchen, aus welchem durch das feine Garn der goldene Inhalt hervor-blitzte, auf das Tischchen neben der Alten legend, deren kleine Augen sogleich in höherem Glanze leuchteten, als sie diese Handbewegung wahrnahm.

„Ei," sagte sie jetzt in einem minder schroffen Tone, „wie kommt es, daß die Mächtigen, Gewaltigen und Reichen im Lande in diesen Tagen Rath und Hilfe suchen bei den Armen und Machtlosen."

„Wer sagt Euch denn, daß wir zu den Mächtigen und Gewaltigen im Lande gehören?" entgegnete die größere Dame.

„Wie? hat das Auge der Prophetin," bemerkte die andere, „schon heraus-gefunden, wo unsere Wiegen einst standen?"

Da streckte sich die hagere und gekrümmte Gestalt der Alten auf einmal empor; sie schien größer zu werden; ihre kleinen Augen funkelten, ihre dürre rechte Hand bog sich, ihr langknöcheriger Zeigefinger wies auf die größere der beiden Frauen:

„Du bist," — sagte sie in einem hohlen feierlichen Tone, — „Du bist Anna Catharina, die feurige, kluge und dennoch auch unkluge Gräfin Anna Ca-tharina von Zrinyi, Gemahlin des obersten Banus und Statthalters im Lande Croatien, also die erste und gewaltigste Frau im Lande Croatien; — und Du," fuhr sie zu der anderen Dame gewendet in gleichem Tone fort, „Du bist Maria Szeisi, verwittwete Bethlen, nunmehr Gemalin des Palatins Franz von Wesse-lenyi, also die erste und gewaltigste Frau im Lande Ungarn."

Die beiden Damen traten erstaunt einen Schritt zurück — die Alte aber senkte sich jetzt wieder ruhig in den Strohsessel; „nun redet", sagte sie, wieder eine demüthige Haltung annehmend, „was verlangt Ihr mächtigen und gewaltigen Frauen von der armen und niedrigen Magd Prichta?"

Anna Catharina Gräfin von Zrinyi athmete jetzt tief auf. — „In der That!" sagte sie, „wer möchte jetzt noch zweifeln, daß wir vor der Seherin stehen — nun, da Euch unsere Namen bekannt sind, werdet auch wissen, weise Frau, daß wir Euch aufsuchten, um Euch zu bitten." —

„Daß ich," fiel die Prophetin ein, „dem Mann, der nach Euch bei mir ein-treten wird, den Spiegel der Zukunft vorhalte und ihn Macht und Größe schauen laſſe, auf daß der Schwankende fortan feſtſtehe im Streite gegen die Mächtigen für das Land Ungarn." —

Die beiden Damen ſtarrten die Prophetin wieder erſtaunt an, dieſe aber lächelte: „Ja, meine ſchönen Damen," ſagte ſie, „Graf Hanns Erasmus von Tattenbach iſt durch ſeinen Leibpagen, den Tarrody, bereits bei der alten Prichta angeſagt und wird in dieſer Stunde noch hier eintreffen — und es wird," ſetzte die Alte mit einem Blicke auf das gefüllte Beutelchen am Tiſche hinzu, „Alles nach Eurem Wunſche gehen." —

Jetzt horchte ſie auf — „mich dünkt," ſagte ſie, „daß draußen Männer-tritte ſchallen; — er wird es wohl ſein; raſch, Ihr hohen Frauen! tretet in ein Seitenſtübchen." Die Alte ſchob ihren Strohſeſſel zur Seite und öffnete bei dieſen Worten ein ſonſt unbemerkbares Thürlein und die beiden Frauen ſchlüpften durch dieſes in ein kleines finſteres Gemach, in welches nur durch ein ſchmales Fenſter-lein der Strahl des eben aufgehenden Mondes herabfiel; der Leibpage Gorffy *) folgte ihnen. Vor der Hütte aber ſtand der junge Graf Hanns Erasmus von Tattenbach mit ſeinem Leibpagen Tarrody. Auch er drückte auf das linke Auge der Steinkatze, die Thüre der Hütte erſchloß ſich und er ſtand vor der Seherin von Thurniſch.

„Seid gegrüßt, Frau Prichta," ſagte er, ſich ſogleich auf den Strohſeſſel am Ofen niederlaſſend, „es iſt heute zum zweitenmale, daß ich in Eurer Hütte erſcheine. Euer Kräutertrank hat mir die alte Kraft wiedergegeben; darum bring ich Euch noch weiteren Lohn, den Ihr wohl verdient habt." —

Der Graf warf bei dieſen Worten mit ſeiner gewohnten Raſchheit der Alten gleichfalls einen vollen Beutel zu, den dieſe anſcheinend gleichgiltig und ſchweigend zu dem andern von den beiden Gräfinnen erhaltenen auf den Tiſch legte. —

„Dieweilen," fuhr der Graf fort, „Ihr mir ſo raſch zu meiner vollen Geneſung geholfen habt, ſollt Ihr mir nun eine weitere Probe Eurer Kunſt ge-ben, für die ich Euch reicher lohnen will, als Ihr denken mögt." —

„Weiß ſchon, hoher Herr," entgegnete die Prophetin mit ihrer heiſeren Stimme, ſtarr vor ſich auf den Boden blickend, „weiß ſchon, was Ihr wünſcht und ſchauen wollt." —

„Ihr wißt ſchon?" — fragte der Graf überraſcht — habe ich doch mein Vorhaben nur einer einzigen Seele — nur ihr, der Seele meiner Seele, an-vertraut!"

„Ihr wollt, daß ich Euch den Schleier der Zukunft hebe," ſagte die Prophetin; „Ihr wollt ſchauen alle die Bilder Eures Aufwärts-Schreitens auf der Leiter der Macht — und wollt ſehen: ob kein Sproſſe breche an dieſer Leiter, auf daß Ihr nicht in die Tiefe ſtürzet, wo Hinterliſt, Verrath lauern und der Schatten des Todes ſtatt der gekrönten Hoheit entgegengrinſt. — — Hoher Herr! ſetzte ſie mit ſtärkerer Stimme hinzu, „laßt ab von Eurem Vorhaben; es iſt nicht gut, in die Zukunft zu ſchauen, wenn man eine frohe Gegenwart genießt. —

„Ich bin nicht hergekommen, eine Leichenpredigt zu hören," entgegnete der Graf etwas unwillig, „wollt Ihr, wie Ihr mir durch meinen Diener, den Bal-thaſar, und den Stallmeiſter Rudolfi ſagen ließt, Eure Kunſt erproben, indem Ihr mir meine Zukunft ſchauen laſſet, ſo macht es kurz, Alte; und ich will Euch Eure Mühe reichlich lohnen, wie ich bereits verſprach; wo nicht, ſo ſagt es, damit ich wieder umkehre — denn meine Zeit drängt und die Minuten werden mir bereits zu Diamanten, wie dieſer iſt, den ich Euch hier zum Geſchenke mache" —

Der Graf warf bei dieſen Worten einen großen Goldring mit einem

*) Durchgehend hiſtoriſche Namen.

blitzenden Diamanten auf das Tischchen — und nicht minder blitzten jetzt die kleinen Augen der Prophetin, deren Bedenken nun augenblicklich besiegt waren.

Sie drückte an einem unscheinbaren Messingnagel in der rechtseitigen Wand ihres Gemaches; auch hier sprang eine Thüre auf und schloß sich hinter den eintretenden Grafen wieder zu.

Aber wie verschieden war jetzt dieser Raum von jenem in dem Hüttengemache!

Der Graf stand nun in einem ziemlich großen ovalförmigen Gemache, dessen Wände über und über mit blitzenden Diamanten übersät zu sein schienen. Es war aber reines Erz, welches durch die Flamme einer von der Felsendecke herabhängenden Alabaster-Lampe bestrahlt, diesen Schimmer zurückwarf. Durch eine kleine, mit blauem und violettem Glase bedeckte Oeffnung verbreitete sich von oben herab magisches Licht in das von wohlriechendem Dufte erfüllte Gemach, in welchem ferner eine mit blauem sammtartigen Stoffe überzogene lehnsesselartige Bank zur Ruhe einlud.

Der Graf war überrascht, aus der halbfinstern, nur von der kleinen Oellampe erhellten Eingangs-Stube in dieses wahrhaft prachtvolle Gemach zu treten. —

Es schien hier nicht die Wohnung eines als Zauberin verrufenen alten Weibes, sondern der Lustpavillon einer Fürstin zu sein, welche sich eben reiche und vornehme Gäste zur Abendunterhaltung geladen hatte.

Jetzt schallten in das Ohr des Grafen sanfte weiche Töne wie süße Harfenklänge, der nebelartige Dunst im Gemache zerfloß und dem Grafen trat, anfangs in schwachen Umrissen, dann deutlicher und immer deutlicher auf dem grauen Nebelgrunde entgegen — sein eigenes Bild; auf hohem Rosse saß er sich, bekleidet mit dem goldverbrämten Fürsten-Mantel....

Jetzt tauchten aus dem Nebel zwei weiße Hände hervor, ein blendender Nacken bildete sich, die Umrisse eines schönen Frauenkopfes traten vor, endlich schwebte, schön wie ein in den Lüften hinschwimmender Engel, eine herrliche Frauengestalt näher — der Graf erkannte sie sogleich: das prachtvolle Bild der schönen Gräfin Anna Catharina von Zrinyi war's; — die Herrliche hielt einen strahlenden zu einer Krone zusammengeflochtenen Lorbeerkranz in ihren Händen, sie senkte ihn langsam auf das Haupt des Abbildes des in seligem Anschauen dastehenden Grafen — „Catharina!" wollte er rufen; aber in diesem Augenblicke zerfloß die Gestalt der Herrlichen wie ein Schatten der Nacht in der vortretenden Nebelhülle und der Kranz, den sie in ihrer Hand hatte, formirte sich zu einer kleinen Scheibe, diese aber zu einer — Herzogskrone, welche größer und größer wurde, dann aber plötzlich verschwand.

Die sanfte Musik verstummte, ein betäubender Qualm durchströmte das Gemach, Finsterniß erfüllte jetzt den ganzen Raum, betäubt stürzte der Graf zur Thüre und durch das kleinere Eingangsgemach in's Freie, wo sein Leibknappe inzwischen seiner wartete.

Schweigend und wie ein Träumender schritt der Graf an der Seite seines Knappen durch das Gebüsch, bis sie zur ferngelegenen Waldschänke gelangten, wo sie ihre Pferde fanden und im raschen Trabe der Stadt Pettau zuritten, um später auf dem Schlosse Krauichsfeld einzutreffen. Aber in der Hütte der Zauberin von Turnisch blickten sich nach dem Abgange des jungen Grafen die beiden Gräfinnen Anna Catharina von Zrinyi und Maria Szetsi, nunmehr Gemalin des Palatins Franz von Wesselenyi, mit freudig leuchtenden Augen entgegen: „Nun," sagte die erstere mit fester Zuversicht verrathender Stimme, „nun wird er nicht mehr wanken, der Mann von Rohr — er hat das Höchste geschaut und wird das Höchste erringen —

VIII.

In der Schenke zum „Hasenfuß".

Ein gemüthliches Plätzchen der schönen Murstadt Graz ist die alte Schmied-gasse. Ihre alten Gebäude könnten so manches erzählen, wenn Steine reden könnten. — Da steht das stattliche gräflich Kollonitsch'sche Haus Nr. 367, wo einst ein Judenhaus stand, ehe den Israeliten durch Kaiser Max I. der Aufent-halt im Lande untersagt wurde, welcher Fürst sodann das erwähnte Judenhaus dem Ritter Polhaimb überließ. — Da steht auch noch der Gasthof zum Lamm, merkwürdig dadurch, daß der große Kaiser Josef II. auf seiner Durchreise nach Italien hier sein Absteigquartier nahm. —

Da stand in der zweiten Hälfte des siebenzehnten Jahrhunderts auch ein anderes viel besuchtes Gasthaus. Es war ein kleines Haus mit niedrigen Fenstern und einer ziemlich geräumigen Gaststube, welche wie ein unterirdischer Keller in mehrere Seitenabtheilungen verlief, so daß die Gäste im Vordergrunde die rück-wärts sitzenden nicht wahrnehmen konnten und Jedermann, der diese Schänke be-suchte, ungesehen sein Glas guten Steyrerwein hinabschlürfen konnte.

Diese vielbesuchte Schänke, an derselben Stelle, wo in unseren Tagen das besser gebaute Gasthaus zum „Strauß" steht, hatte einen seltsamen Schild: sie hieß zum „Hasenfuß"; ihr damaliger Besitzer nannte sich Hanns Fritz und war einst in Diensten des ritterlichen Ordens der Malthefer. Er wurde, wie die Lan-desgeschichte der Steiermark erzählt, der Gründer des schönen Wallfahrtsortes Maria in der Grüne.

Hanns Fritz war ein stämmiger Mann in den sogenannten besten Jahren, das heißt einige vierzig Jahre alt. Er lebte mit seiner Gattin, der Tochter des früheren Besitzers der Schänke zum „Hasenfuß", in sehr glücklicher Ehe und machte sich's, als ehemaliger Herrendiener, zur besonderen Aufgabe, sich durch sein zu-trauliches Wesen und insbesondere durch die Lieferung seines echten und unver-fälschten Getränkes auf die Tafeln der Standesherren und reicheren Bürger in Gräz, sich in der bereits längst erworbenen großen Gunst derselben zu erhalten, so wie er ganz besonders bei der Geistlichkeit der Landeshauptstadt sehr vortheil-haft angeschrieben stand. *)

So kam's daher auch, daß ihm vorzugsweise auch die Dienerschaft aller besseren Häuser in Gräz zulief und seine Schänke täglich mit Gästen dieser Art gefüllt war, welche Hanns Fritz „in schuldiger Pflicht und Reverenz", wie er sich in komischer Weise auszudrücken pflegte, sein grünes Käpplein am Haupte und sein kurzes Schurzfell vorgebunden, selbst zu bedienen pflegte.

So beugte sich demnach auch der stämmige Wirth zum „Hasenfuß" gar tief, als an einem dunklen Abende im Hornung des Jahres 1670, während draußen der Regen mit Schnee untermischt in breiten Streifen vom Himmel herabfloß, ein runder Geselle in seine Schankstube trat und Wein begehrte.

Es war Hanns Balthasar Riebl, der Leibdiener des Grafen Tattenbach, ein allbekannter Gast in der Schänke zum „Hasenfuß."

Meister Fritz, der Schänkenwirth, zog auch sogleich sein grünes Käpplein vom Haupte. „Ei, willkommen Herr Balthasar," sagte er dem Ankommenden entgegentretend, „wie freut es mich, Euch heute wieder in meiner Klause da zu sehen; nun macht Euch's nur schnell bequem; der Ofen ist geheizt und der beste Wein aus meinem Keller soll sogleich vor Euch am Tische stehen." —

*) Hanns Fritz ist ebenfalls eine historische Person und als Gründer von Maria-Grün viel genannt.

„Bring Galle statt Wein!" rief Balthasar Riebl, sich an einem der Holztische niederlassend — „die wird besser zu meiner Stimmung passen." —

„Ei, was ist Euch denn, Herr Balthasar?" fragte der Wirth. „Wer hat denn den hochgeehrten Leibdiener des erlauchten Herrn Grafen Tattenbach also in finstere Laune versetzt, daß er darein blickt, als ob ihm eine Wetterhexe am Schädel Eins angethan hätte?" —

„Was Leibdiener! was hochgeehrt!" schrie Balthasar, mit der geballten Faust auf die Bleiplatte des Tisches schlagend, „hat sich nichts mehr zu ehren, Meister Fritz; aus ist's mit dem Herrendienst für immer." —

Der kleine stämmige Wirth prallte ein paar Schritte zurück. „Wa — was sagt Ihr da, Hanns Balthasar?" fragte er erschrocken.

„Nun," sagte dieser, höhnisch auflachend, „hast Du's nicht begriffen, Meister Schankwirth, was ich Dir eben in die Ohren raunte? der Leibdiener Seiner Erlaucht des Grafen Tattenbach, Hanns Balthasar Riebl, ist entlassen."

„Unmöglich!" rief der Wirth an allen Gliedern zitternd.

In diesem Augenblicke schallte es hinter seinem Rücken: „Donner und Teufel! werden wir Wein bekommen oder nicht."

Der Ruf ging von drei finsteren, in graue Loden-Mäntel gehüllten Gesellen aus, welche im Hintergrunde der Gaststube an einem Tische Platz genommen und sich kurz vorher gleichfalls vor dem strömenden Regen in die Schänke geflüchtet hatten.

Hanns Fritz, der Schankwirth, schnell vom Geschäftseifer erfaßt, rannte augenblicklich zu ihrem Tische und schalt den Schänkendiener aus, daß er diese Gäste so lange auf ihren Trunk warten lasse.

Dann kehrte er eben so schnell wieder zu dem vor seinem Weinkruge finster da sitzenden Balthasar zurück.

„Aber wie ist denn das so schnell gekommen, Herr Balthasar," fragte er bestürzt, „daß Ihr, der Lieblingsdiener Seiner Erlaucht des Grafen Tattenbach, das factotum sozusagen in seinem Hause, so schnell mit ihm zerfallen seid? was hat's denn gegeben, Herr Riebl?"

„Was wird's denn gegeben haben?" entgegnete Balthasar; „'s war halt wieder über die vielen wunderlichen Launen des Grafen, der mich, seinen langjährigen treuen Diener nun als einen Dieb erklärt und dem Nachrichter in die Hände liefern will." —

„Herr Gott bewahre uns in Gnaden!" rief der Schänkenwirth, seine Hände faltend — „Ihr ein Dieb!"

„Und ein Betrüger, ein Verräther in den Augen des Grafen," fiel Balthasar ein. —

„So sagt doch," bat der Wirth, „wie ging denn das Alles zu, daß Euch Seine Erlaucht der Graf Tattenbach also schnöde behandelt?"

Dabei schenkte der Wirth Fritz dem Balthasar Riebl den Weinkrug bis zum Rande voll und reich'e ihm denselben hin.

„Ei, der Teufel hatte bei der Sache seine Hand im Spiel," grollte Balthasar, „zum Ersten ist mir der Streich passirt, daß ich ein Brieflein an die Herzenskönigin des Grafen, die Gräfin Anna Catharina Frinyi, welches er mir, als er unlängst plötzlich in der Nacht nach Kranichsfeld abzog, zu bestellen gab, weil die schöne Gräfin eben in Grät am Schloßberge verweilte, da ich den Auftrag des Grafen: „es seiner Anna zu überbringen", nur mit halben Ohren hörte, und da seine Gemalin auch Anna heißt, irrigerweise an diese übergab." —

„Huh! das wird einen Sturm gegeben haben!" meinte der Schänkenwirth. —

„Und was für einen!" entgegnete Balthasar auflachend; „ich weiß aber nicht, wie sich der Herr Graf mit seiner erlauchten Ehehälfte abgefunden haben wird; aber gegen mich raste er nach seiner Rückkehr von der Reise wie der Böse,

als er, wie die Sage geht, über's Meer daherbrauste und den Schloß- und Calvarienberg an's Murufer schleuderte." —

„Nun, und da hat er Euch so ohne weiters den Laufzettel geschrieben?"
meinte der Wirth.

„Deßwegen allein nicht," entgegnete Balthasar.

„Nun, was hat's denn noch gegeben?" fragte der Schänkenwirth neu-
gierig, den Krug mit frischem Weine füllend.

„Eine Kleinigkeit," entgegnete Balthasar; „hab mir da ein paar hübsche
Jagdflinten aus der Rüstkammer des Grafen im Freihause zu Marburg ausge-
liehen, um einmal mit meinem Cameraden, dem Schützen von Liebenau und Straßengel, einen kleinen Jagdausflug zu machen — der Tarrobh, der Leibknappe des
Herrn, der Lungerer, der mich lange schon auf dem Korn hatte, weil er
mich um die Gunst des Herrn beneidete, hat's verrathen, und so meint der Graf,
daß ich ihm die Büchsen entwendet habe." —

„Nun," sagte der Schänkenwirth, „die konntet ihr ihm ja wieder zurück-
stellen."

„Hat sie aus meiner Kammer auch schon abholen lassen," entgegnete Balthasar, „war dem Grafen leid um die paar Flinten, obgleich mehrere Tausend in
seinem Freihause zu Marburg und im Schlosse Kranichsfeld aufgehäuft sind. —

„Was sagt Ihr da? — mehre Tausend?" rief der Schänkenwirth, erstaunt die Hände zusammenschlagend. „Ei, wozu braucht denn Seine Erlaucht der
Graf Tattenbach so viele Waffen?" fragte er.

Balthasar Riebl schien sich zu besinnen, daß er zu viel gesprochen habe.
„Lassen wir das," sagte er, „der Herr Graf hat nun seine Flinten wieder; aber
sein vergoldetes steirisches Jagdhorn mit dem großen Wappen, das wird er vergebens suchen."

„Das wunderschöne geschweifte Horn, mit welchem er immer in die Wälder
ausritt?" fragte der Wirth; „ist ihm das auch abhanden gekommen?"

„Hat's unlängst am Schloßberge liegen lassen," entgegnete Balthasar;
„weiß den Platz wo." —

„Nun?" — fragte der Wirth, dem bereits vom Geiste des Weines be-
deutend eingenommenen Schwätzer näher an den Leib rückend.

„Hi, hi," lachte dieser, „ja, das schöne steirische Horn liegt halt ganz
ruhig wieder im steirischen Horn, im Urthurme oben, wo es der Herr Graf, unlängst vom Jagdgange zurückkehrend, als er sich mit seiner Flamme, der schönen
Gräfin Zrinhi, auf den Palken des Urthurmes zusammengestellt hatte, im Taumel
der Schäferstunde liegen ließ."

Balthasar Riebl meinte hier das prächtige Orgelwerk im Uhrthurme auf
dem Schloßberge, „das steirische Horn" genannt, welches aus vielen Pfeifen be-
stand und täglich Früh und Abends und bei großen Feierlichkeiten, z. B. als
Kaiser Leopold I. im Jahre 1673 in Grätz sein Beilager mit der Erzherzogin
Claudia Felice, Tochter des Erzherzogs Ferdinand Carl, Grafen von Tirol, im
Schlosse Eggenberg, und hiebei seinen feierlichen Einzug hielt, gespielt wurde. —

„Nun," bemerkte der Schänkenwirth, das werdet Ihr ihm wohl wieder
bringen." —

„Das werde ich wohl bleiben lassen," entgegnete Balthasar, vom Trunke
immer mehr aufgeregt, „hab's ja nicht dahin gethan." —

„Ei, das wäre ja Diebstahl," meinte der Wirth.

„Nimm es wie Du willst, Meister Fritz," rief der halbtrunkene Balthasar,
mit der Faust in den Tisch schlagend, „für heute bin ich anderer Meinung; das
vergoldete Horn bleibt als Faustpfand in meiner Hand, bis der übermüthige Graf
es auslöst, so wahr ich der Sohn meiner Mutter bin!"

„Ei, bewahre Gott, das darf nimmer geschehen," mahnte der ehrliche

Schänkenwirth, „da könntet Ihr, Herr Balthasar Riebl, geradenwegs dem Nachrichter in die Hände rennen."

„Meinst Du," schrie der immer mehr erbo̊ste Zecher, „weil Du einen Hasenfuß in Deinem Schilde führest, Meister Fritze, so sehen alle Gäste Deiner Schänke Hasenfüße wie Du einer bist — fehlgeschossen! und ich sage dir: das steirische Horn ist mein und ich gebe es nicht heraus und stünde der Nachrichter von der Neustadt vor mir, den sie in drei Tagen zur Decapitirung eines armen Sünders am Schloßberge erwarten, weil der unsere malad geworden." —

„Er steht vor dir!" schallte hier eine tiefe Baßstimme und jener finstere Gast, welcher im Hintergrunde der Stube mit zwei anderen bärtigen Gesellen dem immer heftiger werdenden Zwiegespräche Riebl's mit dem Schankwirthe zum „Hasenfuß" schweigend zugehorcht hatte, trat dem Ersteren näher.

Es war ein baumlanger Mann von athletischem Körperbaue mit pechschwarzem Haupthaare und einem gleichen Vollbarte, der bis auf das lederne Brustkollier herabreichte; seine dunkeln Augen glühten wie ein Paar Kohlen; seine gewaltigen Fäuste zuckten nach dem Griffe des langen Messers, welches nebst einem kurzen Beile in seinem hohen Leibgürtel von schwarzem Leder stak. Seine starken Beine stacken in langen Lederstiefeln. Mit ihm zugleich traten zwei bärtige handfeste Knechte hervor, die eben mit ihm gezecht hatten und deren jeder ein Bündel Stricke an seinem Ledergürtel trug; ein großer röthlicher Fanghund mit stachlichtem Halsbande zwängte sich durch seine Füße, und wies, zum Sprunge ausholend, knurrend die weißen Zähne. —

Balthasar Riebl prallte beim Anblicke dieser Athletengestalt einen Augenblick lang zurück; aber er faßte sich sogleich wieder.

„Was wollt Ihr von mir?" fragte er mit unsicherer Stimme. —

„Daß du mir folgst," entgegnete der Andere.

„Warum? wohin?" — fragte Balthasar sichtlich erbleichend. „Wer seid Ihr?"

„Ich bin der Michel Langmann, der Scharfrichter von der Wiener-Neustadt,") entgegnete der riesenhafte Mann.

„Und ich bin ein freier Herrenbiener," schrie Hanns Balthasar Riebl, auf dessen jetzt todtenbleichem Antlitze sich die Angst abzuspiegeln begann. —

„Du bist ein Dieb!" schrie der Scharfrichter von Neustadt entgegen; „und der Freimann hat, kraft des peinlichen Gesetzes, das Recht, den Dieb zu fassen und dem Richter zu überantworten." —

„Teufel! mir das?!" schrie Balthasar Riebl — dann riß er mit einem raschen Griffe den Hirschfänger, den er noch im Gürtel trug, heraus, und mit der linken Faust einen der großen Stühle ergreifend, brüllte er: „Wer es wagt, sich mir zu nahen, ist des blaßen Todes!!"

Aber nur einen Wink des Scharfrichters von Wiener-Neustadt beburfte es, und Hanns Balthasar Riebl lag von den Knechten des Freimanns übermannt auf dem Boden der Schankstube; auf seine Brust stemmten sich die gewaltigen Tatzen des großen Fanghundes, der jetzt gewaltig zu bellen anfing, aber, sobald ein Strick-Knebel im Munde des Gebundenen stak, von seinem Herrn zur Ruhe gewiesen wurde. —

Fünf Minuten später schleppten die Knechte des Freimanns nebst diesem den gebundenen Balthasar Riebl auf die menschenleere Straße, und weiter in die städtische Frohnveste, während Meister Fritz, der Schänkenwirth zum „Hasenfuß," vergebens jammerte: daß seine bisher wohlberufene Schänke durch diese Gewaltthat an einem seiner ältesten Gäste für immer entehrt sei, und schwur, daß er noch am frühen Morgen zum Stadtrichter Peter Volk rennen und über diesen Schimpf schwere Klage führen werde. —

") Historische Person.

IX.

Im gemalten Hause.

Jedem Reisenden, welcher zum erstenmale die schöne Murstadt Graz besucht, fällt auf dem Hauptplatze ein großes altes Haus in die Augen, welches auf der Hauptfronte mit zierlichen Bildern von Rittern und Junkern zu Pferde bemalt ist. Es ist dies das sogenannte gemalte Haus, welches die Nummer 228 führt und im Auftrage der Familie Laterna im Jahre 1742 durch den Maler Maier mit diesen schönen Fresken geschmückt wurde.

In diesem alten, damals noch ungeschmückten Hause stand an einem Abende in der zweiten Hälfte des Monats Februar im Jahre 1670 eine bleiche Frau in der dunkeln Tracht der damaligen Edeldamen mit der hohen steifen Halskrause, auf welche ihre heißen Thränen niederträufelten. Diese bleiche Dame war Frau Anna Theresia Gräfin von Tattenbach, die unglückliche Gemalin des Grafen Hanns Erasmus Tattenbach.

An ihrer Seite spielte ihr herziges Söhnlein, der kleine Anton, dem die unaufhörlichen Thränen der Mutter bereits zu viel zu werden schienen; denn der Knabe trat jetzt auf die Gräfin zu: „Weine nicht, Mütterlein," bat er mit gefalteten Händchen, „wir wollen lieber, wie Du mich gelehrt hast, zum lieben Gott und zur heiligen Jungfrau in Maria Trost flehen, damit sie herabkomme und Deinem Herzen Ruhe bringe. —

Die Gräfin lächelte unter Thränen ob der gutgemeinten Tröstung des unschuldigen Kindes.

„Mein lieber Anton", sagte sie, „wenn die heilige Jungfrau uns erscheinen will, um uns des himmlischen Trostes zu würdigen, so muß sie bald kommen, ehe es zu spät wird, denn wir stehen wahrlich am Rande eines Abgrundes." —

In diesem Augenblicke wurde ein leises Klopfen an der Thüre des Zimmers vernehmbar.

Der Knabe sprang sogleich zum Eingange und klatschte in die kleinen Hände. „Hörst du, lieb' Mütterchen," rief er, „sie kömmt endlich, die Hochgebenedeite, sie ist schon da." —

In der That sprang jetzt die Thüre auf und herein trat ein schönes hohes Frauenbild. — —

Die Gräfin Tattenbach blickte kaum auf die Eintretende, als sie mit dem Freudenrufe: „O, sei gegrüßt Maria, meine Trösterin! meine Freundin!" auf diese zustürzte und sie in die Arme schloß.

Die Eintretende war eine Frau von hohem Wuchse mit einem schönen bleichen Antlitze, aus welchem ein Paar sanfte Augen hervorblickten, die aber durch einen weißen, vom blonden Scheitel niederwallenden Schleier zur Hälfte bedeckt waren. Diese Frau trug aber nicht den silbergestickten Gürtel der Edeldamen damaliger Zeit und auch sonst keine Kostbarkeit an ihrem Leibe, sondern ein einfaches braunes Ordenskleid — das Ordenskleid der Carmeliten-Jungfrauen in Gräz. — Sie nannte sich Maria Coleta von Jesu und war eben von Prag abgesandt worden, um als künftige Aebtissin das neu errichtete Kloster der Carmelitinen in Gräz einzurichten und der Geschichtschreiber der Steiermark[*] erzählt von ihr: daß sie eine sehr fromme, „mit den schönsten Tugenden begabte Nonne war" — „ihren Leib", sagt er, „sieht man heut zu Tage allda unversehrt." —

---

[*] Julius Cäsar Aquilinus in seiner Beschreibung des Herzogthums Steiermark Seite 641. (Gräz bei Josef Moriz Lechner, Universitäts-Buchhändler. 1773.)

Frau Anna Theresia Gräfin Tattenbach hielt einen Brief in ihren zarten Händen, den sie nun wieder mit ihren bittern Thränen benetzte.

„So ist es also wahr," rief sie ihrer treuen Freundin und Rathgeberin, in deren Herzen sie, wie in dem Herzen einer Mutter, obgleich erst kurze Zeit mit ihr bekannt, alle ihre Sorgen, ihren namenlosen Kummer niederzulegen pflegte, mit unendlichem Schmerze entgegen; „so ist es wahr, was ich nimmer glauben wollte — er ist nicht bloß ein Verräther an seinem Herrn und Kaiser, er ist auch ein Verräther an dem Herzen seiner treuen Gattin!" —

„Beruhigt Euch, edle Frau", bat Maria Coleta; „denkt, der Graf ist ein Irrender, und, wie sein wankelmüthiges Gemüth sich jetzt dem Bösen zuwendet, so kann ein Augenblick der Gnade sein Herz umwandeln, daß er vor dem Abgrunde zurückschaudert, dem er jetzt so unaufhaltsam zuschreitet."

Die arme Gräfin schüttelte traurig das schöne Haupt; „es ist zu weit gekommen," sagte sie mit einem tiefen Seufzer; „ich kenne das erregbare Gemüth meines Gemals; wenn der Herr, der ihn so tief sinken ließ, nicht ein Wunder wirkt, so ist Graf Tattenbach verloren — und wir sind es mit ihm! . . . ."

„Nein, hohe Frau," fiel die Aebtissin mit sanftem Tone ein, „Ihr sollt wegen dieses Mißgriffes nicht klagen — seht in dem Umstande: daß das für die Gräfin Anna Catharina Zrinyi bestimmte Schreiben durch die Unachtsamkeit des Ueberbringers in Eure Hand gelangte, viel eher den Finger der Vorsehung, die Euch die traurige Wahrheit nicht länger verhehlen wollte, auf daß Ihr, von den Fehltritten Eures hohen Gemals Kenntniß habend, noch bittend, warnend, rathend, helfend, wie eine treue Gattin gegenüber dem irrenden Gatten handeln muß, einschreiten könnt — oder glaubt Ihr, der große barmherzige Gott wollte Euch diesen namenlosen Schmerz bereiten, ohne die väterliche Absicht zu haben, Euch und Euren Gemal vom Verderben zu retten." —

So redete die fromme Aebtissin der Frauen vom Berge Carmel zu der trostlosen Edelfrau.

Nach diesen Worten verließ die Gräfin Tattenbach rasch das Gemach. — Die Aebtissin der Karmelitinen blickte ihr verwundert nach und lispelte zum weiten Himmel, auf welchem die helle Mondscheibe wie ein strahlendes Friedenszeichen emporstieg, hinausblickend: „Herr! segne in Deiner unendlichen Gnade und Barmherzigkeit die Schritte dieser edlen Dulderin und gib, daß Dein Wort zur Wahrheit werde: Wer mir vertraut, denn will ich nimmer lassen sinken!"

X.

Anna Theresia und Anna Catharina.

Im schönen Pavillon des Gartens im Freihause des Grafen Tattenbach zu Marburg lag an einem der ersten Märztage des Jahres 1470 auf die weichen Polster hingegossen wie eine strahlende Siegesgöttin in ihrem schönsten Schmucke die Gräfin Anna Catharina von Zrinyi. — Ein prachtvolles purpurfarbiges Kleid, enganschließend an den üppigen Leib, zusammengehalten von einem silberdurchwirkten Gürtel, und ein strahlendes Diadem von feinen Perlen in dem reichen Haarwuchse erhöhte die Schönheit der reizenden Dame, auf derem Antlitze ein paar Rosen glühten, welche die innere Gluth ihres Herzens verriethen, das dem Einen entgegenschlug, den die stolze schöne Frau, wie schon öfters in dieser stillen heimlichen Stätte, in diesem Tempel der Liebe erwartete. . . . „Ach, er kömmt nicht — seine Liebe ist leeres Wort!" lispelte sie jetzt sehnsuchtsvoll durch das kleine Fenster des Pavillons hinausblickend — „der wandelbare Mann hat mich bereits wieder vergessen — und ich bat ihn in meinem Schreiben doch so dringend!" setzte sie mit steigender Erregung hinzu. Dann warf sie sich wieder unmuthig auf das Ruhebett und zählte die Minuten an der kleinen Schlaguhr im Pavillon.

Jetzt schlug die Uhr auf dem Thürmchen des Freihauses die neunte Abendstunde und das Glockenspiel im Dache des Pavillons begann mit seinen sanften Tönen ein melodisches Abendlied zu klingen. — Die schöne Gräfin richtete sich auf dem Ruhebett in die Höhe und horchte mit eingezogenem Athem nach Außen — auf dem losen Sande vor dem Pavillon knisterte es leise, jetzt stieg es die kleine Stein-Treppe vor dem Pavillon empor, jetzt nahte es der Thüre — die stolze, schöne, liebeglühende Gräfin zitterte vor freudiger Erwartung — jetzt mußte er eintreten, der hochersehnte — sie breitete die üppigen weichen Arme aus — die kleine Thüre flog auf und vor der stolzen schönen Gräfin Anna Catharina von Zrinyi stand stumm und bleich, wie eine geknickte Lilie — die arme tiefgebückte Edelfrau Anna Theresia Gräfin Tattenbach. Die Gräfin Zrinyi ließ ihren Arm sinken und trat erschrocken einen Schritt zurück.

„Anna von Tattenbach!" hauchte sie, todtenbleich von Ueberraschung.

„Ich bin es, Gräfin," entgegnete diese sanft und komme Euch aufzusuchen, da ich wußte, daß Ihr in dieser Stunde hier zu finden seid." —

„Ihr wußtet das?" rief die Gräfin Zrinyi.

„Ich wußte es," erwiederte die Gräfin Tattenbach, „und wollte Euch absichtlich noch an diesem Abende aufsuchen, da ich Euch, Gräfin, ein dringendes Schreiben zu übergeben habe, das unrichtiger Weise in meine Hand gelangt ist und, ohne daß ich es genauer ansah, von mir erbrochen wurde, weil ich beim flüchtigen Anschauen meine Adresse auf demselben zu lesen glaubte. Ich durfte es nach seinem Inhalte in keine fremde Hand legen — hier ist es ....

Nach diesen Worten überreichte Anna Theresia Gräfin Tattenbach der Gräfin Anna Catharina Zrinyi jenen Brief, welcher durch Balthasar Riebl irrthümlicher Weise verwechselt in die Hand der ersteren, statt an die Gräfin Zrinyi gelangt war.

Anna Catharina von Zrinyi erblaßte — sie ergriff mit zitternden Händen den Brief und durchflog ihn mit steigender Erregung — dann entfiel das Papier ihrer Hand — sie mußte sich, einer Ohnmacht nahe, am Rande des Marmortischchens halten, vor welchem sie stand. —

Aber nur einen kurzen Augenblick weidete sich Anna Theresia Gräfin Tattenbach an der Bestürzung der schönen Sünderin. — Dann trat sie dieser näher. —

„Gräfin," sagte sie jetzt mit unendlicher Sanftmuth, „nach dem Inhalte dieses Briefes meines Gemals an Euch, ist ein fürchterlicher Plan im Werke, der ihn dem Verderben zuführen muß, wenn wir uns nicht beide rasch über die Mittel vereinen, welche wir anwenden wollen, um den Unbesonnenen von weiteren Schritten zurückzuhalten."

Gräfin Anna Zrinyi verließ nach längerem Gespräche rasch den Pavillon und verschwand im dunkeln Gebüsch des Gartens.

———————

XI.

Im Harnischhause. — Der Verräther.

Gegenüber der alten Kirche der Augustiner in Wien steht das Haus Nr. 12 (nach der älteren Nummerirung 1157), einst das alte Harnischhaus, wie man in früheren Zeiten ein Zeughaus benannte, und ein Besitzthum des ungarischen Crösus Franz Grafen von Nadasdy, welcher hier gar oft wohnte und, um auf dem gegenüberstehenden Thurme der Augustiner die Stunde sehen zu können, für diesen eine eigene Uhr anfertigen ließ, deren erster Schlag eben erst nach seinem Tode, am 28. August 1713, als am Feste des großen Heiligen Augustin, zum erstenmale ertönte.

In diesem „Harnischhause" war an einem Herbstabende des Jahres 1670 die unterste dunkle Stube, deren kleine Fenster in den Hofraum gingen, von einer kleinen Lampe schwach erleuchtet; auch diese Fenster waren mit Vorhängen dicht verhüllt und die kleine ovale Thüre zu dem Stübchen war mit einem Eisenriegel fest verschlossen. — In der Mitte des Stübchens stand eine schmale Eichentafel mit einer Bleitafel belegt, auf welcher in langhälsigen Flaschen rother Ungarwein neben verschiedenen Fleischgerichten stand. Um den Tisch selbst saßen die treuen Freunde und Gesinnungsgenossen: der Hausherr Franz Graf von Nadasdy selbst, Graf Peter Zrinyi, Christof Graf Frangipani und Hanns Erasmus Graf von Tattenbach.

Diese geheime Tafelrunde hatte Graf Peter Zrinyi im tiefsten Geheimnisse bei sich versammelt, um noch einmal, ehe der entscheidende Schlag fallen sollte — hier, in Mitte der Hauptstadt des Reiches, wo wohl am wenigsten eine derartige Zusammenkunft der genannten Herren vermuthet werden konnte, eine letzte Berathung zu pflegen. — —

„Ihr Herren," sprach Graf Zrinyi zu seinen Freunden, „Ihr wißt, was uns zu unseren Schritten drängt; — Ihr wißt, daß der Anfangspunkt unserer geheimen Action gegen die Regierung die Verletzung unserer alten ungarischen Gerechtsame ist, da man unserem Wunsche, daß die deutschen Truppen aus Ungarn zurückgezogen werden, nicht willfahren wollte und will. — Die Leiter unserer geheimen Pläne, der kühne Palatin Franz Wesselenyi und der kluge Pan Nicolaus Zrinyi, mein erlauchter Verwandter, sind, seit ersterer im Jahre 1667 eines schnellen Todes starb, und letzterer durch den verwundeten Eber auf der Jagd bei Csakathurn so kläglich endete, nun nicht mehr an unserer Spitze; auch Stephan Tököly ist todt; nur der junge Fürst Siebenbürgens, Franz Rogoczy, ist uns noch geblieben — wir allein stehen nun da, um das angefangene Werk zu vollenden, und so wollen wir denn in dieser Stunde noch berathen und beschließen, was geschehen muß, bevor die Mine springt und unsere Fahnen der Freiheit offen entfaltet werden! — Dieweilen aber," schloß er seine Rede, „unsere Berathungen, wie ich weiß, weder auf dem Schloße Kranichsfeld noch im Freihause des Grafen Tattenbach zu Marburg mehr mit genugsamer Sicherheit gepflogen werden können, so habe ich Euch durch meinen vertrauten Boten geradewegs in dieses mein Haus entbieten lassen, um Euch zu sagen, daß wir losschlagen müssen, so nicht unser längeres Zögern uns Alle ins Verderben führen soll."

„Das ist auch meine Meinung," fiel Graf Peter Zrinyi ein, „insonderheit, da ich Briefschaften aus Carlstadt vorzuweisen habe, laut welchen der Sultan in Byzanz unseren Anträgen keineswegs so willfährig, als wir anfangs meinten, entgegenkömmt, sondern Bedenken trägt, sich uns anzuschließen — ja sogar horribile dictu! mit der Absicht umgeht, all unser Vorhaben dem Wiener Hofe mitzutheilen und uns Alle auf das Schaffot zu liefern."

„Was sagt Ihr da für arge Fabeleien?! Graf Zrinyi!" rief der junge Graf Frangipany aufspringend. —

„So ist es," entgegnete dieser kalt und ruhig; — „wir haben also eine wichtige und feste Rechnung zu machen, wenn wir nicht planlos dem Verderben entgegen jagen wollen." —

Da stand Graf Tattenbach von seinem Sitze auf; — über seine schmalen Lippen zitterte ein leises Lächeln:

„Mein Freund Graf Zrinyi sieht immer schwarz," sagte er, „meine Nachrichten aus Croatien und vom Fürsten Ragoczi lauten anders — wir haben uns, ich kann's Euch versichern, Ihr Herren, ganz zuverlässig der Hilfe des Großherrn in Istambul zu getrösten; erst vor acht Tagen erhielt ich ein Schreiben des Pascha von Bosnien, das mich dessen versichert; übrdies," setzte er mit Nachdruck hinzu, „hat mich auch die alte Seherin zu Thurnisch am Pettauer Felde im herrlichsten Bilde den Sieg unserer Sache schauen lassen." —

Aber auf die Stirn des Grafen Nadasdy trat jetzt eine tiefe Falte; „Graf Tattenbach," sagte er, Ihr seid ein junger Lebemann, gleichwie der junge feurige Graf Frangipany und Ihr seht in der Welt noch alles rosenfarb, wie es der erste Blick Euch malt und schenkt in blinder Unbefangenheit den künstlichen Trugbildern des Aberglaubens Euer Vertrauen; wir älteren Männer der Erfahrung lauschen erst, wo Ihr schon handelt, wir sehen noch zu, wenn Ihr schon in den Kampf stürzt."

„Und fallet durch Euer Zaudern!" rief der feurige junge Frangipany; „o stünde nur auch der junge Fürst Ragoczy hier in unserer Mitte; er würde Euch gleichfalls mahnen, keine Minute mehr zu versäumen, da es gilt, unsere Fahnen zu entfalten."

In diesem Augenblicke klopfte es draußen dreimal leise an die Thüre des geheimen Gemaches. Es war das Zeichen des Leibpagen des Grafen Zrinyi, Jarobi, welcher, ohne Zweifel, um wichtige Kunde zu bringen, draußen im engen unbeleuchteten Gange zum Gemache stand. —

Graf Nadasdy ging selbst zu öffnen. — Er wechselte einige leise Worte mit dem Pagen, dann kehrte er zu den Herren am Tische zurück: „Es gilt Euch, Graf Tattenbach," sagte er, zu diesem gewandt; „ein Bote harrt in meinem Saale oben, der ein dringendes Schreiben an Euch abzugeben hat." —

Graf Tattenbach stand sogleich auf und entfernte sich. Er stieg die enge Wendeltruppe zum kleinen Wappensaal des Grafen Nadasdy hinauf.

Dort stand ein ihm wohlbekannter vertrauter Sendbote. Zrinyi's Stallmeister Rudolfi war's, der ihn ein dringendes Schreiben der schönen Gräfin Anna Catharina von Zrinyi brachte — sogleich zu öffnen.

Die stolze schöne Dame hatte Wort gehalten in dem, was sie der Gräfin Anna Theresia Tattenbach versprochen hatte — sie wollte den bereits reißenden Strom noch in ein Beet eindämmen.

Ihr Brief enthielt wenige aber inhaltsschwere Worte.

„Hört die Warnung der Liebe!" schrieb sie, „handelt nicht. — Man hat am Schloßberge zu Gräz bereits Kunde von Eurem Plane! Wollt Ihr mehr wissen, so eilt nach Gräz, wo Euch Eure Freundin erwartet."

Graf Tattenbach stürzte zu seinen Freunden zurück. —

„Alles ist verrathen!" rief er diesen zu. —

„Woher habt Ihr Nachrichten?" fragte Graf Nadasdy aufspringend. —

„Von dort her, wohin ich augenblicklich abgehe," rief Graf Tattenbach —
„handelt Ihr Herren — ich will die Fährte des Löwen aufsuchen und sehen, ob es also arg um uns steht, als meine Nachricht lautet." —

Aber Unrecht hatte Graf Tattenbach nicht, wenn er seinen Freunden im Harnischhause mit bleichen Lippen zurief: „Alles ist verrathen!"; denn in der That stand der Verräther eben in derselben Stunde bereits auf dem Schloßberge zu Gräz.

Dort, am schönen Schloßberge, dieser prächtigen Naturwarte der Stadt Gräz, steht seit dem Jahre 1574 der alte Glockenthurm mit der großen Lisel. Im zweiten Stocke dieses Thurmes, wo einstmals auch Bischof Graf Nadasdy vierzig lange Jahre als Staatsgefangener verwahrt war, über dem schauerlichen Gefängnisse „die Baßgeige" genannt, von welcher wir bei der Erzählung von Baumkirchner's Untergange berichteten, stand eben in derselben Stunde, in welcher die Herren im Harnischhause in geheimer Berathung zusammensaßen, der Schloßhauptmann Philipp Graf Brenner und der ehrenfeste Stadtrichter Peter Voll. —

Vor ihnen stand ein bleicher Mann, der eben in's Armensünder-Stübchen im städtischen Rathhause zurückgeführt werden sollte.

Hanns Balthasar Riebl, der gewesene Leibdiener des Grafen Tattenbach, war's, der hier als reuiger Sünder vor seinen Richtern log und — von Todes-Angst gefoltert und den Rachsucht geleitet, Geständnisse ablegte, welche dem ehrlichen Stadtrichter wie dem Schloßhauptmann Todtenbläße auf die Wangen malten . . . .

So stand also Balthasar Riebl jetzt vor dem strengen Stadtrichter, den er nebst dem Schloßhauptmanne um Gestattung eines geneigten Gehöres gebeten hatte, „dieweilen er ihnen hochwichtige Entdeckungen zu machen habe . . . ."

Die beiden Herren ahnten diese Entdeckungen gar wohl. — Sie wußten ja, Balthasar Riebl war der vertraute Diener des Grafen Tattenbach gewesen . . .

„Hochgestrenger Herr!" sagte Hanns Balthasar Riebl zu dem strengen Stadtrichter aufblickend, „ich bitt' Euch, sagt mir in Gnaden, was mir hier alles bevorsteht?"

„Gnade, wenn du gestehst," entgegnete dieser kalt; „die Folter, wenn du läugnest."

Balthasar's Antlitz erblaßte und nahm jetzt den Ausdruck der größten Angst an; er, der bisher, als das Schooßkind seines Gebieters, seine Glieder nur auf weichen Pölstern zu dehnen gewohnt war — er sollte sie nun auf die Folterbank strecken müssen! . . . .

„Nein! nein!" rief jetzt auf die Knie niederstürzend der feige Herrendiener; „ich will Alles gestehen und noch mehr als Ihr vermuthet, gnädigster Herr Schloßhauptmann und gestrenger Herr Stadtrichter! — aber nur keine Folter! ich alternder schwacher Mann würde sie nimmer aushalten und sicher unter den Händen der Folterknechte alsbald verenden! . . ."

„So rede," sagte der Stadtrichter kalt; der Schloßhauptmann aber stand mit verschlungenen Armen da und betrachtete schweigend den elenden Herrendiener, dessen im Dienste des Grafen Tattenbach bewiesener Hochmuth ihm wohlbekannt war und der sich jetzt wie eine Schlange mit zertretenem Kopfe vor seinen Richtern krümmte.

„Ja," rief jetzt Balthasar Riebl, noch immer auf seinen Knieen liegend; „ja, ich will's gestehen; ich hasse den Grafen Tattenbach jetzt wie den Bösen, weil er mich, der ihm so lange Jahre treu gedient, des Diebstahls zeiht, den ich doch nicht beabsichtigt habe." —

„Das heißt nicht gestanden, Mensch," fiel der Stadtrichter ein. —

„Wartet, wartet, gestrenger Herr Stadtrichter," stöhnte der Geängstigte; „ich will ja gestehen, will alles gestehen, aber ganz andere Dinge will ich gestehen, als Ihr meint, wenn Ihr versprecht, mich dann los und ledig gehen lassen zu wollen, Ihr gestrengen Herren!"

Balthasar hatte bei diesen Worten seine Hände gefaltet und zitterte wieder am ganzen Leibe.

„Das wird sich finden," sagte der Stadtrichter; „aber jetzt mach's kurz, Geselle; da du uns zu dir herauf in den Thurm hast bitten lassen, um uns hochwichtige Dinge mitzutheilen, so rede jetzt, sonst wartet in nächster Stunde die Folter auf dich."

Balthasar's Blicke flogen unstät herum; seine Brust hob sich, als ob eine schwere Last unter derselben läge; er athmete tief auf, dann schielte er mit seinem

Entschluſſe im Reinen zu ſein: „Ja,“ ſagte er, „ich will jetzt Geſtändniſſe machen, ich will Dinge enthüllen, daß Euch, Ihr geſtrengen Herren, die Haare zu Berge ſtehen ſollen — aber die Freiheit muß mir werden für meine Perſon, — dies ſchwöret mir bei Eurem Haupte, Herr Stadtrichter, dann ſollt Ihr von dem Hanns Balthaſar Riebl Alles erfahren, was Ihr wiſſen müßt, wenn nicht Stadt und Reich der höchſten Gefahr ausgeſetzt ſein ſollen.“ —

Peter Voll ſchüttelte das graue Haupt. „Wir haben mit dir nicht zu pactiren, Geſelle,“ ſagte er kalt; „denn du biſt dem Geſetze verfallen und die peinliche Examination wird dich ohnedies zur Sprache bringen; willſt du aber freiwillig und ohne jegliche Vorbedingung Geſtändniſſe machen, ſo ſoll dir das bei deinem Halsproceſſe zu Guten kommen, den du als verdächtiger Dieb zu beſtehen haben wirſt.“

„Ihr traut mir nicht, Herr Stadtrichter,“ entgegnete Balthaſar; „ich kann’s Euch nicht verdenken; das iſt ſo Sitte bei den Gerichtsherrn der peinlichen Juſtizia, wie ich wohl weiß. Ihr wollt nichts verſprechen, ſo lange Ihr mir Ausſicht habt, mir was ich weiß auch ohne Zuſage meiner Freiheit durch die Folter zu erpreſſen; aber da irrt Ihr Euch, Herr Peter Voll; der Hanns Balthaſar Riebl würde auch durch die ärgſte Qual der peinlichen Inquiſition nicht zur Rede gebracht werden, wenn er das, was er weiß, nicht aus eigenem Entſchluſſe ſagen wollte.“

Jetzt nahm der Schloßhauptmann Graf Breuner das Wort. „Blitz und Donner!“ rief er; „was ſollen dieſe langen Umſchweife; mach’s kurz, Geſelle, und rede, was du ſagen willſt — wozu haſt du ſo bringend gebeten, vor uns geführt zu werden.“ —

„Gnädigſter Herr Graf,“ ſagte jetzt Balthaſar mit gedämpfter Stimme; „was ich Euch ſagen kann, iſt ſo hochwichtiger und furchtbarer Art, daß Ihr mir es vielleicht nicht ſo blindlings glauben werdet; darum muß ich mich mit Handſchriften ausweiſen. Alſo ſchickt hinab ſogleich in die Wächterſtube des Uhrthurms, wo ich, da der Thurmwächter, der alte Mathes, mein Bekannter iſt, meine Habſeligkeiten hinterlegt habe. Dort werdet Ihr zwei von der eigenen Hand meines geweſenen Dienſtherrn, des Grafen Tattenbach, geſchriebene Bücher finden, die ich, als er mich in ſeinem Hochmuth wegjagte, heimlich mitgenommen, und welche Euch Alles und noch mehr beſagen werden, als was ich Euch ſagen kann. — Dann,“ ſetzte er hinzu, „ſchickt reitende Boten in das Freihaus des Grafen Tattenbach in Marburg; laßt es von oben bis unten durchſuchen und Ihr werdet finden was Ihr ſuchet.“

Der Schloßhauptmann und der Stadtrichter hörten dem geängſtigten Sünder, der in dieſer Stunde ſeinen Herrn preisgab, um ſich zu retten, ruhig und ſchweigend zu — dann wandte ſich der Letztere zur Thüre des Gefängniſſes, vor welcher die Trabanten der Schloßwache ſtanden.

„Wachtmeiſter Wamprecht!“ rief er.

Georg Wamprecht, *) der baumfeſte Wachtmeiſter auf dem Schloßberge, trat herein. —

„Der Delinquent hier,“ befahl der Schloßhauptmann, „wird in längſtens einer Stunde in die Armenſünderſtube im ſtädtiſchen Rathhauſe gebracht; legt ihn in Eiſen und ſtellt ſechs Trabanten vor ſeine Kerkerthüre.“ —

„Geſtrenger Herr Schloßhauptmann,“ rief Balthaſar, „was ſoll dieſe Strenge bedeuten? — hab ich mich nicht zum ledigen Geſtändniß erboten?“ —

„Je größer die Strenge, deſto aufrichtiger wird dein Geſtändniß ſein,“ erwiederte der Schloßhauptmann kalt. Dann wandte er ſich wieder zu dem Wachtmeiſter.

---

*) Hiſtoriſche Perſon.

„Alle Wachtposten am Schloßberge," befahl er, „werden noch diese Nacht und so jeden nächsten Tag bis auf weiteres verdoppelt; der Thurmwart hat bei Leibes- und Lebensstrafe auf seinen Posten jede verdächtige Annäherung, insonderheit von der Seite der ungarischen Grenze und aus der Südsteiermark, unverzüglich zu melden."

„Soll geschehen," entgegnete stramm, wie die personificirte Subordination dastehend, der Wachtmeister.

„Ihr selbst macht fortan stündlich die Runde um den Schloßberg," befahl der Schloßhauptmann weiter; „und meldet mir alles Bemerkenswerthe — wer sich in auffallend verdächtiger Weise den Festungswerken nähert, wird angerufen, so er nicht antwortet, aber niedergeschossen."

Nach diesem Befehle entfernte sich der Schloßhauptmann Graf Breuner mit dem Stadtrichter, welcher schweigend an seiner Seite die Treppen des Glockenthurms herabstieg und von ihm unten mit der kurzen Versicherung schied, daß auch von Seite der Bürgerschaft Alles zur Sicherheit der Stadt entsprechend werde vorgekehrt werden.

XII.

In der Burg.

Wahrscheinlich schon zur Zeit der alten Traungauer Herzoge stand die alte Burg in Graz und im eilften Jahrhundert mögen ihre Mauern bereits gegen den Schloßberg hinaufgeragt haben. Alte Urkunden beweisen, daß schon der Babenberger Leopold der Tugendhafte in dieser Burg gehaust habe. — Da mag nun schon in dieser grauen Vorzeit manch edler Ritter auf seinem Rosse durch die Gegend der jetzigen Bürgergasse gegen den Tummelplatz hinabgeritten sein, um seine Waffe mit dem gepanzerten Gegner zu messen. — Als Kaiser Friedrich III. die Aegydius- oder jetzige Domkirche erbaute, begann er auch den Umbau der Burg, welcher schon im Jahre 1453 vollendet war. Das war auch die alte Burg, in welcher so manches Denkwürdige vorfiel. Da war auch die alte kleine Burgcapelle, eine große Zierde der Burg, geschmückt mit schönen alten Wandgemälden, welche, als vor noch nicht langer Zeit ein Theil dieser alten Burg wegen Baufälligkeit abgetragen werden mußte, auf Befehl des um die Steiermark so hoch verdienten Statthalters Grafen Strassoldo unter der Leitung des pens. Directors des k. k. Münz- und Antikenkabinets Edlen von Steinbüchel sorgsam abgelöst und aufbewahrt wurden.

Im großen Wappensaale dieser Burg standen am späten Abende des Sanct Benedictus-Tages, das ist am 21. März des Jahres 1670 mehre Herren, auf deren Gesichtern die bange Sorge geschrieben war. —

Der Schloßhauptmann Philipp Graf Breuner war's, der als Vorsteher des geheimen Rathes die Glieder desselben versammelt und auch den Stadtrichter Peter Volk wieder zu sich beschieden hatte.

Da standen Johann Graf von Herberstein, Johann Friedrich Freiherr von Thrnbl, Johann Kaspar von Kellersperg und andere Herren vom Adel der Steiermark.

Aber auch andere Herren waren zugegen, nämlich der Sendbote des kaiserlichen Staatsministers Wenzl Euseb Fürst Lobkowitz in der Person des Wiener Stadtoberstlieutenants Baron Ugarte, und der kaiserliche Regierungsrath Johann Heinrich Derwart von Hochenburg.

Sie hatten geheime Weisungen vom Hofe überbracht.

Im Saale, der durch einige Hänge-Lampen nur schwach erhellt war,

13*

herrschte eben eine tiefe Stille und die Herren saßen und standen um die große eirunde Tafel mit grünem Ueberhange, auf welcher neben den übrigen Attributen eines Rathstisches: dem großen schwervergoldeten Krucifixe und dem Gesetzbuche des peinlichen und des steirischen Landrechtes zwei mäßig große Bücher mit Currentschrift aufgeschlagen lagen. —

„Ihr Herren," nahm jetzt Graf Breuner das Wort, indem er sich zu dem Freiherrn Ugarte und dem kaiserlichen Regierungsrathe Herwart von Hohenburg wandte, „ich heiße Euch noch einmal willkommen im Kreise dieser dem allerhöchsten Kaiserhause treu ergebenen Standesherrn der geheimen Rathsversammlung in Gräz; wir nehmen die Befehle seiner Durchlaucht des Herrn Staatsministers Fürsten von Lobkowitz gehorsamlich entgegen und werden hiernach unsere Bestimmungen treffen. Es ist wahrlich an der Zeit, daß die Stellvertreter Seiner römisch-kaiserlichen Majestät in diesem Lande die größte Wachsamkeit entfalten, denn traurig, wahrhaft traurig ist es, daß, laut dem was nun offenbar, der Hochverräther in der Herrenstube zu finden ist....

„Er wird es nicht mehr wagen, in dieser Stube zu erscheinen," fiel der Stadtrichter Peter Voll ein, „und sein Fuß irrt jetzt wohl schon im Lager seiner Verraths-Genossen, fern von der Schwelle dieses Saales, die er mit dem Fluche des bösen Gewissens beladen, wohl nie mehr zu betreten wagen wird." —

In diesem Augenblicke flog die Saalthüre auf und herein trat stolz und aufrecht in seinem kurzen spanischen Mantel gehüllt, Herr Graf Hanns Erasmus von Tattenbach.

Unverkennbares Staunen malte sich auf allen Gesichtern der Anwesenden.

„Gott zum Gruße, Ihr Herren," rief der Graf, welch Glück, daß ich Euch also hier in pleno versammelt finde!"

Der Schloßhauptmann Graf Breuner erhob sich jetzt von seinem Sitze und trat auf den Ankommenden zu. „Herr Graf," sagte er ruhig, „wir haben Euch heute in unserem ehrsamen Kreise hier nicht erwartet; woher kommt Ihr wohl so spät; hieß es doch, Ihr seid in hochwichtigen Geschäften bei Euren Freunden in Ungarn abwesend?" —

Eine leichte Bläße überflog das Antlitz des Grafen Tattenbach.

„Was bringt Ihr also für Nachrichten, Herr Graf?" fragte der Schloßhauptmann Graf Breuner; „laßt hören, was Ihr erkundet habt?"

Graf Tattenbach hob jetzt sein Haupt und blickte den Herren an der Tafel fest in die Augen. — „Wer den Löwen niederwerfen will, sagte er mit volltönender fester Stimme, „der muß seinen Fußstapfen nachgehen und ein Daniel, der die Sache seines Herrn vertritt, kann man nur in der Löwengrube werden; darum Ihr Herren, ist auch Graf Hanns Erasmus Tattenbach, der kaiserliche Regierungsrath, in eigener Person in die Löwenhöhle gestiegen und kann Euch nun sagen, daß in der That jenseits der Save im Lande des Moslems ein Plan vorbereitet wird, unserem erlauchten Herrn und Kaiser das Scepter Ungarns zu entwinden — noch liegt aber dieser Plan nur im Palaste des Pascha von Bosnien zu Papier — seine Ausführung zu hintertreiben, scheint mir, dem treuen Diener meines Herrn und Kaisers vorbehalten — und so hört mein neues Gelöbniß der Treue und Ergebniß für meinen Monarchen, Ihr Herren, und hört mein heiliges Wort."

„Das eben nur ein Wort ist," fiel der Graf Breuner ein; „spart Euch, Herr Regierungsrath, diese vorläufigen Versicherungen der Treue und Anhänglichkeit an Euren hocherlauchten Monarchen; andere Nachrichten über Eure Willensmeinung lauten anders." —

Auf Graf Tattenbach's Antlitz stieg eine hohe Röthe empor. —

Aber der Schloßhauptmann nahm jetzt wieder das Wort; „Herr Graf," sagte er, sich in seiner ganzen Manneslänge emporrichtend; „wir haben es schwarz

auf weiß verzeichnet: wienach in gottloser, wahrhaft unverantwortlicher und straf-
würdiger Weise ein Plan des Aufruhrs gegen Seine Majestät unsern allergnä-
digsten Kaiser und Herrn geschmiedet wurde — hier steht es schwarz auf weiß
geschrieben: wienach, weil wir im geheimen Rathe der Standesherrn der Steiermark, von Manchem bereits unterrichtet, zu Fürstenfeld, Pettau, Radkersburg und
an anderen Orten des Herzogthums die nöthigen Vorsichtsmaßregeln bereits ein-
geleitet haben, gegen uns von Seite der Verschwornen ein kühner Hauptschlag
geführt werden müsse, daher der junge Graf Christof Frangipani allein die Stadt
Gräz mit seinem Kriegsvolke überrumpeln, Graf Peter Zrinyi aber mit seinen
Reisigen in verdeckten Wägen in die Stadt bringen und hier ein Blutbad anrichten
solle!...."

„Fürchterlich! — unglaublich!" riefen mehrere der Herren an der Tafel,
aber der Schloßhauptmann Graf Breuner fuhr fort:

„Wir haben es schwarz auf weiß, Herr Graf Tattenbach, daß Ihr, der
kaiserliche Regierungsrath und von Seiner römisch-kaiserlichen Majestät hochbe-
gnadigt, Euer ehrlich Ritterwort verpfändet habt, fest zur Sache der Verschworenen
zu halten."

„Lüge und Schein!" rief Graf Tattenbach, sich jetzt stolz emporrichtend;
— wie hätte ich sichere Kunde über den finsteren Plan gegen die Regierung Seiner
römisch-kaiserlichen Majestät erlangen können, wenn ich mich nicht zum Schein
unter die Conspiranten mischte."

„Ja, zum Scheine," fuhr der Schloßhauptmann mit starker Stimme fort,
„zum Scheine, als ob Ihr Eure eigenen Kostbarkeiten Sicherheits halber in das
feste Gräz bringen lassen müßtet, verspracht Ihr eine Anzahl Wägen von Kranichsfeld anher abzusenden, auf denen sechstausend wohlbewaffnete Türken, die Euch
der Pascha von Bosnien senden sollte, verborgen sein würden. —

Graf Breuner schwieg hier. — Todtenstille herrschte im Saale, nur das
einförmige Picken der großen Wanduhr war vernehmbar. Die Herren an der
Tafel standen sämmtlich blaß wie die Leichen ob dem, was ihnen der Schloßhauptmann nun bekannt gab. —

Graf Tattenbach glich jetzt einer Statue von Marmor — sein Auge
haftete schier stehend auf dem Antlitze des Schloßhauptmannes. —

Aber der Unerbittliche fuhr fort: „Und so also diese Wägen mit den
darin verborgenen Feinden, gleichwie das große Holzroß einst vor Trojas Mauern,
glücklich zum Thore gelangen würde, sollten die Führer derselben anhalten und
selbander rufen: es sei ein Rad gebrochen, und in diesem Augenblicke sollten
die verborgenen Janitscharen aus der Verdeckung der Wägen hervorbrechen, die
Thorwachen zu Boden werfen, in unsere unglückliche Stadt Gräz einbrechen,
alles niedersäbeln und mit Feuer und Schwert den Bürger, der es wagen würde,
sich zu widersetzen, zurücktreiben." —

Der Schloßhauptmann hielt wieder einen Augenblick inne und die höchste
Bestürzung malte sich auf den Gesichtern der anwesenden Herren, welchen eben
diese Eröffnungen zum Erstenmale aus dem Munde des Grafen Breuner wurden.

„Und nun," schloß dieser seine Rede, „besagt der uns sattsam kundge-
wordene Plan: daß Ihr selbst, Herr Graf Tattenbach, während diesem Gräuel
der Verwüstung in unserer Stadt mittlerweile in der Sporgasse bei dem Hause
des Grafen Saurau mit Euren Reisigen in die Wälle des Schloßberges vor-
dringen, mich, als den Befehlshaber dieses Platzes niedermachen und vom Berge
aus mit Kartätschen auf die Stadt herabfeuern lassen sollt — auf dies Zeichen soll
Graf Zrinyi mit seinen 400 Türken in Gräz einrücken und die Stadt besetzen...

Der Schloßhauptmann schwieg jetzt. — Aller Blicke waren auf den Grafen
Tattenbach gerichtet.

Graf Tattenbach warf jetzt wieder stolz sein Haupt zurück und trat dem

Manne mit den eisernen Zügen, dem unerbittlich strengen Schloßhauptmann einen Schritt näher.

„Herr Graf," sagte er mit volltönender Stimme; „Ihr werft mir hier in diesem hochachtbaren Kreise meiner adeligen Standes- und Amtsgenossen schwere Beschuldigungen in's Angesicht, — so fordere ich Euch denn auf, mir allsogleich das zu beweisen, dessen Ihr mich hier beschuldigt, widrigens ich Euch hiermit allerwegen als einen Verläumder und Schelm erklären und Euch den Handschuh in's Gesicht schleudern müßte! . . . ."

So sprach Graf Tattenbach — ihm antwortete ein furchtbarer glühender Blick des Schloßhauptmannes, der rasch nach seinem Schwertknopfe griff, während sich die übrigen Herren im Saale eben so schnell um ihn reihten. — Aber schon besann er sich wieder; eisige Kälte trat wieder auf sein Antlitz — er trat dem Grafen Tattenbach näher. —

„Herr Graf," sagte er, seine vorige Ruhe wieder gewinnend; „Ihr nennt mich einen Verläumder und besteht auf Beweisen meiner Worte; — könnt Ihr wohl glauben, daß der kaiserliche Schloßhauptmann von Gräz, Philipp Graf von Breuner, mitten im geheimen Rathe gegen ein Glied desselben Reden führen werde, die er nicht beweisen kann?" —

„Worte sind Worte!" schrie jetzt Graf Tattenbach auffahrend. „Schwarz auf Weiß, wie Ihr wiederholt sagtet, bringt Eure Beweise, Graf Breuner!" —

„Dort liegen sie," entgegnete der Schloßhauptmann ruhig, indem seine ausgestreckte Rechte auf die Tafel wies, wo neben dem Bilde des Gekreuzigten die beiden handschriftlichen Hefte lagen, welche Balthasar Riebl seinem Herrn, nachdem er von diesem verjagt war, entwendet, im Uhrthurme verborgen und als Preis seiner seither erfolgten Entlassung aus dem Verhafte, dem Schloßhauptmann ausgeliefert hatte. — Sie enthielten die eigene Handschrift des Grafen Tattenbach, dieser warf einen Blick auf dieselben und erblaßte bis an die Stirne — „meine Handbücher," lispelte er unwillkürlich.

Tiefe Stille herrschte wieder im Saale. —

„Ja, Eure Bücher," rief jetzt der Schloßhauptmann; „Ihr sagt es selbst und könnt es nicht läugnen, denn Eure Handschrift ist uns allen hier sattsam bekannt und so wißt Ihr auch, Graf Tattenbach, was in diesen Büchern von Eurer Hand niedergeschrieben steht: der ganze verruchte Plan des Hochverrathes . . .

Auf Graf Tattenbach's Antlitz traten jetzt die Züge der tiefsten Seelenangst — das Wort des Geständnisses, daß diese Bücher sein Eigenthum seien, war ihm entfahren, er konnte es nicht mehr zurücknehmen und da seine Handschrift bekannt war, so würde weiteres Läugnen auch nichts mehr gefruchtet haben. —

Rathlos stand er daher einen Augenblick lang im Saale — aber schon faßte er sich wieder.

„Ich werde mich vor Seiner Majestät dem Kaiser zu rechtfertigen wissen," sagte er — „so schwer der Verdacht nun auf mir ruht, so sicher werde ich ihn in allen und jeden Punkten widerlegen. Mit Euch aber, Ihr Herren, die ich nicht als meine Richter erkenne, habe ich fürder nicht zu pactiren."

Nach diesen Worten schritt Graf Tattenbach rasch der Saalthüre zu, um sich zu entfernen; aber diese sprang auf und hereintrat Herr Thomas Sahler von der Windmühlen, kaiserlicher Oberstlieutenant des Jaques-Gerard-Dragoner-Regiments, hinter ihm der kaiserliche Hofzeugwart Jeremias Conrad und der Wachtmeister vom Schloßberge Georg Wamprecht.

„Halt Herr Graf!" donnerte ihm dieser entgegen, indem er mit entblößtem Degen, wie der Wächter der Burg Zion vor der Thüre des Rathsaales stand.

„Was soll das?" rief Graf Tattenbach wieder erbleichend.

„Ihr seid verhaftet, Graf Tattenbach, im Namen Seiner römisch-kaiserlichen Majestät!" entgegnete der kaiserliche Obristlieutenant.

„Nach welchem Rechte und Gesetz!?" rief Graf Tattenbach bestürzt.

„Nach dem peinlichen Gesetze gegen den Hochverrath!" entgegnete der Obrist-lieutenant.

„Ha!" rief der Graf aufstommend, „in demselben Augenblicke, da ich alle Fäden der Verschwörung in Eure Hände legen will, verhaftet man mich!"

„Zu spät!" entgegnete der Schloßhauptmann Graf Breuner mit eisiger Kälte. —

„Warum zu spät?!" rief der Graf, auf dessen blassem Antlitze sich jetzt sichtlich die Bestürzung und Angst zu malen begann.

„Weil nach dem codex unseres peinlichen Rechtes," sagte der Stadtrichter mit hohem Ernste, „ein Geständniß des Schuldigen und sein Verrath der Mit-schuldigen nur dann gilt, wenn er vor seiner Anklage widerlegt wird." —

„Was hat man also mit mir vor?" rief Graf Tattenbach, seine Augen jetzt ängstlich im Kreise seiner gewesenen Freunde herum werfend. „Wohin will man mich führen?" —

„Auf den Schloßberg!" erwiederte Graf Breuner mit starker Stimme.

Jetzt zuckte der unglückliche Graf Tattenbach zusammen; er kannte jetzt sein Schicksal. — Seine Kniee schienen zu brechen.

„Jerg!" rief der Schloßhauptmann, sich zu Georg Wamprecht, dem Wacht-meister vom Schloßberge wendend; „unterstütze den Deliquenten und dann vor-wärts auf die Festung hinauf!"

Aber schon hatte sich Graf Hanns Erasmus Tattenbach wieder gefaßt und sich jetzt stolz emporrichtend, wandte er sein todtenbleiches Antlitz dem Schloß-hauptmanne zu: „Graf Breuner," sagte er, „ich frage Euch allen Ernstes und auf Eure hohe Verantwortung: ist diese meine Haftsetzung der ausdrückliche Wille Seiner römisch-kaiserlichen Majestät?"

„Er ist es!" entgegnete der Schloßhauptmann ruhig; „mein Ehrenwort als Edelmann verbürge dies.

Jetzt ließ der unglückliche Graf sein Haupt sinken.

„Und was hat Seine römisch-kaiserliche Majestät über mein Weib und Kind beschlossen?" — fragte er mit sichtlicher Bewegung.

„Sie bleiben ungefährdet," erwiederte der Schloßhauptmann. —

„So laßt uns gehen!" rief Graf Tattenbach mit einem Blicke gegen den Himmel. —

„Vorwärts!" kommandirte der Wachtmeister Georg Wamprecht, und sechs Trabanten vom Schlosse in schwerer Rüstung führten den kaiserlichen Regierungs-rath Hanns Erasmus Grafen von Tattenbach aus dem Saale des geheimen Rathes, dem er bisher selbst angehört hatte, in dieser schrecklichen Stunde der Nacht durch die Sporgasse zu dem Gefängnisse des Schloßberges hinauf......

Als er den Saal verlassen hatte und der kaiserliche Obristlieutenant Thomas Sahler von der Windmühlen sich anschickte, dem Zuge mit den Verhafteten zu folgen, da rief ihn der Schloßhauptmann nochmals zurück:

„Habt Ihr, Herr Obristlieutenant, sagte er, „nach Eurer weiteren Ordre die Mitschuldige des Complottes, Anna Catharina Gräfin von Zrinyi, ver-haftet?" —

„Sie sitzt bereits im Thurme auf dem Schloßberge," berichtete der Herr Sahler von der Windmühlen.

„Gut," entgegnete der Schloßhauptmann. „Eure dritte Ordre, Herr Obrist-lieutenant, lautet jetzt: daß Ihr noch in dieser Nacht drei Berittene absendet, damit die berüchtigte Erzzauberin Prichte zu Thunisch am Pettauer Felde, welche den Tattenbach von seiner schweren Krankheit geheilt und ihn später durch ihre schwarzen Künste zu seiner verbrecherischen Verbindung mit den Hochverräthern in Ungarn aufgestachelt haben soll, schleunigst in Banden und Ketten nach den Schloßberg gebracht und für das Feuer oder Richtschwert zurecht gesetzt werde!"

„Soll geschehen," entgegnete der Obristlieutenant, abgehend.

„Nun denn," sagte der Schloßhauptmann jetzt ruhig umher blickend. „So ist das Werk nach Seiner römisch-kaiserlichen Majestät allerhöchstem Willen und nach den Weisungen des Herrn Staatsministers vollbracht; der Schlange ist auf den Kopf getreten und der Mann, der stets auf zwei Wegen ging, ist gefallen." —

„Sein Wankelmuth hat den Unglücklichen gerichtet," bemerkte mit einer schönen Thräne des Mitleids im Auge der alte Stadtrichter Peter Voll.

Draußen aber verkündete der Schall der großen Glocke am Schloßberge die erste Morgenstunde — und die Herren im geheimen Rathe entfernten sich nach dem üblichen Gelöbnisse des unverbrüchlichen Stillschweigens über das Vorgefallene, in ihre Häuser in der Stadt Gräz, deren Bewohner im tiefen Schlafe lagen und nichts träumten von den Dingen, die in dieser Schreckensnacht in der Burg abgewickelt wurden.....

XIII.

Der Blutrath.

Der Kampf des Rechtes mit dem Verrathe war nun eröffnet, aber er dauerte nicht lange.

Groß war die Gefahr, welche damals unserer schönen Steiermark drohte. „Gräz und ganz Steiermark," sagt Julius Cäsar Aquilinus, „war in äußerster Gefahr, besonders da Tattenbach die geheimen Rathschlüsse den aufrührerischen Ungarn jederzeit eröffnete." —

So stand also in der That der Hochverräther in der Herrenstube.....

„Sie beschloßen," sagt Julius Cäsar Aquilinus weiter, „das ganze Königreich Hungarn dem Hause Oesterreich zu entziehen und es unter türkischen Schutz gegen Reichung eines jährlichen Tributs zu bringen; der Türk selbst verabscheute aber ihre Untreue so sehr, daß er ihnen allen Beistand abschlug, ja noch dazu dies glimmende Feuer dem Wiener Hofe entdecken wollte."

Der brennende Haß gegen alles Deutsche, den die Verschworenen damals in Ungarn zu nähren wußten und das Vorgeben, daß die Belassung deutscher Truppen im Lande den alten Gerechtsamen Ungarns widerstreite, bildeten den eigentlichen Brennpunkt der Verschwörung, an deren Spitze anfangs der stolze Palatin Franz Wesselenyi und der Banus Nicolaus Zrinyi standen, von denen jedoch der erstere, wie bereits einmal erwähnt, im Jänner 1667 plötzlich starb, der Letztere aber schon im November 1664 durch einen verwundeten Eber getödtet worden war.

Nun hatte Graf Franz Nabassby, der ungarische Crösus, mächtig durch seinen Namen und seinen Reichthum die Leitung der Verschwörung übernommen, von welcher außer der stolzen und schönen Gräfin Anna Catharina von Zrinyi auch noch eine andere Dame Ungarns, die stolze, schöne und sinnliche Maria Szetß, verwittwete Gräfin Pethlen, durch ihre Verheiratung mit dem ersten Manne in Ungarn, dem Palatin Wesselenyi auch die erste Frau Ungarns geworden, betheiligt waren.

Aber der Herr über Leben und Tod, der große Schützer des Rechtes über den Sternen, hatte den Männern, welche damals die Zügel der Regierung in

Oesterreich in Händen hatten, Einsicht und Besonnenheit verliehen, so daß diese alsbald den verrätherischen Plan durchschauten und ehe er zur Hälfte ausgeführt war, seine Fäden in Händen hatten. —

Wohl hatte man den Verräthern Zeit zur Rückkehr gönnen wollen und der obenerwähnte Geschichtsschreiber der Steiermark sagt: „Ohngeachtet dessen war doch der Kaiser Leopold also gütig, daß er den Verschworenen Gnad und Vergebung ihres Verbrechens gewähren wollte, wenn sie nur die Waffen niederlegen und sich ihm unterwerfen wollten; allein umsonst, die erbitterten Gemüther antworteten hartnäckig, keiner wollte die Waffen eher ablegen, bis nicht alle Deutsche aus Hungarn vertrieben, den Kalvinisten ihre Kirchen zurückgestellt, und den Hußaren der ausständige Kriegslohn bezahlt werden würde. Spenlau wurde also als Feldmarschall mit 6000 Mann in Croatien wider den Grafen Zrinyi, der 8000 Mann stark war, abgeschickt; viele aus den Soldaten des Grafen Zrinyi gingen zum Grafen von Herberstein, dem Oberbefehlshaber von Carlstadt über: weder die Türken, noch die Parthei des Ragoczi mengten sich in diesen Handel ein und die Croaten blieben dem Hause Oesterreich vollkommen getreu." — „Man zog," führt der erwähnte Geschichtsschreiber fort, wider den Zrinyi los und belagerte ihn zu Czakathurn, allwo er endlich mit dem Grafen Frangipany, der ihm mit 2000 Morlacken zu Hilfe kam, gefangen und nach Wien geführt wurde. Wider des Ragoczi Anhang führte der General Srock sächsische und brandenburgische Völker in das obere Hungarn, Ragoczi aber besann sich eines Besseren und seine Mutter (die schöne Helene Zrinyi) legte für ihn sogleich beim Kaiser Leopold eine Bittschrift ein: der General Guster löschte die Kriegsflamme der Aufrührer andererseits aus und der Prinz Carl Lottringen bewies es, daß auch Nadasby in diese Verrätherei verwickelt sei."

Also lautet der einfache Bericht des steiermärkischen Geschichtsschreibers über den Ausgang dieser großen Verschwörung.

So trat denn am Abende des 17. im Ostermonate des Jahres 1670 ein stattlicher Mann voll Ruhe und Würde, auf dessen hoher Stirne die Einsicht und Besonnenheit des reifen Staatsmannes geschrieben stand, im schwarzsammtenen golddurchwirkten Staatskleide mit der schweren goldenen Gnadenkette auf der Brust, in einem von einer einzigen schweren Silber-Ampel matt beleuchteten mit schwarzen Tapeten ausgeschlagenen Saal im damaligen Landhause zu Wien im zweiten Stockwerke ober der bedeckten Außenstiege.

Dieser Mann war der kaiserliche Staatsminister Wenzel Eusebius Fürst Lobkowic, ein Mann von großer Erfahrung und Geschäftskenntniß in der „hohen politica", von eisernem Character und rascher Entschlossenheit, hochgeehrt als Staatsmann und Mensch von allen die ihn kannten, insonderheit von seinem ihm fest vertrauenden Monarchen.

Darum verbeugten sich auch die Herren, welche eben in diesem Saale saßen, tief vor ihm und tiefes, ehrerbietiges Schweigen herrschte im Saale, von dessen Decke das prachtvolle Gemälde des jüngsten Gerichtes herabschaute und an dessen Wänden die Ahnenbilder der alten römisch-deutschen Kaiser aus dem regierenden Herrscherhause geisterhaft auf die Versammlung blickten, die sich jetzt um die große Tafel in der Mitte des Saales richtete und auf den hohen Lehnsesseln mit vergoldetem Schnitzwerke Platz nahm.

Diese Versammlung von neun gleichfalls in schwarzem Sammt gekleideten Männern bestand aus den Herren: Johann Paul Hocher, Doctor der Rechte und damals kaiserlicher Hofkanzler, ein aus der jesuitischen Schule hervorgegangener ausgezeichneter Advocat und Kriminalist, Heinrich Herwart von Hochenburg, einen ausgezeichneten Redner und seiner Würde nach kaiserlicher Regierungsrath, aus dem Grafen Julius Friedrich von Bucelleni, Gottlieb Windischgrätz und Joachim von Windhaag, dann den sogenannten Faktoren Molitor und Brumbach, dem Herrn Kaspar Zdenko und dem Baron von Kapliers, welcher später General-Feldzeugmeister und Hoflanzeleraths präsident wurde und dessen Vater im Jahre 1621 als Oberstlandschreiber in Prag wegen seiner Theilnahme an dem böhmischen Aufstande als Rebell enthauptet worden war.

Noch einmal öffnete sich die Saalthüre und hereintrat jetzt auch Herr Christof Ignaz Abele Freiherr von Lilienberg*) und vollzählig war nun die ernste geheime Tafelrunde....

Der Zweck dieser Versammlung war durch das riesenhafte Bild oder den Häuptern der ernsten Herren an der Tafelrunde ausgesprochen. — Dort herab schauten die von der Hand eines großen Künstlers ausgeführten Bildnisse der richtenden und verzweifelnden Gestalten des „jüngsten Gerichtes, wie es das Buch der Bücher zeichnet, in grauenhafter Weise herab; hier unten am langen Tische mit Todtenkopf, Schwert und Kruzifix saß auch ein Gericht — ein furchtbares Gericht: es war der ernste unerbittliche Blut-Rath, welcher hier über die niedergeworfenen Hochverräther in Ungarn und ihren unglücklichen Genossen in der Herrenstube zu Gräz, zu Gericht saß....

Der Criminal-Prozeß gegen die Schuldigen war bereits beendet. Man hatte den Gefangenen, gegen welche die schwersten Anzeichen und Beweise vorlagen, in richtiger und humaner Auffassung ihrer Lage und des schönen Grundsatzes: daß kein Ungehörter zu verurtheilen sei, zwei sehr gewandte Advocaten, den bewährten Johann Enler und Adam Strella zur Vertheidigung übergeben, man hatte nach damaliger Gepflogenheit sämmtliche Acten dieser Halsprocesse an das Reichskammergericht in Speyer und an die Hochschulen zu Ingolstadt, Tübingen und Leipzig zur Beurtheilung gesandt — und nun stand der kaiserliche Kanzler Herr Johann Paul Hocker vor der ernsten Versammlung dieses Blut-Rathes, löste den Acten-Fascikel, der auf dem Tische lag, und lud die Herren ein, ihm in die Stube rechts vom Saale zu folgen, wo die Verkündigung des Urtels an die Schuldigen erfolgen solle....

In dieser Stube erschien nun zunächst Graf Franz Nadasby, gewesener Reichs- und Hofrichter des Königreichs Ungarn, genannt der ungarische Crösus, der aber jetzt ärmer als der ärmste Bettler vor seinen Richtern stand....

..... Und der Reichskanzler winkte und einer der Factoren verlas das schreckliche Urtel: „daß die Überwiesenen und insonderheit schuldigen Verräther an Kaiser und Reich zur Sühne ihres boshaften Frevels, dessen mögliche Folgen in ihrer Furchtbarkeit gar nicht abzusehen waren, da die Fürsorger auf Losreißung des Königreichs Ungarn von der Krone Seiner römisch-kaiserlichen Majestät hinarbeiteten, nunmehr des Hochverrathes an Kaiser und Reich angeklagt und überwiesen, nach dem reiflichen, wohlerwogenen und auch von hochgelehrten drei Facultäten sattsam gebilligten Urtel mit feurigen Zangen gezwicket, ihre Zungen herausgerissen, Riemen von ihnen geschnitten und sie dann auf dem Scheiterhaufen verbrannt werden sollen. **)

Alsbald trat nun der Untermarschall des Landes vor und verkündete die Adelsentsetzung des Grafen, indem er ihm entgegendonnerte: „Nicht mehr Graf Nadasby, sondern du Verräther!"

Weiter erklärte der Untermarschall, „daß diese Adelsentsetzung sich nicht nur auf den Grafen, sondern auch auf dessen Kinder und Kindeskinder zu erstrecken habe.

Da senkte der Graf, der bisher stolz und ruhig dagestanden war, sein

---

*) Später zum Grafen erhoben.
**) Julius Cäsar Aquilinus' Beschreibung des Herzogthums Steiermark, Seite 637 des III. Buches.

Haupt traurig zur Erde. „Nehmet mir Alles," rief er im höchsten Schmerze, „aber laßt meinen Kindern die Ehre!"

„Weil also der Namen Nadasdy getilgt war," sagt Julius Cäsar Aquilinus, „so wurden seine Kinder die Herren von Kreuz benannt." *)

Nachdem dem Kaiser das schreckliche Urtheil auf einfache Enthauptung nach Abhauung der rechten Hand gemeldet und Papst Clemens sich vergebens für die Begnadigung Nadasdy's und Zriny's verwendet hatte, wurde zum Vollzug des Todesurtheiles geschritten.

Es war am 30. April Morgens, als in Wien bereits alle Vorkehrungen getroffen wurden, um einen etwaigen Volksauflauf bei dieser Hinrichtung zu verhindern, denn Graf Nadasdy hatte großen Anhang. — Man sperrte daher die Stadtthore, brachte Wasser und Löschgeräthe auf die Dächer, consignirte die Bürger in ihren Häusern und auf dem Peter, wo damals die Hauptwache war, dann am Hof, am Graben, Judenplatze und hohen Markte zogen Wachen auf; am Stubenthore standen eine Compagnie des Regiments Pij und zwei vom Regiment Heister unter dem Oberstwachtmeister Sol machten die Patrouille. Das Rathhaus war mit Ketten abgesperrt und im Hofe desselben standen hundert wohlbewaffnete Bürger mit einem Hauptmanne; fünfzig auserlesene Soldaten Stadtquardia unter Paul Anton Grotta standen in der Bürgerstube.

Schon am 27. April war Graf Nadasdy durch den Stadtobersten General Grafen Ludwig Radwit de Souches durch 350 Musketiere unter dem Stadtrichter Johann Moser zugeführt worden; er trug einen kurzen ungarischen Rock und darüber einen langen mit Pelz verbrämten Mantel; am 28. hatte er den Subprior von Loretto, Peter Raphael aus dem Orden der unbeschuhten Augustiner die Beichte abgelegt und diesen gebeten, seinen Kindern den letzten väterlichen Segen zu bringen. Als man ihm nochmals sein Todes-Urtheil verkündete, rief er omnis potestas a deo! (alle Gewalt von Gott!) — noch einmal hatte er den Doctor Krumpach ersucht, dieser möge den Kaiser bitten, ihm das Leben zu lassen, oder ihm wenigstens gestatten, über den Betrag von 10000 Gulden für sein Seelenheil testiren zu dürfen; nur letzteres wurde in unbestimmten Ausdrücken bewilligt.

So betrat denn der so mächtig und hochbegütert gewesene Graf Franz Nadasdy, der Enkel des berühmten Türkenbezwingers, der schon in früher Jugend seinen Säbel gegen den Erzfeind der Christenheit, den Türken, geschwungen hatte, der die Würde des obersten Kronhüters, die nächste nach dem Palatin, begleitet, der in seinem Schlosse Pottendorf allein einen Werth von vier Millionen Gulden im gemünzten Golde und Kleinodien liegen hatte, nachdem er am 29. April noch einmal die Generalbeichte abgelegt hatte, am 30. April, arm und machtlos, ja ärmer und unglücklicher als der ärmste Bettler im Lande, das Krucifix in der linken, eine brennende Kerze in der rechten Hand tragend, zwischen Priestern und Wachen die alte Bürgerstube (nunmehr Registratur) des Rathhauses und setzte sich auf den mit schwarzem Tuche überhangenen Lehnstuhl ...

Noch einmal wurde das schreckliche Urtel verlesen; der Kaiser hatte dem Unglücklichen auch die Abhauung der rechten Hand erlassen.

Jetzt trat Gorffy, der Lieblingspage des Verurtheilten, heran und that seinem geliebten Herrn den letzten Dienst, indem er ihm den Rock aufknöpfte, seine Haare ordnete und ihm die Augen verband. —

„Jesus Maria!" rief dieser, seine Seele nun im letzten Augenblicke zu Gott erhebend. „Jesus Maria!" rief er laut und vernehmlich wieder, und als

*) Nach anderen Schriftstellern wurde den Kindern der Name nicht genommen und die Söhne des unglücklichen Grafen waren Ladislaus, nachmals Bischof von Csanad, Thomas, Obergespan und Franz, General im kaiserlichen Heere.

er diesen Ruf zum siebentenmale that, da zischte das Schwert des Scharfrichters Michael Langmann und mit einem Streiche war das Haupt des unglücklichen Grafen vom Rumpfe getrennt. . . .

Drei Vermummte legten es nebst dem Rumpfe in eine Truhe, in welcher sie bis zum Abend in der sog. Bauernstube dem Volke zur Schau ausgestellt blieb, worauf die Leiche zu den Augustinern auf die Landstraße übertragen, dann aber in die Familiengruft nach Lackenhaus in Ungarn überbracht wurde.

Nach dem Zeugnisse der damaligen Geschichtschreiber war Kaiser Leopold geneigt, allen Verschworenen Verzeihung angedeihen lassen zu wollen, wenn sie die Waffen niederlegend, sich unterwerfen wollten, „allein umsonst" schreibt Aquilinus — „die erbitterten Gemüther antworteten hartnäckig, keiner wollte die Waffen eher ablegen, bis nicht alle Deutsche aus Hungarn vertrieben, den Kalvinisten ihre Kirchen zurückgestellt und den Hußaren der ausständige Kriegslohn bezahlt werden würde."

So wurde denn auch an den übrigen Verbrechern die Strafe vollzogen.

Die Grafen Peter Zrinhi und Franz Christof Frangypani, sein Schwager, waren schon am 8. April 1670 im Naraßby'schen Harnischhause erfaßt, zuerst in das Gasthaus zum weißen Schwann in der Kärnthnerstraße, schließlich nach der Wiener Neustadt gebracht worden.

Dorthin wurde alsbald der Scharfrichter Peter Schultheß von Oedenburg berufen; und der Kapuziner-Guardian Pater Otto beauftragt, die beiden Herren, welche vom Sterben nichts träumten, auf ihr letztes Stündlein vorzubereiten. Der Bürgermeister Mathias Eierl von Eiersberg wurde zur Herhaltung der Ordnung bei dieser Hinrichtung angewiesen.

Wohl hatten beide auf Gnade gehofft, aber, nachdem die Thore der Wiener Neustadt bis auf eines geschlossen worden waren, wurde ihnen am 30. April ihr Urtheil auf Enthauptung und vorerstige Abhauung der rechten Hand, welch letztere jedoch später erlassen wurde, angekündigt.

Graf Peter Zrinhi fügte sich ruhig in sein Schicksal, Frangipani flehte noch immer um Aufschub des Urtheils, um, wie er sagte, für seine Seele und für seine Gattin sorgen zu können. Ganz besonders gab er sich seinem Schmerze, vom süßen Leben scheiden zu müssen, in der letzten Nacht vor seiner Hinrichtung hin. „Es ist unmöglich," rief er, „ich bin zu jung zum Sterben! Ich bin der letzte meines Hauses! Es kann nicht sein!" Ueber seine dringende Bitte gestattete man ihm noch einmal, an den Kaiser zu schreiben, und wie tiefbetrübt seine Seele war, geht aus den Worten hervor, mit denen er dieses Schreiben unterzeichnete: „Neustadt, am Erchtag den 28. April 1671 um 11 Uhr in der Nacht. Ein Schatten des Todes, Franz Frangipani."

Frangipani's Gattin hatte sich nach Venedig geflüchtet und in einem rührenden Abschiedsschreiben empfahl er ihr seinen Lieblingspagen, den Italiener Bernardino.

Graf Zrinhi benahm sich während seiner Verhaftung ruhig, kalt, besonnen, seine Generalbeichte war kurz, während die Frangipani's fast einen halben Tag lang dauerte. Am 29. April um 7 Uhr Abends nahmen beide von einander den letzten Abschied.

In der Nacht auf den 30. April wurde im Hofe des Zeughauses das Schaffot aufgeschlagen, um 6 Uhr Morgens hörten die Verurtheilten die letzte Messe, dann bewegte sich der Zug zum Platze der Hinrichtung.

Im Hofe des Zeughauses zu Wiener Neustadt stand eine sechs Klafter lange, vier Klafter breite schwarzbehangene Bühne.

Jetzt trat Graf Peter Zrinhi vor. Sein Page Tarroby öffnete ihm sein mit goldenen Knöpfen besetztes Unterwamms, ordnete ihm die Haare und verband ihm mit einem goldgestickten Sacktuche die Augen. —

Sein letzter Ruf war: „Herr! in deine Hände empfehle ich meinen Geist!" — dann fiel das Beil — aber nicht der erste, nicht der zweite Hieb war so glücklich geführt, daß er ihn tödtete — der Freimann mußte den Kopf zuletzt abschneiden . . . .

Frangipani hielt noch eine lateinische Anrede an das Volk, worin er seine Reue über seinen Frevel bekannte und setzte sich, laut rufend: „Jesus Maria!" auf den Stuhl. Auch ihn tödtete erst der dritte Streich des Scharfrichters . . .

Die Leichen wurden in Särge gelegt, eingesegnet und auf dem Friedhofe der Michaelscapelle begraben; später wurde ihr Leichenstein in die Wand der Hauptkirche eingefügt, worauf in lateinischer Sprache die Worte standen: „Hier unter diesem Hügel ruhen Graf Peter Zrinhi, Pan von Croatien und Marlgraf Franz Frangipani, der Letzte seines Stammes, dieweil ein Blinder den andern führte, beide in diese Grube stürzten."

Dann trägt dieses Grabmal die Zeichen des Todes: zwei Tottenköpfe und ein Richtschwert und noch tiefer in gleichfalls lateinischer Sprache die ernste Mahnung: Lernet ihr Menschen aus unserem Geschick Gott und dem Fürsten die Treue bewahren. Im Jahre des Heils 1671 am 30. April um die 9. Stunde. Des Ehrgeizes Ziel ist das Grab.

Der Kaiser ließ für die Enthaupteten 6000 Messen lesen.

XIV.

Am Schloßberge.

Das große Trauerspiel in der Wiener Neustadt war geendet. Die Hochverräther Peter Graf Zrinhi und Franz Frangipani hatten, wie der zur Hinrichtung Zrinyi's absichtlich aus Osen beigezogene türkische Geschäftsträger Hagi Ibrahim nach dem blutigen Amte ausrief, ihren Lohn erhalten.

Nur der dritte im Bunde, Graf Hanns Erasmus Tattenbach athmete noch die süße Luft des Lebens und hoffte, wie er noch lebte, noch immer auf Gnade — die Hoffnung hört ja nur mit dem Leben auf. —

Aber Gnade war auch für ihn nicht beschlossen, sein armes Herz täuschte sich; auch er war unerbittlich dem Henkerbeile verfallen. Man hatte seine Hinrichtung eben nur verschoben, weil — seine Erbschaft sicher gestellt werden mußte . . . .

Jetzt klirrte draußen ein Schlüsselbund — die Thüre des Kerkers sprang auf und herein traten: der Schloßhauptmann Philipp Graf Breuner, der Stadtrichter Peter Voll und zwischen ihnen der kaiserliche Hofkanzler Christof Abele Freiherr zu Lilienberg — hinter denselben schritt Peter Sicuten, der Rector des Collegiums der Jesuiten in Gräz.

Graf Tattenbach zuckte ahnend zusammen, als er diese Herren eintreten sah.

Freiherr von Abelle entfaltete sogleich eine Pergamentrolle. „Wir kommen Euch, Graf Hanns Erasmus Tattenbach." begann er mit lauter Stimme, im Namen Seiner römisch-kaiserlichen Majestät den Ausgang Eures nunmehr signalisirten Processes anzukündigen und Euch das Urtel bekannt zu geben, so das von Seiner Majestät hiezu beorderte Gericht nach wohlweislicher Erwägung aller Umstände gefällt und welches Seine Majestät nach Consultirung dreier hochgelehrter Facultäten des heiligen römisch-deutschen Reiches in murito zu bestätigen, übrigens in allerhöchster und überschwenglicher Gnade einigermaßen zu mildern geruhten."

Nun verlas der Stadtrichter das vom Kaiser gemilderte Urtheil, wonach dem unglücklichen Grafen Hanns Erasmus von Tattenbach zur Sühne seines Frevels erst die Hand dann mit drei Streichen der Kopf abgeschlagen werden sollte. —

Graf Tattenbach stand anfangs wie vom Blitze gerührt; diesen Ausgang hatte er nicht erwartet. —

„Gerechter Gott!" rief er jetzt im wilden Schmerze losbrechend, „habe ich Seiner römisch-kaiserlichen Majestät also schwer beleidigt, daß mir diese fürch-terlich strenge Behandlung zu Theil wird — wie? gibt es keine Begnadigung für mich Unglücklichen?!"

„Keine!" erwiederte der kaiserliche Hofkanzler mit eisiger Kälte; — dann wandte er sich zu dem Schloßhaupt'mann Grafen von Breuner. „Der De-linquent," befahl er mit fester Stimme, „wird um Mitternacht unter Bedeckung von zweihundert Musketieren in's Rathhaus geführt und vom Stadtrichter in die Armensünderstube gesetzt — sein Beichtvater mag für sein Seelenheil sorgen; die weiteren Befehle der Execution werden Euch zukommen." —

Nach diesen Worten entfernte sich der Hofkanzler mit dem Schloßhaupt-manne, Stadtrichter und dem Rechtsanwalte Eisenbach. Der Jesuit blieb zurück.

Jetzt brach der Schmerz des unglücklichen Verurtheilten in seiner ganzen Größe los.

„Furchtbar! Entsetzlich!" rief er, in der engen Kerkerzelle auf und nieder schreitend, „sterben, sterben soll ich und lebe doch so gern! — wie? habe ich nicht schon genug gebüßt durch diese lange Gefangenschaft?! warum wollt ihr auch mein Blut, mein Leben!" —

Plötzlich blieb er wieder stehen. „O, nehmt, nehmt alle meine Güter, meinen ganzen Reichthum, meine Würden, meinen Namen, nur laßt mir mein Leben! —

Der Jesuit trat dem Unglücklichen jetzt freundlich entgegen. „Beruhigt Euch Herr Graf," sagte er, „das Unglück, das Ihr durch Euren Frevel an unserem Herrn und Kaiser auf Euer Haupt herabbeschworen habt, ist groß, ist entsetzlich, aber es gibt doch ein Mittel, es zu tragen...."

„Nein! Nein!" rief der Graf, „es gibt keines — ich muß sterben! muß scheiden aus diesem süßen schönen Leben, das für mich erst begonnen hat, und schon soll ich es verlassen! —

In diesem Augenblicke klirrte wieder die Kerkerthüre in ihren Angeln und herein trat Frau Anna Theresia, die bleiche leidende Gattin des unglücklichen Grafen Tattenbach, mit dem kleinen Anton an der Hand.

Ach, sie, die edle, reine, verzeihende, obgleich selbst schwer gekränkte Frau, wollte die erste sein, welche — im Glücke von ihrem Gatten gemieden — dem Unglücklichen in die Einsamkeit seines Kerkers Trost und Labung bringe. —

Graf Tattenbach erfaßte diesen Gedanken sogleich. — Mit dem Feuer wildesten Schmerzes stürzte er auf die Eintretende und sein Söhnlein zu und schloß beide, laut aufweinend in seine Arme.

„Mein Weib! mein Sohn!" waren die einzigen Laute, die er schluchzend aus seiner gepreßten Brust hervorstammeln konnte. —

XV.

Tod.

Am letzten Tage des Christmonates im Jahre 1671 stand vor dem Rathhause in Gräz eine mit schwarzem Tuche bedeckte Bühne, sechs Klafter lang und vier Klafter breit. Auf derselben stand ein gleichfalls schwarz behangener Lehnstuhl und der Bleck.... Es war das Schaffot für den unglücklichen Hanns Erasmus von Tattenbach.

Um vier Uhr Morgens erschienen über des Grafen Bitte der Kanzler der Universität P. Georg Pitner und der Berichterstatter des Grafen, P. Saegl, und besprachen sich mit ihm über die Wahrheiten der Religion; um sechs Uhr hörte er noch in knieender Stellung drei heilige Messen, verrichtete seine letzte Beichte und empfing, eine brennende Kerze in der rechten, das Crucifix in der linken Hand, die Generalabsolution.

Nun wurde ihm verkündet, daß ihm der Kaiser aus besonderer Gnade das Abhauen der rechten Hand erlassen habe. —

Um neun Uhr Morgens waren alle Stadtthore gesperrt und die Bürgerschaft von Gräz zog bewaffnet auf dem Platze auf.

Der Hoffkanzler Freiherr von Abele hatte die obgenannten ständischen Verordneten, welche bei der Urtheilsverkündigung im Kerker des Grafen zugegen gewesen waren, in einem sechsspännigen Wagen in's Rathhaus bringen lassen, damit sie nunmehr auch Zeugen der Hinrichtung seien.

Ebenso kamen allmälig die Herren vom ständischen Rathe, welche, wie der Geschichtschreiber Steiermarks sagt, „bei den Schrannen saßen, nämlich: der Bürgermeister Melchior Gelb, der Stadtrichter Peter Boll, der Syndikus Jacob Robens, der Doctor der Rechte Georg Sigmund Hück, dann die Rathsmitglieder Georg Paumann, Georg von Dornau, Paul Pörz, Friedrich Hingerle, Martin Rametinger, Michael Sigmund Häck. Johann Pista und Georg Wortl.

Es waren dieselben Herren, welche, wie oben erzählt wurde, dem Verurtheilten, am Tage, als er noch im Glanze seines reichen Lebens den Titel eines kaiserlichen Regierungsrathes erhielt, in corpore ihre Huldigung dargebracht hatten....

Nun wurde Herr Johann Erasmus Tattenbach selbst in einem langen schwarzen Kleide, von den beiden obgenannten Priestern der Gesellschaft Jesu geleitet, betend herabgeführt. Er nahm von allen Umstehenden freundlich Abschied und bestieg das Blutgerüst....

Noch einmal wurde das Urtheil verlesen — dann trat der Stadtrichter Peter Boll vor und brach den Stab.

Jetzt war der furchtbare Augenblick gekommen. —

Graf Johann Erasmus Tattenbach saß auf dem schwarzbehangenen Stuhl, — der Freimann schwang sein Schwert, welches jetzt noch im Antikenkabinet zu Gräz aufbewahrt wird, und beim dritten Rufe des unglücklichen Grafen: „Jesus Maria!" zischte das furchtbare Eisen — aber erst der vierte Hieb trennte das Haupt des Verurtheilten vom Rumpfe — als es auf das schwarze Tuch, aus welchem man später ein Meßkleid zu Seelenmessen machte, niederkollerte und tiefes Schweigen unter der umstehenden Menschenmenge herrschte, da wimmerte seitwärts vom Schaffote eine schwache Kindesstimme — sie gehörte dem kleinen Anton, dem Sohne des Gerichteten; der Knabe mußte zum warnenden Exempel der Hinrichtung seines unglücklichen Vaters beiwohnen.

Später kam das Kind unter die Vormundschaft der Regierung. Der Knabe studirte dann in Graz Theologie und trat in den Orden der Cisterzienser des Klosters Rein; man sagt, er habe noch bei seinem Eintritt in diesen Orden zur Erinnerung an das unglückliche Ende seines Vaters eine rothe Schnur am Halse getragen, welche ihm, als er Profeß machte, abgenommen wurde. Er starb im Jahre 1718 als Probst zu Straßengel, und so erfüllte sich die scherzhafte Voraussagung, da der kleine Anton von Tattenbach bald nach der Genesung seines damals schwer erkrankten Vaters mit seiner Mutter das Kirchlein von Straßengel besucht hatte: aus dem scherzhaft sogenannten Pröbstlein von Straßengel war ein Probst von Straßengel geworden. —

Tattenbach's Gemalin, die fromme edle Frau Anna Theresia, erhielt acht Tage nach ihres Gemals Hinrichtung die ihr in Neunkirchen, nach anderen schon in Frohnleiten, abgenommenen Kleinodien wieder und eine lebenslängliche Pension jährlicher 2000 Gulden.

Die schöne Gräfin Anna Catharina von Zriny, deren Trostlosigkeit, wie der Geschichtschreiber sagt, an Wahnsinn gränzte, wurde später in das Kloster der Carmeliterinnen in Graz gebracht, wo sie ihr Leben in hohem Alter beschloß ...

Tattenbach's Kopf wurde übrigens nach der Hinrichtung dem Volke gezeigt, dann sammt dem Leichnam in Tücher gehüllt, in einen Sarg gelegt und auf dem Friedhofe zu Sanct Andrä begraben.

Mit seinem Sohne Anton starb sein Geschlecht aus. Wohl erzählt man: ein Capitular des Stiftes Rein, Hieronymus Hausgenoß, habe im Jahre 1857 mitgetheilt: daß er im Jahre 1788 als dreijähriger Knabe öfter in der Sporgasse zu Graz in ein Quartier geführt worden sei, um ein altes Bilderbuch anzuschauen, welches zwei alten, vorwärts gebeugten, kleinen, stets in tiefe Trauer gehüllten Frauen gehört habe, die man insgemein Tattenbach'sche Fräulein nannte. Sie seien die letzten Sprossen des glänzenden Tattenbach'schen Adelsgeschlechtes gewesen. Uebrigens soll auch im Jahre 1861 ein Guido von Tattenbach als Aufseher über die bei der Demolirung der Basteien gewonnenen Materialien gestorben sein, der noch ein Nachkomme dieser adeligen Familie gewesen wäre.

So endete ein Opfer seines Wankelmuthes und Leichtsinnes Graf Hanns Erasmus von Tattenbach, bewährend das alte Wahrwort auf den Grästen seiner Hochverrathsgenossen auditionis meto est famula „des Ehrgeizes letztes Ziel ist das Grab." —